FIND ME

SOBALD DU MICH GEFUNDEN HAST

LAURELIN PAIGE

Hot Alphas
Smart Women.
Sexy Stories.

FIND ME – SOBALD DU MICH GEFUNDEN HAST

DAS FOUND-DUO, BUCH 2

von

Laurelin Paige

Besuchen Sie Laurelin im Netz!
laurelinpaige.com
www.facebook.com/LaurelinPaige
www.instagram.com/thereallaurelinpaige
E-Mail: laurelinpaigeauthor@gmail.com

EBENFALLS VON LAURELIN PAIGE

DAS FOUND-DUO:

Free Me – Sobald du mich befreit hast (Buch 1)

Find Me – Sobald du mich gefunden hast (Buch 2)

Die Fixed-Reihe:

Fixed 1 – Verrückt nach dir: Band 1

Fixed 2 – Dunkle Geheimnisse: Band 2

Fixed 3 – Tiefe Sehnsucht: Band 3

Die Dirty Love-Reihe:

Dirty Love – Ich will dir gehören! (Buch 1)

Dirty Love – Ich brauche dich! (Buch 2)

Die Dirty Games-Reihe:

Dirty Sexy Player – Du wirst mir gehören! (Buch 1) **(erhältlich ab Ende Mai 2020)**

EINS

KAPITEL EINS

»MEIN TEST HEUTE WAR NEGATIV«, sagte Laynie, als ich ins Büro kam, ohne sich mit einer Begrüßung aufzuhalten. »Ich werde nie schwanger, Gwen.«

Ich ließ meine Handtasche aufs Sofa fallen und biss mich in die Wange, um ein Lachen zu unterdrücken, ehe ich antwortete. »Du machst doch Spaß, oder?«

»Nein. Es war ein großes, dickes Minuszeichen. Und das bedeutet negativ. Nicht schwanger. Kein Baby. Unfruchtbar. Auf diesem Boden wächst nichts.«

Ich konnte mich nicht beherrschen – ich musste lachen. »Ihr bemüht euch doch erst seit zwei Monaten darum. Du musst sicher warten, bis die Wirkung deiner Dreimonatsspritze nachgelassen hat, oder? Hast du überhaupt schon eine Periode gehabt?«

Alayna – Laynie – hatte gerade erst im April Hudson Pierce geheiratet, einen der reichsten Männer unter dreißig im ganzen Land und Besitzer des Sky Launch, dem Nachtklub, den ich gemeinsam mit ihr leitete. Während ihrer ganzen Verlobungszeit hatte ich kein Wort darüber gehört, dass sie sich Kinder wünschte, aber seit sie von der Hochzeitsreise zurückgekehrt war, sprach sie von nichts anderem mehr. Technisch gesehen war sie meine Chefin und Laynies hervorstechendster Charakterzug war ihre Fähigkeit, sich intensiv auf ein Projekt zu konzentrieren, bis es abgeschlossen war. Mit anderen Worten, sie war ein wenig obsessiv.

Wenn es sich auf die Arbeit bezog, war das allerdings eine wunderbare Eigenschaft. Sie dachte immer an alles und übersah kein einziges Detail. Ihr Gehirn arbeitete im Schnellgang und obwohl sie gern unaufhörlich über geschäftliche Dinge redete, war sie dabei so engagiert und voller kreativer Ideen, dass das Thema nie langweilig wurde.

Eine arbeitswütige Partnerin war für mich genau das Richtige. Außer meiner Familie und der Freundschaft mit Laynie gab es für mich nur noch die Arbeit, um meine Zeit auszufüllen. Nun, so ziemlich jedenfalls. Und da sowohl sie als auch die beiden anderen wichtigen Menschen in meinem Leben – meine Schwester Norma und mein Bruder Ben – Partner gefunden hatten, konzentrierte ich mich hauptsächlich auf meinen Job. Auf diese Weise fühlte ich mich nicht so einsam.

Aber nun war Laynie davon besessen, ein Baby zu bekommen.

Himmel, ich verstand nichts von Babys. Oder Schwangerschaft. Oder Eheleben. Oder davon, jemanden so sehr zu lieben und sich so an ihn gebunden zu fühlen, dass man mit ihm Kinder haben wollte. Bei dem dauernden Gerede darüber fühlte ich mich einsamer denn je. Dabei war sie ja noch nicht einmal schwanger. Wie zum Teufel würde es erst werden, wenn sie tatsächlich ein kleines, menschliches Wesen hatte, auf das sie sich fixieren konnte?

»Ich habe noch keine Periode gehabt«, sagte Laynie, während ich zu meinem Schreibtisch ging, der im rechten Winkel zu ihrem stand. »Und das macht es noch schwieriger zu entscheiden, wann ich testen soll. Aber vor zwei Wochen habe ich alle Symptome von Ovulation gehabt – erhöhte Temperatur, Veränderungen in der Konsistenz der Zervix-flüssigkeit. Das bedeutet, dass meine Periode heute hätte einsetzen müssen. Aber da das nicht eingetreten ist, kann es sein, dass ich trotzdem schwanger bin und der Test es bloß noch nicht angezeigt hat – hab ich recht?«

»Das fragst du mich hoffentlich nicht im Ernst.« Ich sank auf meinen Stuhl und loggte mich in meinen Computer ein, während ich sprach. »Denn dir ist sicher klar, dass ich absolut gar nichts über Empfängnis weiß.«

»Aber ich habe dir gerade alles gesagt, was du darüber wissen musst. Ich sollte meine Periode haben. Aber ich habe sie nicht. Der Test ist negativ. Das ist ein Widerspruch. Ich könnte also schwanger sein, richtig?«

»Mir scheint, du hast deine Frage selbst beantwortet.« Ich spürte, dass sie protestieren wollte, und fügte schnell hinzu, ehe sie die Gelegenheit dazu hatte: »Hey, das musst du allein entscheiden. Ich kann dazu keine vernünftige Erkenntnis oder Meinung beitragen. Wenn du hingegen besprechen willst, welche neuen Köche wir in die engere Wahl ziehen sollen, habe ich eine ganze Menge dazu zu sagen.«

Sie machte den Mund auf, um etwas zu erwidern, schloss

ihn aber wieder. Als sie dann antwortete, sagte sie: »Ich verhalte mich obsessiv, nicht wahr?«

Ich benutzte Daumen und Zeigefinger, um etwa zwei Zentimeter anzuzeigen. »Ein bisschen schon.«

Sie ließ stöhnend die Stirn auf die Tischplatte sinken.

»Nicht doch. Mach dir keine Vorwürfe. Ich weiß, dass es frustrierend ist. Du hast dich auf etwas versteift und jetzt kannst du an nichts anderes mehr denken.« Mann, ich wusste, wie das war. Aber ich wusste auch, dass man mit der Erwartung leben konnte. Selbst wenn man ewig warten musste.

Aber wenigstens brauchte sie nicht allein zu warten.

Das sagte ich nicht laut, denn ich hatte Angst, es könnte verbittert klingen, und sie war schließlich nicht der Grund für meine Verbitterung. »Es braucht eben Zeit. Hat dir der Arzt nicht gesagt, dass es ein Jahr dauern könnte, bis alles bei dir wieder normal funktioniert?«

Immer noch mit dem Kopf auf dem Tisch stieß sie einen weiteren erstickten Seufzer aus, der in einem übertriebenen Schluchzer endete.

»Ich sage ja nicht, dass es wirklich so lange dauern wird. Du musst dich nur ... gedulden.« Das war leichter gesagt als getan. Das wusste ich selbst am besten. »Währenddessen versucht es einfach weiter. Habt so viel Spaß, wie ihr als Jungverheiratete nur haben könnt.«

Sie richtete sich so abrupt auf, dass ihr braunes Haar nach hinten flog. »Oh, das kannst du mir glauben, wir tun unser Bestes. Un-ent-wegt.« Sie wackelte suggestiv mit den Augenbrauen und ihr plötzlich enthusiastischer Tonfall zeigte an, dass sie nun gleich in eine schmutzige Lobeshymne auf ihr wahnsinnig reichhaltiges Liebesleben ausbrechen würde.

Erst neuerdings hatten ihre Geschichten begonnen, einen Funken Neid in mir zu entzünden, der heiß und wild in meinem Inneren brannte, aber ich weigerte mich, sie das spüren zu lassen. Sie hatten zuvor lebhafte Erinnerungen in mir geweckt – an den Mann, auf den ich wartete, daran, wie es immer bei uns gewesen war, wenn wir zusammen waren. Diese Erinnerungen waren mir lieb und teuer gewesen. Sie hatten mir etwas gegeben, woran ich mich festhalten konnte. Etwas, worauf ich mich freuen konnte.

Jetzt brachten sie mir bloß zu Bewusstsein, was ich nicht hatte.

Aber ich zwang mich zu einem ermunternden Lächeln, denn ich zog ihre rassigen Erzählungen dem Babygerede vor.

»Ich bitte dich, Laynie, tu nicht so, als ob ihr es jetzt öfter tut als zuvor, als ihr noch keine Kinderpläne hattet. Was Sex betrifft, seid ihr beide unersättlich.«

Sie grinste. »Das liegt an H. Er ist unermüdlich. Heute Morgen hat er mich um fünf Uhr geweckt und er war immer noch halb nackt, als sein Fahrer ihn um Viertel vor acht abholte. Diese Pierce-Potenz ... ich kann dir sagen ...«

»Nein, bitte nicht. Bei allem, was ich weiß, kann ich ihm jetzt schon kaum noch ins Gesicht blicken.«

»Ich sage ja bloß, ich wette, er hat einen Cousin oder so, den wir dir vorstellen könnten.«

Jetzt war die Reihe an mir zu stöhnen. »Bitte nicht.« Was die Pierce-Potenz betraf, hatte ich den Verdacht, dass sie sich nur bei Hudson zeigte. Ich jedenfalls hatte nicht die Erfahrung gemacht, dass mein eigener Liebhaber aus dieser

Familie besonders ausdauernd war. Das lag allerdings vielleicht nur an ihrem Altersunterschied.

Und diese kleine Vereinbarung am Rande war etwas, das ich mit niemandem teilte, am allerwenigsten mit Arbeitskollegen. Sie war mir peinlich und *unrecht* – in vielerlei Hinsicht, nicht nur wegen des Altersunterschiedes zwischen ihm und mir. Laynie und ich waren eng genug befreundet, dass sie mich nicht verurteilen oder mit mir schimpfen würde, aber dennoch. Ich hatte ein schlechtes Gewissen. Und zwar mit Recht. Ich sollte alle misslichen Gefühle von Scham über Abscheu bin hin zu Reue empfinden.

Laynie würde das lächerlich finden. Sie hatte mir bereits mehrmals gesagt, dass ich mein Leben nicht damit verschwenden sollte, auf jemanden zu warten, der offenbar spurlos verschwunden war. Und teilweise musste ich ihr sogar recht geben. Vielleicht hatte ich es deshalb geschehen lassen, dass dieser andere Pierce sich in mein Leben schmuggeln konnte. Und in mein Bett.

Allerdings nicht einmal in die Nähe meines Herzens, denn, ganz gleich, wie viel Zeit verstrichen war, es gehörte einem anderen.

»Na schön. Also mit niemandem aus Hudsons Familie. Aber du brauchst es nur zu sagen, dann finde ich jemanden für dich. Sag mir nur Bescheid, wenn du dazu bereit bist.«

Ich kaute an meiner Unterlippe und reagierte mit einem »Mm«, das so klingen sollte, als wäre ich durch etwas auf meinem Bildschirm abgelenkt. Zum Glück konnte sie es von dort, wo sie saß, nicht sehen, sonst hätte sie gemerkt, dass ich den Desktop anstarrte. Es war ja nicht unbedingt so, dass ich nicht darüber reden wollte. Ich wusste bloß nicht, was ich sonst noch zu ihr sagen sollte. »Spar dir die Mühe, ich bin ein hoffnungsloser Fall« würde sie nur dazu anregen, mich vom Gegenteil zu überzeugen. Und das wollte ich nicht. Denn was mich betraf, würde ich niemals dazu bereit sein.

»Also jederzeit.«

Ich spürte, wie sie mich ein paar Sekunden lang anstarrte, ehe ich das Klicken ihrer Finger auf der Tastatur vernahm. Es war wirklich nett von ihr, mir helfen zu wollen. Ich fand es immer noch schwierig, abgesehen von Norma und Ben mit Leuten umzugehen, denen etwas an mir lag. Leute wie Alayna und Hudson und Boyd – Normas Freund – und Eric, der Partner meines Bruders. Es war ja gar nicht so lange her, dass ich mich gegen jedermann abgeschottet und innerlich verschlossen hatte, ohne mich von meinen Hemmungen befreien oder anderen vertrauen zu wollen, und es war manchmal nicht leicht für mich, auf persönliches Interesse zu reagieren. Was wahrscheinlich albern war. Ich hatte mich, was Geselligkeit betraf, zwar nicht sozusagen in die Anführerin eines Cheerleader-Teams verwandelt. Aber ich hatte mich jedenfalls geändert. Und daran musste ich mich zuerst einmal gewöhnen.

Alayna drängte mich zum Glück nicht weiter. Das bedeutete, dass ich diesmal davongekommen war, und ich richtete meine Aufmerksamkeit wieder auf die Arbeit.

Ich atmete tief aus und öffnete auf meinem Computer den gemeinsamen Ordner mit dem Titel *Restaurant*. Während ich hauptsächlich für die Betriebsleitung und Laynie für Marketing und Personal verantwortlich war, schienen uns gemeinsam die besten Ideen zu kommen. Obwohl sie in erster Linie tagsüber und ich nachts arbeitete, richteten wir es so ein, dass unsere Arbeitszeit sich mehrmals in der Woche überschnitt, damit wir uns austauschen und in

Verbindung bleiben konnten. Freitagabends leiteten wir den Klub gemeinsam. Nicht dass sie gebraucht wurde – wir hatten mehr als genügend qualifizierte Manager, um alle Schichten zu besetzen, ohne dass sie am Wochenende arbeiten musste –, aber sie sagte, auf diese Weise würde sie nicht aus den Augen verlieren, was den Erfolg des Klubs ausmachte. Ehrlich gesagt war ich erstaunt, dass Hudson sie arbeiten ließ, wenn er nicht im Büro war. Er war ebenso kontrollsüchtig wie sie obsessiv war. Irgendwie kamen sie miteinander zurecht. Sogar perfekt.

Wie immer sie das auch machten, jedenfalls war ich dankbar dafür, dass wir gemeinsame Schichten hatten. Sie war nicht nur eine gute Freundin, sondern auch eine ausgezeichnete Geschäftsfrau. Sie hatte zwar schon mehrere Jahre beim Sky Launch gearbeitet, aber war erst zu derselben Zeit dort Geschäftsführerin geworden wie ich. Vom ersten Tag an war ich von ihren Plänen für die Entwicklung des Klubs beeindruckt gewesen, einschließlich ihrer Idee, seinen vorteilhaftesten Aspekt in den Vordergrund zu stellen – die privaten »Bubble«-Zimmer auf der ersten Etage mit Blick auf die Tanzfläche. Unser Ziel dabei war, mehrere kleine Gruppen anzuziehen und geschäftliche Verbindungen mit verschiedenen Unternehmen in der Stadt herzustellen, zu welchem Zweck wir durch eines der besten Werbeunternehmen in New York City eine umfangreiche Werbekampagne durchführen ließen.

Unser neuestes Projekt basierte auf der Idee, tagsüber die Räumlichkeiten als Restaurant zu benutzen. Der Klub, bei dem ich vorher gearbeitet hatte, das Eighty-Eighth Floor, hatte ein ähnliches Modell der Tag-und-Nacht-Nutzung gehabt, wie wir es für das Sky Launch in modifizierter Weise planten. Im Augenblick suchten wir nach geeigneten Köchen.

»Hast du Fuschia MacDonahough für morgen zugesagt?«, fragte ich, als ich mir den Kalender ansah. Schon seit Monaten trafen wir uns jeden Donnerstag zum Abendessen in der Penthouse-Wohnung, in der sie mit Hudson lebte. Das gab uns die Gelegenheit, außerhalb der Arbeit zusammenzukommen, obwohl wir das während der letzten zwei Wochen doch mit einem Arbeitsaspekt verbunden hatten, indem wir jeweils einen der Köche, die wir in die engere Wahl gezogen hatten, einluden, für uns zu kochen, damit wir deren Fähigkeiten beurteilen konnten.

Diese regelmäßige Verabredung hatte unsere Freundschaft gefestigt. Manchmal gesellte sich meine Schwester Norma zu uns und ab und zu kamen Ben und Eric auch dazu. Wir waren eine Art Familie geworden, wie eine aus gebrochenen Herzen zusammengesetzte Flickendecke. Auf diesen Abend freute ich mich mit derselben Intensität, mit der mir vor der Einsamkeit am Mittwochabend graute, der ihm vorausging.

»Jawohl. Für nächste Woche haben wir dann Jordan Chase eingeladen. Und danach werden wir wohl eine Entscheidung treffen müssen.«

Sie runzelte die Stirn und ich betete darum, dass ihr Gedankengang sich nicht in die Richtung bewegte, die ich vermutete.

»Jordan Chase«, wiederholte sie. »Das könnte doch sein, wofür JC steht.«

Es war passiert.

JC.

»JC war kein Koch.«

»Bist du sicher?«

»Ja, ich bin sicher.« Und das C stand wahrscheinlich für einen zweiten Vornamen, auf keinen Fall für den Nachnamen. Eines der wenigen Dinge, die er mir über sich verraten hatte, war sein Nachname gewesen – Bruzzo. Diese Information hatte ich für mich behalten, wie die meisten Dinge, die er mir erzählte, als ich ihn zum letzten Mal gesehen hatte.

»Er könnte trotzdem Jordan heißen.« Die gute Laynie. Wieder einmal festgefahren. »Das gefällt mir irgendwie. Es klingt schön.«

Wenn ich die Seelenstärke besäße, hätte ich sie einfach weiterreden lassen und nicht darauf reagiert.

Aber wenn es um JC ging, hatte ich das nicht, und das wusste Alayna ganz genau.

Ich drehte meinen Stuhl in ihre Richtung und sah sie böse an.

Sie hingegen starrte ins Leere und bemerkte meinen Blick gar nicht. »Gwen und Jordan. Jordan und Gwen. Das gefällt mir. Klingt richtig gut.« Endlich sah sie mich an. »Was?«

»In einem Moment willst du mich mit jemandem verkuppeln, im nächsten redest du wieder von JC. Willst du, dass ich mit ihm zusammen bin, oder nicht?«

»Keins von beiden. Ich meine, ich möchte, dass du glücklich bist. Und wenn ich bedenke, was du über diesen Kerl gesagt hast, komme ich zu dem Schluss, dass er dich glücklich macht. Ich wünschte also, dass er verdammt noch mal von dort zurückkommt, wohin er verschwunden ist, und genau das tut.«

Ich auch.

Ich wollte heute Abend nicht darüber sprechen. Also

nickte ich und hoffte, dass sie meinen Wink verstehen würde, als ich mich wieder meinem Bildschirm zuwandte.

Aber das tat sie nicht. »Aber wenn er nicht wiederkommt …«

»Dann findest du, dass ich das Ganze vergessen soll. Ich weiß, ich weiß.« Sie hatte es mir oft genug auf verschiedene Weise gesagt, sodass ich ihren Standpunkt in dieser Angelegenheit kannte.

Sie überraschte mich jedoch, als sie sagte: »Ich befinde mich im Zwiespalt, Gwen. Er klingt ganz wunderbar. Als sei er der perfekte Mann für dich. Nach all den Klippen, die Hudson und ich umschifft haben, glaube ich fest daran, dass Liebe die unglaublichsten Hindernisse überwinden kann.«

Eine schöne Überzeugung. Ich wünschte, ich könnte sie teilen. »Aber unser einziges Hindernis besteht darin, dass er nicht hier ist.« Nun, das und die Tatsache, dass er in Las Vegas jemand anderen geheiratet hatte, als er zu betrunken war, um zu wissen, was er tat. Das war etwas, was ich Alayna auch nicht erzählt hatte.

»Genau. Er müsste hier sein. Aber das ist er nicht. Du musst dich also entscheiden, wie lange du auf ihn warten willst. Wie viel von deinem Leben willst du verschwenden, während du auf ihn wartest? Was wäre, wenn er nie wiederauftaucht?«

Das war die Frage, die ich mir jeden Tag stellte.

Die Antwort war, dass ich verloren sein würde. Ich *war* verloren. Ihm verdankte ich, dass ich offener und entspannter und näher daran war, glücklich zu sein, als ich es mein ganzes Leben lang gewesen war. Aber mein Herz – jener Teil von mir, der an ewige Liebe und süße Küsse und Romantik glaubte – war verloren gegangen.

Ehrlich gesagt war ich nicht sicher, ob ich ihn jemals wirklich gefunden hatte. Aber ich hatte einen Blick darauf erhascht. Ich hatte etwas in mir entdeckt, das andeutete, dass ich es in mir hatte. Und wenn das wirklich so war, dann würde ich es auch ohne ihn finden. Ohne JC.

Aber Alayna hatte eine relevante Frage aufgeworfen. Wie lange konnte ich warten, bis ich zumindest so tat, als würde ich ein neues Kapitel in meinem Leben beginnen?

»Ich weiß nicht«, antwortete ich ganz offen.

Laynie schwieg einen Augenblick und ich konnte praktisch hören, wie sie nachdachte. »Ich kann dich ja verstehen«, sagte sie schließlich. »Absolut. Ich habe so viel Zeit mit weniger aussichtsvollen Beziehungen verschwendet, und meine Art, damit fertigzuwerden, war weit weniger vernünftig als deine Rückzugsstrategie. Aber Lauren, meine Lieblingstherapeutin, pflegte zu sagen, dass wir manchmal gar nicht mehr an dem interessiert sind, was wir uns wünschen. Wir haben uns nur daran gewöhnt, uns darauf zu konzentrieren.«

War das alles, was JC für mich geworden war? Eine bloße Gewohnheit?

Gegen diesen Gedanken sträubte ich mich. Aber wenn er mir überhaupt etwas beigebracht hatte, dann, dass man gar nicht lebt, wenn man sich daran klammert, in der Vergangenheit zu leben.

Ich hatte noch nie gegen eine Sucht ankämpfen müssen, aber jetzt hatte ich zumindest teilweise Einblick in die Lage, in der Alayna sich befunden hatte, als sie sich mit ihren nymphomanen Zwangsvorstellungen auseinandersetzen musste. Wie schwer musste es für sie gewesen sein, sie ein für alle Mal »aufzugeben«. Darum war es meinem Vater auch nie gelungen, mit dem Trinken aufzuhören, und darum war er heroinsüchtig geworden – weil es so schwer war, das aufzugeben, wofür man lebte.

Ebenso war es mir beinahe unmöglich, daran zu denken, JC aufzugeben, selbst wenn er nur noch in meiner Erinnerung existierte.

Aber gerade deshalb wurde mir klar, dass ich genau dies tun musste – ihn aufgeben. Denn ich wollte auf keinen Fall wie mein Vater werden.

Laynie hatte recht. Ich musste ein Mitglied von *JC Anonymous* werden. Ich musste mich von ihm befreien. Zögernd fragte ich: »Was würde diese Dr. Lauren in meinem Fall empfehlen?«

»Also.« Ihre Antwort kam ebenso zögernd, denn sie war sich nur allzu bewusst, wie schwer es mir fiel, an »Aufgeben« auch nur zu denken. »Sie würde vorschlagen, einen Termin festzusetzen. Ein Datum, an dem du aufhörst zu warten, oder in meinem Fall, an dem ich aufgebe, mich obsessiv zu verhalten, und dann hörst du an diesem Datum damit auf. Wie bei einem Job. Du reichst heute deine Kündigung ein und dann weißt du genau, wie viel Zeit dir noch bleibt, bis du dich neu orientierst.«

»Ich soll ein Datum festsetzen, an dem ich mit JC fertig bin? Das klingt doch ein wenig zu einfach, oder nicht?«

»Sicher. Aber es funktioniert.« Sie dachte kurz nach und korrigierte sich dann. »Oder es hilft jedenfalls. Aber das Einzige, was wirklich *funktioniert*, ist Entschlossenheit.«

Ich schürzte die Lippen und dachte über das nach, was sie gesagt hatte. Man könnte ihre Argumente genauso leicht auf Gründe anwenden, JC *nicht* aufzugeben. Wenn ich ehrlich der Überzeugung war, dass es für uns eine Zukunft gab, sollte ich nicht aufgeben.

Aber es war jetzt beinahe ein Jahr vergangen, seit er mich verlassen hatte. Beinahe zwölf Monate, seit er mir gestanden hatte, dass er in einem Mordfall Kronzeuge war. Dass er bis zur Gerichtsverhandlung untertauchen musste. Ich hatte keine Ahnung, wann das Verfahren abgeschlossen sein würde, und sobald dieser Zeitpunkt gekommen war, war er es, der mich finden musste. Was sich als schwierig erweisen würde, da ich um meines persönlichen Schutzes willen jede Spur meines alten Lebens ausgelöscht hatte. In meinem Fall handelte es sich um Schutz vor meinem Vater.

Ich vertraute darauf, dass er mich finden konnte. Aber würde er mich suchen? Denn, sicher, ich hegte immer noch Gefühle für ihn, aber bei Licht besehen war das eigentlich lächerlich. Während der sieben Monate unserer Bekanntschaft belief sich unsere Beziehung insgesamt nur auf etwa zwei Wochen, die wir tatsächlich zusammen gewesen waren. Neunundneunzig Prozent dieser Zeit hatten wir mit Sex verbracht. Worauf wartete ich also? Auf einen Mann, der mich wie lange offen geliebt hatte? Anderthalb Tage? Darauf und auf guten Sex. Unwahrscheinlich guten Sex.

Das war keine Rechtfertigung dafür, sich so lange an etwas zu klammern.

Und selbst wenn er mich tatsächlich liebte, wie er es mir versichert hatte, hatte ich das Gefühl, dass er dasselbe sagen würde.

Die Lösung lag auf der Hand.

Ich sah auf die Tastatur hinunter, wo meine Finger mechanisch immer wieder dieselben beiden Buchstaben tippten – J und C.

Nein. So konnte ich nicht ewig weiterleben.

Ich legte die Hände in den Schoß und lehnte mich auf meinem Stuhl zurück. »Der Vierte.«

Ich hatte so lange geschwiegen, dass Laynie einen Moment brauchte, um mir zu folgen. »Der vierte Juli?«

Ich schluckte. »Ja. Der Unabhängigkeitstag. Das scheint mir der richtige Tag zu sein, sich von jemandem zu befreien.«

Sie nickte mit düsterer Miene, aber in ihrem Blick lag sowohl Mitleid als auch Hoffnung. »Das klingt perfekt«, sagte sie. »Ein Tag zum Feiern. Wir werden alle zusammen auf Hudsons Jacht übernachten. Wir sehen uns das Feuerwerk an und alle werden denken, dass es zu Ehren dieser großen patriotischen Sache abgehalten wird, aber nur wir wissen, dass es in Wirklichkeit nur für dich ist.«

Im Vorjahr hatte ich mir am vierten Juli allein das Feuerwerk angesehen und mit jeder Faser meines Wesens JC vermisst. Irgendwie kam es mir so vor, als würde ich mich dieses Jahr noch einsamer fühlen.

»Perfekt«, sagte ich. Ich hatte erwartet, große Erleichterung zu verspüren, aber stattdessen war mir beinahe, als würde das Besiegeln dieses neuen Plans mich ersticken. Als zöge sich in meinem Inneren eine Schlinge zusammen und nähme mir den Atem. Als wäre meine Lunge plötzlich voller Sand und mein Herz, das einmal offen gewesen war, begänne, sich wieder zu schließen.

ZWEI

KAPITEL ZWEI

DER ERSTE STOSS IST HART, schnell. Von hinten.
Mir entfährt ein kehliger Laut, halb Grunzen, halb Seuf-
zer. Das ist es, *denke ich.* Wie lange habe ich darauf gewartet?
Es ist noch viel wundervoller als in meiner Erinnerung.
Wir sind noch ganz angezogen. Wir waren zu begierig
aufeinander. Zu ungeduldig. Mir war es gerade noch gelun-
gen, mir Hose und Unterwäsche über die Schenkel zu streifen,
ehe er mich herumwirbelte und über den Küchentisch legte.
Ich sah nicht einmal, wie er seinen Schwanz herausnahm,
aber ich spürte seine Erektion an meinem Unterleib. Fühlte
seine Spitze an meinem Eingang.
Dann dies. Dieser grausame, köstliche Stoß, der mich in
zwei Hälften zerteilt, in den Teil von mir, der ohne ihn war,
und den, der so sehr mit ihm ist. Dort ist es ihm bestimmt, zu
sein. In mir. Dick und hart wie Stahl. Fest. Unbewegt. Wie
etwas, woran ich mich klammern möchte, um es dort fest-
zuhalten.

Doch dann bewegt er sich, ohne mir Zeit zu geben, mich ihm anzupassen, ehe er sich herauszieht und erneut zustößt. Immer wieder, mit der Gewalt und Geschwindigkeit eines Presslufthammers. Der Ball der Begierde in meinem Unterleib dehnt sich aus und wird dünner wie ein Gummiband, das so straff wird, dass ich weiß, wenn er losgeht, wird er wie ein von einer Steinschleuder abgefeuerter Kiesel durch mich hindurchschießen. Mit den Händen fasst er unter meine Bluse und schiebt mir den BH nach oben, um meine Brüste zu befreien. Dann packt er sie und massiert sie mit festen Fingern.

Ich lasse die Hand zwischen meine Beine gleiten und reibe mir die Klitoris. Bei diesem Tempo wird er schnell kommen und ich möchte es gleichzeitig mit ihm tun. Oh Gott, da. Mit meinem Finger auf meiner Knospe und der Stelle, an der er mich berührt.

»Ist es gut so?«, fragt er. »Ist das die richtige Stelle?«

»Mhmm«, bringe ich heraus. Er kennt doch meinen Körper. Er sollte nicht fragen müssen.

Unsere Schenkel klatschen aneinander und seine Jeans scheuert an meiner Haut. Aber das mag ich. Wirklich. Ebenso wie ich die unbequeme Art und Weise begrüße, in der sich die Tischkante in meine Taille bohrt.

»Bin ich groß, Gwen? Fühle ich mich gut an?«

»Ja, ja. Du fühlst dich gut an.« Du fühlst dich immer so gut an, JC.

Ich bin jetzt nahe am Orgasmus. Ich verstärke den Druck auf meine Klitoris und dann ist er beinahe ... beinahe da. Die Umgebung beginnt, vor meinen Augen zu verschwimmen, und ich stelle mich auf die Zehenspitzen, als sich meine Wadenmuskeln anspannen. Ich bereite mich auf die Entla-

dung vor und weiß, dass er ebenfalls nahe dran ist. Ich muss
...

Ein stechender Schmerz zuckte mir durch die Brust, setzte meiner Fantasie ein jähes Ende und machte jede Hoffnung auf einen Orgasmus zunichte. »Au!«, schrie ich.

Im selben Moment kam Chandler zum Höhepunkt und wie er es immer zu tun pflegte, kommentierte er seinen Orgasmus mit seinen beiden Lieblingswörtern. »Fuck, ja. Ja. Ja. Fuck, ja. Jaaaa.«

Er ist neunzehn, brachte ich mir in Erinnerung. *Wenn du es mit einem Jungen treibst, darfst du nicht zu viel erwarten.* Zum Glück übertönte sein überlauter Erguss mein enttäuschtes Stöhnen über den Orgasmus, der mir versagt geblieben war. Über die verlorene Erinnerung an JC.

Chandler war mit dem Brunften fertig und brach auf mir zusammen.

Jesus, er war so erstickend. Buchstäblich und im übertragenen Sinn.

»Ähm, kann ich jetzt aufstehen?« Ich sagte das so nett, wie es mir möglich war, während ich sexuell noch vollkommen frustriert war.

»Ja, ja. Entschuldigung.« Eine Sekunde, nachdem Chandler sich zurückgezogen hatte, hatte ich bereits die Hose wieder an. Ich brachte meinen BH in Ordnung, ehe ich mich zu ihm umdrehte.

In der Regel versuchte ich, während unserer sexuellen Begegnungen jeglichen Augenkontakt mit ihm zu vermeiden. Wenn ich ihn dabei ansah, war es viel schwieriger, mir vorzustellen, dass er in Wirklichkeit JC war. Und wenn ich ihn danach ansah, war es schwierig, kein schlechtes Gewissen zu haben, weil ich mir vorstellte, er wäre jemand anderes.

Oh Gott, ich kam mir ganz schlecht vor.

Diesmal warf ich zufällig einen Blick auf ihn. Ich war elf Jahre älter als er, aber seine Züge waren so jugendlich, dass es mir manchmal eher wie zwanzig Jahre vorkam. Besonders wenn seine Wangen nach einem Quickie noch glühten, jeder Muskel in seinen Zügen entspannt war und sie dieses alberne, selige Lächeln zeigten.

»Verdammt, das war gut. So unheimlich gut.« Sein postkoitaler Dialog war immer derselbe. »War es für dich auch gut?«

Nein. Du hast mich in die Brustwarze gezwickt, meine Fantasie über JC ruiniert und ich bin nicht zum Orgasmus gekommen.

Aber stattdessen log ich: »Es war wundervoll.« Dann hatte ich Gewissensbisse, weil ich obendrein noch unehrlich zu ihm war.

Grauenhaft war noch eine Untertreibung.

»Es war wundervoll.« Er lächelte und beugte sich zu mir hinunter, um mich auf die Wange zu küssen, ehe er ins Bad ging, um das Kondom loszuwerden und sich zu säubern. Sobald er hinter sich die Tür geschlossen hatte, wischte ich mir mit der Hand den Kuss ab. Es war merkwürdig, dass diese Geste mir zuwider war. Ich konnte ihm erlauben, den Schwanz in mich zu stecken, aber nicht, mich auf die Wange zu küssen? Was zum Teufel?

Vielleicht würde sich das Problem von selbst lösen, wenn das Datum gekommen war, an dem ich JC aufgab. Wenn ich mir nicht mehr wünschte, dass ich mit ihm schliefe anstelle dieses Jungen.

Oder vielleicht war ich auch einfach nur ein Biest.

Ich ging seufzend zum Kühlschrank und nahm mir eine

Flasche Wasser heraus. Dann lehnte ich mich an die Arbeitsfläche und trank einen großen Schluck, wobei ich mir
wünschte, es wäre etwas Stärkeres. Aber ich wusste, dass
nichts stark genug sein könnte, um meine Schuldgefühle zu
ertränken.

Das Jämmerliche daran war, dass ich mich schuldbewusster fühlte, weil ich JC »betrog«, als ich es tat, weil ich
Chandler sexuell benutzte. Nicht dass ich ihn mehr benutzte
als er mich. Er war es gewesen, der damit angefangen hatte.
Wir waren uns bei dem Probeessen für Alaynas und
Hudsons Hochzeit begegnet und er hatte sein Interesse an
mir sofort kundgetan. Beim Hochzeitsempfang war er nicht
von meiner Seite gewichen und hatte wiederholt Annäherungsversuche gemacht mit dem ganzen Selbstbewusstsein
eines verwöhnten, reichen und außerordentlich attraktiven
Neunzehnjährigen.

Es war süß gewesen. Charmant. Frech.

Und ich war einsam gewesen.

Bei der Hochzeit war es mir zum ersten Mal wirklich klar
geworden, dass JC wahrscheinlich nicht wiederkommen
würde. Dass alle jemanden hatten außer mir. Es war mir bei
der unausgewogenen Tischordnung bei den Angehörigen der
Braut aufgegangen, aber nur um es unmissverständlich zu
demonstrieren, hatten die Götter der Klarheit es so eingerich-
tet, dass Laynies Brautstrauß mir direkt in die geöffneten
Arme fiel, als sie ihn geworfen hatte. Ich hatte dort gestanden
und ein paar Minuten lang das Bouquet mit gefleckten
Cymbidium-Orchideen an mich gedrückt, nachdem die
anderen Frauen längst wieder gegangen waren, und dabei
wurde mir die Peinlichkeit meiner Lage bewusst. Die Kälte.
Es war eine grausame Ironie des Schicksals. JC hatte mich

nur aus meinem emotionalen Schneckenhaus befreit, um mir das Herz zu brechen. Zu jenem Zeitpunkt waren zehn Monate vergangen, seit JC mich verlassen hatte. *Wenn ich beim letzten Mal, als wir uns liebten, schwanger geworden wäre, hätte ich mein Baby bereits bekommen.*

Zehn Monate und kein einziges Wort von ihm.

Dann hatte ich aufgeblickt, die Augen glasig von ungeweinten Tränen, und da war dieser süße Junge gewesen, der nur das Eine wollte, nämlich mit mir in einer versteckten, dunklen Ecke im botanischen Garten zu verschwinden und mich eine Weile dort zu ficken. Ich sah damals ein, dass ich zwei Alternativen hatte – entweder konnte ich wieder das eiskalte Biest werden, das ich vor JC gewesen war, oder ich konnte die Dinge, die ich von ihm gelernt hatte, ausnutzen, um ein glücklicherer Mensch zu werden.

Also ließ ich es zu, dass Hudsons kleiner Bruder mich gegen einen Baum nahm.

Wir waren beide gekommen. Und ich hatte mich ein wenig besser gefühlt. Jedenfalls gut genug, um ihm meine Telefonnummer zu geben. Gut genug, um die Sache zu wiederholen.

Ich war von Anfang an aufrichtig gewesen. »Keine Bindung. Keine romantischen Gefühle. Keine Verpflichtung.« Genau das, was JC und ich uns einmal vorgenommen hatten. Aber bei JC hatte ich beinahe sofort gewusst, wie unmöglich es mir sein würde, mich an diese Vereinbarung zu halten.

Chandler hatte meinen Bedingungen zugestimmt. Er war an einer ernsthaften Beziehung nicht interessiert, ganz besonders nicht mit einer Frau, die älter war als er. Außerdem hatte er jede Menge Mädchen, mit denen er schlief, die meisten davon in seinem Alter. Aber mich hatte er gern in seiner Sammlung, denn ich war offenbar eine Errungenschaft, mit der er angeben konnte. Unsere Vereinbarung hatte also für uns beide Vorteile. Er hatte Sex mit einer »heißen Biene, die Erfahrung hatte« – seine Worte – und ich hatte etwas, um meine Ausfallzeit zu überbrücken.

Anfangs hatten wir uns immer im Sky Launch getroffen. Er kam früh morgens, wenn ich gerade mit der Arbeit fertig war und bevor er ins College musste. Wir hatten Sex, vereinbarten das nächste Mal, und das war's dann. Erst vor Kurzem, nachdem Alayna uns eines Morgens beinahe erwischt hätte, hatten wir beschlossen, uns stattdessen in meiner Wohnung zu treffen.

Wenn er auch JC in keiner Weise ersetzen konnte, war Chandler gut für mich. Ihm war zu verdanken, dass ich mich nicht in mein Schneckenhaus zurückzog. Und der Sex mit ihm war meistens ganz in Ordnung. Solange ich meine eigene Stimulierung in die Hand nahm, gelang es mir gewöhnlich, zum Höhepunkt zu kommen, und während dieser kurzen Augenblicke der Seligkeit konnte ich vergessen, wie unglücklich ich in der übrigen Zeit war.

Es war eine gute Regelung. Unter anderen Umständen wäre JC vielleicht sogar stolz auf mich gewesen.

Aber seit einer Woche oder so war etwas anders. Etwas, das ich nicht genau definieren konnte.

Chandler kam aus dem Badezimmer zurück und ich betrachtete ihn, während er den Reißverschluss an seiner Hose hochzog. Die Mitglieder der Familie Pierce hatten jedenfalls hervorragende Gene – Chandler war ein heißer Typ. Heißer, als es ein Teenager eigentlich von Rechts wegen sein sollte, mit seinen stechend blauen Augen und den ausgeprägten Wangenknochen. Soweit ich das beurteilen konnte, war er auch ganz schön durchtrainiert. Ich hatte ihn allerdings noch nie nackt gesehen, denn das war eine meiner Bedingungen, aber wenn mein Rücken an seinen Brustkorb gepresst war, fühlte er sich muskulös an. Er würde eines Tages ein guter Fang sein. Die Mädchen waren sicher bereits hinter ihm her.

Wenn ich es nun recht bedachte, hatte er in letzter Zeit keine seiner anderen weiblichen Eroberungen erwähnt, und das pflegte er vorher ziemlich häufig zu tun.

Ich legte den Kopf schräg und sah ihn an. »Wie geht's denn so mit diesem Mädchen?«

Er steckte die Hände in die Hosentaschen und blickte sich im Zimmer um. »Da musst du dich schon genauer ausdrücken.«

»Dieses Mädchen, von dem du mir erzählt hast, du hättest dich ein paarmal mit ihm getroffen. Du hast sogar schon einmal eine Nacht bei ihr zu Hause verbracht. Melissa? Oder Melanie?« Es gab so viele. Er war ein richtiger Playboy.

»Mit Melanie bin ich fertig. Du meinst sicher Molly.« Er zog erst einen Schuh aus und dann den anderen.

»Dann eben Molly. Hey, was machst du denn da?«

Er zuckte die Achseln. »Ich mache es mir nur bequem. Mit Molly ist es auch vorbei. Sie war ... zu anhänglich.«

Jetzt wurde mir klar, was los war. »Oh nein. Nein. Du kannst es dir nicht bequem machen. Das ist nicht Teil unserer Vereinbarung.«

Er setzte sich aufs Sofa und legte die Füße auf den Kaffeetisch, wobei er entspannt einen Knöchel über den anderen schlug. »Komm schon. Hudson hat gesagt, dass er mich vor morgen nicht im Büro braucht, und du hast doch heute frei, oder? Ich könnte also ruhig noch eine Weile hierbleiben.«

Er wollte es sich gemütlich machen, hatte das Interesse an anderen Frauen verloren ...

Verdammt noch mal. Chandler hatte Gefühle für mich.

Und jede Unze Schuld, die ich empfand, wuchs auf das Zehnfache. Ich stellte meine Wasserflasche ab und marschierte zu ihm hinüber. »Oh nein. Hierbleiben kommt nicht infrage. Den Tag zusammen verbringen auch nicht.« Er sah mit einem herzzerbrechend traurigen Blick zu mir hinauf. »Sieh mal, sobald du weg bist, werde ich nur duschen und dann schlafe ich.«

Seine Mundwinkel hoben sich. »Dann kann ich doch mit dir duschen und schlafen. Oder nicht schlafen, wenn dir das lieber ist.« Er wackelte suggestiv mit den Augenbrauen.

»Nein, das ist mir nicht lieber.« Ich hob seine Schuhe auf und reichte sie ihm.

»Na gut, na gut. Ich kann schlafen. Ich war lange auf und es ist noch früh. Wir könnten bloß kuscheln.« Sein Ausdruck wurde weicher und noch jungenhafter als sonst. »Das wäre doch schön.«

Ich zögerte. Ich zog es ernsthaft in Erwägung, was er da vorschlug. Denn Kuscheln klang wirklich verlockend. An einen warmen Körper geschmiegt zu schlafen wäre sehr schön. Und warum nicht mit Chandler? Sicher, da war der Altersunterschied zwischen uns. Ein beträchtlicher Altersunterschied, aber Norma war ja auch acht Jahre älter als ihr Freund Boyd und ihre Beziehung funktionierte hervorragend. Chandler hurte zwar ziemlich viel herum – und darum bestand ich auch immer darauf, dass er ein Kondom benutzte

–, aber das war in seinem Alter normal. Im Großen und Ganzen war er jedoch ein anständiger Kerl aus guter Familie, der eine gesicherte Zukunft vor sich hatte. Wäre das nicht der beste Weg, mir JC »abzugewöhnen«? Mit jemand anderem eine neue Beziehung anzufangen?

Allerdings wäre sie auf einer Lüge aufgebaut. Denn außer Dankbarkeit für das, was er mir körperlich gewährte, und einer gewissen persönlichen Zuneigung empfand ich nichts für Chandler. Ich liebte ihn nicht. Und Liebe vorzutäuschen wäre weder ihm noch mir selbst gegenüber fair. Und JC gegenüber auch nicht. Wenn ich mich zu einer neuen Beziehung entschloss, musste es eine sein, die Zukunftsaussichten hatte. Nicht bloß eine, die sich mir zufällig anbot.

Ich seufzte. »Das wäre schön, Chandler. Für jemand anderen. Aber nicht für mich. Das gehört nicht zu unserer Beziehung.« Innerlich wand ich mich, als ich dieselben Worte benutzte, die JC einmal zu mir gesagt hatte. Damals hatten sie nicht der Wahrheit entsprochen, und das war uns beiden genauso klar gewesen, wie mir jetzt bewusst war, dass ich sie ehrlich meinte.

Doch um ganz sicherzugehen, dass Chandler mich richtig verstand, formulierte ich es anders. »Solche Gefühle habe ich nicht für dich.«

Zu seinen Gunsten muss ich sagen, dass er seine Enttäuschung ziemlich gut verbarg. Scheinbar konnte er stoisch reagieren, wenn es ihm nützlich war. Er war Hudson doch ähnlicher, als es ihm allgemein zugestanden wurde.

»Nicht Teil der Vereinbarung. Richtig. Schon verstanden.« Er zog sich die Schuhe an und stand auf. »Dann also bis Sonntagmorgen?«

Das war der Moment gewesen, an dem JC gezeigt hatte, dass ich ihm etwas bedeutete, obwohl ich es damals nicht gemerkt hatte. Denn er hatte es nicht über sich gebracht, mich gehen zu lassen, und das war genau, was ich mit Chandler tun musste.

Also tat ich es. »Ähm, nein. Ich glaube, unsere kleine Affäre ist jetzt zu Ende. Ich meine ...« Obwohl ich es für nötig hielt, wollte ich den Jungen nicht verletzen. Doch das war leichter gesagt als getan.

Ich verlagerte das Gewicht auf eine Hüfte und versuchte, die Worte *Es liegt nicht an dir, sondern an mir* in eine originellere Ausdrucksweise zu kleiden. »Es hat wirklich ... Spaß gemacht. Und es war genau das, was ich nötig hatte. Du hast mir wieder bewusst gemacht, was ich brauche.« Orgasmen nämlich. »Und was ich nicht brauche.« Nämlich jemanden, dem ich mehr bedeutete als er mir. »Jetzt möchte ich mich neu orientieren und ich glaube, dass ich das allein tun muss.« Oder wenigstens mit Männern, die nicht nach mehr verlangen würden.

Bitte kämpfe nicht um mich, bitte kämpfe nicht um mich.

Er tat es nicht.

»Okay. Keine große Sache.« Er zuckte die Achseln, was er ziemlich oft tat, wie ich bemerkt hatte. »Wenn du dich anders besinnst, hast du ja meine Nummer.«

»Ja, die habe ich.«

Er trat verlegen von einem Fuß auf den anderen, als wüsste er nicht, ob er mich umarmen oder küssen sollte. Ich erleichterte ihm die Entscheidung, indem ich zur Seite trat, damit er keines von beidem tun konnte.

An der Tür blickte er zu mir zurück und lächelte ein

wenig melancholisch. »Also, ich hoffe sehr, dass du dich anders besinnst.«

Ehe ich antworten konnte, öffnete er die Tür und war verschwunden.

Ich atmete einmal tief aus und ließ mich aufs Sofa fallen. Ich schlang die Arme um mich und ließ die Tränen fließen, anstatt sie zurückzuhalten, wie ich es gewöhnlich tat. Es war ja erst ein Tag vergangen, seit ich den vierten Juli zu dem Tag auserkoren hatte, an dem ich JC endgültig aufgeben würde, und in zwei Wochen wäre es so weit.

Das bedeutete, dass ich ihn nur noch zwei Wochen vermissen durfte, und das würde ich verdammt noch mal ausnutzen.

DREI

KAPITEL DREI

»ER WEISS BESCHEID«, behauptete Alayna. »Er hat es zwar nicht gesagt, aber er weiß es.«

Es war mal wieder Donnerstag, der Abend, an dem wir uns jede Woche zum Abendessen trafen, und ich saß mit ihr draußen auf dem Balkon, während wir darauf warteten, dass der Koch die Mahlzeit servierte. Norma war auch dabei und sie hoffte, an diesem Abend endlich den Mut zu haben, Hudson von ihrer Beziehung mit Boyd in Kenntnis zu setzen.

Norma und Boyd waren jetzt schon seit zwei Jahren heimlich ein Paar. Nur Alayna, Ben und ich wussten darüber Bescheid, und wir hatten alle schwören müssen, Hudson kein Wort davon zu sagen. Sonst würde Boyd vielleicht versetzt. Oder entlassen. Er war nämlich bei Pierce Industries ihr Assistent – und zwar, wie sie behauptete, der beste, den sie jemals gehabt hatte – und bezüglich Beziehungen zwischen Vorgesetzten und ihren Untergebenen hatte das Unternehmen strenge Richtlinien.

Selbstverständlich war ihre Beziehung nicht geplant gewesen. Keinem von beiden wäre es im Traum eingefallen, ein Liebesverhältnis einzugehen, das sie geheim halten mussten, obwohl ich ziemlich sicher war, dass dies die gegenseitige Anziehung anfänglich verstärkt hatte. Aber geplant oder nicht, es war geschehen. Jetzt wollten sie einen Schritt weiter gehen – und es bekannt machen.

»Hudson weiß es nicht.« Norma war unerschütterlich. »Wenn er es täte, wüsste ich das, und er weiß es nicht.«

Ich trat mit den Füßen gegen die Balkonmauer, auf der ich saß. »Und wie kannst du das wissen?«

»Weil ich Hudson kenne.« Norma, die neben mir gegen die Mauerkante gelehnt stand, warf einen Blick zu mir hinüber und hielt sich dann mit den Händen die Augen zu. »Du machst mich ganz verrückt, wenn du dort oben sitzt. Wenn du nun runterfällst?«

Ich sah hinter mich. Mein Hintern war nicht einmal in der Nähe der Außenkante. »Ich werde nicht fallen.«

Laynie räusperte sich, um auf sich aufmerksam zu machen. »*Ich* kenne Hudson.« Sie klang verärgert, obwohl ich sicher war, dass meine Schwester das gar nicht merkte. »Und ich sage dir, er weiß es. Außerdem würde es Hudson auch ganz verrückt machen, dich dort sitzen zu sehen.«

Ich war selbst auch ein bisschen böse. Sicher, wir waren etwa fünfzig Stockwerke vom Boden entfernt, aber ich war schließlich keine Zehnjährige mehr. Es war schlimm genug, wenn Norma mich bemutterte. Mit zur Seite geneigtem Kopf sagte ich zu meiner Freundin: »Meinst du vielleicht, er weiß es, weil du es ihm gesagt hast?«

»Nein!«

»Warum glaubst du es dann?«

»Weil —«

Ich schnitt ihr das Wort ab. »Und sag nicht: ›Weil ich das einfach tue.‹«

Sie warf mir einen vernichtenden Blick zu. »Ich wollte sagen, weil er manchmal diese kleinen Bemerkungen darüber macht, dass Norma *andere Dinge* im Sinn hat oder wie sie Boyd genau dort hat, *wo sie ihn haben will*. Und ich schwöre, das sind Andeutungen.«

Norma spottete: »Das ist reine Fantasie. Ihr seid noch jungvermählt. Deine Libido ist übersteuert. Du hörst Andeutungen aus allem, was er sagt.«

Obwohl Alayna mit Hudson verheiratet war und Norma Boyd hatte, gab es immer noch häufig Spannungen zwischen ihnen, weil Norma einmal bis zum Wahnsinn in Hudson verliebt gewesen war. Und die Tatsache, dass sie immer noch eine seiner engsten Mitarbeiter blieb, war eine Konfliktquelle, zu der keine von beiden sich bekennen wollte.

Ich war die Glückliche, die den Friedensengel spielen musste. »Okay, dann überleg doch mal. Es ist ganz egal, ob er es weiß oder ob er es nicht weiß. Der springende Punkt ist, dass Laynie nicht glaubt, dass er sich groß darüber aufregen wird, dass du mit Boyd zusammen bist, und ich glaube es auch nicht.«

Norma war skeptisch. »Er kann nicht gut *nichts* tun. Ich meine, vielleicht zuerst schon, solange ich es geheim gehalten habe, aber wir wollen nicht, dass es so bleibt.«

»Ich weiß. Ihr möchtet zusammen zum Feuerwerk gehen.« Oh Gott, ich hatte von ihrem Gejammere so die Nase voll. Wenigstens hatte sie jemanden. Was machte es schon, dass niemand es wissen durfte.

Aber sie war schließlich meine Schwester und ich liebte sie. »Du solltest es Hudson einfach sagen.«

Laynie trommelte mit dem Finger auf der Armlehne ihres Liegestuhls. »Weißt du, es könnte ziemlich heiß sein, wenn ihr euch dort treffen und heimlich unanständige Dinge tun würdet. Es werden viele Leute auf der Jacht sein und sie werden alle das Feuerwerk ansehen.« Sie sagte das so, als hätte sie besondere Erfahrung damit, während Pierce' alljährlichem Hafenfeuerwerk heimlich unanständige Dinge zu tun.

Was ja ganz niedlich war. Aber ganz und gar nicht etwas, wobei ich mir meine Schwester vorstellen wollte. »Das will ich nicht gehört haben.« Ich hielt mir die Ohren zu. Ich hatte bereits mehr gesehen, als ich verkraften konnte, als ich Norma und Boyd bei ihren, nun, ungewöhnlichen sexuellen Aktivitäten im Büro überrascht hatte.

Norma erwog es. »Boyd hat keine Einladung.«

»Er kann ja mit Gwen kommen.«

Verdammte Laynie. So eine Schlange.

Norma hob erfreut eine Augenbraue. »Das ist eine gute Idee ...«

»Nein, das ist keine gute Idee. Auf keinen Fall. Ich komme nicht als Alibi-Freundin.« Ich fuhr mir mit der Hand durchs dunkelblonde Haar. »Wie wär's denn damit – sag einfach gar nichts. Tauche einfach mit Boyd auf, dann siehst du ja, ob Hudson dich überhaupt darauf anspricht.«

»Das könnte auch funktionieren«, sagte Norma.

Laynie war nicht einverstanden. »Um Gottes willen. Das kannst du nicht machen. Das geht nicht gut. Hudson würde es bei Weitem vorziehen, wenn du offen zu ihm bist.«

»Worum geht es denn?«, fragte Hudson, der auf der

Schwelle stand, und wir verstummten sofort. Er blickte fragend von Alayna zu Norma und dann zu mir, wobei sich seine Augen vor Schreck weiteten, als er sah, wo ich saß.

Ich sprang auf den Boden.

Seine Züge entspannten sich, dann wiederholte er seine Frage. »Wovon spricht Alayna? Wer von euch beiden soll offen zu mir sein?«

Ich wollte gerade etwas sagen, da er immer noch mich ansah, aber Laynie kam mir zuvor. »Gwen möchte jemanden zur Feuerwerksveranstaltung mitbringen und sie wusste nicht, ob sie das einfach machen oder dich vorher fragen sollte.«

Wenn Blicke töten könnten, hätte Hudson jetzt das Begräbnis seiner Frau organisieren müssen.

Er streifte mich mit einem misstrauischen Blick. »Beides wäre in Ordnung. Du hast einen neuen Freund, Gwen? Kennen wir ihn?«

»Nein«, sagte ich gleichzeitig mit Laynie, die erklärte: »Es ist ihre erste Verabredung«, und Norma, die antwortete: »Boyd.«

Gütiger Himmel. Ich versuchte gar nicht erst, meine Entrüstung zu verbergen.

Hudson musterte mich eine Weile, ehe er den Blick auf Norma ruhen ließ. »Natürlich ist Boyd willkommen.« Dann fügte er etwas strenger hinzu: »Aber vergiss nicht, dass du deinen guten Ruf wahren musst.«

Ich konnte Norma schlucken hören. »Selbstverständlich.«

»Ausgezeichnet. Hier geht es darum, den *Anschein* zu wahren. Solange das geschieht, ist alles in Ordnung.«

Verdammt. Jetzt verstand ich, was Laynie mit Andeutungen meinte.

Er entspannte sich und wandte sich wieder seiner Frau zu. Die Art und Weise, wie er sie anzusehen pflegte – als wäre sie der Mittelpunkt des Universums –, erregte bittersüße Empfindungen in mir. So angebetet hatte ich mich gefühlt, wenn JC mich angesehen hatte. Als wäre ich sein einziger Lebenszweck. Oh Gott, was hätte ich darum gegeben, dies wiederzuhaben. Ihn wiederzuhaben.

In dreizehn Tagen werde ich ihn aufgeben. Konnte ich das wirklich fertigbringen?

»Alayna, die Köchin will dich sprechen.« Hudson streckte die Hand nach ihr aus.

»Okay, ich komme.« Sie schlang die Finger um seine und ging mit ihm davon, wobei sie uns einen Blick über die Schulter zuwarf und mit den Lippen formte: »*Er weiß es.*«

»Er weiß tatsächlich Bescheid«, stimmte ich zu, sobald sie außer Hörweite waren.

»Mist.«

Ich schlang Norma tröstend den Arm um die Schultern. »Aber das ist nicht schlimm, Schwesterherz. Er hat gesagt, es kommt auf den Anschein an. Hast du gehört, wie er das Wort *Anschein* betonte? Damit will er dir sagen, dass ihm gleich ist, was du machst, solange es niemand weiß.«

Norma runzelte die Stirn. »Ich habe das ganz anders verstanden. Es sollte eine Warnung sein.«

Meine Schwester schien Hudson wirklich nicht zu kennen. »Er hat dich nicht warnen wollen.«

»Doch. Das war offensichtlich.«

Ich ließ frustriert den Arm sinken. Ich hatte ohnehin nicht viel für Berührungen übrig und wenn sie nicht einmal versuchen wollte, die Sache in einem positiveren Licht zu sehen, würde ich mir auch keine besondere Mühe geben, ihr Mut zu machen. »Er hätte nicht gesagt, dass Boyd mitkommen darf, wenn er dich warnen wollte.«

Ich verschränkte die Arme und war bereit, das Thema fallen zu lassen.

»Das ist wahr.« Sie klang jetzt etwas optimistischer, oder vielleicht merkte sie auch nur, dass ich verärgert war. »Doch selbst wenn das der Fall ist, trägt das nicht zur Lösung unseres Problems bei, dass wir uns öffentlich zu unserer Beziehung bekennen wollen. Nicht beim Feuerwerk. Aber irgendwann schon.«

»Hey, eins nach dem anderen.« Ich stieß sie mit der Schulter an. »Okay?«

»Ja. Du hast recht. Ich werde mir heute keine Sorgen mehr darum machen.«

Gott sei Dank. »Ich bin immer noch der Ansicht, du solltest einfach zusammen mit Boyd als Partner kommen und sehen, was passiert.« Denn ich würde auf keinen Fall mit ihm hingehen. So wollte ich das Datum meiner Entsagung auf keinen Fall verbringen. Nicht dass ich gewusst hätte, wie ich es stattdessen verbringen sollte.

»Einverstanden.«

Ich hob erstaunt eine Augenbraue.

Dann fügte sie hinzu: »Wenn du mit Chandler als Partner erscheinst.«

Ich verdrehte die Augen. »Niemals.« Norma war der einzige Mensch, dem ich meine unsittliche Affäre mit dem Pierce-Teenager anvertraut hatte. Ich hatte es unbedingt jemandem beichten müssen und da sie sich in einer ähnlichen Situation befand, erwartete ich nicht, dass sie mich verurteilen würde. Und das hatte sie auch nicht getan.

Von unserer Trennung am Vortag hatte ich ihr allerdings noch nichts erzählt. »Übrigens habe ich mit ihm Schluss gemacht.«

»So schnell?«

Ich drehte mich zu ihr um. »Du brauchst gar nicht so enttäuscht zu klingen. Daraus sollte nie eine Beziehung werden. Es war Bumsen, weiter nichts.« Trotz ihrer Frustration darüber, dass sie ihre Romanze mit Boyd geheim halten musste, war sie eine Verfechterin der Partnersuche geworden, seit sie sich verliebt hatte. Als wäre es so einfach, den Richtigen zu finden – und zu behalten.

»So habe ich das ja auch gar nicht gemeint. Du bist bloß so viel netter, wenn du jemanden zum Bumsen hast.«

Ich starrte sie böse an. »Nun, Chandler kann es nicht sein. Er hat angefangen, Gefühle zu entwickeln.«

»Ah. Wie schade.«

Die Sprechanlage, die Besucher in der Eingangshalle ankündigte, begann zu klingeln. Ich sah durch die offene Balkontür zu, wie Laynie den Hörer abhob. »Lass uns hineingehen«, sagte ich und setzte mich in Bewegung, ohne Normas Zustimmung abzuwarten.

Laynie hängte gerade auf, als ich bei ihr ankam. »Kommt sonst noch jemand zum Essen?« Ich hatte angenommen, dass wir unter uns sein würden, und mit wem auch immer Laynie gerade gesprochen hatte, verursachte mir Unbehagen.

»Ja, ich habe ganz vergessen, es dir zu sagen. Chandler hat gefragt, ob er sich zu uns gesellen darf. Er ist gerade unterwegs nach oben.«

Fuck.

Norma und ich wechselten Blicke.

Laynie riss entsetzt die Augen auf. »Gütiger Himmel, du schläfst doch nicht etwa mit ihm?«

»Was – ich – wie kannst du ...« Ich bin ohnehin keine gute Lügnerin, und das kam so unerwartet, dass ich nicht darauf vorbereitet war.

»H hat den Verdacht geäußert. Verdammt. Ich habe gesagt, dass du mir so etwas auf keinen Fall verschweigen würdest.«

Hudson merkte auch wirklich alles. Das war mir zuvor noch nie aufgefallen.

Und nun hatte ich noch einen Grund, wegen der Sache mit Chandler ein schlechtes Gewissen zu haben. »Es tut mir leid, es tut mir leid. Ich hätte es dir sagen müssen. Ich wollte dich nicht in Verlegenheit bringen. Und wir haben eh Schluss gemacht. Es ist vorbei. Darum könnte der heutige Abend etwas peinlich werden.« Insbesondere deshalb, weil ich das ungute Gefühl hatte, dass er beschlossen hatte, meinetwegen zu kommen. »Du sagst, er hat sich selbst eingeladen?«

Laynie fiel aus allen Wolken. »Ach, verflixter Mist. Er hat sich in dich verliebt, nicht wahr? Du hast meinem kleinen Bruder das Herz gebrochen?«

»Genau genommen ist er ja gar nicht dein Bruder. Und wenn schon, er ist selbst schuld. Ich habe ihm die –«

Ich wurde vom Geräusch der sich öffnenden Aufzugtüren unterbrochen.

Norma sah ihn zuerst. »Chandler. Hi. Nett, dich mal wiederzusehen.«

Ich lächelte gezwungen. »Chandler.« Er hatte sich fein gemacht und trug eine schicke Anzughose und ein Hemd anstatt seiner gewöhnlichen Jeans. Und er sah wirklich gut aus.

Verdammt. Warum konnte er nicht älter oder reifer sein oder bloß ... jemand anderes?

»Gwen. Ich habe nicht gewusst, dass du hier bist.« Er hatte sehr wohl gewusst, dass ich hier sein würde. Ich hatte ihm von unserer regelmäßigen Verabredung mit Hudson und Alayna erzählt.

Ich sah ihn böse an.

Die Küchentür öffnete sich. »Meine Damen«, sagte Hudson, ehe er seinen Bruder bemerkte, »und Chandler – die Köchin ist bereit zu beginnen. Sie möchte uns hier Geschmacksproben anbieten, ehe sie die Gerichte serviert.«

»Mir scheint, ich bin gerade zur richtigen Zeit gekommen«, sagte Chandler zu mir, während Norma und Alayna schon unterwegs in die Küche waren.

Ich trat einen Schritt näher an ihn heran. »Wieso bist du überhaupt hier?«, zischte ich. »Wir haben Schluss gemacht. Hast du das vergessen?«

»Blase dich nicht so auf, Gwenny.« *Gwenny?* Jetzt hatte er mir auch noch einen Spitznamen gegeben? »Vielleicht möchte ich nur etwas Zeit mit meinem Bruder und seiner Frau verbringen.«

»Bist du deswegen hier?«

Er legte mir die Hand ins Kreuz und beugte sich zu mir hinunter. »Nein. Ich bin deinetwegen gekommen. Ich finde, du hast gestern eine zu hastige Entscheidung getroffen. Wir sollten uns besser kennenlernen, ehe du beschließt, dass es zwischen uns vorbei sein sollte.«

»Ach du lieber Himmel.« Er hatte sogar Aftershave benutzt. Zwar zu viel, aber es war eine nette Geste.

Allerdings war er nicht, was ich wollte. Er war nicht *der*, den ich wollte. Darum war ich ja so frustriert und gemein und unglücklich. Darum wollte ich ihn so schlecht behandeln, damit er das Interesse an mir verlieren würde, doch gleichzeitig wollte ich mich auch mit der Situation abfinden und versuchen, so mit ihm zusammen zu sein, wie er es sich wünschte.

»Kommt ihr beide heute noch?« Hudson stand immer noch an der Küchentür. »Oder soll ich euch den Weg ins Gästezimmer zeigen?«

Chandler grinste. Voller Stolz. »Das überlasse ich dir, Gwen.«

»Ich komme«, fauchte ich und ging an Hudson vorbei in die Küche.

Hinter mir hörte ich Chandler murmeln: »Nun, das ließe sich einrichten.«

Scheißleben.

DAS ABENDESSEN WAR EINE TORTUR. Es stellte sich heraus, dass Fuschia MacDonahough, unsere Köchin für den heutigen Abend, zwar ein ausgezeichnetes Bild ihrer Fähigkeiten entwerfen konnte, aber das, was sie gekocht hatte, war keineswegs so gut. Noch schlimmer als das Essen waren Chandlers dauernde Annäherungsversuche unter dem Tisch. Jedes Mal wenn er mir die Hand aufs Knie oder auf den Schenkel legte, stieß ich ihn mit dem Ellbogen an. All dies blieb natürlich von den anderen nicht unbemerkt, was aus den Blicken, die sie wechselten, und dem leisen

Lachen, das jeden seiner Versuche begleitete, klar hervorging.

Nach dem Essen verschwand Hudson wie gewöhnlich in der Bibliothek und ließ die Frauen tun, »was Frauen eben so tun«, wie er sagte. Diesmal jedoch schlossen »die Frauen« Chandler ein und nachdem ich nach dem Essen meinen Kaffee getrunken hatte, war ich bereit, nach Hause zu fahren, obwohl ich an meinem Donnerstagabend gewöhnlich bis spät in die Nacht bei den Pierces blieb.

»Ich begleite dich nach unten«, schlug Chandler vor.

»Nicht nötig«, sagte ich mit zusammengebissenen Zähnen. »Norma kommt mit nach Hause. Nicht wahr, Norma?«

»Jetzt schon«, murmelte sie.

»Ihr könntet ja bloß so tun, als ob ihr gehen würdet, und dann zurückkommen, sobald er weg ist«, sagte Laynie leise, als sie uns die Handtaschen aus dem Garderobenschrank reichte.

»Oder sie könnte so tun, als ginge sie nach Hause, sich dann mit ihm in der Eingangshalle treffen und ich komme allein zurück«, sagte Norma.

Wenigstens besaß Laynie den Anstand, zumindest den Versuch zu machen, ihr Lachen zu unterdrücken, aber es blieb bei dem *Versuch*.

»Das vergesse ich euch nicht«, sagte ich und zeigte erst auf die eine und dann auf die andere. »Die Rache ist mein.«

»Aber sicher«, erwiderte Norma und tätschelte mir gönnerhaft den Arm. »Ich hole mir zuerst nur schnell bei Hudson eine Akte ab.«

Ich folgte ihr in die Bibliothek, wo Hudson am anderen Ende des Raumes mit einem Glas Scotch an seinem Schreibtisch saß und an seinem Computer arbeitete. Norma und Hudson besprachen Geschäftliches, während im Fernsehen an der Wand im Hintergrund in gedämpfter Lautstärke gerade die Nachrichten gezeigt wurden. Hinter mir hörte ich, wie Laynie sich mit Chandler unterhielt, höchstwahrscheinlich um ihn daran zu hindern, mich weiter zu belästigen.

Vielleicht würde ich ihr ja doch verzeihen.

»Ich habe es gleich morgen früh fertig«, sagte Norma, um mir anzudeuten, dass wir gehen konnten.

Ich wandte mich zum Gehen, als eine vertraute Stimme im Fernsehen meine Aufmerksamkeit erregte. Ich hatte zwar schon öfter gedacht, ich hörte JC, wenn es am wenigsten wahrscheinlich war, aber ich musste mich einfach umdrehen.

Und dann gaben mir die Knie nach.

Denn dort war er, auf dem Bildschirm, sein Gesicht war glatt rasiert, sein Anzug passte ihm auf diese unvergleichliche Weise, sein Haar war zurückgekämmt, um seine Naturlocken zu verbergen. Er sah wundervoll und umwerfend aus, eine Fata Morgana, wie er da auf der Zeugenbank saß und ein Staatsanwalt ihn fragte, in welcher Beziehung er zu der Verstorbenen gestanden hätte.

»Sie war meine Verlobte«, sagte er und mein Herz machte einen Satz.

Die Gerichtsverhandlung. Dies war der Mord, bei dem er Zeuge gewesen war. Und, oh mein Gott, es war seine Verlobte gewesen.

»Gwen?« Normas besorgte Stimme klang undeutlich und weit weg, als der Nachrichtensprecher seinen Kommentar begann.

»Der Staatsanwalt in dem fünf Jahre alten Mordfall hat heute am Spätnachmittag seinen Kronzeugen in den Zeugen-

stand gerufen. Der Fall hatte Aufsehen erregt, als der Hauptverdacht auf das Mitglied des Repräsentantenhauses Ralphio
Mennezzo fiel. Ehe eine Festnahme stattfinden konnte,
verschwand Mennezzo und tauchte mehrere Jahre unter,
währenddessen zwei Zeugen des Verbrechens tot aufgefunden wurden. Vor einem Jahr hatte die Polizei endlich
Erfolg, als ein Privatdetektiv Mennezzo in North Carolina
aufspürte. Als Mennezzo auf Bewährung freigelassen wurde,
musste der einzige verbliebene Zeuge in Schutzhaft
genommen werden.«

Jetzt zeigte der Bildschirm, wie JC von Polizisten vor
dem Gerichtsgebäude eiligst zu einem Zivilfahrzeug gebracht
wurde, während Reporter ihn mit Fragen bombardierten.
Sein Name füllte den ganzen unteren Bereich des Bild-
schirms – *Justin Caleb Bruzzo.*

»Gwen?«, fragte Norma wieder und legte mir die Hand
auf die Schulter.

Jetzt konzentrierte sich der Kameramann auf den
Berichterstatter. »Bruzzos Zeugenaussage wird morgen fort-
gesetzt, während die Verteidigung ihr Plädoyer am Montag
beginnt.«

»Hey, *Justin Caleb*«, sagte Laynie, die auf meiner
anderen Seite auftauchte. »Das könnte doch sein, wofür JC
steht.«

Ich fühlte mich erhitzt und gleichzeitig schwach, mein
Puls raste und meine Handflächen waren verschwitzt. Ich
lehnte mich an meine Schwester und wandte mich Alayna
zu. »Das ist er«, sagte ich und konnte kaum sprechen, denn
ich war zu schockiert. Zu überwältigt. »Das ist er«, wiederholte ich. »Das ist JC.«

VIER

KAPITEL VIER

CHANDLER FUHR mit mir und Norma im Aufzug nach unten.

»So klischeehaft das klingen mag, du siehst aus, als hättest du ein Gespenst gesehen«, sagte sie.

Mir zitterten noch die Knie und mir schwindelte. »Ich fühle mich auch so, als ob ich eins gesehen hätte.«

»Wer ist er?«, fragte Chandler, der näher bei mir stand, als mir lieb war.

»Das ist eine lange Geschichte.« Mir war nicht danach, es zu erklären, und selbst wenn ich es gewollt hätte, war er wohl kaum der Richtige dafür.

Norma betrachtete mich mit einem Gesichtsausdruck, der entweder Mitleid oder Empörung ausdrückte – es war schwer zu sagen. »Hast du das gewusst?«

Das schien mir eine heikle Frage zu sein. Hatte ich gewusst, dass JC Kronzeuge bei einer wichtigen Verhandlung war? Ja. Hatte ich gewusst, dass es dabei um den Mord an seiner Verlobten ging? Nein. Hatte ich gewusst, dass er in Schutzhaft genommen werden musste? Ja. Hatte ich gewusst, dass er ein ganzes Jahr verschwunden bleiben würde und dass die erste Gelegenheit, bei der ich ihn wiedersehen würde, in Gesellschaft von Freunden und Familienmitgliedern auf einem Fernsehbildschirm wäre? Ach ja – und der meines bis vor Kurzem jugendlichen Liebhabers?

Nein. Das hätte ich mir ganz bestimmt nicht träumen lassen.

Doch ich beantwortete ihre Frage nicht. Denn ich konnte sehen, dass sie, obwohl sie für mich da sein wollte, auch verletzt war, weil ich ihr die ganze Geschichte nicht früher erzählt hatte.

Es war jedoch nicht schwer, sie zu besänftigen. Als sie in ihren Wagen stieg, umarmte ich sie und flüsterte: »Ich konnte dir nichts sagen, Schwesterherz. Ich hätte es gern getan. Aber ich konnte es nicht. Du hast ja auch monatelang deine Beziehung mit Boyd geheim gehalten. Weil es nicht anders ging.«

Sie brauchte eine Weile, aber dann lenkte sie ein. »Du hast recht. Das weiß ich ja. Und ich kann es gut verstehen. Ich wünschte bloß, ich hätte dir helfen können.«

»Ich weiß. Ich ja auch.«

Sie fuhr davon und ließ mich mit dem schwierigeren Problem allein – nämlich Chandler.

»Lass mich dich nach Hause bringen«, sagte er und versuchte, mir den Arm um die Taille zu legen.

Ich entzog mich ihm. »Danke. Aber ich muss jetzt allein sein.« Ich winkte einem Taxi.

Chandler bewegte sich hinter mir umher. »Ich halte das nicht für eine gute Idee. Du solltest jetzt ganz gewiss nicht allein sein.« Er schlang die Arme um mich und ich verspannte mich.

Ich stieß ihn von mir. »Lass mich in Ruhe.«

Ein Taxi hielt an und ich ging darauf zu. »Hör auf damit«, sagte ich scharf, als Chandler versuchte, mir zu folgen. »Zwischen uns ist es vorbei. Das ist mein Ernst.«

Ich glitt auf den Rücksitz und schloss die Tür, hörte aber noch seine letzten Worte, während wir davonfuhren: »Das glaube ich nicht, Gwenny.«

Ich ließ mich gegen das Fenster sinken und wünschte, ich hätte wegen Chandler ein schlechtes Gewissen. Aber ich war zu sehr von gewissen Gefühlen für JC in Anspruch genommen, um Raum für irgendetwas anderes zu haben.

Zu Hause angekommen nahm ich mir meinen Laptop und legte mich damit ins Bett, ohne mir die Mühe zu machen, mich auszuziehen. JC hatte mir sehr wenig über Corinnes Tod erzählt. Eigentlich nichts, abgesehen davon, dass sie vor fünfeinhalb Jahren im Dezember gestorben war und dass ihm das so sehr zu Herzen ging, dass er sich das Datum auf den Unterarm tätowieren ließ. Aus den Nachrichten erfuhr ich, dass er das Verbrechen zusammen mit zwei anderen Zeugen gesehen hatte – zwei anderen, die seitdem tot aufgefunden worden waren. Die Erkenntnis, in welcher Gefahr er sich tatsächlich befunden hatte, tat mir in der Seele weh und schlug mir auf den Magen.

Kein Wunder, dass er sich verstecken musste. Doch obwohl ich das jetzt vollkommen begriffen hatte, war ich auch unvernünftigerweise wütend darüber, dass er mir nicht mehr darüber erzählt hatte, denn jetzt war ich verloren und von einem sehr wichtigen Teil seines Lebens ausgeschlossen.

Ich öffnete Google, starrte auf den Bildschirm und war

nicht sicher, wo ich anfangen sollte. Nach einigen Minuten tippte ich seinen Namen ins Suchfeld und drückte auf die Enter-Taste. Doch anstatt mir das erste Suchergebnis anzusehen, scrollte ich durch die Schlagzeilen, bis ich eine fand, die den Titel hatte: **Wer ist Justin Caleb Bruzzo?**

Ja. Allerdings.

Ich klickte darauf. Als die Seite erschien, war das Auffallendste darauf ein Foto von JC, das den ganzen Bildschirm ausfüllte. Er sah beinahe genauso aus wie jetzt, nur jünger, denn einige der vertrauten Lachfältchen um die Augen fehlten noch. Er trug verwaschene Jeans und ein schlichtes, schwarzes T-Shirt, ich konnte also sehen, dass auf seinem Unterarm keine Spur von Tinte war, was bestätigte, dass das Foto aus der Zeit vor Corinnes Tod stammte. Doch selbst wenn ich diesen Anhaltspunkt nicht gehabt hätte, um das Foto zu datieren, war es offensichtlich, da diese Frau an seiner Seite saß, die Finger mit seinen verflochten. Sie hatte dunkle Haut und große Augen, gelocktes schwarzes Haar und einen großen Diamantring an der linken Hand.

Ich hatte nicht gewusst, dass sie eine Farbige gewesen war. Es war merkwürdig, sich JC in einer gemischtrassigen Beziehung vorzustellen. Ich hatte nichts dagegen. Es war bloß, weil ich nicht farbig war. Ich war auch nicht so feingliedrig wie sie. Und auch nicht so temperamentvoll und lebensfroh, wie ihre Kleidung und ihre Funken sprühenden Augen es ahnen ließen. Jeder Unterschied zwischen Corinne und mir stand für etwas anderes, was ich über JC nicht wusste. Ich hatte angenommen, dass er kurvenreiche Blondinen bevorzugte, weil er sich um mich bemüht hatte. Ich hatte angenommen, dass er ernsthafte Frauen mochte, die schwer zu erobern waren.

Wie konnte derselbe Mann, der mit einer solchen Frau verlobt gewesen war, überhaupt für eine Frau wie mich etwas übrighaben?

Es versetzte mir einen Stich in der Brust.

»*Ich habe sie geliebt*«, hatte er einmal zu mir gesagt. »*Jetzt liebe ich dich.*«

Es war einfacher gewesen, ihm zu glauben, als wir noch zusammen waren. Als ich nicht vor Augen hatte, wie glücklich er mit ihr gewesen war.

Dies war sicher ein Verlobungsfoto, sagte ich mir. Darauf sehen Paare immer glücklich aus.

Aber dieser Gedanke tröstete mich nicht.

Ich riss mich von dem Foto los und las den Artikel durch.

Justin Caleb Bruzzo ist die Geheimwaffe der Staatsanwaltschaft im Prozess gegen Ralph Mennezzo, begann er und fügte einen Querverweis zu einem Artikel hinzu, in dem das Verbrechen beschrieben wurde. Ich folgte ihm nicht, sondern fuhr fort, über den Mann zu lesen, mit dessen Hilfe es möglich war, einen Mörder hinter Gitter zu bringen.

Justin Bruzzo wuchs als einziges Kind der ungeheuer erfolgreichen Rechtsanwälte Janet und Telford Bruzzo in New Hampshire auf. Er verbrachte seine Jugend an verschiedenen Privatschulen und sein hoher Intelligenzquotient und seine Motivation erlaubten ihm einen vorzeitigen Schulabschluss. Justin studierte in Yale, wo er gleich zwei Hauptfächer belegte – Wirtschaftswissenschaften und Klavier. Telford erlitt in dieser Zeit einen tödlichen Herzinfarkt, aber Justin ließ sich davon nicht beirren. Im Alter von vierundzwanzig Jahren hatte er sein Studium in Yale mit einem Doppelabschluss in den Studiengängen Betriebswirtschaft und Jura beendet.

Seine beträchtliche Erbschaft ermöglichte Bruzzo, seine

*eigene Investmentfirma zu gründen, die auf die Finanzierung
hochriskanter Start-ups spezialisiert ist. Nach dem Tod seiner
Verlobten übergab Bruzzo die Leitung der Firma seinem
Vorstandsgremium und zog nach Los Angeles um. Obwohl er
weiterhin Kunden einbrachte, widmete er einen Großteil
seiner Zeit der polizeilichen Suche nach Mennezzo, der die
Flucht ergriffen hatte, als die Polizei Interesse an ihm bekun-
dete. Als Mennezzo schließlich festgenommen und des
Mordes an Corinne Jackson angeklagt worden war, wurde
Justin bis zur Eröffnung des Prozesses hier in Manhattan an
einem unbekannten Ort in Schutzhaft genommen.*

Beinahe alles in diesem Artikel war mir neu und gab mir
gerade genügend Details, um zu bestätigen, dass JC tatsächlich diese Person war. Ich hatte zwar gewusst, dass er Geld
hatte, aber nicht, dass er eine beträchtliche Erbschaft
gemacht hatte oder seine eigene erfolgreiche Investmentfirma besaß. Ich hatte keine Ahnung gehabt, dass er mehrere
akademische Grade an einer Elitehochschule errungen
hatte. Der winzige Teil seines Lebens, in dem ich vorkam,
war nirgendwo zu finden. Das hatte ich natürlich nicht
erwartet, aber es veränderte meine Perspektive, seinen
Lebenslauf zu lesen, der sich auf die wichtigen Ereignisse
und Menschen in seinem Leben bezog, ohne mich einzuschließen. Ich war belanglos. Ich war unnötig. Ich war
irrelevant.

Ich klickte auf »Zurück« und betrachtete die Suchergeb-
nisse. Über hunderttausend Artikel waren gefunden worden.
Wie viel mehr würde ich darin entdecken, was ich noch nicht
wusste? Wie viele andere Artikel würden einen Mann
darstellen, mit dem ich auf intime Weise vertraut war, und
dann einen völlig Fremden beschreiben? Existierte der JC,

den ich kannte, überhaupt? Und wenn er es tat, wo endete er und wo begann Justin Caleb Bruzzo?

Ich klappte meinen Laptop zu, denn ich konnte nicht weiterlesen. Was ich über JC wissen wollte, stand nicht im Internet. Der einzige Weg herauszufinden, ob er und ich eine Chance hatten und ob unsere Beziehung etwas Wirkliches an sich hatte, bestand darin, ihn zu sehen.

NACHDEM ICH ZWEI Stunden unruhig geschlafen hatte, zog ich mich an und machte mich auf den Weg zum Gericht.

Es war mir gleich, dass ich meinen Tagesschlaf aufgab und eine lange Arbeitsnacht im Klub vor mir hatte – noch dazu eine Freitagsschicht. Oder dass er mich vielleicht von der Verhandlung fernhalten wollte. Oder dass ich gefühlsmäßig nicht darauf vorbereitet war, ihn wiederzusehen. All das war mir nicht wichtig. Ich musste ihn sehen, das war das Einzige, was mir klar war.

Und ich wusste, ich wollte nicht, dass er mich bemerkte. Noch nicht.

Ich traf rechtzeitig ein, um dafür zu sorgen, dass ich eingelassen wurde, aber nicht zu früh, um auf die Eröffnung der heutigen Verhandlung warten zu müssen. Es war nicht das erste Mal, dass ich bei einer Gerichtsverhandlung anwesend war – ich war beim größten Teil des Prozesses dabei gewesen, in dem mein Vater zu zehn Jahren Gefängnis verurteilt worden war, weil er meinen kleinen Bruder zusammengeschlagen hatte. Aber es war mein erster Mordprozess und ich war nicht sicher, was ich erwarten sollte. Ich war nicht einmal sicher, ob ich mich wirklich dazu überwinden konnte, hineinzugehen und zuzusehen.

Nachdem ich die Sicherheitskontrollen hinter mir gelassen hatte, fand ich die Anzeigetafel mit der Tagesordnung, ehe ich mich auf den Weg in den Gerichtssaal machte. Im Gegensatz zum Prozess gegen meinen Vater war der der Staatsanwaltschaft von New York City gegen Ralphio Mennezzo der Öffentlichkeit zugänglich und die hinteren Reihen der mittleren Sektion waren für jeden reserviert, der einen Presseausweis vorweisen konnte. Ich suchte mir einen Sitzplatz, der so nahe wie möglich daran war, und hoffte, dadurch so weit in der Menge unterzutauchen, dass ich unbemerkt bleiben würde, obwohl mir bewusst war, dass JC mich entdecken würde, sollte er wirklich in die Zuschauermenge blicken.

Ich erwog, wieder zu gehen. Ich könnte ja draußen bleiben, wo ich ein geringeres Risiko einging, gesehen zu werden, ihn selbst aber trotzdem sehen würde. Aber ich blieb.

Vielleicht wollte ich ja doch, dass er mich entdecken würde.

Kurz nachdem ich mich gesetzt hatte, erschien der Gerichtsdiener vorne im Saal und bat uns, unsere Mobiltelefone auszuschalten. Ich stellte mein Handy ab und steckte es in meine Handtasche. Eine Minute später begann die Verhandlung. Wir wurden gebeten, uns zu erheben. Wir erhoben uns. Der Richter trat ein. Einige Formalitäten wurden erledigt und dann rief der Staatsanwalt Justin Caleb Bruzzo in den Zeugenstand. Die Türen im Hintergrund öffneten sich. Ich reckte den Hals, um besser sehen zu können.

Und da war er und sah gleichzeitig jünger und älter aus,

als ich ihn in Erinnerung hatte. Gleichzeitig sexyer und genauso sexy. Der Meine und ganz und gar nicht der Meine. Vielleicht sogar niemals der Meine. Oder immer der Meine. Den Bruchteil einer Sekunde zögerte er. Um mich herum schien alles zum Stillstand zu kommen und mir war, als könnte er meine Anwesenheit spüren. Dachte, er würde sich mir zuwenden und mich ansehen, als würde zwischen uns ein unsichtbares Band bestehen. Irgendeine undefinierbare Verbindung.

Aber er drehte sich nicht um und dann war der Moment auch schon vergangen.

Mein Blick blieb auf ihn geheftet, als er selbstbewusst den Korridor entlang zum Zeugenstand marschierte, und mit jedem Schritt, den er tat, spürte ich, wie mir das Herz schwoll. Er war *hier*, nicht einmal zehn Meter von mir entfernt. Jede Sekunde, die er fort gewesen war, schmolz dahin, als hätte die Zeit stillgestanden. Er war hier und die Welt war wieder in Ordnung. Er war hier und ich konnte endlich wieder atmen.

Der Richter begrüßte JC – Justin – und er erwiderte den Gruß mit einem leichten Lächeln, das mir Herzflattern verursachte. Sie unterhielten sich kurz – es betraf die Tatsache, dass er am Vortag eingeschworen worden war und er sollte nun an seinen Schwur erinnert werden –, aber mich erinnerte es nur an all die Versprechen, die er mir gemacht hatte. Unausgesprochene Versprechen. Wie er meine Lippen mit seinen berührt hatte. Wie seine Hände sich auf meiner Haut anfühlten. Wie er sich bewegte, wenn er in mir war – an alle Schwüre, die er geleistet und gebrochen hatte, als er in Las Vegas eine Fremde geheiratet hatte und dann aus meinem Leben verschwunden war.

Vielleicht war ich ein wenig verbittert.

Aber es gab eine Menge anderer Gefühle, die ich auch empfand – Erleichterung, Euphorie, Verwirrung, Reue und Beklommenheit. Ich hungerte nach jedem Wort aus seinem Mund und war doch zu durcheinander, um mich auf irgendetwas zu konzentrieren, was er sagte. Ich sehnte mich danach, dass er die Arme um mich schlang, anstatt sie auf den Armlehnen seines Stuhls ruhen zu lassen. Mich verlangte schmerzlich danach, ihn anzuschreien, ihn zu ohrfeigen und ihm zu sagen, wie sehr ich ihn hasste. Dann wieder wollte ich ihn mit Küssen bedecken und ihm sagen, wie sehr ich ihn liebte.

Jede dieser Emotionen war so lebhaft, so intensiv und so überwältigend, dass ich es kaum ertragen konnte. Mir blieb nur, sie alle zu unterdrücken, sie tief in mir zu begraben. Mich dagegen mit Kälte und Erstarrtheit immun zu machen. Wieder so zu sein, wie ich es gewesen war, ehe ich JC kennenlernte. Wie ich mit allen anderen emotionalen Krisen in meinem Leben umgegangen war.

Also tat ich das.

Ich schöpfte einmal tief Atem und ließ mich taub werden.

Und dann konnte ich endlich dem Verlauf der Verhandlung folgen.

»Hat Miss Jackson Sie an jenem Abend erwartet?«, fragte der Staatsanwalt.

Da ich einen Tag der Zeugenaussage versäumt hatte, brauchte ich ein paar Minuten, um mich darauf einzustellen.

»Sie hat uns erwartet, ja«, antwortete JC. »Wir wollten uns ein Spiel der Rangers ansehen.«

Ich hatte nicht einmal gewusst, dass er ein Hockeyfan war.

»Sie sagten ›uns‹«, antwortete der Staatsanwalt. »Würden Sie dem Gericht mitteilen, wer sonst noch dabei war?«

Vielleicht war es ja Corinne gewesen, die sich für diesen Sport interessierte.

»Zwei meiner Kollegen, mit denen ich an einem Projekt arbeitete. Tom LaRue und Steve Stockbridge.«

»Also, Mr. Bruzzo, diese beiden, Thomas LaRue und Steven Stockbridge, waren mit Ihnen zusammen, als Sie in Miss Jacksons Büro eintrafen?«

»Ja. Sie waren beide da. Sie haben alles gesehen, was ich sah. Sie sind jedoch nicht hier, um das zu bezeugen, weil Mennezzo sie beide ermorden ließ, als er herausfand, dass sie gegen ihn als Zeugen aussagen sollten.«

Der Verteidiger erhob Einspruch. »Mein Klient wurde noch nicht wegen der Ermordung von Mr. LaRue und Mr. Stockbridge angeklagt.«

»*Noch nicht* ist hier das Schlüsselwort«, murmelte jemand neben mir, als der Richter sagte: »Einspruch stattgegeben.«

Ich riss mich von JC los, um mir den Angeklagten anzusehen, den Mann, der an alledem Schuld war – Ralphio Mennezzo. Von meiner Perspektive aus konnte ich nur teilweise sein Profil sehen, als er sich umwandte, um mit seinem Rechtsanwalt zu sprechen. Dann blickte er wieder nach vorn und ich konnte nur noch seinen Hinterkopf sehen.

Ich starrte den kahlen Punkt in der Mitte seines beinahe schwarzen Haares an und spürte einen bitteren Geschmack im Mund. Ich war mir nur allzu bewusst, dass ich ihn hassen würde, wenn ich mir wieder erlauben würde, etwas zu empfinden. Ich würde ihn dafür hassen, dass er ein anderes menschliches Wesen getötet hatte. Ihn hassen, weil er JC etwas genommen hatte, was er geliebt hatte. Aber am meisten würde ich ihn dafür hassen, dass er mir JC weggenommen hatte.

Ich hatte noch nicht einmal seine Verbrechen gehört und hoffte bereits, dass er im Gefängnis verrotten würde.

Und dann hörte ich, was er getan hatte, als alles allmählich aus JCs Zeugenaussage hervorging. Ich vernahm, wie Mennezzo bei der letzten Wahl Wählerstimmen gekauft hatte – diese Bemerkung wurde natürlich prompt mit einem Einspruch quittiert. Dann hörte ich, wie er Kundengelder auf sein eigenes Konto überweisen ließ. Wiederum ein Einspruch. Dann kam das Schlimmste, als er, von seiner jungen Assistentin mit seinen Missetaten konfrontiert, eine Pistole aus seiner Schreibtischschublade genommen und sie erschossen hatte.

Es war spät abends gewesen. Eine kalte Winternacht, als alle anderen Büroarbeiter bereits nach Hause gegangen waren, außer Corinne, die Überstunden machte, bis ihr Verlobter sie zu einem Hockeyspiel abholen wollte. Wer weiß, warum sie sich ausgerechnet diesen Abend ausgesucht hatte, um etwas zu sagen. Niemand wusste genau, was sie getan hatte, um ihn zu reizen, aber erst in der vorhergehenden Woche hatte sie ihren Verdacht JC gegenüber geäußert, der dies für den Grund hielt.

Und als JC eingetroffen war, um sie abzuholen, war er gerade rechtzeitig gekommen, um zu sehen, wie die Frau, die er liebte, zusammenbrach, während sich um sie eine Blutlache bildete. Seine Freunde hatten ihn zurückgehalten, als er ihr zu Hilfe eilen wollte. Sie hatten ihm den Mund zugehalten, seine Schreie erstickt und ihn in den Schatten gezogen, wo sie hörten, wie der Abgeordnete einen Anruf tätigte. Wo sie hörten, wie er sagte, er hätte eine Schweinerei gemacht, die beseitigt werden müsse. Sie hatten sich ruhig verhalten und waren in ihrem Versteck geblieben, während Mennezzo seelenruhig das Licht ausschaltete, sein Büro abschloss und sich entfernte, als wäre es das Ende eines gewöhnlichen Arbeitstages.

»Haben Sie dann die Polizei gerufen?«, fragte der Staatsanwalt.

»Tom hat es getan. Oder Steve. Ich weiß nicht mehr, wer von beiden.« JC klang so kalt und leer, wie ich mich selbst gemacht hatte. Er hatte mir einmal gesagt, dass er dessen fähig sei, aber bis zum heutigen Tag hatte ich das noch nie bei ihm erlebt.

»Und Sie? Was haben Sie getan?«

»Ich bin zu Cori gelaufen. Ich legte die Hand auf ihre Wunde, um zu versuchen, die Blutung zu stillen. Ich versuchte, sie dazu zu bringen, die Augen zu öffnen und etwas zu sagen. Ganz gleich, was.«

»Aber sie hat nicht reagiert?«

JC schwieg einen Moment und ich sah einen Riss in seiner Rüstung. »Nein.«

Im Saal herrschte ehrfürchtiges Schweigen, abgesehen von einem gelegentlichen Schniefen, während JC fortfuhr, die Einzelheiten der letzten Augenblicke seiner Verlobten zu schildern. Wie verdreht sie auf dem Boden lag. Wie schrecklich es klang, als sie versuchte, trotz der Kugel in ihrer Lunge Atem zu schöpfen. Wie ihm ihr Blut über die Hände strömte und seine Kleider selbst dann noch durchweichte, als sie still und leblos dalag.

Ich konnte es mir genau vorstellen – das Bild, das JC entwarf, war niederschmetternd und schrecklich. Es war eine Szene, die ich wohl nie wieder aus meiner Vorstellung würde verbannen können, obwohl ich sie eigentlich gar nicht gesehen hatte.

»Und was haben Sie dann gemacht?«

JC hob den Kopf und ich hätte schwören können, dass er mich direkt ansah. »Ich habe aufgehört zu leben.«

FÜNF

KAPITEL FÜNF

DANN ZOG sich das Gericht zur Beratung zurück und ich ergriff die Flucht. Ich sah mich nicht gern als jemanden, der vor Schwierigkeiten davonlief – und das tat ich ja eigentlich auch nicht. Nun, buchstäblich zwar schon, aber nicht, weil ich mich vor etwas drücken wollte, dem ich mich stellen musste. Vielmehr war es so, dass ich nicht dorthin gehörte. Es gab keinen Platz für mich in diesem Teil von JCs Welt, in dem er eine Frau so sehr liebte, dass sein Leben ihm beendet schien, als sie starb. Ich war das fünfte Rad am Wagen. Ein überzähliges Puzzleteil.

Und wenn er mit ihr gestorben war, was machte er denn, als er mit mir zusammen war?

Es zwang mich, den Ängsten ins Auge zu sehen, die immer am Rande jeder meiner Fantasien über JC gelauert hatten – die bangen Fragen, was er und ich zusammen hatten, woran ich mich während der letzten zwölf Monate geklammert hatte, ob vielleicht niemals wirklich etwas zwischen uns gewesen war.

Aber er hatte mich angesehen. Er musste gewusst haben, dass ich da war, und doch hatte er mich erst angesehen, als er das sagte, was für mich das Schlimmste sein würde. Er musste die Absicht gehabt haben, mir etwas zu sagen, und ich hörte daraus: *Sie war mein Leben, Gwen. Nicht du.*

Als das Gericht also die Verhandlung unterbrach, eilte ich hinaus, den Korridor entlang, mied die Aufzüge, die Haupttreppe und die Toiletten, und lief in Richtung des Ausgangs, der am weitesten entfernt war. Ich musste in meine eigene Welt zurückkehren, in der ich einen festen Platz und eine bestimmte Rolle hatte. Vielleicht ein einsamer Ort, aber weit weniger einsam als dieser, an dem ich nichts zu suchen hatte.

Meine Hand lag bereits an der Tür zum Treppenhaus, als jemand meinen Namen rief. Es war eine vertraute Stimme, aber nicht die von JC. Ich wandte mich um. »Matt?«

»Gwen. Ich habe mir gedacht, dass du es bist.«

Matt war in dem Klub, für den ich zuvor gearbeitet hatte, mein Vorgesetzter gewesen. Ich hatte mir nicht die Mühe gemacht, mich im Gerichtssaal umzusehen, aber er musste dort gewesen sein, das war logisch. Matt war ja trotz ihres Altersunterschiedes mit JC befreundet gewesen.

Nein. Nicht bloß befreundet, ging mir auf, als Matt mich herzlich umarmte. Matts Nachname war schließlich Jackson. Warum war mir das noch nie aufgefallen?

»Sie war deine Tochter«, sagte ich, als er mich losließ. »Und JC sollte dein Schwiegersohn werden.« Einzelne Bruchstücke aus der Vergangenheit fügten sich zu einem zusammenhängenden Bild. Die Zugeständnisse, die Matt JC im Klub gemacht hatte. Der Radiobericht über die Festnahme in einem alten Mordfall. Die Unterhaltung zwischen ihnen, die ich belauscht hatte, als Matt JC gestand, dass er es »einfach nicht fertigbrachte«, während einer bestimmten Woche dort zu sein – jener Woche, in der sich Corinnes Tod wieder einmal jährte.

Matt nickte. »Ich kenne den Jungen jetzt schon eine ganze Weile. Er hat viel geopfert, um dem Mörder meines kleinen Mädchens Gerechtigkeit widerfahren zu lassen, und ich stehe sehr in seiner Schuld. Er ist wie ein Sohn für mich.«

Ein Sohn.

Wieder ein Stück von JCs Vergangenheit, von dem ich nichts wusste. Mir fiel unsere erste Begegnung wieder ein, bei der ich ihn sarkastisch gefragt hatte, ob seine Initialen für Jesus Christus stünden. Das wäre kein Wunder gewesen, dachte ich jetzt. Über jenen geheimnisvollen Mann wusste ich ungefähr genauso viel, wie ich über diesen wusste.

»Mir war eure Beziehung zueinander nicht klar«, sagte ich und hoffte, dass ich nicht so kalt klang, wie ich mich fühlte. Dann wechselte ich das Thema, weil ich gar nicht über JC sprechen wollte. »Ich hatte ja keine Ahnung, dass du eine Tochter hattest. Warum hast du mir das nie erzählt?«

Matt lächelte schwach. »So etwas erwähnt man in einer alltäglichen Unterhaltung nicht unbedingt.«

»Ich schätze nicht.« Oh Gott, ich wusste nicht, was ich zu ihm sagen sollte. Für solche Situationen gab es kein Skript. »Ich ... ich wünschte bloß, dass ich es gewusst hätte.«

Er legte mir die Hand auf den Arm. »Das weiß ich zu würdigen. Ich habe dich immer schon besonders gemocht, Gwen. Ich wünschte, ich hätte gewisse Dinge auch gewusst.«

Ich spürte, wie ich blass wurde. Die Ereignisse des

Morgens hatten mich so in Anspruch genommen, dass ich einen Moment lang die peinlichen Umstände ganz vergessen hatte, unter denen ich meinen alten Klub hatte verlassen müssen. »Das mit meinem Vater. Ja. Das hätte ich dir erzählen sollen.«

Mein Vater war wegen Kindesmisshandlung ins Gefängnis gekommen und als Heroinsüchtiger zehn Jahre später wieder entlassen worden. Es dauerte nicht lange, ehe er sich auf die Suche nach jemandem machte, der seine Sucht finanzieren sollte. Als ich eines Morgens allein im Eighty-Eighth Floor war, hatte er mich dort aufgesucht. Er hatte mich geschlagen und mich bedroht. Er hatte gesagt, er würde am nächsten Tag wiederkommen und erwartete, dass ich dann das geforderte Geld für ihn hätte.

Danach war ich nie wieder in den Klub zurückgekehrt. Ich zog in eine neue Wohnung um und nahm die Stelle beim Sky Launch an. Ich hatte mir das Haar einen Ton dunkler gefärbt. Ich hatte alles in meiner Macht Stehende getan, um mich vor meinem Vater zu verstecken.

Ich schätze, ich war wirklich jemand, der vor Schwierigkeiten davonlief.

Und als ich jetzt zurückschaute, schämte ich mich. Ich war ein Feigling gewesen, da ich in Angst gelebt hatte. Seitdem war ein Jahr vergangen und niemand hatte von meinem Vater gehört. Er hatte nicht versucht, Norma zu belästigen. Er war nicht ins Eighty-Eighth Floor zurückgekehrt. Er hatte seinem Bewährungshelfer einen Haken geschlagen und war verschwunden, wahrscheinlich zu high, um sich überhaupt daran zu erinnern, dass er Kinder hatte, ganz zu schweigen davon, dass er von einem davon etwas wollte. Wenn er überhaupt noch am Leben war.

»Nicht doch«, sagte Matt und schüttelte den Kopf, »ich hätte auch nicht erwartet, davon in einer alltäglichen Unterhaltung zu erfahren. Ich will damit nur sagen, dass ich dich verstehe.«

Ich nickte. Denn ich konnte ihn ja auch verstehen.

»Sieh mal.« Matt stopfte die Hände in die Taschen seiner Anzughose. »Ich wünschte, ich könnte sagen, dass Corinne dich gemocht hätte, aber das wäre wohl nicht der Fall gewesen. Sie war eine harte Nuss. Es war nicht immer leicht, mit ihr auszukommen. Ich weiß es also nicht – vielleicht hätte sie dich gemocht, vielleicht auch nicht.«

»Okay.« Ich weiß, dass ich verwirrt klang. Ich *war* nämlich verwirrt. Ich fand ziemlich merkwürdig, was er gerade zu mir gesagt hatte, und ich war nicht sicher, worauf er damit hinauswollte.

»Aber selbst wenn sie dich nicht gemocht hätte, Gwen, hätte sie dich für das geschätzt, was du *bist*.«

Ich runzelte die Stirn. »Und was genau soll das sein?«

Er lächelte, als läge die Antwort auf der Hand. »Du bist diejenige, die ihn wieder zusammengesetzt hat.«

»Ich ... ich bin ... ich habe nicht ...« Ich wusste, dass er sich damit auf JC bezog. Aber ich fand nicht, dass er recht hatte, und ich hatte keine Ahnung, wie er überhaupt etwas von meiner Vergangenheit mit JC wissen konnte. War ich ihm wichtig genug gewesen, um mich Matt gegenüber zu erwähnen? Und wann hatte er das getan? Er durfte doch mit niemandem Kontakt aufnehmen, während er in Schutzhaft war, wann konnte er also eine Gelegenheit dazu gehabt haben, Matt irgendetwas zu erzählen?

»Entschuldige bitte. Das geht mich nichts an«, sagte er,

denn er bemerkte offenbar meine Verlegenheit. »Ich sollte jetzt wieder reingehen. Kommst du mit?«

Ich konnte es einfach nicht. Es war mir unmöglich. Was immer er mir zugutehielt, er hatte sich geirrt. JC hatte nie dasselbe für mich empfunden, was er für Matts Tochter gefühlt hatte. Ich hatte gesehen, wie verzweifelt er im Zeugenstand gewirkt hatte. Damit konnte ich nicht konkurrieren. Es war nicht einmal dasselbe Spiel.

»Ich habe sie geliebt. Und jetzt liebe ich dich.«

Oh Gott, das wollte ich ja gern glauben. Aber nun, so lange danach, waren es bloß Worte.

»Du musst ja nicht«, sagte Matt, als ich immer noch nicht geantwortet hatte. »Ich würde auch nicht da drinnen sein, wenn ich das nicht müsste. Dieser Prozess hat uns gezwungen, eine Menge der Emotionen und des Traumas aus der Vergangenheit noch einmal zu durchleben.«

»Das muss unglaublich schwierig sein.« Ich kam mir wie ein richtiges Arschloch vor. Verglichen mit seinen Gefühlen waren meine so unwesentlich. Oder damit, was JC empfinden musste.

»Das ist es. Aber es ist auch ein Abschluss. Wir sind mittlerweile darüber hinweggekommen und dies gibt uns eine Gelegenheit, es vor uns zu rechtfertigen.« Er drückte mir die Hand. »Schön, dich zu sehen. Und ich bin sicher, dass wir uns bald wiedersehen werden.«

Er meinte sicher damit, dass er mich wegen JC treffen würde. Ich konnte es ihm an den Augen ablesen und an seiner Stimme hören. Und ich verstand ihn ja, das tat ich wirklich. Er liebte diesen Mann wie einen Sohn. Das hatte er selbst gesagt. Er wollte, dass JCs Leben weiterging.

Ich brachte es nicht über mich, ihm zu sagen, dass ich nicht wusste, ob das möglich ist.

ES WAR KURZ nach der Mittagszeit, als ich wieder bei meiner Wohnung anlangte, und ich hatte bloß noch das Bedürfnis, ins Bett zu fallen und tausend Jahre zu schlafen.

Genau das hatte ich auch vor, bis ich Chandler entdeckte, der vor meiner Tür auf mich wartete. Ich hatte heute Morgen eine Nachricht von ihm ignoriert und zwei weitere vorgefunden, als ich im Taxi mein Handy wieder einschaltete. Ich wollte mich jetzt nicht mit ihm beschäftigen, aber nach meinem Verhalten am Vorabend schuldete ich ihm doch irgendeine Art von Erklärung.

»Können wir uns unterhalten?« Er sah so süß und jungenhaft aus, obwohl er einen Anzug mit Krawatte trug. Während des Sommers hatte er Semesterferien und Hudson hatte ihm einen Job bei Pierce Industries gegeben. Chandler stand ein Geschäftsanzug gut, aber er würde nie einen tragen, wenn das nicht unbedingt nötig war. Er musste wohl meinetwegen das Mittagessen ausgelassen haben.

Und war das nicht eine nette Geste?

»Ja, wir können uns unterhalten.« Ich wusste, dass ich vorschlagen sollte, ins Café zu gehen oder auf die Dachterrasse. Irgendwohin, wo es weniger privat war. Nicht dass ich dachte, es würde etwas passieren, ich wollte ihm bloß keinen falschen Eindruck geben.

Aber ich war erschöpft. Und darum lud ich ihn stattdessen in meine Wohnung ein.

Er verhielt sich ruhig, während ich mir die Schuhe

auszog, denn er schien zu spüren, dass ich das Bedürfnis
hatte, diese Unterhaltung zu meinen eigenen Bedingungen
zu führen, und zum ersten Mal, seit ich etwas mit ihm angefangen hatte, konnte ich sehen, zu was für einem Mann er
sich entwickeln würde. Er würde wie sein älterer Bruder
werden, stark, einflussreich und respektiert, aber auch sanft
und lustig. Eigentlich JC sehr ähnlich.

Diese Einsicht brachte mich auf neue Gedanken. War es
dumm von mir, auf einen Mann zu warten, der sein Leben
als beendet betrachtete, wenn ein wundervoller Mann leib-
haftig direkt vor mir stand?

Mir stieg die Magensäure in die Kehle. Ich wollte mich
nicht entscheiden. Besonders heute nicht.

»Ich ziehe mich nur schnell um«, murmelte ich.

»Kann ich etwas für dich tun?«

Ich warf ihm über die Schulter einen Blick zu und sah,
dass er bereits in der Küche war.

»Mittagessen? Etwas zu trinken?«

Nichts. Ich wollte nur die Zeit zu jenem Tag vor einem
Jahr zurückdrehen, an dem es zwischen JC und mir nichts als
Schweiß gab anstelle von ermordeten Freundinnen und über-
eifrigen jugendlichen Liebhabern.

Doch ich sagte: »Tee. Schön heiß.« Vielleicht würde er
mein Innerstes wärmen, das an diesem Morgen so kalt
geworden war.

Im Badezimmer wusch ich mir das Gesicht und putzte
mir die Zähne, ehe ich statt Bluse und Rock eine Trainings-
hose und ein loses T-Shirt anzog. Ich wollte mich hinlegen,
nachdem Chandler gegangen war, aber ich brauchte auch ein
paar Minuten Zeit zum Nachdenken, ehe ich über irgendetwas sprechen konnte. Nicht dass es etwas nützte.

Als ich ins Wohnzimmer zurückkam, fand ich Chandler auf dem Sofa sitzend vor. Eine dampfende Tasse stand auf dem Sofatisch, daneben ein Teller mit Plätzchen, die ich ganz vergessen hatte.

Ich bekämpfte den Drang, Abstand zu wahren, und ließ mich mit angezogenen Beinen neben ihm auf dem Sofa nieder. Ich führte die Tasse an die Lippen und blies auf das heiße Getränk, ehe ich einen Schluck nahm. »Vielen Dank.«

Er lächelte nur und schlug den Knöchel des einen Beines über das andere, immer noch, ohne etwas zu erwidern.

Ich atmete einmal tief aus, denn ich wusste, dass ich ihm mehr schuldete als eine bloße Erklärung. Ich zwang mich, ihm in die Augen zu sehen. »Chandler, ich muss mich bei dir entschuldigen.«

Wie er so die Stirn runzelte, sah er wieder seinem Alter entsprechend aus, wie ein Teenager kurz vor der Reife. »Aber wofür denn?«

»Für eine ganze Menge. Dass ich gestern so gemein zu dir war. Dass ich dir nichts von JC erzählt habe – von dem Mann, den ich gestern Abend im Fernsehen gesehen habe.« Ich schluckte. »Dass ich nicht eher mit dir Schluss gemacht habe, obwohl ich wusste, dass es zwischen uns niemals eine Hoffnung auf mehr geben konnte.«

Der letzte Teil war ein Zugeständnis – was eigentlich wohl nicht nötig war, da ich von Anfang an sehr genau festgelegt hatte, was und was nicht von unserer Beziehung zu erwarten war. Aber es kam mir richtig vor, weil ich mit JC eine ähnliche Abmachung gehabt hatte und wusste, wie leicht es war, gefühlsmäßig stärker beteiligt zu werden als beabsichtigt. Es war nicht fair, von Chandler mehr zu erwarten. Manchmal geht eben das Herz mit einem durch.

Er wandte den Blick ab und nahm einen Schluck Craftbier, das wohl noch übrig war, nachdem mein Bruder das letzte Mal zum Abendessen da gewesen war. »Wäre es etwas anderes, wenn es ihn nicht gäbe?«

»Also, das ist aber eine direkte Frage, findest du nicht?« Ich trank noch einen Schluck Tee, ließ ihn mir über die Zunge und die Kehle hinuntergleiten bis in die kalten Winkel meiner Brust, ehe ich die Tasse wieder auf den Tisch stellte. »Es ist schwierig, darauf eine ehrliche Antwort zu finden, Chandler. Und ich möchte ehrlich zu dir sein.«

»Dann steht er uns also im Weg.«

Ich zuckte zweifelnd mit den Schultern. »Ich weiß es nicht. Ich meine, ja. Er ist es, den ich haben will. Er ist es, den ich immer schon haben wollte. Aber wenn es ihn nicht gäbe, dann ... würde ich vielleicht ... jemand anderen begehren.« Ich wollte nicht, dass er sich zurückgewiesen fühlte, aber es war nur fair, ihm die Wahrheit zu sagen. »Also, ja, er steht uns im Weg.«

Er begann, mit dem Knie zu wippen, und sein Mund war nur noch eine dünne Linie.

»Aber gleichzeitig tut er es auch nicht. Denn ohne JC hätte ich dich nie kennengelernt. Es ist ein Teufelskreis. Obwohl ich also weiß, dass du ihn hier zum Sündenbock machen willst, trifft das nicht zu. Wenn es hier einen Sündenbock gibt, bin ich es.« Ich versuchte zu lächeln. »Und ich hoffe, so weit ist es mit uns noch nicht gekommen.«

Er blieb noch ein paar Sekunden angespannt, ehe seine Schultern sich sichtbar lockerten. »Nein. Das ist es nicht. Keineswegs.« All seine Gefühle schwangen in seiner Stimme, selbst wenn er ihnen keinen Namen gab. Er war in mich verliebt. Oder das dachte er jedenfalls.

Und ich kam mir wie ein Ungeheuer vor.

Chandler stieß mir das Knie gegen den Schenkel. »Reiß dich zusammen, Gwenny.« Er wartete, bis ich zu ihm aufsah, bevor er fortfuhr: »Ich mag dich wirklich sehr, aber ich werde nicht daran zerbrechen.«

Ich hob skeptisch eine Augenbraue.

»Ich will ja nicht lügen – ich werde mich immer noch in dein Bett stehlen, wenn du mir die Gelegenheit dazu gibst.«

Ich stöhnte, allerdings vor Belustigung.

»Willst du mir etwas ... davon erzählen?« Er meinte von *ihm*. Ich sollte ihm etwas über JC erzählen. Und ich wusste, dass ihm dabei genauso zumute sein würde wie mir, als ich hören musste, wie JC einem ganzen Gerichtssaal voller Menschen von Corinne erzählt hatte. Vielleicht war es grausam, ihm das anzutun, aber wenn er mir auch nur ein wenig glich, musste er es hören, das war mir klar. Denn wenn einem wirklich etwas an einem Menschen lag, wollte man alles über ihn wissen – ob es einem wehtat oder nicht.

Also erzählte ich es ihm.

»JC und ich hatten ...«, ich schlang die Arme um mich und versuchte, in Worte zu fassen, was wir hatten, »nun, eine ähnliche Beziehung wie wir. Bloß hat sie sich entwickelt und ist mehr geworden.« Ich hielt den Blick gesenkt, auf die letzten von meiner Tasse aufsteigenden Dampfschwaden geheftet, und ignorierte den peinlichen Untertext: *Mit ihm hat sie sich entwickelt, mit dir nicht.* »Und als wir das gerade erkannt hatten, musste JC als Kronzeuge in einem Mordprozess in Schutzhaft genommen werden.« Ich fuhr mir mit den Zähnen über die Unterlippe. »Im Prozess um den Mord an seiner Verlobten.«

Ich sah auf, als Chandler vor Erstaunen leise aufkeuchte.

Als er jedoch nichts dazu sagte, fuhr ich fort: »Gestern im Fernsehen habe ich ihn zum ersten Mal seit einem Jahr wiedergesehen.«

»Hattet ihr euch also getrennt?«

»Eigentlich nicht.« Ich stützte den Ellbogen auf die Armlehne des Sofas und schmiegte das Gesicht in die Hand. »Im Gegenteil, er hat mir einen Heiratsantrag gemacht.« Ich hatte mich damals darüber geärgert. Es war unrealistisch und überstürzt gewesen, und ich war nicht darauf vorbereitet gewesen.

Wenn ich jetzt darüber nachdachte, wurde mir warm ums Herz. Ich spürte, wie ein Prickeln sich von den Zehenspitzen durch meinen Unterleib bis in den Brustkorb ausbreitete. Es war ein voreiliger Antrag gewesen, aber nachdem ich nun Einblick in die Umstände gewonnen hatte, unter denen es geschehen war, verstand ich seine Beweggründe. Er hatte gewusst, dass er untertauchen musste. Er hatte nicht gewusst, wie lange er fort sein würde. Und er hatte mich bei sich haben wollen.

Worauf sich seine Gefühle auch gründen mochten – Liebe, Lust oder Einsamkeit –, das war wenigstens etwas gewesen, dessen ich sicher sein konnte. Die Tatsache, dass er genug für mich empfand, um mich mitnehmen zu wollen. Das bedeutete mir ... eine Menge.

Aber war es genug?

»Ihr seid also verlobt?« Chandlers Frage riss mich aus meiner Träumerei.

»Nein, nein. Ich habe ihm einen Korb gegeben.« Das war das Richtige gewesen und ich bereute es nicht. Jedenfalls meistens nicht. »Aber wir haben uns vorgenommen, dass wir uns wiederfinden würden, sobald der Prozess vorüber ist.«

»Hm.«

Es war nur eine Silbe, aber sie bestätigte, dass er jetzt alles begriffen hatte. Er wusste jetzt, dass ich nur mit ihm geschlafen hatte, während ich auf jemand anderen »wartete«. Ich machte mir nicht die Mühe, mich mit der Erklärung zu rechtfertigen, dass JC es so gewollt hatte. Denn was meine Beziehung mit Chandler betraf, war ich egoistisch gewesen. Ein Teil der Konsequenzen war, dass ich jetzt seine Verbitterung ertragen musste.

Ich kam mir wieder ganz schlecht vor.

»Wie dem auch sei.« Ich strich mir mit der Hand durchs Haar und versuchte, die Schuldgefühle abzuschütteln. »Da er im vergangenen Jahr keinen Kontakt mit mir haben konnte, hatte ich keine Ahnung, dass er jetzt endlich seine Zeugenaussage machen würde. Es hat mir einen Schock versetzt, schätze ich. Ich hatte so ziemlich die Hoffnung aufgegeben, ihn je wiederzusehen.« Ich lächelte schwach und wünschte mir gleichzeitig sein Verständnis und seinen Zorn.

Ich bekam weder das eine noch das andere. Chandlers Züge waren wie versteinert – noch eine Eigenschaft der Familie Pierce, die der Junge geerbt hatte. »Dann wirst du also die Beziehung mit ihm wieder aufnehmen.«

Würde es wirklich so einfach sein? Weiterzumachen, wo wir aufgehört hatten? Wieder verliebt und glücklich zu sein?

Bis ich ihn in den Nachrichten gesehen hatte, hatte ich es mir genauso vorgestellt. Jetzt wusste ich, wie naiv das gewesen war. Ich hatte nicht bedacht, dass wir auf Dauer vielleicht gar nicht zusammenpassen könnten, mir keine Gedanken darüber gemacht, dass ich ihn nicht gut genug kannte, um mir dessen sicher zu sein. Selbst wenn unsere Beziehung stabil genug gewesen wäre, um darauf aufzubauen, war mittlerweile ein Jahr vergangen. So vieles konnte sich geändert haben.

Und es war ja auch nicht nur meine Entscheidung. Ich konnte gar nicht wissen, was JC wollte oder was er dachte, ehe ich mit ihm redete, und ich war nicht sicher, wann das möglich sein würde. Seine Zeugenaussage würde heute abgeschlossen sein, aber bedeutete dies, dass er nicht mehr in Gefahr war? Wenn es so war, würde ich vielleicht heute Abend von ihm hören. Wenn nicht, vielleicht nach Ende des Prozesses.

Vielleicht aber auch gar nicht.

Denn möglicherweise hatte ich ja bereits erkannt, was er wollte. An der Art und Weise, wie er mich vorhin angesehen hatte. Wie er durch mich *hindurchgesehen* hatte. An seiner Aussage ...

»Ich weiß nicht, wie es jetzt weitergeht, wenn ich ehrlich sein soll.«

Chandlers Züge entspannten sich und er grinste verspielt. »Wenn dir nichts mehr an ihm liegt, solltest du ihm nichts vortäuschen, weißt du. Du musst ganz offen sein.« Er wollte mich offenbar necken. Denn genau das hatte ich ja mit ihm gemacht.

Ich lachte leise. »Das ist es nicht.« Obwohl es *das* auch war. Aber hauptsächlich war es etwas anderes, und auch nur der Gedanke daran versetzte mir einen Stich. Ich war darum auch nicht erstaunt darüber, dass mir die Stimme versagte, als ich ihm gestand: »Ich bin mir bloß nicht sicher, ob ihm noch etwas an mir liegt.«

Dann war es mit meiner Fassung vorbei. Meine eisige

Beherrschung war dahin und ich bestand nur noch aus Wasser, Schmerz und Verzweiflung.

Chandler nahm mich in die Arme und es war mir ganz gleich, was das bedeutete oder was er von mir dachte. Ich weinte ungehemmt. Ich trauerte. Ich trauerte um alles, was ich verloren hatte, um alles, was JC verloren hatte, und vor allem darum, was zum Greifen nahe schien und doch nie mehr mir gehören würde. Was mir eigentlich nie gehört hatte.

Chandler streichelte mir das Haar, während ich ihm das Hemd nass weinte. Und er tröstete mich mit Worten, die auszusprechen ihm wohl sehr schwerfiel, aber die genau das waren, was ich hören wollte. »Ihm liegt noch etwas an dir. Wie könnte es auch anders sein? Du bist hübsch und stark und sexy. Und perfekt. Es ist unmöglich, dass er dich nicht mehr liebt, Gwenny. Er gehört immer noch dir.«

Ich ließ mich von ihm trösten. Von einem Mann, der noch nie eine Frau geliebt hatte, mit der er mich vergleichen konnte. Von einem Mann, der die »Liebe seines Lebens« noch nicht gefunden hatte. Oder vielleicht ja doch.

Während sich meine Brust bei jedem zittrigen Atemzug hob und senkte, schlief ich ein, überwältigt von der Erschöpfung. Wie schön es war, in den Armen gehalten zu werden. Und kurz bevor ich ins Unbewusste sank, fragte ich mich, ob es wirklich so schlimm war, von einem netten Jungen geliebt zu werden. War es nicht besser, als mit einer toten Geliebten zu konkurrieren?

SECHS

KAPITEL SECHS

»DU MUSST EINFACH MITKOMMEN«, sagte Alayna so bittend, dass es mir beinahe unmöglich war, ihr irgendeinen Wunsch abzuschlagen.

Es war Dienstag, der Tag, an dem ich früher als sonst zur Arbeit kam, damit wir uns verständigen konnten, ehe sie nach Hause ging und ich zur Leitung des Klubs zurückblieb. Sie und Liesl, eine Barkeeperin, die wir vor Kurzem zur Managerin befördert hatten, waren gerade dabei, das Geträn-keangebot hinter der Hauptbar neu zu ordnen. Ich hatte den Laptop vom Büro mitgebracht, damit ich gleichzeitig Gesell-schaft haben und meine Aufgabenliste in Angriff nehmen konnte.

Jetzt bereute ich diese Entscheidung. Nicht nur, weil ich so nicht gut arbeiten konnte, sondern auch, weil ich gerade diese Unterhaltung vermeiden wollte. Laynie, Liesl und Ben – der unerwartet vorbeigekommen war und eine weitere Ablenkung darstellte – versuchten nämlich, mich davon zu überzeugen, dass ich lieber an Hudsons Hafenrundfahrt während des Feuerwerks teilnehmen wollte, als zu Hause zu bleiben. Allein.

Ich gab jedoch nicht nach. »Ihr merkt doch gar nicht, wenn ich nicht da bin. Du und Hudson, ihr wollt doch unbedingt ein Baby zeugen. Ich bin sicher, dass ihr euch den ganzen Abend in irgendeiner Kabine einschließt.«

»Babys haben damit gar nichts zu tun«, sagte Liesl vom Boden aus, wo sie hockte. »Sie haben es letztes Jahr genauso wild getrieben und eine Kabine haben sie dabei nicht gebraucht, schätze ich.«

Laynies Erröten bestätigte, dass ihre Freundin den Nagel direkt auf den Kopf getroffen hatte.

Ben wurde ganz aufgeregt. »Ist das eine Freie-Liebe-Veranstaltung oder so? Dann ziehe ich etwas anderes an. Und wenn ich das trage, was ich jetzt im Sinn habe, musst du unbedingt da sein, um es zu sehen.«

Ich verdrehte die Augen, aber gleichzeitig dachte ich einen Moment darüber nach, wie weit Ben sich von dem Jungen mit Selbstmordgedanken entfernt hatte, der er zuvor gewesen war. Jetzt war er gesellig, amüsant und glücklich. Lag das alles nur daran, dass er jemanden gefunden hatte, der ihn trotz allem liebte?

Das war wohl zu vereinfacht. Er besaß eine starke Persönlichkeit und hätte sich schließlich sowieso erholt. Aber der richtige Partner schien auf jeden Fall die Sache zu erleichtern.

Laynies Augen funkelten und sie drohte Ben streng mit dem Finger. »Das ist es auf keinen Fall. Benimm dich, Anders!«

»Mach mir bloß keine Schande, kleiner Bruder«, neckte

ich ihn. »Wie immer du auch gekleidet bist, du kannst ja Fotos machen. Glaub mir, ich bin überflüssig. Du wirst voll und ganz mit Eric beschäftigt sein. Und Norma hat doch Boyd, selbst wenn sie vorsichtig sein müssen.« Ich nickte in Laynies Richtung. »Und du hast Hudson. Ich wäre das fünfte Rad am Wagen. Oder das siebte. Das neunte, wenn Mira und Adam auch kommen.«

»Das tun sie.« Laynie vergötterte Hudsons kleine Schwester Mira, und obwohl ich sie nicht so gut kannte, wie ich es mir gewünscht hätte, genoss ich ihre Gesellschaft immer.

Aber selbst Mira konnte mich nicht zum Feiern verlocken. »Außerdem sollte ich wirklich hierbleiben. Wir werden bestimmt viel Betrieb haben, ich weiß nicht, ob wir es verantworten können, an einem so wichtigen Abend beide außer Haus zu sein.«

Laynie fuhr herum und zeigte mit dem Finger auf mich. »Nein. Du wirst nicht arbeiten. Das kommt nicht infrage. Nathan und Liesl kommen ohne uns zurecht. Und es ist noch nicht zu spät, einen Begleiter für dich zu finden, wenn du einen haben willst. Ich kenne nicht viele Leute, aber Mira könnte dir einen beschaffen.« Sie hielt einen Moment inne. »Chandler kommt übrigens auch, weißt du.«

Meine Schultern verspannten sich unwillkürlich, als Chandler erwähnt wurde. Es war gerade etwas über eine Woche her, seit ich mit ihm auf dem Sofa eingeschlafen war. Als wir aufgewacht waren, hatte er mir etwas zu essen gemacht, während ich mich zur Arbeit fertigmachte, dann hatte er mich auf die Straße begleitet und mir ein Taxi gerufen. Er hatte mich noch einmal umarmt, hatte aber kein einziges Mal versucht, mich zum Abschied zu küssen.

Sein distanziertes Verhalten – worum ich ihn gebeten hatte – schätzte ich. Aber gleichzeitig ertappte ich mich dabei, manchmal an ihn zu denken und mich zu fragen, ob ich ihn voreilig zurückgepfiffen hatte. Ich hatte nichts unternommen, um das zu ändern – noch nicht. Er hatte mir ein paarmal getextet, nur kurz, um zu fragen, wie es mir ging, aber nichts Unpassendes. Er schien verstanden zu haben, dass es zwischen uns vorbei war. Oder er ließ mich nur eine Weile in Ruhe, ehe er wieder sein Glück versuchen würde.

War es verwunderlich, dass ich manchmal hoffte, dass Letzteres zutraf?

Was genau ich für ihn empfand, wusste ich nicht. Aber ich war noch nicht bereit, den augenblicklichen Zustand zu ändern. »Das ist ein weiterer Grund dafür, dass ich nicht kommen sollte. Vielen Dank, dass du meine Entscheidung bestätigst.«

Ben nahm sich eine Handvoll Erdnüsse aus einer Schale auf der Theke. »Hast du Angst, es könnte peinlich werden?«

»Sie hat Angst, dass sie ihm nicht widerstehen kann«, mischte sich Liesl ein.

»Das ist nicht wahr!« Doch mein Protest fiel nur so nachdrücklich aus, weil es mich erboste, dass sie mich durchschaute. Ich hatte keiner Menschenseele meine Zweifel anvertraut. Während Chandler zuvor nur ein Mittel zur Realitätsflucht gewesen war, konnte er nun möglicherweise mehr werden. Zum ersten Mal konnte ich mir vorstellen, was für eine Art von Beziehung wir haben könnten. Welche Möglichkeiten sich eröffnen könnten, wenn mein Herz nicht einem anderen gehörte.

Aber das *tat* es eben. Zumindest ein Teil davon. Was mein ganzes Herz betraf, war schwer zu sagen, dazu gab es zu viele Dinge, die ich über JC nicht wusste. Wenn wir tatsächlich eine Chance haben sollten, musste ich ihn zuerst kennenlernen. Und wenn wir trotzdem scheitern sollten, nun, dann würde ich eine Beziehung mit Chandler nicht mehr ausschließen.

Laynie entging wie immer nichts. »Du protestierst aber sehr entschieden. Warum denn? Spielst du mit dem Gedanken, ihm noch eine Chance zu geben?«

Zuerst wollte ich lügen, aber dann fiel mir ein, dass ich eine hoffnungslos schlechte Lügnerin war. »Das weiß ich noch nicht. Vielleicht. Irgendwann einmal. Ich brauche nur etwas mehr Zeit zum Nachdenken.« Mit anderen Worten, ich wartete immer noch auf JC. Aber da er keinen Versuch gemacht hatte, Kontakt mit mir aufzunehmen, und das Verfahren beinahe abgeschlossen war, gab ich immer mehr die Hoffnung auf, von ihm zu hören.

Der Unabhängigkeitstag war das Datum, das ich festgesetzt hatte, um ihn endgültig aufzugeben. Und das war morgen. Ich hatte mir eingeredet, das sei jetzt null und nichtig, da er ja wiederaufgetaucht war, aber ich hatte mich seelisch so auf diesen Gedanken eingestellt, dass dieses Datum mir wie ein Schlusspunkt vorkam, ganz gleich, was passierte.

Alayna stützte eine Hand auf die Bar. »Chandler ist nicht deine einzige Auswahlmöglichkeit als Partner. Du könntest jemand anderen einladen. Jemanden aus deiner Vergangenheit – du weißt schon, wen ich meine. Der vierte Juli braucht nicht so zu werden, wie du gedacht hast.«

Ich klappte den Laptop zu, denn arbeiten konnte ich ja doch nicht. »Ich habe bereits die Initiative ergriffen, als ich zur Verhandlung gegangen bin. Er weiß, dass ich hier bin. Jetzt ist er am Zug.«

Sie schürzte skeptisch die Lippen. Darüber hatten wir uns schon einmal unterhalten. Laynie war der Ansicht, dass ich das Ganze zu gelassen sah. Doch sie war nicht der Typ, einen Mann aufzugeben, wenn sie ihn einmal ins Auge gefasst hatte, und da ihre Besessenheit ungesunde Maße anzunehmen pflegte, hatte sie mir geraten, ihre Empfehlung mit Vorsicht zu genießen.

Trotzdem konnte sie sich nicht zurückhalten. »Er kann doch gar nichts machen, wenn er nicht weiß, wo er dich finden soll.«

»Wenn er mich sucht, wird er mich auch finden. Ich habe nach der Verhandlung eine SMS an seine alte Handynummer geschickt. Ich weiß nicht, ob es noch funktioniert, aber nur für den Fall. Matt hat sich vom Eighty-Eighth Floor beurlauben lassen, aber ich habe ihm und einem anderen Manager eine Nachricht für JC hinterlassen, falls er mich dort sucht. Der Klub ist die einzige Spur zu mir, die er hat, ich bin sicher, dass er dorthin geht.«

»War das eine gute Idee?« Ben versuchte, nicht besorgt zu klingen.

»Beim Eighty-Eighth eine Nachricht zu hinterlassen? Matt ist vollkommen vertrauenswürdig und Alyssa ist die einzige andere Person, der ich es gesagt habe«, versicherte ich ihm. »In Matts Nachricht steht nur, dass er sich an Alyssa wenden soll, und ihr habe ich das Versprechen abgenommen, nur JC oder Matt zu verraten, wo ich bin, wenn sie persönlich danach fragen.« Ich sagte nicht, dass mein Vertrauen zu Alyssa nicht besonders groß war. Das würde Ben nur nervös machen. Ich selbst machte mir wegen meines Vaters nicht mehr so viele Sorgen wie zuvor. Er war schon so lange verschwunden, dass er mir kaum noch wie eine reale Bedrohung erschien, während mein Bedürfnis, JC zu sehen, konkret war.

»Dann ist er sicher noch in Schutzhaft oder er muss sich verstecken, bis der Prozess vorüber ist«, sagte Laynie mit Nachdruck. »Sonst wäre er längst hier.«

Es war rührend, wie sie ihn verteidigte, obwohl sie ihn doch gar nicht kannte, nur weil sie wusste, was ich hören wollte. Dafür war ich ihr dankbar.

Beinahe glaubte ich es ihr sogar auch. Es war sicher richtig, dass er bis zum Ende des Prozesses nicht abkömmlich war, also musste ich abwarten. Jeden Tag sah ich mir die Nachrichten an in der Hoffnung, dass es zu Ende wäre. Am letzten Freitag war der Fall der Jury übergeben worden. Jeden Augenblick konnte sie ihre Entscheidung treffen. Jeden Augenblick konnte JC frei sein.

Inzwischen machte ich mir Sorgen. Manchmal schleppten sich die Minuten so langsam dahin, als müssten sie durch Sirup waten, während andere mit Lichtgeschwindigkeit vorbeiflogen und in Zeitbrocken verschwanden, die ich nicht fassen konnte. So sehr ich mir wünschte, dass es endlich zur Urteilsverkündung käme, war mir auch die Möglichkeit bewusst, dass Mennezzo für nicht schuldig befunden wurde. Was dann? Würde der Fall in Berufung gehen? Würde JC sich wieder verstecken müssen?

Aber meine größte Sorge war nicht, dass Mennezzo vielleicht freigelassen würde. Sie war vielmehr, dass er hinter Gitter käme und JC trotzdem nicht versuchen würde, mich zu finden.

»Hör auf«, sagte Laynie, die meinen Gesichtsausdruck

sah. »Du kannst dich nicht um etwas sorgen, ehe es relevant ist.«

War dies nicht ein klassischer Fall eines Esels, der den anderen Langohr schimpft – besonders von jemandem, der sich geradezu krankhaft Sorgen machte? Aber ich war ziemlich sicher, dass es keinen Zweck hatte, mit ihr zu streiten.

Zum Glück klingelte es am Lieferanteneingang, sie ging davon, um sich darum zu kümmern, und damit war die Unterhaltung zu Ende.

Oder das dachte ich jedenfalls.

»Weißt du, sie hat recht«, sagte Ben, als er gerade mal keine Erdnüsse im Mund hatte. »Du weißt nicht, was passiert, bis es passiert. Inzwischen solltest du den Feiertag nicht allein verbringen. Komm mit und verbringe ihn in Gesellschaft der Leute, die dich lieben. Ich verspreche auch, dich nicht zu ignorieren.«

Mein kleiner Bruder wusste besser als irgendjemand sonst, dass man mit seinen Gefühlen nicht fertigwurde, indem man sich versteckte. Und obwohl er ganz andere Gründe als ich gehabt hatte, Familie und Freunde wegzustoßen, erkannte ich seine Meinung an. »Ich überlege es mir, okay? Aber ich würde mich bestimmt gar nicht glücklich fühlen. Und ich würde euch allen auch die Stimmung verderben.«

Er legte mir den Arm um die Schultern und hätte mich beinahe von meinem Barhocker gezogen, als er mich an sich drückte. »Du verdirbst mir nie die Stimmung, große Schwester.« Er zögerte einen Moment, ehe er hinzufügte: »Das ist Normas Aufgabe.«

Er küsste mich aufs Haar, als ich lachen musste. Er wollte mich gerade loslassen, als er plötzlich innehielt, um mir ins

Ohr zu flüstern: »Also das ist etwas, das mir auf keinen Fall die Stimmung verdirbt. Heilige Mama, dieses Prachtexemplar könnte ich mir den ganzen Tag ansehen.«

»Wovon redest du eigentlich?« Er betrachtete etwas hinter mir und ich drehte mich um, um seinem Blick zu folgen.

Ich sah Laynie zuerst, aber es dauerte nur den Bruchteil einer Sekunde, bis ich den Mann neben ihr erkannte. Mir stockte der Atem.

»Oh mein Gott. JC.«

Und das war alles, was ich herausbrachte, weil mir die Stimme versagte. Und mein Mund war ganz trocken. Meine Handflächen wurden plötzlich feucht, ebenso wie meine niederen Regionen. Und falls er irgendetwas sagte, hörte ich es nicht, Klang war bedeutungslos geworden, ich nahm nur noch meinen Körper wahr und wie er zum Leben erwachte. Wie mir eine Hitzewelle durch alle Glieder jagte. Wie mir die Röte ins Gesicht schoss. Wie mir das Herz in der Brust hämmerte, als wollte es zerspringen. Oder davonfliegen.

Oder nein – wie es schlug, als wäre es endlich zurückgekehrt. Mit ihm. Wunderbarerweise hierher, wo ich nicht sicher war, dass er mich finden würde.

»Hallo, Gwen.« Wie ich es vermisst hatte, meinen Namen aus seinem Mund zu hören. Ich konnte es beinahe schmecken. Süß und schokoladenartig und auch ein wenig salzig.

»Hallo«, brachte ich heraus, während ich von meinem Hocker auf die Füße rutschte oder eher fiel. Meine Knie waren so weich, dass ich mich an der Bar festhalten musste, um nicht umzufallen.

»*Das* ist JC?«, platzte Liesl heraus. »Ich hatte gehofft, es hätte geklingelt, weil uns endlich jemand die neuen Speisekarten liefern wollte. So ein Mist.«

Ich wollte sie eigentlich böse ansehen, aber ich konnte mich nicht rühren. Ich konnte den Blick nicht von dem Mann abwenden, der vor mir stand, er war auf ihn gerichtet wie die Nadel an einem Kompass, die unwillkürlich nach Norden zeigt. Er schaute mich ebenfalls fest an, wir waren beide in einem magnetischen Energiefeld gefangen, das funkte und knisterte und jeden Zentimeter des Raumes zwischen meinem Körper und seinem einnahm.

Oh Gott, was er mit meinen Hormonen anrichtete! Wie würde ich es überleben, wenn er mir näher kam? Wenn er mich berührte? Aber dazu waren Bewegung und vielleicht sogar Sprache nötig, und im Augenblick waren beide Begriffe für uns gegenstandslos.

Zum Glück dachte Alayna für mich. »Warum geht ihr nicht in einen der Privaträume oben, wo ihr allein sein könnt? Ich kümmere mich schon darum, den Klub zu öffnen.«

»Und wir sehen uns dann morgen.« Ben erschien hinter mir. Himmel, ich hatte ganz vergessen, dass er noch hier war. Eigentlich hätte ich sie jetzt einander vorstellen sollen, aber ich war einfach zu nichts fähig.

Er schien das zu verstehen, denn er beugte sich nur zu mir hinunter und küsste mich auf die Stirn. »Wenn du irgendetwas brauchst, komm rüber, ehe du dich am Morgen ins Bett legst. Oder komm einfach nur rüber.«

Um zu reden, meinte er, und ich war ihm dankbar dafür. Aber »Ja« war alles, was ich hervorbringen konnte.

»Das ist ihr Bruder«, rief Liesl, als Ben gerade ging, anscheinend machte sie sich Sorgen wegen des falschen

Eindrucks, den er JC gegeben haben könnte. »Und er ist schwul. Absolut keine Konkurrenz.«

»Liesl«, verwarnte Laynie sie streng, wenn ich auch aus ihrem Tadel heraushörte, dass sie mit dem Lachen kämpfte. »Gwen.« Sie wartete, bis ich sie widerstrebend ansah – es war sehr, sehr schwierig. »Ab nach oben.«

Ich wollte es gerade vorschlagen, obwohl ich noch nicht wusste, wie ich Worte formen sollte, aber JC kam mir zuvor. »Können wir uns da unterhalten?« Er bewahrte eine aufrechte und selbstbewusste Haltung, obwohl seine Stimme zitterte. »Ich muss unbedingt mit dir reden.«

»Ja.« Mein Gott, Gwen, nimm dich zusammen!

Ich riss mich aus meiner Benommenheit, so gut ich konnte. »Ja, natürlich. Der Klub öffnet bald, aber wir haben oben ein paar private Tische.« Ich runzelte die Stirn. »Du meinst, wir sollen uns jetzt unterhalten, ist das richtig? Oder vielleicht lieber später?« Ich klang durcheinander und nervös, denn genau das war ich auch.

So viel also dazu, einen guten ersten Eindruck zu machen. Einen zweiten Eindruck? Einen ersten zweiten Eindruck?

Wie auch immer, ich war völlig aus dem Gleichgewicht gebracht.

Er lächelte, aber seine Augen blieben ernst. »Ja, ich meine jetzt. Es gibt also ein Privatzimmer?«

»Ja.« Mein beschränktes Vokabular war mir peinlich, aber ich merkte jetzt auch, dass etwas faul war. Zwischen uns gab es ein merkwürdiges Gefühl des Unbehagens, das ich nicht definieren konnte. Etwas Gereiztes.

Aber vielleicht lag es nur daran, dass wir uns so lange nicht gesehen hatten. Ich lächelte gezwungen. »Komm mit.«

Er kam langsam auf mich zu und ich errötete aus irgendeinem Grund. Also wandte ich mich ab, wobei mir auffiel,
dass Liesl mit den Augenbrauen wackelte, und strebte der
Treppe zu. Wir gingen schweigend nach oben, wobei mir
beklommen zumute wurde. Ich hatte Angst, dass wir das
Gefühl der Peinlichkeit nicht überwinden könnten. Dass mir
immer noch die Worte fehlen würden, wenn wir endlich
allein waren. Dass mein Hintern in meiner Anzughose nicht
vorteilhaft aussah.

Ich war beunruhigt über die unterschwellige Spannung
zwischen uns, die nur teilweise sexuell begründet war.

Ich hatte mich monatelang gefragt, ob ich mir nur einge-
bildet hatte, wie es mit JC gewesen war, ob meine Gefühle
für ihn übertrieben gewesen waren und ob eine Beziehung
zwischen uns, angesichts der Tatsache, wie wenig wir uns
kannten, eine realistische Chance hatte. Ich hatte gedacht,
ich brauchte ihn bloß wiederzusehen, um mir darüber im
Klaren zu sein, hatte angenommen, dass alles gut würde,
sobald ich ihn erblickte. Aber nun war ich so verunsichert
wie nie zuvor.

Doch bald würden wir allein sein und vielleicht würde
dann alles in Ordnung kommen. Das hoffte ich jedenfalls.

Die Privaträume – »Bubble«-Zimmer, wie sie auch
genannt wurden – waren die Hauptattraktion des Sky
Launch. Kreisrund und vollkommen isoliert reihten sich
einige davon auf der oberen Etage aneinander, jedes davon
mit einer Glaswand, von der man auf die Tanzfläche blicken
konnte. Ich führte ihn zum ersten besten und er hielt mir die
Tür auf. Ich hielt den Atem an, als er mir folgte, und bereitete mich auf den Schock vor, der unweigerlich durch
meinen Körper fahren würde, sobald er an mir vorbeistreifte.

Aber er streifte mich nicht.

Er hielt weit genug Abstand, dass er mich überhaupt nicht berührte, als er eintrat. Ich an seiner Stelle hätte es getan. Ich wäre wie zufällig nahe vorbeigekommen, aber es wäre mit Absicht geschehen, denn ich hatte so lange darauf gewartet und jede Zelle meines Körpers sehnte sich schmerzlich nach seiner Berührung.

Wenn seine Gefühle den meinen im Geringsten entsprächen, hätte er mich auch berühren müssen.

Als er mich also nicht streifte, wusste ich, dass die Spannung, die ich zwischen uns empfand, wirklich existierte und stärker war, als ich zugeben wollte. Ich wusste, dass es keine Scheu war, sondern absichtliche Zurückhaltung seinerseits.

Jeder Bruchteil von Hoffnung war verflogen und an seine Stelle trat bittere Enttäuschung. War es zwischen uns vorbei? Sollte dies ein Abschiedsbesuch sein, der nur den Schlusspunkt setzte?

Nun gut.

Ich würde so tun, als machte es mir nichts aus, jedenfalls hier vor ihm. Doch später ... später würde ich an gebrochenem Herzen sterben.

Ich blieb lange genug an der Tür stehen, um einen tiefen, zitternden Atemzug zu nehmen. Dann setzte ich mich ihm gegenüber an den Tisch und benutzte die Tischplatte als neuestes Hindernis zwischen uns. Irgendetwas war ja immer zwischen uns, oder nicht? Immer Abstand. Immer ein Geheimnis. Immer eine Barriere.

Aber wie unten bohrte sich sein Blick in mich und trotz der unterschwelligen Spannung blieb die Atmosphäre zwischen uns geladen.

Himmel, ich war ja so verwirrt. War das etwas Neues, wenn er im Spiel war?

Wir saßen zusammen in diesem elektrischen Feld, wortlos und schwer. Ich brach als Erste das Schweigen, als ich es nicht mehr aushalten konnte. »Du hast schon immer ein Talent dafür gehabt, in Klubs einzudringen, solange sie noch geschlossen sind.«

Er zuckte die Achseln. »Was soll ich sagen? Ich überrasche dich gern.«

Ich wünschte, dies bedeutete, dass er mich mochte. Aber ich befürchtete, dass es nicht so war. Ich zwang mich zu einem scheuen Lächeln.

Im gleichen Augenblick verdüsterte sich seine Miene. »Aber ich muss mich entschuldigen, wenn ich den falschen Zeitpunkt gewählt habe. Ich habe es mir nicht richtig überlegt und ich wollte es unbedingt hinter mich bringen.«

Mein Innerstes fühlte sich so hohl an, als wäre es mit einem Messer herausgeschnitten worden. Es hinter sich bringen. Mich hinter sich bringen. Als wäre ich ein Punkt auf seiner Aufgabenliste.

»Sicher«, sagte ich, als wäre ich nicht gerade ausgeweidet worden. »Das ist schon in Ordnung.« Wir waren miteinander fertig und er war bloß gekommen, um die letzten Unklarheiten zu beseitigen. Er hatte mir das Herz gebrochen, aber ich kam darüber hinweg. Ich würde darüber hinwegkommen.

»Gut.« Er schien mit meiner Antwort zufrieden zu sein, denn er entspannte sich.

Er betrachtete mich einen Moment ganz genau. »Dein Haar ist dunkler.«

Ich zog ganz benommen eine Strähne hervor und betrachtete sie, als sähe ich mich nicht jeden Tag im Spiegel.

Ich trug den dunkelblonden Haarton bereits, seit er verschwunden war, und war daran gewöhnt. »Ja, ich brauchte mal eine Abwechslung.«

Ich sah ihn verstohlen an. Er war immer noch so verdammt sexy. Immer noch so wahnsinnig heiß, dass sein bloßer Anblick bei mir ein Prickeln in Körperteilen verursachte, von denen ich ganz vergessen hatte, dass er sie erregen konnte. Ich wünschte, ich könnte meine Begierde genauso leicht beim Frisör abtönen lassen wie meine Haarfarbe.

»Es steht dir.« Er räusperte sich. »Du siehst gut aus.«

Es hörte sich gestelzt an. Alles, was er sagte, klang gestelzt. Sonst war er mir gegenüber immer so unbefangen gewesen. Hatte mit mir geflirtet. Mich geneckt. Warum war jetzt plötzlich alles anders? Ich wollte, dass wieder alles beim Alten war. Ich wollte mit ihm verschlungen sein, nur teilweise bekleidet oder gar nicht. Wir sollten nachholen, was wir versäumt hatten, anstatt uns so gehemmt und distanziert zu verhalten.

Vielleicht empfand ja auch nur ich es so.

Und weil ich nicht wusste, wie ich mich ihm gegenüber verhalten sollte oder was er von mir erwartete – weil ich ziemlich sicher war, dass er nichts mehr mit mir zu tun haben wollte –, ging ich in Abwehrhaltung.

»Also. Justin.« Es war immer noch ungewohnt, ihn mit seinem richtigen Namen anzusprechen, und ich klang verbittert, obwohl ich nur zurückhaltend klingen wollte.

Er schlug die Augen nieder und ich bereute beinahe, so kalt mit ihm gesprochen zu haben. »Niemand nennt mich noch so.«

»Wer hat es denn getan?« *War sie es?*, wollte ich eigentlich wissen.

»Meine Eltern. Meine Lehrer.« Er zögerte. »Corinne.«

Und da war sie wieder. Ein Gespenst im Raum. Das wirkliche Hindernis zwischen uns. Wahrscheinlich die Quelle seines Bedürfnisses, mich hinter sich zu bringen. Möglicherweise.

Ich hätte nicht gedacht, dass sie einfach so erwähnt würde, selbst wenn ich der Unterhaltung ihre Richtung gab. Als es nun geschehen war, wurde aus dem gereizten Unterton plötzlich eine Flutwelle und ich spürte, dass ich wütend wurde. Stinkwütend. Dafür gab es so viele Gründe, wovon nicht alle unberechtigt waren. Ich verspürte den überwältigenden Drang, ihm Vorwürfe an den Kopf zu werfen. *Du hättest es mir sagen sollen,* lag mir auf der Zungenspitze. *Du hast mich um ihretwillen verlassen. Du hast mir nicht gesagt, dass es ihretwegen war.*

Dann der brennendste von allen. *Du liebst sie immer noch. Nicht mich. Sie.*

Wie konnte das, was ich ihm je bedeutet hatte, dem gleichkommen, was er für sie empfunden hatte? Für die Frau, deren Verlust ihn innerlich umgebracht hatte? Kein Wunder, dass er offiziell mit mir Schluss machen wollte. Er wusste genauso gut wie ich, dass eine Beziehung zwischen uns unmöglich war. Warum sagte er es mir nicht einfach und brachte es hinter sich?

Ja. Es gab eine Menge zu erklären.

Doch dann brachte ihr Name mich auf einen anderen Gedanken und ich konnte nicht glauben, dass dies nicht meine erste Frage gewesen war. »Haben die Geschworenen ihre Entscheidung schon gefällt?«

»Ja. Vor etwa einer Stunde.« Er lächelte, aber es wirkte gezwungen. »Schuldig. Sie haben ihn für schuldig befunden.

Das Urteil wird in ein paar Wochen gefällt, aber er ist in Untersuchungshaft genommen worden.«

Er klang so sachlich, so beiläufig, dass ich schon dachte, ich hätte etwas nicht mitgekriegt. »Dann ist es also vorbei?«

»Ähm, ja.« Er vermied, mir in die Augen zu sehen. »Größtenteils.«

Ich hätte erleichtert sein sollen. Ich hätte dankbar sein sollen, dass er endlich nicht mehr in Gefahr war. Aber mein Magen war in Aufruhr und ich hatte einen deutlichen Verdacht, dass er mir etwas verschwieg. Wieder einmal.

»Also dann. Herzlichen Glückwunsch.« Ich versuchte nicht einmal, enthusiastisch zu klingen.

»Vielen Dank.« Er reagierte genauso förmlich und gehemmt. »Ich muss es noch verarbeiten. Es hat so lange gedauert, es ist schwer zu begreifen, dass es endlich vorbei ist. Ich schätze, ich habe es noch gar nicht erfasst.«

»Das kommt noch. Es braucht eben Zeit.« Ich war kühl. Gleichgültig. Betäubt. Es mochte eine Abwehrreaktion sein, aber es war notwendig. Denn er hatte mich verlassen. Er war ein Jahr lang fort gewesen. Er hatte mich hängen lassen und als er zurückkam, hatte er mir gegenüber weder Entschuldigungen noch Erklärungen vorgebracht. Er hatte nicht versucht, mich zu beschwichtigen. Er war wieder da, aber die Entfernung zwischen uns hatte er mitgebracht.

Also konnte ich nur verbittert reagieren. Sonst würde ich wütend sein. Sonst würde es mich zerstören.

Mit einem eiskalten Ton, den ich schon lange nicht mehr gebraucht hatte, ging ich das nächste Thema an, das er unaufgefordert hätte ansprechen sollen. »Und was ist mit deiner Frau?«

»Ja ... was das betrifft ...« Er kratzte sich am Hinterkopf

und ich hielt mich vorsichtshalber an der Tischkante fest. »Das ist eigentlich ganz komisch.«

»Wie meinst du das?«

Er lachte gekünstelt. »Vielmehr ist es peinlich.«

»Peinlicher als betrunken zu heiraten?« Bis jetzt hatte ich darauf vertraut, dass zwischen ihnen nichts gewesen war. Aber wenn doch etwas passiert war? Wenn sie Sex gehabt hatten? Wenn er bei ihr geblieben war? Wenn sie mit ihm untergetaucht war, wo immer das auch war, und das Komische daran war: *Jetzt haben wir uns unsterblich ineinander verliebt?*

Aber er sagte: »Nein. Das war schlimmer. Ganz bestimmt. Dass du gedacht hast, ich wäre verheiratet, war viel schlimmer.«

Jetzt war ich noch verwirrter. Denn an seiner Heirat war nichts Komisches. Und was sollte das heißen: *Du hast gedacht, ich wäre verheiratet?* »Ich dachte, du wärst verheiratet, weil du mir gesagt hast, dass du verheiratet bist. Willst du damit sagen, dass du mich angelogen hast?« Jetzt klang ich nicht nur bitter, sondern auch noch frustriert.

»Nein, nein. Ich habe dich nicht angelogen. Aber als ich am nächsten Tag in die Kapelle ging, um herauszufinden, wie ich die Ehe annullieren konnte ...« Er winkte geringschätzig ab, dann nahm er sein Handy aus der Innentasche seines Jacketts. »Es klingt nach Quatsch. Sie haben mir eine DVD gegeben, die ich an dich weiterleiten kann. Das sollte die Sache klarstellen.« Er wischte ein paarmal über den Bildschirm, ehe er zögerte. »Ähm, hast du dein Handy dabei?«

»Ja.« ich suchte nach meiner Handtasche und erinnerte mich, dass ich sie nicht mitgenommen hatte. »Es ist im Büro.«

Er gab etwas in sein Handy ein und steckte es wieder in

die Tasche. »Okay, ich schicke es dir als SMS. Du kannst es dir ja später ansehen. Wenn ich weg bin.«

So wütend ich auch war, ich war ebenfalls neugierig. War er nun verheiratet oder nicht? Und was zum Teufel schickte er mir? Aber etwas schockierte mich mehr als alles andere. »Du hast meine Nummer?«

»Jaaaa.« Er zog das Wort in die Länge, als schämte er sich, es zuzugeben.

Ich setzte mich auf, als mir klar wurde, dass er keine Zeit gehabt hatte, zum Eighty-Eighth zu fahren, wenn die Verhandlung erst vor einer Stunde vorüber war. »Und du hast gewusst, wo ich arbeite.«

Ehe er darauf reagieren konnte, klopfte jemand an die Tür. Liesl erschien, bevor ich sie hereingebeten hatte. »Hey. Tut mir leid, dass ich stören muss. Aber du wirst gebraucht.«

Nein. Ich wurde hier gebraucht. Wo ich war. Ich musste hierbleiben und den Geheimnissen zwischen uns auf den Grund gehen. »Ich komme gleich. Was es auch ist, regle es selbst.«

»Also gut.«

Sie hatte die Tür nicht einmal ganz geschlossen, als ich in JC drang: »Wie hast du erfahren, wo ich arbeite?« Ich war ernsthaft besorgt. Norma hatte hart daran gearbeitet sicherzustellen, dass ich verschwunden war. Es hätte nicht so einfach sein dürfen, mich zu finden.

JC lehnte sich nach vorn und verflocht die Finger vor sich auf dem Tisch. »Ich habe einen Detektiv eingestellt. Einen sehr guten. Er hat das Wesentliche herausgefunden. Hat mir ab und zu berichtet, was es Neues gab. Er hatte es nicht leicht damit, aber es ist ihm gelungen. Wenn ich dich nicht finden sollte, tut es mir leid.«

Gott sei Dank war es schwierig gewesen. Das war ja gerade das Ziel.

Aber dann wurde mir plötzlich klar, was er da noch gesagt hatte. »*Du mich* nicht finden solltest?« Er hatte gedacht, ich hätte mich vor ihm versteckt? »Nein. Oh nein. Es geht dabei um meinen Vater, nicht um dich.«

»Deinen Vater?«

»Ja. Er hat gegen seine Bewährungsauflagen verstoßen und ist verschwunden, und nachdem er mich bedroht hatte …« Ich wollte eigentlich nicht über dieses Arschloch von einem Vater sprechen. Ich war bereits aufgebracht genug. »Sagen wir bloß, meine Schwester hielt es für das Beste, wenn ich verschwinden würde.«

»Aha. Richtig. Das macht Sinn.« Bildete ich mir das nur ein oder machte er einen erleichterten Eindruck? »Himmel, und ich dachte …« Er schüttelte den Kopf. »Wie auch immer. Mach dir keine Gedanken. Du hast dich gut versteckt. Wie gesagt, du warst nicht leicht zu finden.«

Ich war ganz durcheinander. Er war einfach aufgetaucht, ohne jedes Anzeichen, dass er sich mit mir versöhnen wollte, und ohne sich in irgendeiner Weise zu bemühen, etwas wiedergutzumachen, und doch hatte er Himmel und Hölle in Bewegung gesetzt, um mich zu finden. »Ich kann kaum glauben, dass du extra einen Detektiv angestellt hast. Warum würdest du das tun?«

Er sah mich an, als hätte ich ihm gerade die dümmste Frage der Welt gestellt. »Ich wollte dich nicht verlieren.«

Er hatte nicht von *finden* gesprochen. »Was meinst du damit, mich *verlieren*? Wann genau hast du diesen Kerl angestellt?«

JC sah plötzlich ganz schuldbewusst aus. »Als du Las Vegas verlassen hast. Nachdem du Nein gesagt hattest.«

Ich blinzelte verdutzt. Ich wollte nicht noch einen Grund haben, auf ihn böse zu sein, aber ich hatte scheinbar keine Wahl. Dies war eine Verletzung der Privatsphäre, die mich nicht so sehr gestört hätte, wenn ich nicht bereit gewesen wäre, ihm alles zu erzählen, was er über mich wissen wollte, während er sich geweigert hatte, genau das zu tun. Anstatt mit mir zu reden, wie man es in einer normalen Beziehung tut, hatte er hinter meinem Rücken herausgefunden, was er wissen wollte. Es war zum Verrücktwerden.

Und wenn er die ganze Zeit gewusst hatte, wo ich war – meine Telefonnummer und mein Arbeitsplatz ihm bekannt waren –, warum hatte er dann nicht früher mit mir Kontakt aufgenommen? Warum hatte er nicht versucht, mir mitzuteilen, dass es ihm gut ging, oder mir ein gottverdammtes Zeichen gegeben, dass ihm noch etwas an mir lag?

Mein Zorn musste leicht an meinem Ausdruck abzulesen gewesen sein, denn er versuchte sofort, mich zu besänftigen. »Das macht jetzt einen falschen Eindruck.« Er streckte auf dem Tisch die Hände in meine Richtung aus, obwohl meine außer Reichweite gefaltet in meinem Schoß lagen. »Ich wollte dich nicht in Gefahr bringen, Gwen. Sonst hätte ich dir etwas zukommen lassen.«

Ich ließ mich nicht so einfach abspeisen. »Es kann doch unmöglich riskanter gewesen sein, mir ab und zu eine Nachricht zukommen zu lassen, als mit einem Detektiv in Verbindung zu stehen.«

Er hielt für einige Sekunden schweigend meinem Blick stand. Sekunden, in denen sich sowohl meine Empörung steigerte als auch mein Bewusstsein seiner Gegenwart, ein

Bewusstsein, das jede erogene Zone meines Körpers zum Schwingen brachte.

»Du hast recht«, sagte er schließlich. »Es war riskant, mit ihm zu reden. Das war mir gleichgültig. Ich habe ihn so gut bezahlt, dass es ihm auch gleichgültig war. Denn *du* warst mir wichtig. Du *bist* mir sehr wichtig.« Er hielt eine Weile inne, um seine Worte auf mich wirken zu lassen. Sie ließen sich schwer auf meiner Haut nieder, wie der warme Dampf einer Sauna. »Ich wollte dich nicht in Gefahr bringen.«

Ich bedeutete ihm etwas. Immer noch. Das tröstete mich etwas, aber nicht sehr. Wollte er damit andeuten, dass er mich noch liebte? Oder war ich zu einer freundschaftlichen Verpflichtung herabgestuft worden?

Beide Alternativen machten mir Angst.

»Außerdem«, sagte er nach einer Minute, »wollte ich nicht, dass du auf mich wartest, und ich dachte, es würde dich daran hindern, dein Leben neu zu gestalten, solltest du von mir hören.«

»Das ist ja einfach unglaublich.« Ich hatte ihm zwar gesagt, dass ich nicht auf ihn warten würde, aber das gab ihm nicht das Recht, *dafür zu sorgen*, dass ich es nicht tat. Es war mein Vorrecht, mein Leben zu vergeuden. Es war mein gutes Recht zu schmachten.

»Du musst mir glauben, nichts davon war das, was ich wollte.« Er klang aufrichtig. Mitfühlend.

Aber ich war zu wütend, um mich davon berühren zu lassen. »Offenbar war dir auch gleich, was ich wollte.«

»Ich werde mich nicht dafür entschuldigen, dass ich dich nicht mit meinen Problemen belasten wollte.«

Es klopfte wieder an der Tür. »Eine Minute«, schrie ich, ehe der Störenfried die Gelegenheit hatte einzutreten.

Dann wandte ich mich wieder ihm zu und konnte mich nicht länger beherrschen. »Was zum Teufel soll das heißen, Justin? Wenn du mich von dir befreien wolltest, hättest du mir nicht sagen sollen, dass du wiederkommst. Dann hättest du mir nicht versprechen dürfen, dass du mich wiederfindest. Du hättest mir nicht deine Liebe gestehen dürfen und mich denken lassen, dass wir –«

Da flog plötzlich die Tür auf und unterbrach meine Tirade.

Mein Zorn änderte die Richtung. »Zum Teufel, was ist denn?«

Liesl stand auf der Schwelle und bedeckte sich mit einer Hand die Augen, als hätte sie Angst zu sehen, was sie hier unterbrach. »Es tut mir wirklich leid, ganz ehrlich, aber wir kommen ohne dich hier draußen nicht zurecht, weil der Klub in zwei Minuten aufmachen soll und an der Tür schon eine Schlange ist und wir keine Kassen haben, weil Laynie ihren Schlüssel im Safe eingeschlossen hat, was vielleicht sogar meine Schuld war, und darum hat sie mich geschickt, um stattdessen deinen zu holen, es tut mir ja so schrecklich, schrecklich leid.«

Sie sagte das alles in einem Wortschwall und redete so schnell, dass ich eine Sekunde brauchte, um es zu verarbeiten.

Als ich es tat, brauchte ich noch eine Sekunde, um zu überlegen, wo zum Teufel mein eigener Schlüssel war.

In meiner Handtasche. Im Büro. In meinem Regalfach. Das mit einem Kombinationsschloss gesichert war. »In meinem Schließfach«, fauchte ich. »Die Kombination ist zwölf nach rechts, dann wieder nach links, einmal an der siebzehn vorbei, dann darauf. Dann nach rechts –«

»Du erwartest doch nicht, dass ich das behalte?«

Nein. Das tat ich nicht. Schließlich hatte ich es mit Liesl zu tun.

Verdammt noch mal. Als wir gerade etwas erreichten.

»Ich muss gehen.« Ich stand auf und fragte mich, ob er gemerkt hatte, dass die Zahlenkombination von seiner Tätowierung stammte, dem Datum, das er auf dem Unterarm eingraviert hatte. Für ihn war es der Tag, an dem Corinne gestorben war. Für mich war er es.

JC winkte ab. »Ist schon in Ordnung. Das verstehe ich ja. Ich habe keinen guten Zeitpunkt gewählt. Ich hätte warten sollen, aber ich –« Er senkte die Stimme. »Ich musste dich einfach sehen. Ich konnte nicht länger warten.«

Ein unwillkommener Wonneschauer durchlief meinen Körper und erwärmte mich an Stellen, von denen ich mir wünschte, sie würden so kalt bleiben wie der Rest von mir. Warum hatte er immer noch eine solche Wirkung auf mich? Warum war er mir immer noch nicht gleichgültig geworden?

Ich öffnete gerade den Mund, um ihm eine Art von höflicher Erwiderung zu geben, als Liesl mich am Arm zerrte. »Sie brüllt mir in die Kopfhörer, Gwen«, beschwor sie mich.

Laynie schrie tatsächlich laut genug, dass sogar ich es hören konnte. »Ach, verdammte Scheiße«, murmelte ich.

»Es ist schon gut. Geh ruhig.« JC stand auf, während er das sagte, und in seiner Stimme schwang Enttäuschung, die erste Gefühlsbewegung, die er gezeigt hatte, seit er den Klub betreten hatte. Es brachte mein Blut zum Kochen, aber nicht nur vor Zorn. Besonders als er den Blick an meinem Körper herabgleiten ließ und er mich nur damit auf intimere Weise berührte als Chandler es getan hatte, wenn er mich am ganzen Körper streichelte. Ich wollte nicht erröten und mich winden, aber ich konnte es nicht verhindern.

Ebenso wenig konnte ich verhindern, ihn ebenfalls genau zu betrachten. Als mir auffiel, wie eng ihm die Hose im Schritt geworden war, steigerte sich meine Begierde von einem Knistern zu einem lodernden Feuer. Und, verdammt noch mal, das machte mich nur noch wilder.

Ich wünschte mir aus voller Seele, dass ich jetzt nicht gehen müsste. Ich wollte bleiben, ihn anschreien und ihm Sachen an den Kopf werfen und vielleicht mit wütendem Ficken etwas von der Spannung abreagieren, was, wie mir wohl bewusst war, keine gute Idee war, und darum war es wohl wesentlich besser für mich, anstatt zu bleiben, gehen zu müssen, um den verdammten Klub zu öffnen.

»Gwen! Wirst du verdammt noch mal jetzt endlich kommen!«

JC war im Begriff, etwas zu sagen, aber ich wollte das letzte Wort behalten. »Es war mir ein Vergnügen, Justin«, sagte ich sarkastisch. »Vielleicht können wir uns ja nächstes Mal besser kennenlernen.«

Ich war gegangen, ehe er etwas erwidern konnte, und ließ hinter mir die Tür ins Schloss knallen.

KAPITEL SIEBEN

JC BLIEB mir die ganze Nacht im Sinn – als ich die Kassen-
laden bereitstellte, als ich den Inhalt einer Flasche Wein
aufwischte, der sich über die Haupttanzfläche ergossen hatte,
als ich dem Gast, der sich über ein Haar in seinem Humpen
beschwerte, ein Freibier spendierte. Obwohl ich mich auf
jeden gegenwärtigen Augenblick voll konzentrierte, waren
meine Sinne geschärft und lebendig, als wäre JC noch in der
Nähe und ich könnte mit Körper und Seele seine Anziehungskraft spüren.

Doch ich war immer noch böse auf ihn und schrecklich
verwirrt.

Mindestens zwei Stunden vergingen, bis der Betrieb so
weit nachließ, dass ich eine Denkpause machen konnte. Ich
ging mit einer Geldbombe nach oben ins Büro, wo ich von
Laynie erwartet wurde, die natürlich an diesem Denkprozess
teilnehmen wollte.

»Er hat gesagt, dass du ihm immer noch etwas bedeutest«, sagte sie, nachdem ich ihr kurz den Inhalt unseres Gespräches im »Bubble«-Zimmer zusammengefasst hatte. »Das ist doch schon mal gut.«

Ich schüttelte den Kopf, sowohl im Hinblick auf ihre Bemerkung als auch wegen des Einnahmenformulars, das ich zum dritten Mal falsch ausgefüllt hatte. »Wenn Hudson so etwas zu dir sagte, würdest du das auch gut finden?« Ich knüllte das Formular zusammen und warf es in Richtung Papierkorb, ohne ihn zu treffen. Schon wieder vorbei. »Und ehrlich gesagt, vielleicht wollte er damit nur eine höfliche Bemerkung machen.«

Laynie stand von ihrem Stuhl auf und stellte sich vor meinen Schreibtisch, um sicherzugehen, dass ich ihr meine volle Aufmerksamkeit schenkte. »Er ist direkt nach der Urteilsverkündung gekommen. Direkt danach, Gwen. Dabei hat er wie lange darauf gewartet? Fünf Jahre? Und doch ist er sofort zu dir gekommen. Das ist nicht bloß ein Höflichkeitsbesuch.«

Ich kaute am Ende meines Kulis. »Das hatte ich nicht bedacht.«

»Vielleicht wolltest du das nicht bedenken.«

»Wie meinst du das?«

Sie griff über den Schreibtisch und nahm mir den Kuli aus der Hand. »Ich meine, dass es manchmal leichter ist, verletzt und abweisend zu reagieren, als zu akzeptieren, dass man geliebt wird. Ich spreche aus Erfahrung. Und wenn du Hudson fragst, kann er dir auch einiges darüber erzählen.«

Sie mochte wohl recht haben. Eine meiner Abwehrstrategien bestand darin, mich abzuschotten.

Aber das war nicht das Einzige, was mich in Bezug auf alles JC Betreffende in nervöse Unruhe versetzte. Er war reserviert gewesen. Er hatte sich zurückgehalten. Er hatte –

»Er hat mir getextet« sagte ich, als mir plötzlich das Video einfiel, das er mir geschickt hatte. Ich sprang auf und ging zu meinem Garderobenschrank hinüber, um mein Handy zu holen. Ich hatte es eigentlich herausnehmen wollen, als ich ihn zuvor wegen des Schlüssels aufgeschlossen hatte, es aber in dem ganzen Wirbel ums Öffnen des Klubs vergessen.

»Er hat was?«

»Er hat mir ein Video geschickt.« Ich wühlte in der Handtasche nach meinem Handy.

»Er hat dir ein Video geschickt?« Laynie klang noch misstrauischer als ich es war. »Wovon denn?«

Ich hatte mittlerweile mein Handy gefunden und ging damit zu meinem Schreibtisch zurück. »Das weiß ich nicht. Ich habe es mir noch nicht angesehen.«

Sie schlang die Arme um sich und erschauerte. »Videos sind nie gut. Sie machen mich nervös.«

Ich hatte das Gefühl, dass etwas dahintersteckte, war aber zu beschäftigt, um sie danach zu fragen. »Ich glaube nicht, dass es etwas ist, weswegen du nervös zu sein brauchst.« Ich ließ mich auf meinen Stuhl sinken, öffnete die Liste meiner eingegangenen SMS und speicherte die unbekannte Nummer, ehe ich auf den Videolink klickte. Ich zögerte nur den Bruchteil einer Sekunde, ob ich den Eintrag als Justin oder JC speichern sollte, ehe ich mich für Letzteres entschied.

»Ähm, ist das etwas, was du dir allein ansehen musst?«

»Ich glaube nicht. Ich meine, vielleicht schon?« Der

Gedanke, er könnte mir einen sexuellen Inhalt geschickt haben, war, gelinde ausgedrückt, verwirrend. Mir wurde plötzlich zu heiß unter der Haut und feucht in der Kehle. Ich verharrte mit dem Finger über der Play-Taste.

Nein. Das war ja lächerlich. Bei der ersten Gelegenheit, mir etwas zu schicken, würde er nichts Unanständiges wählen.

»Er sagte, dies würde etwas schrecklich Peinliches erklären, was er getan hat.« Ich sah zu Laynie auf, die genauso verwirrt aussah, wie ich es erwartet hatte. »Das ist eine lange Geschichte. Keine Sorge. Jedenfalls bin ich sicher, dass wir uns das ruhig ansehen können.«

Das Video begann damit, dass eine feststehende Kamera das vordere Ende eines Raumes zeigte, der wie eine Kapelle aussah, während im Hintergrund leise klassische Musik gespielt wurde. Die Frau, die ich in JCs Hotelzimmer angetroffen hatte – seine »Frau« –, stand allein da, einem gelangweilt wirkenden Mann zugeneigt, der einen Aktenordner in der Hand hielt. Sie trug ein schmuddeliges Cocktailkleid, das für ihren üppigen Busen viel zu eng war. Ihre Wimperntusche war verschmiert und der glasige Ausdruck in ihren Augen ließ darauf schließen, dass sie entweder unter dem Einfluss von Alkohol oder Drogen stand – oder beidem zusammen.

Ich runzelte verwirrt die Stirn.

Laynie kam um ihren Schreibtisch herum, um mir über die Schulter zu spähen. »Was ist das denn?«

»Das weiß ich noch nicht.« Aber mir wurde der Nacken steif, als sich meine Muskeln anspannten, um sich gegen das zu wappnen, was ich jetzt zu sehen erwartete.

»Es sieht aus wie eine dieser Instant-Hochzeitskapellen. Habe ich dir je erzählt, dass Hudson mit mir nach Las Vegas davonlaufen wollte, um ihn in einer von diesen zu heiraten? Ich habe selbstverständlich Nein gesagt. Männer haben die merkwürdigsten Vorstellungen von Romantik.«

Sie hatte es mir nicht erzählt. Vielleicht sollte ich mich von der Tatsache trösten lassen, dass es immer noch möglich war, eine erfolgreiche Beziehung zu haben, nachdem man einen Las Vegas Antrag abgelehnt hatte.

Obwohl das auf mich nicht zutraf.

Die Frau im Video zog durch ihr Gewinsel wieder meine Aufmerksamkeit auf sich. »Jace.« Sie trat nach etwas, das auf dem Boden lag. »Ja-ace!«

Außerhalb der Einstellung erklang ein Stöhnen. Dann erschien JC im Bild, der sich aufgesetzt hatte, und vor unbestimmter Beklommenheit begann mein Magen zu rebellieren. Ich wusste ja schon, dass er geheiratet hatte. Und ich hatte gewusst, dass er dabei betrunken war. Warum wollte er, dass ich das sah? Um zu beweisen, wie stockbesoffen er gewesen war?

Es war zu schade, dass ich mich nie mit Chandler gefilmt hatte. Ich hätte ihm das schicken können, um zu demonstrieren, wie einsam ich gewesen war.

Oder ich könnte dies einfach abstellen. Aber ich tat es nicht.

»Ich bin auf, ich bin ja auf«, sagte JC. »Ist es schon beinahe so weit?«

Ich betrachtete ihn so genau, wie es mir auf dem kleinen Bildschirm möglich war. Sein Haar war zerzaust, seine Krawatte lose und er taumelte. Ich erkannte den Anzug wieder, den er trug. Er hatte ihn getragen, als er mich in New York zurückgelassen und mich angefleht hatte, ihn noch an diesem Tag zu heiraten. Bei der Erinnerung daran wurde mir die Kehle eng. Und bei seinem Anblick hier in der Kapelle, mit einer anderen Frau.

»Es ist nicht nur beinahe so weit. Es *ist* so weit. Wir sind mittendrin.« Sie klang undeutlich und jämmerlich. »Wir sind mittendrin und du hast beschlossen, auf dem Boden zu liegen.« Sie unterbrach sich und runzelte die Stirn. »Vielleicht sollte ich mich neben dich legen.«

Der Mann mit der Aktenmappe seufzte. »Nein, nein, bitte nicht. Bleiben Sie doch bitte stehen. Mr. C? Sie sollten auch stehen.«

Selbst in betrunkenem Zustand hatte JC nicht seinen Namen genannt. Ich fand das seltsam befriedigend. Ich mochte nicht würdig gewesen sein, ihn zu erfahren, aber diese Frau war es auch nicht.

»Ich stehe ja«, sagte er und hielt sich an der Frau fest – wie war noch ihr Name? –, um sie als Stütze zu benutzen, als er auf die Beine kam.

»Was zum – sind sie – betrunken?«, fragte Laynie zögernd.

»Stockbesoffen.« Jenseits von Gut und Böse. Es war ausgeschlossen, dass eine Zeremonie mit zwei dermaßen alkoholisierten Menschen legal sein konnte. Und wenn sie nicht einmal JCs Namen hatten, konnte er auf keinen Fall die für eine Eheschließung notwendigen Unterlagen geliefert haben.

War es das, was er mir zeigen wollte? Dass die Heirat gesetzlich ungültig war?

Vielleicht zog ich die falschen Schlüsse.

Als er auf den Füßen stand, brauchte der Standesbeamte ein paar Minuten, um JC und seine Zukünftige in Position zu bringen. »Also. Nicht bewegen«, sagte er, als es ihm gelungen war. »Wir waren gerade beim Ehegelübde. Mr. C. Sollen wir es noch einmal versuchen? Sprechen Sie mir nach: Ich, JC.«

»Ich, JC«, wiederholte er schwankend.

»Mein Gott, er ist einfach hinreißend«, flüsterte Laynie.

Mein Blick wurde noch finsterer. Ein hinreißender Esel.

»Nehme diese Frau, Tamara Stone.«

Ach ja, das war ihr Name – Tamara. *Schlampe.*

»Nehme diese Frau.« JC unterbrach sich und winkte dem Standesbeamten ab, der wieder versuchte, ihm vorzusprechen. »Nehme diese Frau, Gwen.«

Ich bekam Herzstottern.

Ich hatte mich verhört. So musste es sein.

Aber dann stieß Laynie mich an. »Er hat Gwen gesagt. Das könnte aus einer Folge von *Friends* stammen.«

»Es ist Tamara, weißt du noch?«, erinnerte ihn seine Braut. »Ta-ma-ra.«

JC schüttelte den Kopf. »Ich heirate Gwen. Ich will Gwen heiraten.« Seine Augen weiteten sich, als wäre ihm gerade erst klar geworden, wo er war und mit wem er zusammen war. Er wirbelte herum und durchsuchte den Raum. »Wo ist Gwen? Sie sollte sich doch mit mir am Flughafen treffen. Ich dachte, sie würde kommen.«

Seine Stimme war voller Sehnsucht und Verwirrung. Voller Traurigkeit. Er sprach meinen Namen mit so viel kummervoller Verehrung aus, dass es mir in tiefster Seele wehtat. Dort, wo ich in meinem Innersten die Reue darüber verbarg, dass ich nicht Ja gesagt hatte. Dass ich nicht den Mut aufgebracht hatte, den Sprung zu wagen und darauf zu vertrauen, dass er mich auffangen würde, wenn ich landete.

Alles verschwamm vor meinen Augen und ich konnte den Bildschirm nicht mehr klar erkennen.

»Vielleicht sollten wir es verschieben«, sagte der Standesbeamte und klappte seine Mappe zu.

»Aber sicher«, stimmte Tamara zu. »Dies war sowieso nur zur Übung. Nicht wahr, Schatz?«

Ich erfuhr nicht, ob oder wie JC darauf reagierte, denn der Standesbeamte, der auf die Kamera zukam, fasste an der Linse vorbei und der Bildschirm wurde schwarz.

»Hm.« Ich biss mir auf die Lippe, kämpfte mit den Tränen und starrte mein Handy an, nachdem es schon lange dunkel geworden war, und versuchte zu verarbeiten, was ich gerade gesehen hatte. Einerseits war ich erleichtert. Denn er hatte schließlich doch nicht geheiratet. Selbst in volltrunkenem Zustand hatte er noch an mich gedacht.

Ich war nicht nur erleichtert, sondern auch gerührt. Betroffen von den Gefühlen, die dieser Mann für mich gezeigt hatte.

Andererseits war ich jetzt verwirrter denn je.

Verdammt.

»Er wollte heiraten?« Laynie klang so verblüfft, wie ich mich fühlte. Wenigstens ihre Ratlosigkeit machte Sinn.

Ich sank in mich zusammen und legte das Handy auf den Tisch. »Ich dachte, er hätte geheiratet. Er macht die verrücktesten Sachen, wenn er betrunken ist.«

»Offenbar.«

»Aber diesmal hat er die Dummheit, die er gemacht zu

haben glaubte, wohl doch nicht begangen.« Ich lehnte mich in meinem Stuhl zurück. »Das macht die Dinge ...«

»Besser?«, beendete sie meinen Satz voller Hoffnung.

»Ich wollte eigentlich *komplizierter* sagen. Besser klingt optimistischer, schätze ich.« Ich wollte so hoffnungsvoll sein wie sie, und vielleicht hätte ich das auch sein sollen. Er hatte mir dies zeigen wollen. Er hatte mich wissen lassen wollen, dass er meinen Namen gesagt hatte, und das hieß, dass ich ihm immer noch etwas bedeutete. Warum sonst hätte er gewollt, dass ich es mir ansah?

Doch wenn er noch solche Gefühle für mich hegte, warum war unser Wiedersehen dann so unerfreulich verlaufen?

Laynie drehte meinen Stuhl zu sich herum. »Sieh mal. Ich weiß nicht, was im Augenblick in dir vorgeht. Und ich kenne ihn nicht. Gar nicht. Aber dieser Kerl steht auf dich.«

»Das ist ein Jahr her«, protestierte ich schwach.

»Das hat an deinen Gefühlen für ihn ja auch nichts geändert.«

Das saß. Ein Punkt für sie. Ich hatte noch Gefühle für ihn. Und nicht nur Empörung. Oder Lust. Und gezeigt hatte ich ihm das wirklich nicht.

»Aber es war schrecklich mit ihm«, beklagte ich mich. »Wirklich schrecklich. Angespannt und peinlich. Er hat kein Anzeichen von Zuneigung zu mir bewiesen.«

Sie setzte sich auf meine Schreibtischkante. »Meinst du, deine nervöse Spannung könnte sich auf ihn übertragen haben?«

Ich versuchte, über Laynies Amateurpsychologie nicht die Augen zu verdrehen. »Wieso soll ich denn nervös gewesen sein? Ich habe mich gefreut, ihn wiederzusehen. Das hatte ich mir doch so gewünscht.«

»Das stimmt. Aber kurz bevor er hereinkam, hast du noch von Chandler gesprochen. Hast du seinetwegen vielleicht ein schlechtes Gewissen?«

Verdammt.

Chandler.

Ich warf den Kopf gegen die Rückenlehne meines Stuhls und stöhnte. »Ja. Ich habe Schuldgefühle.« Ich schloss die Augen und kniff mich in den Nasenrücken. »Und zwar eine ganze Menge.«

»Und dass du jetzt nicht mehr denkst, JC hätte geheiratet, sondern weißt, dass er sich nur nach dir gesehnt hat, macht alles noch viel schlimmer.«

Ich stöhnte wieder. »Vielen Dank«, sagte ich sarkastisch, »das tröstet mich wirklich.«

»Oh nein! Ich wollte doch nichts schlimmer machen. Ich habe nur versucht, dich zu verstehen.«

Ich spähte zu ihr hinauf. »Du kannst ja nichts dafür. Ich bin diejenige, die sich mit einem anderen eingelassen hat. Und nicht nur ein Mal. Sondern oft genug, dass man es nicht als einen Unfall oder einen Moment der Schwäche bezeichnen kann. Himmel, ich fühle mich beschissen.«

Sie runzelte die Stirn und in ihren Augen stand ein mitleidiger Ausdruck. »Also, das ist nicht ideal. Aber hast du denn versprochen, treu zu sein?«

»Nein, aber –«

»Dann ist es ja nicht schlimm. Ich bin sicher, dass es nicht schlimm ist.« Sie klang aber gar nicht so sicher.

»Doch, es ist schlimm. Es ist schrecklich.« Mir wurde ganz flau im Magen, je länger ich darüber nachdachte. »Und du meinst wirklich, das könnte die Spannung verursacht haben?«

»Also, ich war ja nicht dabei. Aber, ja. Solche Belastungen können eine Beziehung vergiften.«

Als sie von Belastungen sprach, fiel mir wieder ein, wie JC gesagt hatte, dass er mich nicht mit seinen Problemen belasten wollte. Das war eigentlich sehr nett von ihm gewesen, als ich es nun recht bedachte. Und ich hatte darauf aggressiv reagiert.

Ich fühlte mich jetzt wirklich unglücklich. Völlig beschissen. Reuevoll und verzweifelt. Und es war nicht nur wegen meiner Affäre mit Chandler – sondern weil Laynie vorhin ganz recht gehabt hatte. Es war ein furchterregender Gedanke, dass JC mich vielleicht immer noch begehrte. Er erfüllte mich mit Panik. Dass er mich vielleicht sogar immer noch liebte. Besonders, da ich das so offensichtlich nicht verdient hatte, weil ich nicht die verdammte Geduld aufgebracht hatte, auf ihn zu warten.

Mir entfuhr ein frustriertes Stöhnen. »Ich war so ein Biest, Laynie. So ein gemeines Biest.«

»So unverständlich ist das nicht.« Sie legte mir tröstend die Hand auf den Arm. »Schließlich hast du ein ganzes Jahr nichts von ihm gehört. Da ist es nur natürlich, einen gewissen Groll zu empfinden, gewollt oder ungewollt.«

»Eigentlich mehr Wut. Und Eifersucht. Auf seine tote Verlobte.«

»Das ist alles zu erwarten.«

»Hinzu kommt noch mein schlechtes Gewissen wegen Chandler ...« Ich seufzte schwer.

»Genau. Was aggressives und zickiges Verhalten zur Folge hatte.«

Ich dachte einen Moment darüber nach und ging in Gedanken die Szene im »Bubble«-Zimmer noch einmal durch. Ich hatte dieses ungute Gefühl, dass etwas nicht in Ordnung war, bereits empfunden, ehe wir begonnen hatten, uns zu unterhalten, möglicherweise weil ich nervös war, wie Laynie vermutete. Vielleicht hatte er das gar nicht so empfunden. Vielleicht lag es nur an mir. Und als wir dann anfingen, miteinander zu reden, hatte ich die Unterhaltung begonnen. Und ich hatte mich kaltschnäuzig gegeben. Und danach war alles in eine Abwärtsspirale geraten.

Mir kam es komplizierter vor. Das war es doch, oder nicht? Er hatte sich von dem Augenblick an, in dem er einge-treten war, distanziert verhalten, nicht wahr? Er war nicht an mir vorbeigestreift – oder hatte er das bloß deshalb unterlas-sen, weil eine gewisse Feindseligkeit von mir ausging?

»Du musst noch einmal mit ihm sprechen«, sagte Laynie. »Nur so kannst du das in Ordnung bringen. Rede mit ihm und erzähle ihm alles über Chandler. Das muss zuerst geschehen, ehe du überhaupt herausfinden kannst, ob zwischen euch noch etwas zu retten ist.«

»Ich muss es ihm sagen?« Ich wollte JC nichts über Chandler beichten müssen. Es war zu schrecklich.

Sie starrte mich ungläubig an. »Ja, du musst es ihm sagen.« Zur Bekräftigung gab sie mir auch noch einen Klaps.

Ich stöhnte wieder.

»Ich bin sicher, dass der Gedanke daran schlimmer ist als die Beichte selbst. Wenn er dich liebt, wird er Verständnis dafür haben.«

Alayna war jungverheiratet. Sie steckte noch in der romantischen Phase, in der alles nur aus Herzen und Regen-bogen besteht. Sie sprach zwar aus eigener Erfahrung über die schwierige Zeit vor ihrer Eheschließung, aber in der Erinnerung sind die Probleme nie so schlimm wie in der Gegenwart, wenn man gerade mit ihnen kämpft. Sie hatte gut reden, wenn sie sagte: *Er liebt dich und wird alles verstehen*, nachdem sie bereits den Beweis dafür besaß.

Leider kannte ich JC noch nicht lange genug, um mir den Luxus dieser Sicherheit leisten zu können.

Ich drückte den Mittelfinger auf den Punkt direkt über dem Nasenrücken, wo ich die ersten Anzeichen von Kopfschmerzen spürte. »Ich weiß nicht, ich weiß nicht, ich weiß nicht.«

»Du hast recht. Du weißt es nicht. Ehe du die Sache verloren gibst, musst du also etwas Vorschussvertrauen in ihn setzen.« Sie zögerte. »Oder lass es bleiben. Und akzeptiere, dass es zu Ende ist. Aber du kannst es nicht für immer in der Schwebe lassen.«

Ich kniff die Augen zu. *Sag es ihm.*

Ich musste es ihm erzählen. Das war schlimm, aber nicht so schlimm wie der Gedanke, die Dinge so zu lassen, wie sie waren. Und vielleicht würde es immer noch Probleme zwischen uns geben, nachdem ich es ihm gesagt hatte. Aber wenigstens würde ich wissen, dass ich nichts unversucht gelassen hatte, ehe ich aufgab. Es war das Beste so.

Es jedoch tatsächlich in Worte fassen zu müssen ...

Würg.

Ich warf die Hände in die Luft und öffnete mit einem irritierten Seufzer die Augen. »Was soll ich also jetzt tun? Er hat nicht gesagt, dass er mich wiedersehen will. Er hat mir nicht gesagt, wo er wohnt. Soll ich bloß warten, bis er sich wieder meldet? Mir ist, als würde ich immer nur auf ihn warten.«

»Er hat dir getextet. Du hast seine Nummer. Du weißt doch, wie man so etwas benutzt, oder?«

Ich wollte darauf gerade etwas Spöttisches erwidern, als ihr Handy klingelte.

»Das ist Hudson«, sagte sie, ohne nachzusehen. »Er will sicher wissen, wo ich bleibe.«

Ich sah auf die Uhr und merkte dabei, dass sie schon eine halbe Stunde länger als sonst geblieben war, wahrscheinlich meinetwegen. »Geh ruhig. Ich komme schon zurecht.«

Sie ging zu ihrem Schreibtisch hinüber, um ihre Handtasche zu holen, ehe sie sich in Richtung Tür bewegte. »Hey, es tut mir wirklich leid, dass ich dich von ihm wegrufen musste. Es war Liesls Schuld, die den Schlüssel im Safe eingeschlossen hatte.«

»Ich weiß. Aber keine Sorge. Es ist gut, etwas Zeit zum Nachdenken zu haben, ehe ich ihn wiedersehe. Zeit zum Abkühlen. Es war ohnehin kein besonders geeigneter Ort, um miteinander zu reden.«

Sie blieb auf der Schwelle stehen und zuckte die Achseln. »Da bin ich mir nicht so sicher. Ich habe in demselben Raum einmal eine dramatische Unterhaltung geführt. Aber das ist noch etwas, nach dem du Hudson fragen könntest.«

»Ich will nichts darüber hören.« Ich bedeckte mir mit der Hand die Augen, als könnte dies unerwünschte bildliche Vorstellungen davon verhindern, was Hudson und Alayna auch immer dort getrieben haben mochten. Ich nahm mir vor, dafür zu sorgen, dass die Polstermöbel des Klubs einmal in der Woche routinemäßig gereinigt wurden.

»Bist du sicher? Es ist aber eine tolle Geschichte.« Sie wackelte ein paarmal suggestiv mit den Augenbrauen, ehe sie wieder ernst wurde. »Morgen reden wir weiter. Ruf mich an.«

Ich versprach es. Sie winkte mir zu, während sie die Tür öffnete. »Und rufe *ihn* an«, rief sie und ließ hinter sich die Tür zufallen.

Ja. Ihn anrufen. Das würde ich tun.

Sobald ich mir überlegt hatte, was ich sagen würde.

ACHT

KAPITEL ACHT

WIE SICH HERAUSSTELLTE, brauchte ich ihn gar nicht anzurufen.

Als wir am nächsten Morgen den Klub verließen, wartete er schon auf mich, immer noch genauso gekleidet wie am Vorabend und an die Seite des Gebäudes gelehnt.

Auf dieselbe Weise hatte er schon einmal auf mich gewartet, als wir uns nach einer Schicht im Eighty-Eighth Floor verabredet hatten. Damals hatte sein Anblick bei mir einen Sturm von Schmetterlingen im Bauch ausgelöst.

Diesmal war es eher ein Tornado.

Meine Panik war ebenso groß wie das verzweifelte Verlangen, ihn zu sehen. Ganz gleich, wie sich unsere Beziehung entwickeln würde, die Wirkung, die er auf mich hatte, war einmalig. Bei niemand anderem würden mir je die Knie so schwach werden wie bei ihm. Kein anderer Mann würde mich je in solch einen wundervollen Aufruhr versetzen.

»Ich hatte den Eindruck, wir haben noch mehr zu besprechen«, sagte er, nachdem mein Schließpersonal gegangen war. »Ich hoffe, das ist okay.«

»Ja. Das ist auf jeden Fall okay.« Ich fragte mich, ob er merkte, was ich mit *okay* meinte, nämlich *das Schrecklichste, Wundervollste der Welt.*

»Darf ich dich nach Hause begleiten?«

Es war ja kein Heiratsantrag – *haha* –, aber seine Frage brachte mich trotzdem ganz durcheinander. »Sicher.« Meine Stimme klang ungewöhnlich hoch. Ich räusperte mich. »Es dauert zu Fuß etwa eine Viertelstunde.«

»Perfekt.«

Gar nicht perfekt. Schrecklich. Denn ich musste es ihm sagen. Aber vielleicht war es auch perfekt, denn ich musste es hinter mich bringen. Auf diese Weise würde ich nicht tagelang darüber nachgrübeln.

Ich nickte in die Richtung, die wir einschlagen mussten, und wir machten uns zusammen auf den Weg. Meine Handflächen waren feucht und juckten. Als er mich das letzte Mal nach meiner Schicht abgeholt hatte, hatte er mich an die Hand genommen. Ich wünschte, es könnte jetzt auch so einfach sein. Ich sehnte mich danach, den Stromstoß wieder zu erleben, den ich bei seiner Berührung immer spürte. Die geladene Atmosphäre um uns herum trieb mich zum Wahnsinn und musste irgendwie entschärft werden.

Aber wir waren nicht mehr das Paar, das wir damals gewesen waren, was ein merkwürdiger Gedanke war, denn wir waren ja eigentlich nie ein »Paar« gewesen, und in mancher Hinsicht waren wir wieder dort, wo wir gewesen waren – wir versuchten beide, uns gegenseitig auszuloten, um herauszufinden, ob zwischen uns etwas war. Es war also gleichzeitig angemessen und unangemessen, als er die Hände bei sich behielt, in den Hosentaschen vergraben.

Wir gingen schweigend um den Columbus Circle herum zur kurzen Seite des Central Parks, wo sich die ersten Jogger und Hundespaziergänger zu uns gesellten, während die Sonne ihre ersten zaghaften Strahlen über die Erde sandte. Ich kam mir wie diese Sonne vor, als wachte ich gerade erst auf und streckte mich. Als streckte ich mich nach JC aus, der noch verschlossen und dunkel war.

Ich musste es ihm sagen. Ich würde es ihm sagen.

Aber es gab andere Dinge, die ich zuerst sagen musste. Und als wir den Center Drive erreichten und er immer noch nichts gesagt hatte, platzte es aus mir heraus: »Es tut mir leid wegen vorhin.«

»Hör mal, es tut mir leid wegen –«, begann er gleichzeitig. Wir lachten nervös. Dann sagte er: »Es braucht dir nicht leidzutun. Ich bin derjenige, der sich entschuldigen muss.«

»Aber ich habe mich so schrecklich benommen.« Noch schlimmer war, wie wir uns praktisch überschlugen, um höflich zu sein. Das pflegten sonst nur Fremde zu tun.

Ach ja. Das waren wir ja auch.

»Ganz und gar nicht. Du warst wütend, und zwar mit vollem Recht.« Er hatte den Blick auf seine Schuhe geheftet, aber nun spähte er zu mir hinüber. »Ich habe darüber nachgedacht. Das sollst du wissen. Ich verstehe ...«

Er hielt inne und mir wurde bei seiner ernsthaften Rede so unbehaglich zumute, dass ich ihn unterbrach. »Das bedeutet nicht, dass ich –«

Er trat vor mich hin und schnitt mir sowohl das Wort als auch den Weg ab. »Lass mich zu Ende reden. Bitte.« Er wartete ab, bis ich nickte. »Ich verstehe, was ich dir zugemutet habe. Es war unfair und du bist mit Recht böse. Ich hätte dich nicht so in die Sache verwickeln sollen, wie ich es getan habe. Und als ich gesagt habe, ich wollte dich nicht mit meinen Problemen belasten, habe ich das auch so gemeint. Dass ich dich aus dem Prozess heraushalten wollte. Ich wollte dich davor schützen. Stattdessen habe ich dich in Gefahr gebracht, und das tut mir leid. Das hat mich das ganze letzte Jahr ganz krank gemacht.«

Als ich nun die Entschuldigung hatte, die ich mir gewünscht hatte, wusste ich nicht, was ich damit anfangen sollte. Ich schluckte. »Okay.«

»Okay.« Er trat zur Seite, damit wir unseren Weg fortsetzen konnten.

Ich war also nicht die Einzige, die mit Schuldgefühlen zu kämpfen hatte. Warum war mir das kein Trost?

Weil ich mein eigenes Geständnis noch vor mir hatte.

Ich wartete jedoch ein bisschen, und das gab ihm genügend Zeit, um etwas hinzuzufügen.

»Ich weiß, dass ich dir auch andere Dinge erklären muss. Eine ganze Menge. Ich weiß bloß nicht, wo ich anfangen soll.«

»Einfach irgendwo. Es gibt so viel, was ich nicht weiß. Du kannst anfangen, wo du willst.« Oder ich könnte das stattdessen tun. »Das Video ...« Das war ehrlich gesagt nicht, was ich sagen wollte, es kam nur so heraus.

Er winkte ab. »Von mir aus brauchen wir nie wieder davon zu sprechen.«

»Oh.« Ich konnte ja verstehen, dass es ihm peinlich war. Oder lag es vielleicht eher daran, dass er mich nicht mehr heiraten wollte?

Das Beste war wohl, es nicht zu erwähnen. Allerdings

hatte ich das ja bereits getan. »Trotzdem bin ich dir dankbar. Dafür, dass du es mir geschickt hast. Es hat wirklich einen Unterschied gemacht.« Als wäre das besser. Ich war sicher, dass er damit keinen unbestimmten Dankbarkeitsbeweis im Sinn gehabt hatte. Aber etwas Klareres konnte ich ihm nicht bieten, da ich immer noch nicht sicher war, was er damit bezweckte.

Er strich sich mit der Hand durchs Haar mit diesem leisen Lachen, das in meinem Inneren unbekannte Stellen kitzelte. »Also. Gut. Das ist gut, schätze ich.«

»Es *ist* gut.« Wir erreichten an der Ecke eine grüne Ampel und begannen schweigend, die Straße zu überqueren. *Ich sage es ihm, wenn wir auf die andere Seite kommen,* nahm ich mir vor.

Ich tat es nicht. Es gab keine Entschuldigung dafür. Da waren so viele Dinge, die ich von ihm hören wollte, dass die Dinge, die ich selbst sagen musste, zweitrangig schienen. Ich war selbstsüchtig. Ich wollte noch bei seinen Entschuldigungen, bei seinen Geständnissen verweilen. Im Augenblick war er willens zu reden. Wenn er gehört hatte, was ich zu sagen hatte, mochte das vielleicht nicht mehr der Fall sein.

Also bohrte ich tiefer. »Willst du erklären, was geschehen ist? Nicht mit –« Ich unterbrach mich, denn ich befürchtete, es wäre irgendwie pietätlos, ihren Namen auszusprechen. »Ich meine, deine Zeugenaussage habe ich gehört. Aber was geschah danach?«

Ich hatte erwartet, dass er jetzt zögern würde, aber er tat es nicht. »Nachdem Corinne gestorben war, hatte ich fast den Verstand verloren. Ich wollte nicht mehr existieren. Ich habe viel Zeit mit Dingen verschwendet, die mich betäubten. Drogen. Alkohol. Sex.« Er grinste und warf mir einen Seitenblick zu, der mir direkt zwischen die Schenkel fuhr. »Ich habe nicht geglaubt, dass es meine Verantwortung wäre, Ralphio zur Rechenschaft zu ziehen. Ich hatte meine Zeugenaussage gemacht. Ich hatte meine bürgerliche Pflicht erfüllt. Er war ohnehin beinahe direkt nach dem Mord verschwunden und ich dachte, damit wäre die Sache erledigt. Der Fall war abgeschlossen. Corinne war tot und ihr Mörder war entkommen. Daran war nichts zu ändern.«

Ich betrachtete sein Profil und sah zu, wie sein Kiefer arbeitete, als er innehielt, um sich zu sammeln oder an die nächste Einzelheit zu erinnern. *Es ist ein wunderschöner Kiefer*, dachte ich. Denn irgendetwas anderes zu denken war zu schwierig.

»Ich wurde ein wahrer Experte darin, mein Leben zu vergeuden«, sagte er. »Aber als dann Tom und Steve umgebracht wurden ...«

»Waren sie deine Freunde?«

Er nickte. »Damals schon, als ich so etwas noch hatte.« Er runzelte die Stirn. »Ich weiß nicht, warum Ralphio nicht mit mir angefangen hat. Es will mir nicht in den Kopf. Vielleicht hat er uns wahllos angegriffen. Vielleicht habe ich bloß das Glück gehabt, nie zur falschen Zeit am falschen Ort zu sein. Vielleicht war es auch, weil ich solch ein totales Wrack war, dass er mich nicht als echte Bedrohung betrachtete. Warum auch immer, es war jedenfalls ein Warnsignal. Ich war noch am Leben – wenn man das so nennen konnte – und dafür musste es einen Grund geben. Etwas, das mir zu tun vorbestimmt war. Meine Zeugenaussage genügte der Polizei, um seine Festnahme zu rechtfertigen, sie konnte den Kerl bloß nicht finden. Da beschloss ich zu versuchen, ihn selbst zu finden.«

Mir blieb der Mund offen stehen. »*Du* hast dich auf die Jagd nach *ihm* gemacht?« Ich wollte eigentlich entsetzt reagieren, aber eigentlich fand ich es ziemlich heiß. Ich hatte immer schon JCs dominante Art im Bett geschätzt, aber mir war nicht bewusst gewesen, dass ich sie außerhalb des Bettes auch mochte.

»Allerdings. Vielleicht war es ein verhüllter Selbstmordversuch, aber ich habe es mir zur Aufgabe gemacht. Ich wurde ganz besessen davon. Ich stellte ein paar wirklich gute, außerordentlich kostspielige Kopfgeldjäger und Detektive ein. Und ich begann vorsichtig, Geschäftsverträge mit Leuten abzuschließen, mit denen Ralphio zusammengearbeitet hatte, immer in der Hoffnung, ihm auf die Spur zu kommen. Als Investor fiel es mir nicht besonders schwer, mich mit fragwürdigen Elementen einzulassen, ohne aufzufallen. Es war eine perfekte Deckung.«

Die merkwürdige Sonderstellung, die er beim Eighty-Eighth Floor genossen hatte, machte jetzt viel mehr Sinn. »Darum hat Matt dich dienstags den Klub benutzen lassen.«

»Ja.« Er fuhr sich mit der Hand durchs Haar. »Es tut mir wirklich leid, dass ich dir nicht erzählt habe, in welcher Beziehung wir zueinanderstanden. Matt war es lieber, es geheim zu halten, solange Ralphio noch auf freiem Fuß war. Ich glaube, es war auch leichter für ihn, weil er nicht über Corinne sprechen musste. Es stand mir nicht zu, dir das zu verraten.«

»Sicher.« Es war einleuchtend, aber auch bedauerlich. Ich hatte mit meiner Vergangenheit zu kämpfen und Matt mit seiner. Wir hätten einander eine Stütze sein können. Warum war es so schwer für Menschen mit gebrochenem

Herzen, zueinanderzufinden? Es war ein umso größeres Wunder, dass ich JC gefunden hatte.

Dabei war er auch noch ein guter Mensch. Ein wunderbarer Mensch, der sein Leben der Gerechtigkeit gewidmet hatte, und das machte ihn für mich noch begehrenswerter.

»Ganz ehrlich«, sagte ich nun, denn ich wollte nicht, dass er sich schuldbewusst fühlte, weil er mir das verschwiegen hatte. »Das kann ich gut verstehen. Es war frustrierend für mich, aber jetzt sehe ich es ein.«

»Das weiß ich zu schätzen«, sagte er. »Jedenfalls war Matt genauso sehr wie ich daran interessiert, dass Ralphio festgenommen würde, wenn er auch nicht darüber sprechen wollte. Deshalb gestand er mir im Klub Dinge zu, die er bei anderen nie toleriert hätte.«

Ich warf ihm einen gespielt sarkastischen Blick zu. »Denn illegales Glücksspiel und Striptease im Klub stellten todsichere Methoden dar, dem Flüchtigen auf die Spur zu kommen.«

»Ich zog damit Leute an, mit denen ich reden musste.«

Mich hatte er damit angezogen, das konnte ich nicht leugnen.

»Schließlich machte es sich bezahlt. Ich bekam einen Hinweis von einem Interessenvertreter, der zwar gerade betrunken war, aber ich gab die Information an meine Männer weiter, die daraufhin Ralphio auch ausfindig machten und ihn nach Manhattan zurückbrachten.«

»Das geschah an dem Tag, an dem du mich mit meinem Vater in der Küche vorgefunden hast.« Es war auch das letzte Mal gewesen, dass ich meinen Erzeuger gesehen hatte. Er hatte mich geschlagen und mir einen Bluterguss an der Wange verpasst, aber JC war hereingestürzt und hatte mich gerettet. Dann hatte er mir seine Liebe gestanden. Und ich war noch nie so glücklich gewesen.

JC nickte, den Blick auf den Gehsteig vor uns geheftet. »Am Tag darauf wurde Ralphio auf Bewährung freigelassen.«

Daran erinnerte ich mich ebenfalls und jetzt wurde mir der Zusammenhang klar. Er hatte einen Anruf bekommen, der ihn aus der Fassung gebracht hatte. Dann hatte er mir aus heiterem Himmel einen Heiratsantrag gemacht und mich angefleht, mit ihm nach Las Vegas zu fliegen.

»Er war frei und du musstest untertauchen. Damit du nicht auch noch ermordet würdest.« Mir rann ein Schauer über den Rücken, als ich es in Worte fasste. Wie selbstsüchtig und kleinlich war es doch von mir gewesen, mich stundenlang über seine Teilnahme an Mennezzos Verhandlung zu beschweren. Als hätte er eine Wahl gehabt. Als hätte ich es vorgezogen, er wäre bei mir und gleichzeitig eine Zielscheibe gewesen, anstatt nicht bei mir, aber in Sicherheit.

Und während er sich mit all dem herumschlug, bumste ich den Schwager meiner besten Freundin. Nur zum Spaß. Dabei war er viel jünger als ich. Mir wurde übel.

»Aber jetzt ist es vorbei«, sagte ich, um mich zu trösten. Und weil er komisch reagiert hatte, als ich es zuvor erwähnt hatte.

»Der Prozess ist vorbei. Richtig.« Das hatte ich eigentlich nicht gemeint und er vermied, mich anzusehen, aber vielleicht bildete ich es mir nur ein. »Ralphio ist jetzt hinter Gittern. Und darüber bin ich froh. Ich habe mich nie für rachsüchtig gehalten, aber ich wäre überaus glücklich, wenn er die Todesstrafe bekäme.«

»Ist das denn eine Möglichkeit?«

»Da er geflohen ist, durchaus. Aber selbst wenn er nur eine lebenslange Gefängnisstrafe bekommt, bin ich zufrieden. Solange er nur nicht einfach weiterleben kann.«

Dies erinnerte mich daran, was JC im Zeugenstand gesagt hatte. Dass sein Leben zu Ende war, als Corinne starb. So schmerzlich es auch für mich war zu glauben, dies bedeutete, dass er niemals wieder jemanden so sehr lieben könnte wie sie – mich nie so sehr lieben könnte wie sie –, erschien mir das fair. Vielleicht war es deshalb auch gleich, was ich mit Chandler getan hatte, da ich JC gar nicht betrügen konnte, wenn er mir nicht gehörte.

Aber er *war* ja der Meine gewesen. Selbst wenn unsere Gefühle nicht auf Gegenseitigkeit beruhten, hatte ich sie verraten.

Doch all dies war wohl gegenstandslos, wenn es zu unserem Abschied voneinander führen würde.

Ich wandte den Blick ab und schlang zitternd die Arme um mich. Es war bereits ziemlich warm. Und trotzdem war mir kalt.

»Woran denkst du?«

Ich schüttelte den Kopf, denn ich war noch nicht bereit zu sagen, was ich zu sagen hatte. Aber ich wusste, dass er sich nicht damit zufriedengeben würde – ha, vielleicht gab es ja doch Dinge, die ich über ihn wusste. »Ich bin ja nur dankbar, dass er endlich im Gefängnis sitzt.« Ich zwang mich zu lächeln, aber es fühlte sich verkrampft an.

JC legte den Kopf zur Seite und sah mich prüfend an. Sein Ausdruck zeigte deutlich, wie sicher er war, dass ich etwas zu verbergen hatte, was mich umso schuldbewusster erscheinen ließ. Ich war jedoch ein Feigling.

Und Zeit gewonnen hatte ich auch nicht, denn nun

waren wir bei meinem Wohngebäude angekommen. Ich blieb stehen und wandte mich ihm zu, um ihm eine aufrichtige Antwort zu geben, aber ich hatte mir nicht überlegt, was ich eigentlich sagen sollte. Ich wusste nur, dass ich ihm ein Geständnis machen musste.

Er gab mir noch eine Entschuldigung, es zu verzögern. »Darf ich dich nach oben begleiten?«

Ja. Ich könnte es ihm oben sagen, vor meiner Wohnungstür, damit ich danach hineinlaufen konnte, um mich zu verstecken.

Doch sein Wunsch, mich nach oben zu begleiten, trug zu meiner Verwirrung bei, und ich hätte schwören können, dass er das beabsichtigte. Dass er wollte, dass ich durcheinander und vernebelt war. Und warum? Weil er hereinkommen wollte? Weil er denselben verzweifelten Drang hatte, mich zu berühren, wie ich ihn?

Oder hatte er ganz einfach, wiederum wie ich, noch mehr zu sagen, aber noch nicht den Mut, es auszusprechen?

Jedenfalls hatte ich das instinktive Gefühl, dass ich mich in eine sehr verletzliche Lage bringen würde, wenn ich ihm erlaubte, mich nach oben zu begleiten, was geradezu komisch war, weil ich diejenige war, die ein unangenehmes Geständnis machen musste. Hier unten konnte ich das tun und danach verschwinden. Oben blieb es ihm überlassen zu gehen.

Vielleicht würde er ja auch nicht gehen.

Vielleicht würden wir im Bett landen, was wundervoll wäre. Bis wir merkten, dass wir sonst nichts gemeinsam hatten. Und wenn das schließlich der Fall sein würde, wäre es immer noch schrecklich, uns danach zu trennen. Vielleicht sogar noch schrecklicher. Wenn man das Unvermeidliche hinauszögerte, war es später nur noch schlimmer.

Es sei denn, es war gar nicht unvermeidlich.

Ehrlich gesagt hatte ich keine Ahnung, was passieren könnte. Also sagte ich:»Ja.«

Wir fuhren schweigend im Aufzug nach oben, was die Spannung zwischen uns noch verstärkte, sowohl in sexueller als auch in anderer Hinsicht. Uns zusammen in einem so kleinen, abgeschiedenen Raum zu befinden lud die Atmosphäre um uns immer stärker auf, und plötzlich konnte ich nicht aufhören, seine Lippen anzustarren. Konnte nicht aufhören, an die Hitze zu denken, die von seinem Körper ausstrahlte. Mit jedem Stockwerk, an dem wir vorbeifuhren, kamen wir meiner Wohnung näher. Meinem Bett.

Und meiner Wohnungstür, wo ich ihm die Wahrheit sagen musste.

Dann gingen wir den Korridor entlang und ich hatte solches Herzklopfen, dass mir der Mund ganz trocken wurde. Bei jedem Schritt nahm ich mir vor, zu sagen, was ich sagen musste. Doch jeder Schritt verging in Schweigen. An meiner Tür wandte ich mich schließlich um und öffnete den Mund, um zu beginnen.

»JC«, sagte ich und gleichzeitig sagte er:»Gwen.«

Und wieder waren wir in einer peinlichen Situation gelandet.

»Du zuerst.« Ich hielt den Atem an, wartete auf das, was er sagen würde, und konnte an seiner Haltung sehen, dass es ihm schwerfiel, denn er ließ die Schultern hängen, hatte die Stirn gerunzelt und die Hände in die Hosentaschen gestopft.

Himmel, wie sehr ich mir wünschte, er würde mich stattdessen berühren. Wie ich mich danach sehnte, dass er mir über die Haut strich und mich aus den Kleidern schälte, um den pochenden Schmerz in meinem Kopf und meinem Herzen und zwischen den Beinen zu lindern. Seine Hände waren wie Waffen. Wenn er mich mit ihnen berührte, wie ich es mir wünschte, würden sie mich verbrennen. Und wenn er mich danach verlassen würde – dann würde dieser Verlust mich zerstören.

Vielleicht ließ er sie ja doch besser in den Hosentaschen.

Er lehnte sich mir gegenüber an die Wand. »Ich, ähm, habe dich bei der Verhandlung gesehen.« Er schluckte und ich sah wie gebannt zu, wie sein Adamsapfel auf und nieder hüpfte. »Ich habe dich gesehen und ich bin wirklich froh, dass du gekommen bist. Es hat mich gefreut. Es tut mir leid, wenn etwas von dem, was du hören musstest, dir unangenehm war –«

»Dafür brauchst du dich nicht zu entschuldigen. Ich hatte dort ohnehin nichts zu suchen und dir braucht nichts leidzutun, was du gesagt oder empfunden hast oder –«

Er fiel mir ins Wort. »Ich bin am gleichen Abend noch hierhergekommen.«

»Wirklich?« Mir zitterte die Stimme und ich fragte mich, ob er wusste, dass dieses Zittern widerspiegelte, was in meinem Herzen vor sich ging. *Er war mir nachgegangen!*

Ich war so beglückt, dass es eine Minute dauerte, ehe ich verstand, was das ebenfalls bedeutete. Ich brauchte eine Minute, ehe mir klar wurde, warum diese Worte ihm so schwerfielen. Warum er an jenem Abend nicht an meine Tür gekommen war. »Dann hast du mich also gesehen.«

Mir sank der Mut, als ich mir genau vorstellte, was er gesehen hatte – wie ich mit Chandler aus dem Gebäude kam. Unsere Umarmung, ehe er mir ins Taxi half. Es war ganz unschuldig gewesen, aber unsere Beziehung war das keineswegs, und was wir miteinander getan hatten, konnte man sicher an der Art und Weise erkennen, wie wir uns berührten. Es spielte keine Rolle, dass JC das Schlimmste nicht gesehen hatte. Es war genug.

»Ja, ich habe dich gesehen. Joe, der Detektiv, der mich über dich auf dem Laufenden gehalten hat, hatte es mir bereits berichtet, aber als du zur Verhandlung gekommen bist, dachte ich schon, er müsste sich geirrt haben.« Er grinste kurz. »Chandler Pierce. Ein bisschen jung für dich, oder?«, neckte er mich.

»Es tut mir leid«, sagte ich so leise, dass es beinahe ein Flüstern war. »Es ist –«

Wiederum unterbrach er mich. »Du brauchst dich auch nicht zu entschuldigen. Ich habe dir gesagt, dass du nicht auf mich warten solltest, und das habe ich auch so gemeint. Ich habe gehofft, dass du glücklich bist. Ich will, dass du glücklich bist. Bist du das?«

Ich hätte nie gedacht, dass seine Sichtweise noch schlimmer sein könnte, als ich es mir vorgestellt hatte, aber sie war es. Ich war ja gar nicht Chandlers *Freundin*. Ich war nicht in ihn verliebt. Ich war nicht glücklich. Würde er mir glauben, wenn ich es ihm zu erklären versuchte? Doch das Einzige, was ich hervorbrachte, war: »Nein.«

»Du bist nicht glücklich?« Sein Ausdruck zeigte Verwirrung und noch etwas anderes, das ich nicht interpretieren konnte – Erstaunen? Erleichterung?

»Nein. Ich bin nicht glücklich.« Ich merkte erst, dass ich es laut ausgesprochen hatte, als es bereits geschehen war. »Aber wiederum nein, du hast dich geirrt. Ich bin nicht mit Chandler zusammen.«

JC richtete sich auf. »Was sagst du da?«

Ich musste mich mit dem Rücken an die Tür lehnen, denn ich brauchte eine Stütze. »Ich meine, vorübergehend schon. Mir hat es nichts bedeutet, aber —« Ich spürte wieder Gewissensbisse, diesmal wegen Chandler und allem, was er sich von mir erhoffte.

Damit konnte ich mich jetzt nicht beschäftigen. Ich stieß den Gedanken daran beiseite. »Jedenfalls hat es ihm mehr bedeutet als mir, und darauf bin ich nicht stolz. Aber das ist vorbei. Zum größten Teil. Im Augenblick. Ich hatte am Tag davor mit ihm Schluss gemacht.« Und nun brachte es mich um, eingestehen zu müssen, dass es einmal *nicht* so gewesen war, und es auch noch laut auszusprechen. Es war schlimmer, als ich gedacht hatte. Besonders jetzt, da es so schien, als mochte JC mehr als bloße Zuneigung für mich empfinden.

Mir war schrecklich zumute. Als würde ich gleich in Tränen ausbrechen, obwohl ich von Gefühlen aufgewühlt war, die ich nicht einmal benennen konnte. Ich begehrte JC. Aber *was* genau ich mit ihm haben wollte, wusste ich nicht. Ich wusste auch nicht, ob es klug war, etwas mit ihm anzufangen. Denn ich wollte nicht verletzt werden. Und ich wollte ihn auch nicht verletzen. Aber das hatte ich bereits getan.

Doch JC reagierte auf eine Weise, die ich nicht erwartet hatte.

Mit einer plötzlichen Bewegung durchquerte er den Flur und stützte die Handflächen links und rechts von mir gegen die Tür, als wollte er mich einsperren. »Willst du damit sagen, du bist *jetzt* nicht mehr mit ihm zusammen?«

Ich biss mir auf die Lippe. »Aber ich bin es gewesen. Das tut mir ja so leid. Ich hätte —«

Er schüttelte heftig den Kopf. »Das ist mir gleich. Sag mir bloß – habe ich eine Chance bei dir?«

Mir wurde plötzlich die Kehle eng vor Bewegung. Jesus! Wie konnte er nur so etwas fragen? Er hatte nicht nur eine Chance – er hatte die allerbeste Chance. Vielleicht war er sogar der Einzige, der eine Chance hatte.

Alles, was ich herausbekam, war ein heiseres »Ja.«

Seine Züge wurden weicher und er sah mir in die Augen, während er die Hände von der Wand löste und mein Gesicht umfasste. Bei seiner Berührung erwachte jeder Nerv in meinem Körper zum Leben, nicht nur aus überwältigender Lust, sondern etwas Tieferliegendem. Etwas, das seit seinem Fortgang in tiefen Schlaf verfallen war und sich nun wie Dornröschen reckte und streckte und mein ganzes Wesen durchdrang.

Dabei hatte er mich noch nicht einmal geküsst.

Aber das würde er jetzt tun. Es stand ihm ins Gesicht geschrieben. Es war der Untertitel zu seinen Worten, als er sagte: »Das ist alles, was ich hören wollte.« Und es zeigte sich an der Art und Weise, wie er sich näher zu mir lehnte.

Ich hob das Kinn, bereit, seinen Lippen zu begegnen, und bereit, vom aufflackernden Feuer der Leidenschaft in meinem Inneren verschlungen zu werden.

Dann, kurz bevor er die Lücke zwischen uns schloss, sagte er meinen Namen und ich wurde von Panik ergriffen. Ich war so verletzt gewesen, als er mich verlassen hatte. Er war der erste Mensch, dem ich je wirklich mein Herz geöffnet hatte, und wenn es zwischen uns nicht gut ging, wenn unsere Beziehung an etwas scheiterte, wusste ich nicht, ob ich es verkraften könnte. Anstatt ihm also nachzugeben, als seine Lippen die meinen streiften, entfuhr mir eine leise Bitte. »JC. Ich kann nicht ...«

Er zog sich einige Zentimeter zurück. »Was ist? Ist das nicht gut? Möchtest du das nicht?« Er war voller Begehren und gleichzeitig besorgt, und sah dabei hinreißend aus.

Ich lächelte. »Nein. Ich meine doch, natürlich. Ich möchte es ja. Ich begehre dich ja.« Ich begehrte ihn sogar sehr. »Aber ...«

Er richtete sich auf und in meinem Kopf begannen Alarmglocken zu läuten. Eine Stimme bat mich kreischend, doch zum Teufel den Mund zu halten und dem Mann doch endlich zu erlauben, mich zu küssen.

Doch das »Aber« lag mir auf der Zungenspitze und ich musste es einfach sagen, weil es alles bedeuten konnte. Es könnte für uns den Unterschied zwischen einer guten und einer fantastischen Beziehung ausmachen, und es war so wichtig – so wichtig für mich –, dass es gesagt werden musste.

Also ignorierte ich meinen inneren Widerstand. »Aber ich kann das nicht noch einmal machen.«

Er ließ die Hände von meinem Gesicht sinken. »Welchen Teil denn? Denn wenn es etwas gibt, das ich ändern kann ...«

»Du sollst dich nicht ändern.« Seine Berührung fehlte mir bereits. Ich hatte so lange darauf gewartet und ich wünschte mir verzweifelt, ihn festzuhalten, obwohl es sich nicht so anhörte, also legte ich ihm die Handflächen auf den Brustkorb. Ich seufzte, als ich die lang vermisste, vertraute Form seiner gespannten Muskeln fühlte. So fest. So wundervoll modelliert. So köstlich und verlockend.

Ja, Hände waren gefährlich.

Ich ließ sie an meine Seiten sinken und drückte sie stattdessen gegen die Tür hinter mir. »Ich verlange nicht, dass du
dich selbst änderst. Aber ich kann nicht so weitermachen wie
vorher, JC.« Ich korrigierte mich: »Justin«, und erinnerte uns
beide damit an die Hindernisse, die unserer Beziehung im
Weg standen.

Es tat seine Wirkung. Er trat zögernd einen Schritt
zurück. Etwas nervös. »Was haben wir denn falsch
gemacht?«

»Wir hatten eine unverbindliche Gelegenheitsbeziehung.
Das würde jetzt nicht mehr funktionieren.« Ich nahm einen
tiefen Atemzug und fuhr entschlossen fort: »Ich habe dir
mein Herz geschenkt. Vorbehaltlos. Dabei kenne ich dich
nicht einmal. Und du kennst mich auch nicht.«

Sein Argwohn verschwand. »Doch, du kennst mich. Das
Wichtigste jedenfalls. Ist das alles? Nein. Aber wir haben ja
Zeit, das zu ändern. Wir können es schaffen.« Er streckte die
Hand aus und fuhr mit dem Daumen an meiner Kieferlinie
entlang. »Ich *möchte* es schaffen.«

Ich hätte schwören können, dass meine Haut sich unter
seiner Liebkosung um einen Grad erhitzte. »Das möchte ich
auch. Für mich ist das eine wesentliche Bedingung. Ich muss
wissen, dass wir uns nicht mehr mit Schutzmauern umgeben.
Ich bin nicht bereit, meine ganz aufzugeben. Noch nicht.
Also vielleicht können wir es diesmal anders anfangen?«
Anders, obwohl ich im Moment nichts lieber getan hätte, als
seinen Daumen zwischen die Lippen zu nehmen und daran
zu saugen.

»Wir machen alles, was du willst.« Er steckte die Hände
wieder in die Hosentaschen und diesmal verstand ich,
warum er das tat. Wenn wir uns berührten, war es viel

schwieriger, die Worte zu finden, die gesagt werden mussten.
»Wenn du nur überhaupt damit einverstanden bist, bin ich
zu allem bereit. Bedingungslos. Ich würde es vorziehen, nicht
gefesselt zu werden und dein Sklave zu sein, aber wenn du
darauf bestehst, kann ich mir vorstellen, dass du als Domina-
trix verkleidet ausgesprochen sexy wirken würdest. Mit der
Peitsche. Und den Stiefeln. Und den Troddeln.«

Ich musste lachen. »Hör auf. Es geht hier nicht um Sex.«

»Das sagen alle, die solch einen Lebensstil schätzen,
warum, weiß ich nicht, aber ich kann versuchen, keine Vorur-
teile zu hegen.« Dies war wieder der JC, in den ich mich
ursprünglich verliebt hatte – verspielt und voller Charme.
Und grenzenlos sexy.

»Du weißt ganz genau, dass ich es so nicht gemeint
habe.« Ich schlug die Augen nieder, denn was ich darauf
erwidern wollte, machte mich etwas befangen. »Und wenn
ich es täte, wüsstest du ja bereits, dass ich der Typ bin, der
sich lieber unterwirft. Jedenfalls was dich betrifft.« Ich
spähte zu ihm hinauf.

»Gott sei Dank. Und jetzt zieh dich aus.«

»JC! Es ist mir ernst damit.« Ich musste allerdings ein
Kichern unterdrücken, als ich das sagte.

»Meinst du mir nicht? Na schön. Dann erzähle mir mal,
was du vorhast. Du scheinst an etwas zu denken, was viel
weniger Spaß macht und viel praktischer ist. Schlag mich
ruhig. Ich halte es schon aus.«

»Ja, allerdings. Ich habe gedacht, wir könnten ... vielleicht
...« Oh Gott, dies schien so albern, wenn man bedachte, wie
intim wir gewesen waren. »Vielleicht könnten wir uns verab-
reden, zusammen auszugehen?«

»Eine Verabredung?« Er klang, als wäre er nicht sicher, er

hätte mich richtig verstanden, nicht, als fände er die Idee lächerlich.

Und das machte es mir leichter, es zu wiederholen. »Ja. Eine Verabredung. Wir vereinbaren einen Zeitpunkt, an dem du mich abholst, und dann gehen wir zusammen aus. Eine Verabredung eben.« Das hatten wir noch nie getan und plötzlich erschien es mir ungeheuer wichtig.

Seine Mundwinkel hoben sich langsam zu einem Lächeln. »Das ist eine fantastische Idee. Wann denn? Jetzt gleich?«

»Du hast es aber eilig.« Um ehrlich zu sein, mir ging es genauso. »Aber jetzt muss ich erst mal schlafen.«

»Das kann man bei einer Verabredung auch.«

»Nein, das kann man nicht.« Ich musste jetzt laut lachen, denn dies war wieder der alte JC – charmant und frech –, aber am glücklichsten war ich darüber, dass dies überhaupt geschah. Dass er hier war. Dass er mich immer noch begehrte. »Außerdem kann unsere Verabredung auf keinen Fall in einem Schlafzimmer stattfinden.«

Diesmal seufzte er. »Als du gesagt hast, wir machen es anders, hast du das wirklich ernst gemeint.«

»Allerdings.« Ich musste wohl wahnsinnig geworden sein. Er hatte mich bloß im Scherz gebeten, mich auszuziehen, aber wenn es sein Ernst gewesen wäre, wäre ich verloren gewesen. Zwischen uns war die Chemie so intensiv. Solch eine starke Anziehungskraft, und ich verlangte von ihm, es zu leugnen ... warum? Um herauszufinden, ob wir auf anderen Gebieten etwas gemeinsam hatten? Wenn er nun daran gar kein Interesse hatte?

Mir zitterten die Knie, als ich danach fragte. »Gibt es noch andere Dinge, die du gern tun würdest? Mit mir?«

»Ja.« Er sah ebenso aufrichtig aus wie er klang. »Himmel, ja. Ich bin sehr interessiert daran, es mit dir zu tun.« Ein schalkhafter Funke leuchtete in seinen Augen. »Und daran, es nicht mit dir zu tun. Beides. Ich bin an beidem interessiert.«

Ich errötete. »Zuerst nur eine Verabredung. Wir wissen, dass wir gut zusammen harmonieren, wenn wir es tun. Ich muss wissen, was wir sonst noch füreinander sind.«

Er warf mir einen gespielt bösen Blick zu. Dann wurde er wieder ernst. »Nur eine Verabredung also. Heute Abend? Schließlich *ist* heute Mittwoch.« Das war immer unser Abend gewesen.

»Aber es ist doch der Vierte.«

Er machte ein etwas enttäuschtes Gesicht. »Du musst doch nicht arbeiten, oder? Nein, sicher hast du schon etwas geplant.«

»Schon, aber –«

Er unterbrach mich. »Sag ab.«

Ich zitterte. JC könnte als mein Begleiter mit zu Hudsons Feuerwerksparty kommen. Laynie hatte es sogar vorgeschlagen. Aber selbst wenn es mir nichts ausmachen würde, ihn einen Abend lang zu teilen, war ich ihm wirklich hörig. Wenn er so mit mir sprach – mir etwas befahl –, konnte ich nichts anderes tun, als ihm zu gehorchen. »Okay.«

»Ausgezeichnet.« Diesmal lächelte er richtig, auch mit den Augen. »Ist neunzehn Uhr zu früh? Achtzehn Uhr?«

»Halb sieben ist perfekt.«

Er legte mir die Hände auf die Schultern und mein Herz begann zu stolpern. Als er sie an meinen Armen herabgleiten ließ, bekam ich eine Gänsehaut und ein Prickeln unter der Haut. »Dann werde ich also wieder hier sein«, sagte er.

Er beugte sich zu mir hinunter und so sehr ich auch hoffte, dass er mich küssen würde, betete ich, dass er es nicht täte, denn dann würde sich das Ganze unweigerlich zu etwas entwickeln, das auf der anderen Seite der Tür beendet werden musste. Und damit wäre die ganze Idee mit einer Verabredung null und nichtig.

Es war also gut, dass er mir nur einen Kuss auf die Stirn gab und sich dann auf den Weg machte. Ein absolut und schrecklich trauriger Kompromiss.

Er ging rückwärts den Korridor entlang, ohne den Blick von mir abzuwenden. »Dies fällt mir unglaublich schwer, weißt du.«

Ich lehnte den Kopf an den Türrahmen. »Rückwärtszugehen?«

»Fortzugehen.«

Verdammt, er konnte mich schwachmachen. »Mir fällt es auch nicht leicht.«

»Ich könnte einfach zurückkommen ...«

»Nein. So ist es besser.«

»Das ist Ansichtssache.« Am Aufzug angekommen drückte er auf die Ruftaste und sagte: »Zieh etwas Bequemes an. Und sieh nicht so gut aus, dass ich gezwungen bin, dir die Kleider vom Leib zu reißen.«

Ich kicherte.

»Vergiss es. Es ist unmöglich. Du siehst immer so gut aus.«

Er winkte mir kurz zu, was hinreißend wirkte, dann öffneten sich die Türen des Aufzugs und er verschwand darin.

Ich weiß nicht, wie lange ich noch dort stehen blieb und mit dem Finger über die Stelle strich, an der er mich auf die

Stirn geküsst hatte, und ich konnte mich nicht erinnern, je so unbeschreiblich glücklich gewesen zu sein. Ich trug diesen Kuss im Gedächtnis, als hätte er mich auf die Lippen geküsst. Als wäre es mein erster gewesen. Als wäre es der erste Kuss, der mir je etwas bedeutet hatte.

NEUN

KAPITEL NEUN

»SO KANNST DU NICHT GEHEN«, sagte Ben, als ich hinter dem Wandschirm hervortrat, der mein Schlafzimmer abgrenzte. Er war dabei, sich in meiner Küche an Kartoffel-chips gütlich zu tun, während ich mich für meine Verabre-dung fertig machte, was merkwürdig war, weil ich mich nicht daran erinnern konnte, Junkfood im Haus zu haben.

Ich hatte mich schon zum vierten Mal umgezogen und mich schließlich für eine enge Jeanshose mit einem eleganten ärmellosen Oberteil entschieden. »Warum nicht?«, fragte ich und ging zu ihm hinüber. Ich raffte mein Haar zusammen und drehte ihm den Rücken zu. »Kannst du mir den Reißver-schluss hochziehen?«

Er legte die Tüte hin und wischte sich an seinen Shorts die Hände ab, ehe er den Teil meines Reißverschlusses zumachte, den ich nicht erreichen konnte. »Weil es Juli ist. Und wir sind in New York. In Jeans wird es dir viel zu heiß.«

Ich seufzte tief. Er hatte recht. »Verdammt. Was zum Teufel soll ich dann anziehen?«

»Shorts. Einen Rock. Das Oberteil ist aber schön. Oder du könntest ein Sommerkleid tragen. Was schwebt dir denn vor?«

»Mir schwebt etwas vor, das nicht leicht auszuziehen ist.« Ich hatte wohl verdient, dass er mich auslachte. »Willst du so verhindern, dass er sich an dich heranmacht?«

Ich zuckte die Achseln. »Absolut sicher ist es wohl nicht, aber du weißt schon.« Ich hatte ihm bereits erklärt, warum ich mit dem Sex noch warten wollte und dass JC und ich uns erst grundsächlich kennenlernen mussten, ehe wir entscheiden konnten, ob unsere Beziehung wirklich eine Zukunft hatte. Und wie Brüder nun einmal sind, hatte er sich über meinen Plan lustig gemacht, mich aber im Übrigen bei Laune gehalten.

Jetzt schüttelte Ben den Kopf. »Frauen sind doch komische Geschöpfe. Heterosexuelle ganz besonders.« Er rieb sich den Kinnbart, den er sich gerade wachsen ließ, und kratzte sich, weil er noch nicht daran gewöhnt war. »Wie wär's mit einem Einteiler?«

»So etwas besitze ich nicht. Aber ich habe einen Hosenrock.«

»Du kannst doch keinen Hosenrock tragen. Bist du in den Neunzigern stecken geblieben?«

»Die sind wieder in Mode gekommen. Warte mal. Du wirst schon sehen.«

Zwei Minuten später war ich wieder da in einem schwarzen Hosenrock mit Spitzenumrandung. Ich zog dazu meine schwarzen Sandalen an und präsentierte mich ihm. »Nun?«

»Das ist ein Hosenrock? Ich hatte mir so ein Tennisding vorgestellt. Oder etwas aus Denim. Aber das ist schön. Das kannst du tragen.« Er betrachtete mich von oben bis unten. »Aber ich glaube nicht, dass es dir ernst damit ist, keinen Sex zu haben.«

»Fick dich. Das ist mein völliger Ernst.« Ich stand vor dem langen Spiegel im Flur und trug meinen Lipgloss auf. »Warum meinst du das denn?«

»Du hast dir die Beine rasiert.«

»Ich rasiere mir jeden Tag die Beine. Es hat nichts zu bedeuten.«

Er erschien hinter mir im Spiegelbild. »Ja, aber hast du dich woanders auch rasiert?«

Ich sah ihn böse an und warf den Lipgloss in meine Handtasche. »Ich habe meinen Waxing-Termin versäumt. Es war mal wieder nötig.« Mein Protest klang nicht sehr überzeugend. Ich drehte mich zu ihm um. »Das beweist gar nichts.«

Er lehnte mit einem Apfel in der Hand an meinem Türrahmen. »Du musst es ja wissen.« Er biss krachend in die Frucht.

Ich gab ihm einen Klaps auf den Arm. »Geh nach Hause und verschlinge dein eigenes Essen. Und musst du nicht bald zur Bootsfahrt aufbrechen?«

Er sah auf die Uhr. »Oh, verdammt. Ich schätze, du hast recht.« Er gab mir einen Kuss auf die Wange. »Du siehst hübsch aus, Schwesterherz. Du bist eine richtige Schönheit. Wenn er das nicht würdigen kann, hat er dich nicht verdient.«

»Ich danke dir, Ben.«

Er öffnete die Tür, aber ehe er ging, fügte er hinzu:

»Aber denk daran, dass die Tatsache, dass du nicht die Beine breitmachen willst, nicht bedeuten muss, dass du auch dein Herz verschließt.« Er zwinkerte mir zu. »Ich meine, ich liebe dich ja auch, wenn du ein frigides Luder bist, aber ich will nicht lügen – das ist manchmal schwierig.«

»Vielen Dank, du Arschloch. Jetzt aber nichts wie raus.« Ich lachte noch eine Weile vor mich hin, nachdem er gegangen war, denn für ein Arschloch war er erschreckend scharfsichtig. Ich wurde wirklich kalt und abweisend, wenn ich mich bedroht fühlte. Ich gab mir also das Versprechen, mich nicht zu verschließen.

Ich ergriff mein Handy und sah nach, wie spät es war. Es war achtzehn Uhr neunundzwanzig. Ich warf es in meine Handtasche und wandte mich wieder dem Spiegel zu, um mir Mut zuzureden. »Wir werden keinen Sex haben. Wir werden keinen Sex haben. Wir werden keinen Sex haben.«

Himmel, ich war bereits so erregt, dabei hatte ich ihn noch nicht einmal gesehen. Ich hatte erwogen, es im Alleingang zu erledigen, ehe JC hier war, war aber nicht sicher gewesen, ob es die Dinge verbessern oder verschlimmern würde. Als ich zu dem Schluss gekommen war, dass es sie nur verbessern konnte, war Ben bereits da gewesen, und jetzt klingelte JC an der Tür.

»Du siehst umwerfend aus«, sagte er, als ich ihm aufmachte.

Ich errötete und betrachtete ihn ebenfalls. Er trug eine Sommerhose mit einem maßgeschneiderten Hemd und dazu ein leichtes Jackett. *Jede Menge Knöpfe*, dachte ich. Und das war auch ganz gut so, wenn man bedachte, wie verdammt attraktiv er aussah. War er immer schon so muskulös gewesen? »Du auch.« Meine Oberschenkel erhitzten sich. Wie gut, dass ich mich umgezogen hatte.

Ich hätte wirklich zuvor meinen Vibrator benutzen sollen.

»Du hast mir Blumen mitgebracht?« Ich war so von ihm angetan gewesen, dass ich den kleinen Strauß nicht bemerkt hatte, den er in der Hand hielt. Drei rote Rosen, durchsetzt mit kleineren, mir unbekannten weißen Blumen mit glockenförmigen Blüten waren mit einem roten Band zusammengebunden. So etwas hatte ich nicht erwartet. »Ich hätte nicht gedacht, dass du der Typ bist, der einer Frau Rosen schenkt.«

Er zuckte mit einer Schulter. »Ich möchte einen guten Eindruck machen. Ich habe das Gefühl, diese Verabredung ist eine Art Test, und ich will dafür sorgen, dass ich ihn bestehe.«

»Nein, doch kein Test«, sagte ich wegwerfend. Allerdings, wenn es das nicht war, was war es dann? Sollte es nicht ein Test sein, um zu sehen, ob wir uns außerhalb des Schlafzimmers genauso gut wie innerhalb verstehen würden? »Aber vielen Dank. Ich bin beeindruckt.«

Ich verlagerte das Gewicht auf eine Hüfte und blickte zwischen dem immer noch jenseits der Türschwelle stehenden JC und den Blumen in meiner Hand hin und her. »Ich sollte sie ins Wasser stellen.« Aber ich war nicht sicher, ob ich bereit war, ihn hereinzubitten. Denn das würde bedeuten, dass wir meinem Bett näher wären. Und meinem Sofa. Und der Arbeitsfläche in meiner Küche. Lauter Örtlichkeiten, die eine potenzielle Versuchung darstellten.

Eigentlich sollte ich nirgendwo mit ihm allein sein.

Entweder empfand JC das genauso oder er konnte Gedanken lesen. »Das kannst du nachher immer noch machen. Die Plastikgefäße an den Stängeln sollten ausreichen, bis wir wieder da sind. Und wir müssen jetzt gehen.«

»Perfekt.« Gleichzeitig erleichtert und nervös legte ich sie auf den Garderobenschrank hinter mir. Ich schöpfte einmal tief Atem, ergriff meine Handtasche und wandte mich wieder ihm zu. »Lass uns gehen.«

Auf dem Korridor bot er mir seine Hand an. Ich nahm sie, und da war er wieder – der Stromstoß bei seiner Berührung, als er seine Finger mit den meinen verflocht. Ich seufzte unwillkürlich und mit diesem Seufzer fiel die Angespanntheit von mir ab, die wie ein riesiges Gewicht auf meinem Körper gelastet hatte. Befreiung. Ich spürte sie wie ein erleichtertes Schluchzen, während sich der elektrische Funke, den unsere Berührung erzeugt hatte, von meiner Hand aus durch meinen Körper verbreitete, und ich fragte mich, ob man sich so fühlte, wenn man schmolz. Wenn man so lange gefroren war und dann endlich die Sonne auf das kalte Eis schien und es in etwas Flüssigeres verwandelte, das ganz anderer Natur war.

Ich blickte staunend auf die Stelle hinunter, an der wir verbunden waren, so überwältigt war ich davon, wie selbstverständlich es sich anfühlte, ihn auf eine so einfache Weise zu berühren. Als ich wieder zu ihm aufsah, war sein Blick auf mich geheftet. In seinen Augen stand, dass er es genauso empfand.

»Ich muss dir leider sagen, dass du versagt hast«, bemerkte er, als wir uns auf den Weg zum Aufzug machten. »Du solltest doch etwas tragen, das ich dir nicht vom Leib reißen möchte.«

Meine Wangen erhitzten sich – obwohl ich nicht sicher war, ob sie sich vom ersten Erröten bei seinem Anblick überhaupt abgekühlt hatten. »Du hast gesagt, ich könnte unmöglich etwas tragen, das diese Reaktion nicht zur Folge haben würde. Die einzige Alternative wäre gewesen, nackt zu gehen.«

»Das wäre eine ausgezeichnete Idee gewesen.«

»Aber nicht sehr praktisch.«

»Ich bin noch nie ein Anhänger von praktischen Dingen gewesen.« Er drückte auf die Ruftaste und die Türen des Aufzugs öffneten sich sofort, da er gerade erst damit angekommen war.

Wir betraten die Kabine, wobei unsere Hände immer noch miteinander verschmolzen waren. Als sich die Türen schlossen, hatte ich das dringende Bedürfnis, mich ihm zuzuwenden und ihn zu küssen.

Stattdessen hielt ich ihm die kurze Rede, die ich eingeübt hatte, nachdem ich am Nachmittag aufgewacht war. »Ich glaube, ich sollte dir sagen, dass bei der ersten Verabredung Sex für mich nicht infrage kommt.«

»Wow. Das ist ... erstaunlich. Besonders wenn man bedenkt, dass wir bereits Sex hatten, bevor wir je zusammen ausgegangen sind.« Er drückte mir die Hand. »Aber seit meiner Abfuhr heute Morgen habe ich mir schon gedacht, dass du prüde geworden bist.«

Ich lachte. »Ich bin nicht prüde. Ich bin vorsichtig. Und das ist nichts Neues. So bin ich immer schon gewesen.«

»Ja, das stimmt.« Seine kurze Antwort war voller Andeutungen und ich wusste, dass er sich dabei daran erinnerte, wie verkrampft ich gewesen war, als wir uns zum ersten Mal begegneten. Eiskalt. *Ein frigides Luder.*

»So schlimm wie früher bin ich nicht«, beruhigte ich ihn.

Er nickte. »Ich weiß. Sonst hättest du mir nicht einmal

dies gewährt. Und wenn du damit warten möchtest, kann ich es auch.«

Am liebsten hätte ich ihn gegen die Wand gestoßen und verschlungen.

Aber das war ein momentaner Impuls und auf lange Sicht wünschte ich mir eine Beziehung, die stabil und dauerhaft war. »Ich danke dir. Das bedeutet mir viel.«

Er lehnte sich ganz nahe zu mir und flüsterte mir ins Ohr, obwohl wir allein waren: »Ich will nicht sagen, dass ich nicht darauf brenne, dich unter mir zu spüren, Gwen. Denn das tue ich. Aber noch mehr brenne ich darauf, bloß mit dir zusammen zu sein.«

Obwohl der Aufzug sich abwärtsbewegte, schwebte ich bei seinen Worten wie auf Wolken. »Du weißt wirklich genau, wie man jemanden beeindruckt.«

Er grinste auf die Art und Weise, die ich bei ihm am liebsten mochte. »Wer hätte das gedacht?«

Ich. Ich fragte mich, ob er wusste, dass er sich nicht einmal Mühe zu geben brauchte.

Draußen wartete ein Wagen, den JC für uns besorgt hatte. »Das ist ein Mietwagen«, sagte er, als wir uns der Straßenseite näherten. »Falls du das wissen möchtest. Ich habe natürlich meine eigenen Wagen, aber sie stehen in einer Garage in L.A.«

Ich hob eine Augenbraue. »Wagen? Im Plural?«

»Was soll ich sagen? Ich habe eine Schwäche für Geschwindigkeit.«

JC war impulsiv und sorglos. Natürlich mochte er schnelle Wagen. Das war eine so offensichtliche Tatsache, dass sie einer Freundin oder Geliebten wohlbekannt sein sollte. Dass ich es gerade erst erfuhr, wirkte ernüchternd auf mich.

Du kennst ihn nicht. Er ist praktisch ein Fremder.

Ich brachte meine innere Stimme resolut zum Schweigen. Aus diesem Grund tat ich das Ganze ja – deshalb ging ich ja mit ihm aus. Darum verzichtete ich ja auf Sex mit ihm. Denn ich wollte, dass wir uns richtig kennenlernten, und wenn wir uns nicht mehr fremd waren, würden wir wissen, ob wir wirklich zusammenpassten.

JC blieb an der Wagentür stehen und legte eine Hand an den Türgriff. Mit der anderen zog er mich an sich und mein Körper berührte ihn an so vielen Stellen, dass ich dachte, die Hitze würde mich umbringen.

»Hey«, sagte er und wartete, bis ich ihm in die Augen sah. »Bist du mit dem Überanalysieren fertig?«

»Ja, allerdings. Das bin ich.« In der Tat war es unmöglich, überhaupt zu denken, solange ich so nahe bei ihm stand.

»Fantastisch.« Er öffnete die Wagentür und trat zurück, um mich einsteigen zu lassen. »Dann also Ladies first.«

Ich glitt über den Rücksitz der Limousine und bemerkte dabei die Kühltasche vor dem Beifahrersitz. »Was ist das denn?«, fragte ich, nachdem er dem Fahrer mitgeteilt hatte, dass wir bereit waren.

»Das ist unser Abendessen.«

»Wow. Du hast aber auch an alles gedacht.« Als JC wieder meine Hand ergriff, zog sich mein Unterleib zusammen und mir wurde ganz schwindelig vor Begeisterung bei dem Gedanken, wie unkompliziert seine Gesellschaft war. Eine unschuldige Begeisterung, wie die eines Kindes in einem Spielwarengeschäft. Und gleichzeitig nicht so unschuldig. Mehr wie ein Teenager beim Abschlussball der

Highschool. Zwei Wünsche standen im Konflikt, ich versuchte, zwischen ihnen auf einem Drahtseil zu balancieren, und ich genoss jeden Augenblick.

Während der Fahrer sich den Weg durchs Verkehrschaos bahnte, unterhielten JC und ich uns über ganz triviale Dinge – unsere Lieblingsfilme, welches Buch wir zuletzt gelesen hatten, das neueste Projekt, in das JC investiert hatte. Über Letzteres würden wir noch reden müssen. Es würde mich schon sehr wundern, wenn es ihm gelungen wäre zu arbeiten, während er untergetaucht war.

»Ich habe sichere Webseiten benutzt, die über unauffindbare Server liefen. Keine Kapitalanlage konnte zu meinem Namen oder meinem Standort zurückverfolgt werden.«

»Trotzdem«, schimpfte ich mit ihm, »war das denn nicht gefährlich?«

Er strich mit dem Daumen an meinem auf und ab, wobei er Funken an meinen Gliedern empor sprühen ließ. »Ohne Risiko macht das Leben keinen Spaß.«

Ich wollte mich nicht erregen, sondern beeindrucken lassen, aber stattdessen war ich beunruhigt und außerordentlich erregt. »Ich schätze ja dein Draufgängertum, aber es gibt Risiken, die einzugehen sich nicht lohnt. Ganz egal, wie sehr sie sich bezahlt machen könnten.«

Es hatte mich so sehr aus dem Gleichgewicht gebracht, dass ich mich verletzlich fühlte. Ich starrte aus dem Fenster, um ihn nicht ansehen zu müssen, und wartete darauf, dass er mir vorwerfen würde, zu nervös und übertrieben ängstlich zu sein, wie er es in der Vergangenheit so oft getan hatte.

Er tat es nicht. »Du hast recht.«

Ich drehte mich erstaunt wieder zu ihm um.

»Es gibt Risiken, die man nicht eingehen sollte. Und

dieses hätte ich vielleicht nicht eingehen sollen. Aber ich war ausgesprochen vorsichtig.«

»Also, mir gefällt das gar nicht.« So leicht ließ ich mich nicht besänftigen.

Er lächelte so strahlend, als hätte er gerade das große Los gezogen. »Es gefällt mir, dass es dir nicht gefällt.«

Ich verdrehte die Augen und entzog ihm meine Hand. Aber er holte sie sich zurück und ich verwehrte es ihm nicht, weil ich genau verstand, was er damit sagen wollte, und außerdem hatte ich sowieso nichts dagegen, ihn zu berühren.

Als der Wagen begann, die Brooklyn Bridge zu überqueren, wurde ich neugierig. »Wo fahren wir überhaupt hin?«

»Zum Brooklyn Bridge Park. Damit wir das Feuerwerk sehen können.«

Es war eine noble Geste, aber was die Zeitplanung betraf, war ich skeptisch. »Es ist kurz vor sieben. Zu dieser Zeit werden wir auf keinen Fall einen Platz dort finden. Es ist der beliebteste Aussichtspunkt für das Feuerwerk von Macy's. Dafür kommen die Leute schon zur Mittagszeit.«

»Eher um neun«, korrigierte er mich. »Keine Sorge. Ich habe alles im Griff.«

Unser Fahrer setzte uns bei der Empire Fulton Fähre ab. Mit der Kühltasche in einer Hand dirigierte JC mich mit der anderen an Janes Karussell vorbei hinunter zum Bohlenweg am Fluss. Wie ich vermutet hatte, war bereits ziemlich viel Betrieb, aber er führte mich durch Gruppen von Leuten, die auf Decken oder in Liegestühlen lagerten, hindurch, als wüsste er genau, wo er hinwollte.

Schließlich kamen wir bei einem Mann an, der ausgestreckt auf einer rotkarierten Decke lag und unter sich zwei Kissen hatte. Er war Mitte vierzig, glatzköpfig, aber kräftig. In guter körperlicher Verfassung. Er erhob sich, als er uns kommen sah. »Verdammt. Jetzt muss ich wieder zu meiner Frau gehen«, sagte er und bot JC die Hand.

JC schüttelte sie, wandte sich aber gleichzeitig an mich. »Gwen, dies ist Dom. Er ist eines von den Arschlöchern, die mich bewacht haben. Ich habe ihm gesagt, dass er mir einen Gefallen schuldet.«

»Ja, ich sitze hier also schon seit etwa halb zehn. Bin ich schön braun geworden?« Dann nahm er meine Hand. »Nett, Sie kennenzulernen, Gwen. Ich war sicher, dass er Sie erfunden hatte. Und Sie sind tatsächlich so hübsch, wie er behauptet hat.«

Mir wurde ganz warm ums Herz. »Er hat von mir gesprochen?« Ich betrachtete JC. »Vielleicht können Sie noch ein bisschen hierbleiben, Dom, damit wir uns weiter unterhalten können.«

»Nee, nee. Dom muss zu seiner Frau. Und du kannst ihre Hand jetzt wieder loslassen.«

Dom lachte und zog mich seitlich an sich, anstatt mich loszulassen. »Es macht Spaß, ihn aufzuziehen, nicht wahr?« Als JC ihn mit einem mörderischen Blick fixierte, ließ Dom mich gehen. »Schon gut, schon gut.« Er schlug JC auf die Schulter. »Pack nur alles wieder ein, dann komme ich auf dem Rückweg hier vorbei und nehme den ganzen Kram wieder mit. Harris und Richie sind beide hier und behalten dich im Auge, aber ich habe ihnen gesagt, sie sollen Abstand halten.«

JC warf mir einen kurzen Blick zu, ehe er sich wieder an Dom wandte. »Vielen Dank. Und jetzt kannst du verschwinden.«

Dom schlenderte davon, um seine Familie zu suchen,

und ich drehte mich mit misstrauisch verschränkten Armen zu JC um. »Wer sind Harris und Richie?«

»Ähm, sie gehören zu Doms Team. Ich nehme an, sie sind auch hier.« Er kniete sich nieder und begann, unser Picknick auszupacken.

»Hm.« Wenn Dom es so gemeint hatte, hatte er eine komische Ausdrucksweise gewählt. »Mir kam es vor, als hätte er etwas anderes gesagt. Hast du Leibwächter? Werden wir beobachtet?« Ich ließ den Blick über die Menge schweifen und suchte nach jedem, der fehl am Platz schien.

»Ähm, nein.« Er zog eine Flasche aus der Kühltasche. »Möchtest du etwas trinken?«

»Wechselst du das Thema?«

Er setzte ein Plastikweinglas zusammen, ehe er zu mir aufsah. »Ja, ich wechsele das Thema. Ich habe ein ganzes Jahr mit diesen Trotteln verbracht und heute Abend möchte ich sie vergessen und mich nur auf dich konzentrieren. Ist das in Ordnung?«

Ich zögerte kurz, aber dann sagte ich: »Das ist in Ordnung.« Denn ich wollte ja, dass er sich ausschließlich auf mich konzentrierte und sonst auf gar nichts.

Doch mir war auch klar, dass er etwas vor mir verbarg, und das ärgerte mich. Und es machte mir Sorgen. Mennezzo war hinter Gittern. Warum brauchte JC also noch Leibwächter?

Ich wollte es eigentlich fallen lassen. Das war jedenfalls, was er wollte, und ich wusste aus Erfahrung, dass ich noch nie etwas erreicht hatte, wenn ich ihn bedrängte. Aber ich konnte es einfach nicht. »Sag mir bloß, ob du in Sicherheit bist.«

Er schenkte mir sein Lieblingslächeln – voller Charisma mit einem Hauch von Playboy. »Aber natürlich.«

Trotz all seiner Geheimnisse vertraute ich ihm. Und vielleicht sah ich die Dinge ja falsch. Es war ja durchaus verständlich, dass er den Prozess und alles, was damit verbunden war, hinter sich lassen wollte. Ich sagte also nichts mehr darüber und setzte mich neben ihn.

Selbst mit der Decke war der Pier noch hart, vielleicht hätte ich doch besser Jeans tragen sollen. Aber Ben hatte recht gehabt, als er sagte, dass der Abend heiß sein würde. Und die Tatsache, dass ich so nahe bei JC saß, verursachte bei mir eine permanente Hitzewelle, die mit jeder Sekunde, die verging, stärker wurde, obwohl ich mir vorgenommen hatte, kühl und reserviert zu bleiben.

Ein eiskaltes Getränk schien also doch keine schlechte Idee zu sein.

JC schälte die Folie von der Flasche und schraubte den Verschluss ab, worauf ich kritisch eine Augenbraue hob. »Es ist alkoholfrei«, erklärte er, als er mir mein Glas reichte. »Angesichts meiner Demütigung nach dem letzten Alkoholgenuss halte ich das für besser.«

»Wahrscheinlich ist es das.« Ich hob das Glas an die Lippen und nahm einen Schluck von dem süßen, kohlensäurehaltigen Saft. »Es schmeckt ausgezeichnet.«

Während JC methodisch den Rest des Picknicks auspackte, nippte ich an meiner Schorle und versuchte zu verbergen, wie genau ich ihn betrachtete. Erinnerungen verschmolzen mit der Gegenwart. Seine Konzentration, die zielbewusste Art und Weise, wie er sich seiner Aufgabe widmete, die gerunzelte Stirn – all dies war mir so vertraut. Ich hatte es gesehen, wenn er sich in mir ein und aus bewegte. Wenn er seine ganze Aufmerksamkeit auf meinen Orgasmus gerichtet hatte. Wenn er sich losließ und ebenfalls kam.

Gütiger Himmel, wie sollte ich diesen Abend mit ihm bloß überstehen?

JC erwiderte meinen Blick amüsiert, als könnte er Gedanken lesen. Er hielt mir ein in Folie gewickeltes Subway-Sandwich hin. »Falls du im Moment lieber etwas anderes von mir haben willst, können wir jederzeit gehen.«

»Das könnte dir so passen.« Mir auch. Mehr als ich gedacht hätte. Ich streifte mit den Fingern an seinen entlang, als ich das Sandwich entgegennahm, und ich musste mich in die Wange beißen, um ein Stöhnen zu unterdrücken.

Essen. Etwas zu essen würde mich ablenken.

Ich begann, das Sandwich auszupacken, neugierig, welchen Belag er für mich ausgewählt hatte. »Pute mit Speck und Mayonnaise?« Das war eine meiner Lieblingskombinationen. Ich sah ihn misstrauisch an. »Hast du meine Schwester angerufen?«

»Ich habe Matt gefragt. Er hat gesagt, du hättest immer Pute, Speck, Mayonnaise und Tomaten aus der Küche bestellt, als du für ihn gearbeitet hast.«

Ich kniff die Augen zusammen. »Ganz schön clever, ich muss schon sagen.« Ich beschäftigte mich mit meinem Sandwich, damit er nicht sehen konnte, wie begeistert ich davon war, wie viel Mühe er sich mit der Planung unserer Verabredung gegeben hatte. Und dabei war es auch noch so kurzfristig gewesen. War das der echte JC? War er tatsächlich ein so netter Kerl? Ich hatte mich in den Mann verliebt, der mich bedrängt und beherrscht und auf so viele unanständige Weisen gefickt hatte. Ich hätte nie geahnt, dass dies eine andere Seite von ihm war. Zu meiner Überraschung gefiel mir das nicht weniger.

Diese Entdeckung trug allerdings nicht dazu bei, meine Libido zu beruhigen.

Etwas zu essen wirkte allerdings. Ein wenig. Bald verringerte sich das laute Lustgeschmetter zu einem leisen Summen, das immer noch ablenkend, aber erträglich war. Wir aßen in einträchtigem Schweigen und beobachteten das Treiben um uns herum, doch unsere Blicke kehrten immer wieder zueinander zurück. Es war merkwürdig, wie wir uns inmitten so vieler Menschen, die alle auf ihre Weise feierten, so fühlten konnten, als wären wir allein auf der Welt und die Menge wäre nur ein dekorativer Hintergrund, den JC für unsere perfekte Verabredung ausgewählt hatte.

Es wurde schon dunkel, als wir unsere Mahlzeit beendet hatten. JC räumte alles weg und streckte sich auf einem der Kissen aus, die Hände hinter dem Kopf verschränkt. Der Kragen seines Hemdes teilte sich und ließ einen schmalen Streifen Haut sehen, doch anstatt mich darauf zu fixieren, wie köstlich er zum Nachtisch schmecken würde, wandte ich den Blick zum Karussell, das sich hinter uns drehte und dessen Lichter in der sich senkenden Dämmerung wie Sterne leuchteten.

JC folgte meinem Blick. »Es ist noch geöffnet. Wir sollten später damit fahren.«

Dem Schild an dem Glasgebäude zufolge schloss es um sieben. »Ich glaube, es muss eine Privatveranstaltung sein. Eine Menge Leute da drinnen tragen T-Shirts mit einem Firmenlogo. Aber ich besorge uns Freikarten.«

»Damit meinst du sicher, dass wir einfach ungeladen hingehen?«

Ich lachte leise. »Himmel, du hast dich nicht im Geringsten geändert.«

»Bist du schon einmal mit so etwas gefahren?«

»Ein Mal. Vor vielen Jahren. Es war die schönste Karussellfahrt, die ich je erlebt hatte. Na ja, es war auch die einzige. Aber das war jedenfalls einer der schönsten Tage meiner Kindheit. Meine Mutter war mit uns hingegangen, während mein Vater bei der Arbeit war. Wenn er das gewusst hätte, hätte er sich darüber beklagt, was für eine Geldverschwendung es war. ›Einen Dollar bezahlen, um ein paarmal im Kreis herumzufahren?‹, sagte ich leise und machte dabei meinen Vater nach. ›Gib mir einen Dollar und ich wirbele sie stattdessen selbst herum.‹« Ich starrte auf meine Schuhe hinunter. »Aber auf das, was er uns bot, hätte ich lieber verzichtet.«

Die Atmosphäre um uns herum verdüsterte sich und ich bereute sofort, dass ich einen so abscheulichen Teil meines Lebens angesprochen hatte. Ich zog die Knie an, legte die Arme darum und hoffte, dass JC den Wink verstehen und nicht darauf reagieren würde, wenn ich nur still und leise war.

Er drehte sich um und stützte sich auf einen Ellbogen. »Was deinen Vater betrifft ...«

Ich verfluchte mich im Stillen und wünschte, ich hätte dieses Arschloch von einem Vater nie erwähnt. Ich wollte nicht über ihn sprechen und uns damit den Abend verderben.

JC schien anderer Meinung zu sein. »Wir sollten über ihn sprechen.«

Er hielt inne und ich ergriff die Gelegenheit, ihn mit einem plötzlichen Einfall zum Schweigen zu bringen. »Erinnerst du dich noch an den Tag, ehe, nun, ehe du verschwunden bist? Als wir uns geeinigt haben, über nichts allzu Ernsthaftes zu sprechen, damit wir bloß noch einen Tag lang so tun konnten, als hätten wir keine Probleme?« Ich wartete seine Bestätigung ab. »Können wir das nicht heute Abend wieder so machen?«

Er hob fragend eine Augenbraue.

Ich wusste nicht, wie ich das erklären sollte, aber ich hatte das Gefühl, dass er es bereits verstanden hatte. »Du hast ja auch gesagt, dass du nicht über Dom und sein Team sprechen willst«, sagte ich nach einer Weile und ließ meine Knie zur Seite fallen. »Es ist unsere erste Verabredung. Und dabei sollten keine Probleme besprochen werden.«

»Kein Sex. Keine Probleme«, neckte er mich. »Ich muss dich schon sehr mögen, wenn ich mich an all diese Regeln halte.«

Mein Magen machte einen Überschlag, dabei hatte er nur gesagt, dass er mich *mochte*. Wie würde ich erst reagieren, wenn er mir sagte, dass er mehr für mich empfand? »Ich weiß, dass du kein Anhänger von Regeln bist. Ich verspreche dir, dass ich versuchen werde, weitere zu vermeiden.«

»Ich schätze, damit kann ich leben. Einen Abend lang wenigstens.« Trotz seiner Äußerung war sein Körper vor Sorge angespannt.

Was mich an meinem Schlachtplan zweifeln ließ. Vielleicht fing ich die Sache ja falsch an. Wenn man jemanden besser kennenlernen wollte, durfte man die Gesprächsthemen auf keinen Fall einschränken. Aber er war der Erste gewesen, der Geheimnisse gehabt hatte.

Und warum wollte er denn unbedingt über meinen Vater

reden? Oder gab es etwas anderes, was er mir mitteilen wollte? Wie viele Geheimnisse hatte er eigentlich?

Mir war der Gedanke verhasst, dass es zwischen uns immer noch Geheimnisse, Schutzwälle und Dinge gab, die wir nicht aussprechen konnten, und hier war ich nun und hielt sie weiter aufrecht. Mit Chandler war alles so viel leichter gewesen. Obwohl ich mit ihm nicht viele vertrauliche Gespräche geführt hatte, war nie der Eindruck entstanden, dass es zwischen uns Hindernisse gab.

War JC der Falsche für mich? Und wenn das so war, warum begehrte ich ausgerechnet ihn so sehr?

Ich zitterte.

»Ist dir kalt?« Er hatte schon begonnen, die Jacke auszuziehen, ehe ich antworten konnte. »Hier, nimm sie.« Er rückte näher, um mir zu helfen, sie anzuziehen. »Besser?«

Mir war gar nicht so kalt, aber mir gefiel die Geste zu gut, als dass ich sie hätte ablehnen mögen. Die ganze rechte Seite meines Körpers berührte die seine, und obwohl ich ja jetzt seine Jacke trug, blieb er nahe bei mir, sodass bald alle Gedanken an Chandler verschwunden waren. »Ja, viel besser.«

Mir fiel eine mir unbekannte Tätowierung an JCs linkem Unterarm auf. Das Tattoo mit dem siebzehnten Dezember hatte er bereits am rechten Unterarm gehabt, bevor ich ihn kennenlernte. Aber diese hatte ich noch nie gesehen. »Du hast eine neue Tätowierung. Den neunzehnten Dezember? Was ist an diesem Datum so besonders?«

Er warf einen kurzen Blick an seinem Arm herab und sah mich wieder an. Genau in diesem Moment wurden die Lichter am Pier abgedunkelt, sodass seine Züge im Schatten lagen. »Das Feuerwerk beginnt. Ich erzähle es dir später.«

Er legte den Arm um mich und zog mich an seine Seite. Seine Körperwärme durchströmte mich heiß, während wir zusahen, wie die Raketen den Nachthimmel erhellten. Leuchtend blaue und rote und glitzernde weiße regneten wie Sternschnuppen auf uns herab. Es war so blendend schön wie ein Feuerwerk immer ist, doch für mich war es noch schöner, weil mein Inneres genauso hell wie der Himmel strahlte. Bald stimmte ich in die Begeisterungsrufe der Menge ein und tat einfach so, als wüsste ich nicht, dass es Dinge gab, die mir JC zu sagen versuchte und die ich gar nicht hören wollte.

Und ich verliebte mich ein wenig mehr in ihn, weil er das wusste und mir, wenigstens vorläufig noch, meinen Willen ließ.

ZEHN

KAPITEL ZEHN

»GEFÄLLT DIR DEIN NEUER JOB?«

Das Feuerwerk war schon seit zwei Stunden vorbei. Nachdem unser Picknick zusammengepackt und von Dom abgeholt worden war, hatten wir ein abgeschiedenes Plätzchen auf der Wiese hinter dem Karussell gefunden, weg von den verstreuten Grüppchen von Leuten, die noch weiterzechen und weiterfeiern wollten. Ab und zu erfüllte noch der Lärm von Knallfröschen und Raketen die Luft und reflektierte gewissermaßen meinen momentanen Gemütszustand. Während zuvor meine Ängstlichkeit laut und durchdringend wie die Explosionen am Himmel gewesen war, schien sie nun gedämpft und begehrte nur in kurzen, sporadischen Ausbrüchen auf, die schnell wieder erstarben.

Im Augenblick lagen wir im Gras und sahen in den Himmel hinauf, meine Füße neben seinem Kopf, und spielten ein Fragespiel.

Diese letzte Frage war leicht zu beantworten. »Ja, allerdings. Ich liebe meinen Job. Mir gefällt es, als leitende Angestellte eine einflussreichere Stellung zu haben. Ich schätze es ungemein, an einem Ort zu arbeiten, der sich zu etwas ganz Besonderem entwickelt. Ich mag meine Arbeitskollegen sehr. Und die Pierces – Hudson und Alayna –, sie war es, die dich hereingelassen hat, und er, nun, er ist eben Hudson Pierce. Jeder weiß, wer er ist. Die beiden sind die ersten richtigen Freunde, die ich jemals hatte.«

Ich runzelte die Stirn. »Nein, das ist nicht richtig. Sie sind viel mehr. Sie sind Familie.«

»Die Pierces scheinen ja nette Leute zu sein.« Falls er wegen Chandler irgendetwas gegen den Namen Pierce hatte, zeigte er es nicht.

»Das sind sie allerdings.« In meinem Inneren ging wieder eine Rakete hoch, kreischend vor Reue und Verwirrung wegen Hudsons Bruder.

Doch es ging schnell vorüber, denn an ihrer Stelle zuckte plötzlich ein Stromstoß der Begierde durch meinen Körper, als JC mich mit dem Knie am Arm anschubste. »Du bist dran«, sagte er, als wäre ihm völlig entgangen, dass seine Nähe meine ganze Seite zum Singen brachte.

Ich hob den Kopf und tat ganz indigniert. »Hast du mich gerade mit dem Knie angeschubst?«

Als wir das letzte Mal dieses Spiel gespielt hatten, hatten wir nackt zusammen in der Badewanne gelegen. Danach hatten wir uns geliebt. Diesmal hatte JC Regeln aufgestellt, die mit den übrigen Bedingungen unserer Verabredung im Einklang standen – kein Berühren und nichts Ernsthaftes. Es war eine liebenswerte Geste seinerseits gewesen, mit der er zumindest Verständnis bewies, selbst wenn er nicht damit einverstanden war, wie ich unsere Beziehung angehen wollte.

»Das war ein reines Versehen.« Sein Grinsen strafte ihn Lügen.

»Aha.« Ich legte den Kopf nieder, damit er nicht sah, dass ich vergeblich versuchte, ein Lächeln zu unterdrücken.

»Wohnst du immer noch in Los Angeles?« Als wir zusammen waren, hatte er dort drüben gewohnt und war jede Woche für ein paar Tage zum Arbeiten nach New York geflogen.

»Momentan wohne ich eigentlich nirgendwo. Ich habe meine Wohnung in L.A. verkauft und die meisten meiner Sachen in Aufbewahrung gegeben. Das ganze letzte Jahr habe ich in Michigan verbracht. Union Pier.«

Union Pier in Michigan. Ich hatte mir alle möglichen Orte vorgestellt, wo er sein könnte, aber dieser gehörte nicht dazu. »Davon habe ich noch nie gehört.«

»Es ist etwa eine Stunde außerhalb von Chicago.« Wie viele Kilometer war das von mir entfernt gewesen? Zwei Stunden mit dem Flugzeug? Drei? »Es ist eine ganz kleine Stadt an einem See. Es gibt dort absolut nichts zu tun. Man muss bis in die nächste Zeitzone fahren, um in einen Buchladen zu kommen oder sich einen Film anzusehen.«

»Hast du dich dort gelangweilt?« Auch wenn sie mir nicht geholfen hatten, wenigstens hatte ich Dinge gehabt, die mich davon ablenkten, ihn zu vermissen. Meine Arbeit. Meine Familie. Chandler.

»Zum Glück hatte ich ein Klavier. Und ich hatte viel Zeit zum Nachdenken.«

Ich zog seine Jacke enger um mich. »Worüber denn?«

Er zögerte, ehe er sagte: »Das beantworte ich auf keinen

Fall. Du hast jetzt schon drei Fragen nacheinander gestellt.« Ich hatte allerdings den Verdacht, dass er deswegen nicht antworten wollte, weil er sich damit in den Bereich *ernsthafter* Dinge bewegen würde. »Seit wann hältst du dich nicht mehr an Regeln?«

»Seit ich dich kennengelernt habe.« Das grenzte vielleicht auch an verbotenes Territorium, aber mein Wunsch, in diese Richtung vorzustoßen, wurde allmählich stärker als mein Bedürfnis, auf sicherem Boden zu bleiben.

Und es entsprach ja der Wahrheit. Vor ihm war ich Regeln absolut buchstabengetreu gefolgt. Ich hatte diese Einstellung auch nie ganz über Bord geworfen, aber JC hatte mir beigebracht, meine Selbstkontrolle aufzugeben. Sie aufzugeben und ihm zu überlassen. Könnte mir das wieder gelingen? Wollte ich das überhaupt?

Ich glaubte schon. Ich war bloß nicht mehr sicher, wie ich ihm das erlauben konnte.

»Ja, ja. Gib ruhig mir die Schuld. Und jetzt sei still. Ich bin dran. Ich habe auch eine wirklich wichtige Frage an dich. Hast du je in einem Park mit jemandem rumgeknutscht?«

Ich musste lachen. »Ist das dein Ernst?« Bisher waren die meisten seiner Fragen dieser Art gewesen – leichtherzig und voller sexueller Anspielungen. *Hast du je für einen deiner Lehrer geschwärmt? Welchen Prominenten würdest du nicht von der Bettkante stoßen? Von wem hast du deinen ersten Kuss bekommen?* Wenn der Inhalt seiner Fragen auf etwas schließen ließ, wurde er von ebenso großem Verlangen verzehrt wie ich.

»Es ist mein Ernst. Ich muss es wissen.«

Ich möchte jetzt mit dir schmusen.

Ich wollte es sagen. Jeder Zentimeter von mir zuckte vor Begierde nach ihm.

Aber ich hatte immer noch Angst. »Ja«, antwortete ich und wusste, dass ich ihn damit dazu bringen würde, nach Einzelheiten zu fragen. Und dann würde ich ihm erzählen, wie ich eines Sommers mit einem der Nachbarjungen »Tat oder Wahrheit« gespielt hatte, als ich vierzehn war. Es war schmalzig und albern und der Junge war so erregt gewesen, dass er in seine Hose ejakuliert hatte, nachdem ich ihm erlaubt hatte, meine Brüste zu berühren – und das auch nur durch die Bluse.

Aber JC hielt mich gern in Atem. »Hm. Du bist dran.«

Ich stützte mich auf die Ellbogen. »Ist das alles? Mehr willst du nicht wissen?«

»Mehr brauche ich nicht zu wissen.« Er ahmte meine Haltung nach. »Außerdem dürfen wir in jeder Runde nur eine Frage stellen. Ich bin kein Mogler.«

Ich warf ihm einen bösen Blick zu. »Nein, du bist ein Trottel.«

»Hey, keine Schimpfnamen, bitte. Ich halte mich nur an die Regeln.« Er sah in diesem Moment so begehrenswert aus. So verlockend. Mein Blick heftete sich auf seine Lippen und ich fragte mich, ob sein Kuss immer noch so fordernd war wie in meiner Erinnerung.

Wenn ich mir gestattete, es herauszufinden, würde es die neu gewonnene Ungezwungenheit zwischen uns vielleicht zerstören. So war es leichter. So war es gut.

Ich bemerkte, dass er mich ebenfalls genau betrachtete. Sein Blick war heiß, selbst in der Dunkelheit. Ich bekam Herzklopfen und kam mir wie eine Maus vor, und er wie die zum Sprung bereite Katze.

Seine Lippen teilten sich. »Du bist an der Reihe.«

»Hm ...« Ich legte mich wieder zurück und versuchte, mich auf irgendetwas anderes zu konzentrieren als auf den belegten Ton, in dem er das von sich gab, und die perfekte Form seines Mundes. »Kannst du mir etwas sagen, was niemand über dich weiß?«

Es entstand eine Pause, eine Sekunde mühelosen Schweigens, keineswegs zögernd, sondern ein absichtlicher Einschnitt, um den folgenden Worten mehr Gewicht zu verleihen. »Ich bin immer noch in dich verliebt.«

Die Erde unter mir schien sich zu bewegen und der Himmel neigte sich seitwärts. Seine Worte waren ein Faustschlag in die Magengrube und nahmen mir die Luft weg. Sie drängten sich um mich wie eine Wolke Stechmücken, die mich trotz ihrer Leichtheit durchbohrten, sodass ich mich vor Unbehagen krümmte.

Seine Worte waren nicht einfach. Sie waren nicht schlicht.

Meine Reaktion kam automatisch und ich würgte hervor: »Mein Gott, du bist ein verdammtes Arschloch.«

»Sag mir, was du wirklich denkst«, versuchte er mich zu necken, ohne sich beirren zu lassen.

Und so unbeirrt war er die ganze Zeit gewesen. Seit dem Augenblick, als er es zum ersten Mal gesagt hatte, obwohl wir ein ganzes Jahr getrennt gewesen waren. Und jetzt immer noch. Alles, was er getan und gesagt hatte, machte das offensichtlich. Er hatte um mich gekämpft, selbst als ich das gar nicht wissen konnte. Er war sich unserer sicher. Zählten die Dinge überhaupt, die ich über ihn nicht wusste, wenn er mich wirklich liebte?

Was brauchte ich sonst noch zu wissen, wenn *ich* ihn genauso liebte?

Der Moment der Entscheidung war gekommen – ich musste ihm entweder vertrauen oder ihn gehen lassen. Ich schloss die Augen und atmete tief ein.

Dann wagte ich den Sprung. »Dasselbe. Ich empfinde genau dasselbe für dich.«

Er fuhr mit einem Ruck hoch und bewegte sich auf mich zu.

»Nein, nein, bleib, wo du bist. Komm nicht näher, sonst wirst du alles verderben.«

»So ein Pech.« Er legte sich auf mich, die Hände rechts und links neben meinem Kopf aufgestützt.

Sein Blick durchbohrte mich und ich spürte den unbestimmten Drang, zu lachen oder mich zu übergeben oder zu weinen.

»Gwen«, sagte er und ich schmolz dahin, als er meinen Namen sagte. »Ich war verloren, als wir uns kennenlernten. Und dann hast du mich gefunden. Außer meiner Rache warst du das Einzige, was mich am Leben hielt. Und ehrlich gesagt, nur für die Rache zu leben lohnt sich nicht.«

Ich musste weinen. Das war der Drang, den ich verspürte. Es würgte mich in der Kehle und in meinen Augen glänzten Tränen. Ich hatte gedacht, es wäre ausgeschlossen, dass ich nach Corinne in seinem Leben eine Rolle spielen könnte, doch nun sagte er mir, dass ich mich geirrt hatte.

Die Spur eines Lächelns stahl sich auf seine Lippen. »Habe ich alles verdorben?«

»Nicht im Geringsten.« Meine Stimme klang erstickt,

aber ich fühlte mich entspannter, als ich es seit Langem gewesen war.

Jetzt lächelte er richtig. »Außerdem hast du die hübschesten Titten und die schönste Muschi, die ich je gesehen habe.«

»Verdammt. Jetzt hast du es verdorben.«

»Das habe ich, nicht wahr?«

Er hatte gar nichts verdorben. Er legte sich anders hin und ich konnte spüren, wie sein Schwanz sich gegen meine Hüfte drückte, dick, lang und verlockend. »Verdammtes Arschloch.«

»Ich bin im Moment so hart.«

»Ja, das habe ich gemerkt.« Ich sehnte mich nach mehr. Warum war mir nur diese blöde Regel eingefallen, keinen Sex zu haben? Könnte ich einfach so tun, als bezöge sie sich nur auf bestimmte Formen von Sex?

»Ich muss von dir runter, nicht wahr?«

»Das wäre sicher besser.« Ich hoffte allerdings, dass er mich zuerst küssen würde. Mehr konnten wir uns in der Öffentlichkeit nicht erlauben, aber dazu war ich bereit.

»Ja, das wäre wohl wirklich besser.« Er klang nicht, als ob er es so meinte, und als er begann, sich auf die Seite zu rollen, war ich sicher, dass er mich mitnehmen würde. Stattdessen begrapschte er mir die Brust.

»Hey!«

Er landete neben mir auf dem Boden und zuckte die Achseln. »Du hast ja bereits gesagt, dass ich ein verdammtes Arschloch bin. Jetzt habe ich das wenigstens verdient.«

Ich lachte, hauptsächlich weil ich ein Ventil brauchte. Ich wandte mich ihm zu und stützte den Kopf in eine Hand.

»Und nach alledem versuchst du noch nicht einmal, mich zu küssen?«

»Nein.«

Ich starrte ihn mit offenem Mund ungläubig an.

»Das hast du doch schon einmal in einem Park getan. Ich möchte, dass unser erster Kuss unvergesslich ist. Unser zweiter erster Kuss, meine ich. Unser erster Kuss dieses Mal.«

Ich hielt es für wahrscheinlicher, dass er mich zum Wahnsinn treiben wollte. Und wenn das der Fall war, funktionierte es.

Wenn er andererseits genau meinte, was er sagte, war es ein liebenswerter Impuls. »Alle deine Küsse sind unvergesslich«, sagte ich leise. »Sie löschen jede Erinnerung an andere aus.«

Er drehte sich ebenfalls auf die Seite und stützte wie ich den Kopf in die Hand. Aber er sagte nichts und er kam auch nicht näher.

Ich streckte die Hand aus und zeichnete mit den Fingern seine neue Tätowierung nach. Er schloss die Augen und seufzte, als wäre es ein ebenso großer Genuss für ihn, meine Haut an seiner zu spüren, wie es für mich war, ihn zu berühren.

Ich senkte den Blick von seinem Gesicht zu dem neuen Design. Es war ihm wichtig, sonst hätte er es sich nicht in die Haut gravieren lassen. Vorhin hatte er es mir nicht sagen wollen und ich hatte nicht darauf bestanden, weil ich annahm, dass ich es nicht hören wollte. Aber jetzt wollte ich es doch wissen. »JC, was bedeutet dir dieses Datum?«

Er ließ etwas Zeit vergehen, dann öffnete er die Augen. »Weißt du noch, was die andere Tätowierung bedeutet?«

Ich nickte nur, denn ich wollte ihren Namen nicht aussprechen. Da ich es aber hasste, mich wie ein Feigling zu benehmen, zwang ich mich dazu. »Es ist der Tag, an dem Corinne starb.«

Er richtete sich auf und zeigte auf die ältere Tätowierung. »Dies war der Tag, an dem ich *starb*.« Er hielt mir die neue hin. »Und das war der Tag, an dem ich ins Leben zurückgekehrt bin.«

Ich runzelte die Stirn. Die Daten waren nur zwei Tage auseinander. War es der Tag, an dem er sie beerdigte? Der Tag, an dem Mennezzo zum ersten Mal vor Gericht kam?

»Beide liegen im Dezember, aber nicht im gleichen Jahr«, sagte er, als er meine Verwirrung bemerkte. Noch ein Moment verstrich, während er darauf zu warten schien, dass ich die Antwort finden würde. Als es mir nicht gelang, fuhr er fort: »Die neue Tätowierung ist das Datum des Tages, an dem ich dich zum ersten Mal gesehen habe.«

Mir stockte der Atem.

Ehe ich jedoch etwas sagen konnte, war JC bereits aufgestanden und streckte mir die Hand hin. »Komm mit.«

Ich konnte keinen klaren Gedanken fassen. Mir drehte sich alles im Kopf und mir war gleichzeitig leicht und beklommen ums Herz. Ich legte instinktiv die Hand in seine und er zog mich auf die Füße. »Wo gehen wir denn hin?« *Und was hast du da gerade gesagt?*

»Sie schließen gerade.« Er wies mit dem Kopf aufs Karussell.

Ich wollte den Blick nicht von ihm wenden, aber ich schaute hinüber. Genau in diesem Augenblick gingen bei dem Karussell die Lichter aus. »Die Party muss wohl zu Ende sein.«

»Ich würde sagen, sie fängt gerade erst an.« JC wackelte mit den Augenbrauen. »Wir schleichen uns hinein.« Er hielt immer noch meine Hand und zog mich mit sich auf das Glasgebäude zu.

Ich stolperte beinahe, als ich mit ihm Schritt halten wollte. »Wir schleichen uns heimlich aufs Karussell, aber wozu? Wir können nicht damit fahren. Selbst wenn wir es dazu bringen könnten, sich zu drehen, würde es jemand merken.«

Er ließ sich durch meinen Einwand nicht beeindrucken. »Wir brauchen ja gar nicht damit zu fahren. Wir können bloß darauf herumlaufen.«

»Wozu?«

»Zum Spaß.«

Auf eine solche Idee wäre ich allein nie gekommen, aber plötzlich wollte ich impulsiv und frei sein. Impulsiv und frei mit JC.

Er führte mich in einem großen Bogen, als wollte er mit mir zur Strandpromenade gehen, machte aber im letzten Moment an der Ecke des Glasgebäudes kehrt, in dem sich das Karussell befand. Er lehnte sich an die Wand und nickte in Richtung des Betreibers, der sich mit zwei übrig gebliebenen Gästen auf der anderen Seite der Umrandung unterhielt und uns den Rücken zugekehrt hatte.

»Er passt nicht einmal auf. Gehen wir.« JC schlich an mir vorbei und langte über den Zaun, um das kleine Tor zu öffnen. Als er drinnen war, winkte er mir, ihm zu folgen, und ließ den Betreiber nicht aus den Augen, während ich hineinschlüpfte. Damit das Metall nicht klirrte, schloss er das Tor ganz behutsam, dann kletterte er auf das dunkle Karussell und schlängelte sich zwischen den Tieren hindurch, bis er außer Sichtweite des Betreibers war, allerdings auch aus meiner.

Ich zögerte nur einen Augenblick. Dann bewog mich entweder mein Adrenalinspiegel oder die Angst, allein zurückzubleiben, ihm zu folgen. Ich sprang auf die Plattform und nahm denselben Weg, auf dem JC verschwunden war. Als ich um die Biegung kam, bemerkte ich am anderen Ende der Umzäunung ein garagenartiges Glastor, das bereits zur Nacht geschlossen war.

Mein schon rasender Puls begann, noch schneller zu schlagen. »Was machen wir, wenn sie uns hier einschließen?«, rief ich mit gedämpfter Stimme, als ich JC vor mir entdeckte. Er antwortete nicht und drehte sich auch nicht um. »Justin?«

Er wirbelte zu mir herum, aber anstatt zu antworten, war er in zwei Schritten bei mir, schlang ohne weitere Vorwarnung einen Arm um meine Taille, vergrub die andere Hand in meinem Haar und küsste mich.

Ich blieb einen Moment wie betäubt stehen, während sein Mund sich weich und fragend an meinen drückte. In Sekundenschnelle reagierte ich darauf, indem ich ihm die Arme um den Hals warf und die Lippen teilte. Augenblicklich vertiefte sich der Kuss, aber nicht so sehr, dass ich mich darin verlor. Nicht so intensiv, dass er mich verschlang. Gerade leidenschaftlich genug, dass ich einen Vorgeschmack darauf bekam, was er mir anbot, was er mir alles geben wollte.

Und zum ersten Mal, seit er wieder in mein Leben getreten war, konnte ich mir vorstellen, es anzunehmen. Sogar schon bald.

Aber vorerst, hier im tiefen Schatten zwischen den

Karussellpferdchen, die große Augen machten, und ihren
grell bemalten Wagen, hielt er mich in den Armen und
küsste mich. Küsste mich, bis die Zeit stillstand und es nur
noch uns beide gab. Küsste mich, bis meine Lippen
geschwollen und wund waren. Küsste mich, bis ich taumelte
und mir schwindelig wurde und ich ganz außer Atem war.

Dort auf dieser Plattform standen wir eng umschlungen
und bewegten uns keinen Zentimeter, doch in meinem Kopf
drehte sich alles noch schneller, als die Pferdchen es je getan
hatten. Die Erinnerung an meine letzte Karussellfahrt wurde
in diesem Moment völlig in den Schatten gestellt. Dies war
nun ohne Zweifel die schönste Karussellfahrt meines Lebens.

DER KARUSSELLBETREIBER FAND uns schließlich
doch.

Er unterbrach abrupt unseren Kuss und fluchte und
schimpfte hinter uns her, als wir durch den Park davonliefen,
kichernd wie alberne Kinder und ganz trunken voneinander.

Danach gingen wir noch ein Stück und machten in
einem Café halt, um Kuchen und Eis zu essen, ehe wir mit
dem Taxi zurück nach Manhattan fuhren.

Nur allzu bald standen wir auf dem Korridor vor meiner
Wohnung und verabschiedeten uns voneinander. Unser
Abschiedskuss war ganz anders als die Küsse auf dem Karus-
sell. Er war hungrig und voll fieberhafter Leidenschaft. Kein
Kuss, nach dem man sich normalerweise vor der Tür trennen
würde.

Ich befand mich bereits in einem lustvollen Nebel, als JC

fragte: »Bist du sicher, dass du dein Sexverbot bei der ersten
Verabredung nicht einfach vergessen kannst?«

»Nein. Das bin ich nicht.« Wenn er mich weiter so am
Ohr leckte, würde ich noch meinen eigenen Namen
vergessen.

Er ließ mein Ohrläppchen los, das er gerade zwischen die
Zähne genommen hatte. »Heißt das, wir *können* es
vergessen?«

»Ja.« *Oh Gott, ja.* Ich wandte den Kopf, um an seinem
Kinn zu knabbern, und versuchte, mich zu erinnern, warum
ich eigentlich auf Sex verzichten wollte.

Und dann fiel es mir wieder ein. Dieses nervöse, panikar-
tige Angstgefühl war jetzt in die Ferne gerückt, aber immer
noch undeutlich da. »Nein, ich bin nicht sicher. Ich weiß es
nicht.« Ich wusste jedoch sehr wohl, dass Ben uns hier auf
dem Weg zu seinem Morgenlauf entdecken würde, wenn wir
noch länger hier stehen blieben. Und das war keine angenehme Vorstellung.

JC riss die Lippen von meiner Haut los und drückte mich
gegen die Tür, wo er mir direkt in die Augen sehen konnte.
»Wenn du nicht sicher bist, sollten wir aufhören. Denn sonst
werde ich das bald nicht mehr können.«

Ehrlich gesagt war ich erstaunt, dass wir diese Schwelle
nicht bereits überschritten hatten. Ich lehnte mich nach
vorne, voll verzweifeltem Verlangen nach seinen Lippen,
aber er zog sich zurück.

»Weißt du was? Ich gehe jetzt lieber.« Er war genauso
außer Atem wie ich. »Ich weiß, wie wichtig es ist, dass wir
jetzt alles richtig machen, und ich will nicht, dass du irgendetwas tust, was du bereust.«

»Wirklich?« Ich versuchte nicht einmal, meine Enttäuschung zu verbergen.

Er nickte so heftig, dass ich nicht sicher war, wen er eigentlich zu überzeugen versuchte. »Ja. Es ist besser so.«

»Ist es das?« Ich war ganz durcheinander und konnte gar nicht mehr entscheiden, was das Beste war. Es erschien mir nicht mehr so, ganz gleich, was ich ursprünglich gesagt hatte.

»Schmerzhaft, aber am besten.« Er seufzte und lehnte die Stirn gegen meine. »Du hast doch keine Regeln bezüglich zweiter Verabredungen, die ich kennen sollte, oder?«

»Nein, keine Regeln mehr.« Ich wünschte, mir fiele ein, wie ich *diese* Regel zurücknehmen könnte. Aber nichts würde ihn davon überzeugen, dass meine Entscheidung nicht unter hormonellem Zwang getroffen worden wäre, wahrscheinlich weil ich unter hormonellem Zwang stand.

»Gut. Keine Regeln machen mich sehr glücklich.« Die Art und Weise, wie er *glücklich* sagte, das offensichtliche Verlangen in seinen erweiterten Pupillen – ich konnte einfach nicht anders. Ich näherte mich ihm und strich mit den Lippen über seine.

Er begann, den Kuss zu erwidern, zog sich aber schnell wieder zurück und stieß mich entschlossen mit beiden Händen von sich. »Nein. Nicht doch. Es muss sein. Ich muss gehen.«

»Na schön. Dann geh.« Ich schälte mich aus seiner Jacke heraus, ganz niedergeschlagen, dass er es nicht für mich tat, und übergab sie ihm.

Er machte sich nicht die Mühe, sie anzuziehen, sondern warf sie sich stattdessen über den Arm. »Schlaf gut.« Er küsste mich mit einer Hast auf die Wange, als würde ihn etwas zum Bleiben zwingen, wenn er es nicht so täte.

»Morgen«, rief ich ihm nach. »Vielmehr heute, meine ich. Sehen wir uns?«

Er drehte sich zu mir um und ging jetzt rückwärts. »Ja. Unsere zweite Verabredung findet auf jeden Fall heute statt.«

»Okay.« Ich zögerte nur eine Sekunde. »Ich liebe dich.«

Er grinste. »Große Worte für ein erstes Treffen. Damit könntest du es verderben.«

»Das sind immer große Worte, wenn ich sie ausspreche.« Wirklich große Worte.

Er blieb stehen und ich dachte schon, er würde es mir auch sagen, als er stattdessen fluchte. »Wenn ich das zu dir sagte, würde ich bleiben müssen. Geh hinein.«

Ich steckte den Schlüssel ins Schloss, zögerte aber noch. Wenn ich nicht hineinginge, würde er dann wiederkommen? Und wenn er das täte, würde ich es bereuen?

»Hinein!« Diesmal war es ein Befehl.

Äußerst widerstrebend gehorchte ich ihm. Dabei hörte ich ihn mir aus dem Korridor nachrufen: »Das tut weh, Gwen. Verdammt weh!«

Ich lehnte mich gegen die Tür und schloss die Augen. Oh Gott, er fehlte mir jetzt schon, obwohl er in vielerlei Hinsicht noch bei mir war. Sein Duft haftete noch an meinen Kleidern und seine Küsse hatten sich überall, wo er mich mit den Lippen berührt hatte, unvergesslich eingegraben. Und seine Worte im Park klangen mir wieder und wieder in den Ohren. »*Ich bin immer noch in dich verliebt.*«

Und sicher, ich war erregt und voller Begierde, aber das bedeutete nicht, dass ich nicht klar denken konnte. Es hieß nicht, dass ich keine kluge Entscheidung treffen konnte. Es gab ja noch so vieles, was ich über ihn nicht wusste, und vielleicht würde ich das ja auch nie, aber was ich doch über ihn wusste, war eine ganze Menge. Ich wusste, dass ich ihn liebte und ihn begehrte und seine Gesellschaft genoss, und, zum Teufel, wenn das nicht als Basis für eine Beziehung ausreichte, was tat es dann?

Jedenfalls war es mehr als genug, um ihn wieder in mein Bett zu lassen.

Verdammt noch mal, warum hatte ich ihn nur gehen lassen?

ELF

KAPITEL ELF

ICH STAND NOCH an die Tür gelehnt, als jemand klopfte und mich aus meiner Benommenheit riss. Ben kam genau zur richtigen Zeit. Ohne dass mir jemand beim Aufmachen des Reißverschlusses half, würde ich auf keinen Fall aus meinem Oberteil herauskommen.

Doch als ich öffnete, war es nicht Ben, den ich draußen vorfand. Es war JC. Meine Hormone, die gerade begonnen hatten, sich ein ganz klein wenig zu beruhigen, steigerten sich wieder zu einem Sturm. Nach dem Ausdruck in seinen Augen zu urteilen hatte er sich noch gar nicht beruhigt.

Ich eilte auf ihn zu, ehe er etwas sagen konnte. »Ich bin zu unserer zweiten Verabredung gekommen«, sagte er gerade, als wir mit den Mündern zusammenstießen und im Überschwang des Kusses unsere Zähne aneinanderprallten. Er war bereits dabei, die Jacke auszuziehen, während er mich auf die Wand zu stieß und ich verzweifelt am Gürtel seiner

Hose zerrte, wobei ich meine Lippen nicht von den seinen löste und meine Zunge an seiner entlanggleiten ließ.

Dann spürte ich seine Hände unter meinen Schenkeln, als er mich auf das Wandtischchen hob. Meine Schuhe fielen zu Boden, während ich die Beine spreizte, damit er sich dazwischen stellen konnte, wobei ich meinen Briefordner und die Rosen, die er mir geschenkt hatte, herunterfegte. Ich bemerkte es kaum, so sehr war ich auf ihn konzentriert und darauf, ihm so schnell wie möglich so nahe wie möglich zu sein.

Seine Gürtelschnalle war jetzt geöffnet und zwei Sekunden später war auch der Reißverschluss an seiner Hose heruntergezogen, und ich schlüpfte mit der Hand hinein, um durch die Boxershorts seinen Schwanz zu packen. Er war so groß – größer als ich ihn in Erinnerung hatte – und fühlte sich hart und heiß an meiner Handfläche an. Ich wand mich vor Ungeduld, denn ich wollte ihn herausholen und in mir spüren, und je näher dieser Zeitpunkt rückte, desto ungeduldiger wurde ich.

JC konnte es ebenfalls kaum erwarten. Er ließ die Hände auf meine Knie fallen und als er damit unter meinem Rock auf und nieder strich, rann mir ein köstlicher Schauer den Rücken hinunter.

Und dann befühlte er den Saum meiner Shorts. Er lehnte sich zurück, um das Kleidungsstück zu inspizieren, das zwischen seinen Fingern und der empfindlichen Haut meiner Schenkel lag.

»Verdammt«, zischte ich und wünschte jetzt, ich wäre nicht so gottverdammt vorsichtig gewesen. »Zieh ihn mir aus«, drängte ich ihn. »Zieh ihn mir aus.«

Ohne zu zögern, griff er nach dem Taillenband meines

Hosenrocks. Ich hielt mich an seinen Schultern fest und hob das Hinterteil an, während er mir das Kleidungsstück zusammen mit meinem Slip über die Pobacken zog und sich dann hinsetzte, um meine Schenkel hoch genug anzuheben, dass er mir beides ganz herunter- und ausziehen konnte.

Nun, ich schätze, es war wohl doch nicht so schwierig, wie ich gedacht hatte.

Ich warf ihm die Arme um den Hals und rutschte nach vorn auf die Tischkante zu, denn ich konnte es gar nicht erwarten, an allen relevanten Stellen an ihn gedrückt zu werden.

Aber JC hatte es nicht mehr eilig, denn jetzt richtete sich seine Aufmerksamkeit auf mein nunmehr entblößtes Geschlecht. Er fuhr lächelnd mit zwei Fingern an meinen Schamlippen entlang auf meine Öffnung zu. Ich seufzte leise auf, als er in mich eindrang, und war so feucht vor Erregung, dass seine Finger mit Leichtigkeit in mich hineinglitten.

Er sah beeindruckt zu mir auf. »Gütiger Himmel, Gwen.« Er nahm noch einen Finger zu Hilfe und ich bäumte mich auf, als er die magische Stelle in meinem Inneren berührte, die außer ihm noch nie jemand gefunden hatte. Er drückte den Daumen an meine Klitoris und ich dachte schon, ich würde auf der Stelle kommen.

»Du siehst so schön aus, wenn ich dich mit den Fingern ficke.« Er fuhr streichelnd auf und ab, qualvoll langsam. »Ich könnte dir stundenlang dabei zusehen.«

»Nein, nein«, stöhnte ich. »Bitte.« Ich konnte mich nicht zusammenhängender verständlich machen, während er mich streichelte, aber so wundervoll es sich auch anfühlte, er sollte jetzt damit aufhören. Ich musste einfach seinen Schwanz in mir spüren und jede Sekunde, die er mich darauf warten ließ, empfand ich als Folter.

»Pst.« Er neigte sich mir zu und biss mich sanft in die Unterlippe, ehe er die Hand aus meiner Muschi zog und mir einen nassen Finger auf die Lippen legte. »Ich weiß, was du brauchst, Gwen. Und ich werde es dir geben, weil ich es ebenfalls brauche.«

Er rieb mir meine Säfte über die Lippen und küsste mich, wobei er mich mit einer solchen Gier verschlang, dass er mir wehtat. Verdammt, das war heiß. Unanständig und schmutzig und so ungeheuer sexy.

Während er das tat, berührte er mich mit den Händen nicht mehr – ich hoffte, dass er damit seinen Schwanz herausnahm. Ich bewegte die Hüften auf ihn zu, voll verzweifelter Begierde, ihn in mich aufzunehmen.

Irgendwo in meinem von Verlangen benebelten Hirn formte sich der Gedanke, wie sehr dies dem ersten Mal glich, als wir zusammen waren und unsere Lippen verschmolzen und ich ihn mit den Beinen umschloss, während ich auf einem Stahltisch saß und kaum erwarten konnte, dass er in mich eindrang.

Dann fiel mir auf, wie anders es war. Wie weit sich die Dinge zwischen uns entwickelt hatten. Ich tat dies nicht mehr, um mich zu bestrafen. Unsere Küsse waren schmalzig, aber diesmal vor Begierde, nicht mehr aus Neuheit. Und ich brauchte nicht mehr die Initiative zu ergreifen wie damals. Bis jetzt waren wir uns auf gleichberechtigter Ebene begegnet, aber sobald er meine Unterwerfung forderte, würde ich sie ihm gern gewähren.

Schließlich vergrub er die Hand in meinem Haar und er zog mir den Kopf nach hinten, wobei sich unsere Lippen unversehens trennten. *Jetzt,* dachte ich. *Jetzt werde ich wieder die Seine werden dürfen.* Ich spähte nach unten und sah, dass sein Schwanz entblößt war. Ich schaute mit hungrigen Blicken zu, wie er sich in die richtige Stellung brachte, um in mich einzudringen. »Bitte«, flehte ich. *Bitte, bitte, bitte.*

Doch er zögerte noch, und ich wusste warum. Dies war der Moment, an dem er ein Kondom überstreifen würde. Oder auch nicht. Wir hatten nie eines benutzt. Ich war durch Verhütungsmittel geschützt und er hatte mir ein Gesundheitszeugnis vorgelegt, das bewies, dass er keine sexuell übertragbare Krankheit hatte. Vor diesem ersten Mal jedoch hatten wir nichts besprochen, sondern leichtsinnig und verantwortungslos gehandelt.

Diesmal hielt JC inne.

Ich hatte immer noch eine Spirale. Aber ich hatte mit jemand anderem geschlafen. Ich wusste, dass er sich darüber Sorgen machte, während er mit dem Schwanz in der Hand vor mir stand, bereit, in mich einzudringen, und mir war klar, dass ich etwas sagen musste.

Ich suchte nach einem Weg, ihm die notwendige Erklärung zu geben und dabei Chandler so wenig wie möglich zu erwähnen. »Ich habe Kondome benutzt«, sagte ich keuchend. »Ich war niemals ungeschützt.«

Er sah mich unverwandt an. »Ja, aber vertraust *du mir* auch?«

Bis zu diesem Augenblick war es mir noch gar nicht in den Sinn gekommen, dass er während des Jahres, in dem wir getrennt waren, vielleicht mit jemand anderem geschlafen haben könnte. Wilde Eifersucht stieg in mir auf. Und Wut. Dazu hatte ich gar kein Recht, denn ich hatte ja selbst eine

Affäre gehabt, aber ich empfand sie trotzdem, genauso heftig und schmerzhaft wie mein Verlangen.

Doch unter keinen Umständen würde ich jetzt nachgeben. Nicht wenn mein Verlangen so kurz vor der Erfüllung stand, ganz gleich, was ich sonst noch empfand.

Ich hob das Kinn und antwortete ihm: »Fick mich, Justin.«

Er zögerte keine Sekunde mehr. Er ergriff mich bei den Hüften und stieß sich in mich hinein, wobei er den Schwanz tief in mir vergrub. Ich schrie laut auf, vor Erleichterung, vor Wut und vor unglaublich intensiver Lust. Er zog sich zurück und stieß wieder zu, immer wieder und immer schneller. Er füllte mich vollständig, aber ich war so feucht und glitschig, dass ich mich mit Leichtigkeit an ihn anpasste und meine Wände ihn so umschlossen, als wäre ich eigens für ihn geschaffen.

Himmel, es war genauso schön wie in meiner Erinnerung und übertraf sie noch. Mit ihm zusammen zu sein. Trotz des Zorns und der Frustration, die ich immer noch spürte, versetzte es mich in einen Zustand höchster Glückseligkeit. Nur er konnte meine Leidenschaft so schnell und so vollkommen entbrennen lassen und jeden Nerv in meinem Körper entzünden, als wäre sein Schwanz eine Fackel und mein Geschlecht eine Benzinlache.

Ich krallte die Finger in sein Hemd und suchte mit dem Mund nach seinem. Ich wollte ihm so nahe wie möglich sein und ihn mit jedem Teil meines Körpers berühren. Ich hasste die Kleider, die verhinderten, dass wir uns berührten, aber noch mehr hasste ich die Tatsache, dass wir innehalten mussten, um uns auszuziehen.

Und es war ja ohnehin ganz gleich, was ich wollte, denn

jetzt lag die ganze Kontrolle bei JC, der den Kuss unterbrach und sich zurücklehnte, sodass der einzige Punkt, an dem wir verbunden waren, sich zwischen meinen Schenkeln befand. In einer Trotzhandlung schlang ich ihm die Arme um die Taille, aber er griff nach hinten, packte mich an den Waden und drückte sie nach außen und zurück, sodass meine Knie angewinkelt und meine Beine gespreizt waren.

Ich folgte seiner Blickrichtung abwärts und sah zu, wie er mich fickte, wie sein Schwanz in meiner Muschi verschwand und wieder hervorkam. Der Anblick war so erotisch, dass ich mich automatisch fester um ihn schloss und mein Orgasmus seinen Aufstieg begann.

JC brachte den Mund näher an mein Ohr. »Sag mir, wie es sich anfühlt«, flüsterte er mit belegter Stimme.

Er hatte sich immer schon gern beim Sex unterhalten, denn er wollte eine verbale Würdigung dessen, was er mit mir tat. Das hatte ich nicht vergessen und es hatte mir immer schon gefallen, von ihm befragt zu werden. Mir war so schwindelig im Kopf, wenn er in mir war, dass es mir schwerfiel, klar zu denken, ganz zu schweigen davon, meine Gedanken in Worte zu fassen. Seine Fragen halfen mir dabei, mich zu konzentrieren und meine Lust bewusst zu spüren und sie damit zu steigern.

»Es ist schön«, sagte ich nun zu ihm. »Du fühlst dich gut an.«

»Und wie sonst noch?« Er nahm mein Ohrläppchen zwischen die Zähne und biss zu.

»Au«, schrie ich, als sich das Brennen von meinem Ohr durch meinen ganzen Körper ausbreitete. »Du erregst mich überall. Und du bist so tief in mir. So hart. Ich liebe dieses Gefühl.«

»Mehr. Sprich weiter.«

Sein Rhythmus hatte sich geändert, seit er zu reden angefangen hatte; er war quälend langsam geworden. Ich hob ihm die Hüften entgegen, um ihn zu ermutigen, sich schneller zu bewegen. »Das habe ich so vermisst. Ich habe vermisst, dich in mir zu spüren. Bitte, JC.«

Aber er wurde noch langsamer und sein Schwanz bewegte sich gemächlich ein und aus. »Weiter.«

»JC. Ich bitte dich. Ich brauche. Ich kann nicht. Bitte.« Ich wand mich und flehte und konnte mich auf nichts anderes konzentrieren als auf die Spannung in meinem Unterleib, die unbedingt gelöst werden musste und schmerzlich danach verlangte, zum Höhepunkt getrieben zu werden.

Er strich mit dem Daumen an meinem Kiefer entlang, dann hob er mein Kinn an, bis wir uns in die Augen sahen. »Ich werde es tun, wenn ich dazu bereit bin, Gwen. Sag mir zuerst, was ich hören möchte.«

Ich wusste nicht, was er hören wollte, und ich würde verdammt noch mal sterben, wenn er mich nicht zum Orgasmus brachte, und zwar sofort.

Ich sah ihm jedoch an, dass er jede Menge Geduld hatte und dass es ihm nichts ausmachte, mich zu quälen. Er legte den Daumen auf meine Klitoris, um seinen Standpunkt noch klarer zu machen.

Beim Druck seiner Berührung steigerte sich die Spannung noch. Ich war jetzt verzweifelt, wahnsinnig vor Verlangen. Ich sah ihm weiter in die Augen und versuchte es von Neuem. »Es fühlt sich so gut an. So selbstverständlich.« Ich zögerte und dachte nach, was ich sonst noch sagen konnte. »Als wäre ich für dich geschaffen.«

Ich war nicht sicher, aber ich hatte den Eindruck, dass

seine Miene sich erhellte. Er wirbelte mit dem Daumen um meine Klitoris und ich wusste, dass ich trotz seines langsamen Tempos bald explodieren würde.

Und doch waren es meine Worte, die mich tatsächlich dem Orgasmus näher brachten. Meine intimen, aufrichtigen Worte, die er mir entlockte. Es kamen noch mehr, roh und ungeformt. »Als ob du hierhergehörst. Zu mir. Als ob wir zusammengehören.«

Nun leuchteten seine Augen auf. »Das ist es, Gwen.« Er zog meine immer noch angezogenen Beine an sich und umschlang sie mit den Armen, damit er die Hände in mein Hinterteil vergraben konnte, während er sich mit neu gefundener Wildheit in mich hineinrammte. »Wir gehören zusammen. Wir haben immer schon zusammengehört.«

Die neue Stellung und sein schnellerer Rhythmus gaben mir den Rest. Mein Körper wurde steif und meine Augen schlossen sich. Eine Lustwelle tobte durch meinen Körper – sie brachte all meine Glieder zum Kribbeln, mein Brustkorb dehnte sich aus und meine Muschi verkrampfte sich und vibrierte vor Intensität, schrie auf vor Ekstase. Unter meinen Lidern zuckten Lichtblitze in allen Regenbogenfarben. Mein ganzer Körper verdrehte und wand sich, während mir ein langer, kehliger Laut entfuhr, den ich gar nicht als meinen eigenen erkannte. Mir war, als ob ich weinte, aber ohne Tränen, ich wurde von Schluchzen geschüttelt, die Kehle endlich befreit durch die langersehnte, befreiende Entladung. Es war wundervoll und schmerzhaft und läuternd, mein ganzes Wesen ließ all die Gefühle heraus, die ich in mir vergraben hatte.

»Verdammt, Gwen. Ja. Genau so, ja.« JC konzentrierte sich jetzt auf seinen eigenen Höhepunkt, erregt durch meinen Anblick und meine Schreie, und in diesem Moment erkannte ich, was er wirklich beabsichtigt hatte. Auf diese Weise nahm er wieder Besitz von meinem Körper und von meiner Seele. Darauf hatte er bestanden, ehe er mich freisetzte. Er hatte gefordert, dass ich ihn als meinen Besitzer anerkannte.

Und da war noch etwas anderes. Ich konnte mir nicht erklären, warum mir das bewusst war, aber ich war sicher, dass zumindest ein Teil von ihm mir genauso grollte wie ich ihm.

Diese letzte Einsicht wurde von seinem Orgasmus unterstrichen. Er rieb sich an mir, stieß sich in mich hinein und kam schließlich stöhnend.

Er umarmte mich, sobald er damit fertig war, und so saßen wir da, verschwitzt und ermattet, schöpften Atem und beruhigten uns wieder. Ich war an seine Schulter gesunken, während er mich in den Armen hielt.

In diesem Moment herrschte Stille in meinem Kopf. Jegliches Gefühl war von meiner Lust verdrängt worden und da nun auch sie befriedigt worden war, spürte ich nur noch Frieden.

JC unterbrach die friedliche Stimmung, als er sich aus mir herauszog. Er nahm einen Schritt zurück, stemmte die Hände in die Hüften und betrachtete mich.

Unsere Trennung riss mich aus meinem seligen Treiben im Nichts, und wie eine Ansammlung von Spinnen, die aus ihrem Netz krabbeln, kamen meine Gefühle zurück. Zweifel und Unsicherheit legten sich über eine Schicht von Frustration und Verärgerung. Dann kam Eifersucht. Danach Bitterkeit. Diese Gefühle würgten und erstickten mich und ich wollte mich keinem davon stellen. Ich wollte wieder ruhig und friedlich sein. Oder wenigstens taub.

Das konnte ich. Gefühllos sein war eine meiner Stärken. Kalt wie Eis.

Unfähig, JC in die Augen zu sehen, sprang ich zu Boden und sammelte meine Kleider ein. Ohne mich vorher zu säubern, zog ich sie an, um meine Blöße zu bedecken. Ich lenkte mich weiterhin damit ab, die Post vom Boden aufzuheben, wo sie während unseres manischen Zwischenspiels gelandet war.

»Was machst du denn da?«, fragte JC leise.

Ich sah ihn nicht an. »Aufräumen.«

»Nein. Du verschließt dich vor mir.«

Seine Fähigkeit, mich so leicht zu durchschauen, erschreckte mich. Sie gab mir ein noch größeres Gefühl der Verletzlichkeit, als meine Nacktheit es mir gegeben hatte. *Tief atmen*, sagte ich mir. *Atme und vertraue ihm nur.*

Doch ich atmete nicht. Stattdessen versuchte ich, mich noch weiter zu distanzieren. Ich hob die Blumen auf und ging damit in die Küche. »Ich räume ja bloß auf«, protestierte ich scharf.

Er folgte mir. »Das tust du nicht. Du schließt mich aus.« Er war jetzt direkt hinter mir und sein Körper strömte eine Wärme aus, die meinen Kältepanzer zu durchdringen drohte.

Ich nahm eine Vase aus dem Schrank und stellte sie ins Spülbecken, um zu beginnen, sie mit Wasser zu füllen, und obwohl ich mein Verhalten hasste, war ich unfähig, es zu ändern.

JC griff um mich herum und drehte den Wasserhahn ab, ehe die Vase voll war. Er drehte mich entschlossen um und nahm meine Hände in seine. »Tu mir das nicht an, Gwen. Rede mit mir.«

Ich wollte mich instinktiv losmachen. Aber der Hitzestrom, der mich bei seiner Berührung durchfuhr, war zu berauschend. Ich wollte mehr davon. Ich wollte mehr von ihm, und wie Ben zuvor angedeutet hatte, würde ich das nicht bekommen, wenn ich mich abschottete.

Ich nahm einen tiefen Atemzug und ließ ihn wieder entweichen. »Du hast recht«, gestand ich ihm, wobei meine Aufmerksamkeit auf das Taillenband seiner Hose gerichtet war. Er hatte sich wieder bedeckt, aber seine Gürtelschnalle und sein Hosenknopf waren noch offen. »Ich verschließe mich nicht mit Absicht, aber ich kann nicht anders. Das sage ich mir ja selbst, aber hier stehe ich nun und tue es trotzdem. Ich spüre es, aber ich weiß nicht, wie ich es verhindern kann.«

Ich fühlte mich schon besser, als ich es nur aussprach. Meine Schultern entspannten sich und ich nahm noch einen tiefen Atemzug.

JC schüttelte mich sanft an den Armen. »So kannst du es verhindern. Indem du mit mir sprichst. Wir schaffen das schon. Wir sind bloß aus der Übung.«

Ich sah zu ihm auf. Ja, ich war aus der Übung. Die Schutzwälle, die ich nach seinem Verschwinden errichtet hatte, waren zerbrechlich und leicht zu zerstören, aber ich hatte vergessen, wie ich das tun konnte.

Aber er würde mir dabei helfen. Mit den Händen strich er sanft an meinen Armen auf und nieder, sacht und liebevoll. »Was geht in deinem Kopf vor, Gwen?«

Mist, war das nicht die Frage des Jahrhunderts? Ich lehnte mich an die Spüle hinter mir, schloss die Augen und versuchte, genau festzulegen, was mich am meisten störte. Als ich es gefunden hatte, verschränkte ich die Arme und zwang ihn so, mich loszulassen. »Während des Jahres unserer Trennung ...«, begann ich zögernd, »warst du mit irgendeiner anderen Frau zusammen?«

Er sah mir stetig in die Augen und schüttelte den Kopf. »Nein.« Er kam einen Schritt näher und legte die Hand um meine Wange. »Nein, seit ich dich kennengelernt habe, bin ich mit keiner anderen zusammen gewesen.«

Mir fiel ein Stein vom Herzen und ich seufzte erleichtert in seine Hand. Sofort bekam ich deshalb ein schlechtes Gewissen. »Ich habe kein Recht, darüber froh zu sein.«

Er streichelte mein Gesicht mit dem Daumen. »Es war nicht dasselbe für mich, Gwen. Ich wusste, dass ich wiederkommen würde. Du nicht.«

Ich verdrehte die Augen zur Decke. »Mir gefällt, dass du mich tröstest, obwohl ich es war, die untreu gewesen ist.«

»Hör auf. Du bist nicht untreu gewesen.« Er legte mir die andere Hand auf die Taille und obwohl ich die Arme vor mir verschränkt hielt, spürte ich, wie er mich überzeugte – wie ich mich von ihm überzeugen ließ. »Ich habe dir doch selbst gesagt, du solltest ein normales Leben führen. Darauf war ich vorbereitet.«

»Und es macht dir nichts aus?« Meine Stimme klang erstickt. »Ich meine, es macht dir nichts aus, obwohl –« Ich konnte den Satz nicht beenden. Er begehrte mich noch, selbst nachdem er über Chandler Bescheid wusste, und das sollte mir genügen.

Doch es genügte mir nicht.

»Oh, Gwen.« Er ließ seine Hand an meinem Gesicht emporgleiten und strich mir übers Haar. »Ich dachte, du wärst nicht mehr frei. Ich dachte, ich würde dich nie wieder so in den Armen halten.« Er lehnte die Stirn gegen meine und berührte meine Nase zärtlich mit der seinen. »Also, ja. Es ist alles in Ordnung. Du gehörst zu mir und alles ist gut.«

Ich öffnete die Arme und warf sie ihm um den Hals. Ich konnte es kaum fassen, dass er mir so leicht verzieh, dass ich mit einem anderen Mann geschlafen hatte, aber ich würde es dabei belassen. Ich war mit ihm zusammen und das bedeutete, dass nichts zwischen uns stand.

Wovor hatte ich also immer noch solche Angst?

»Gibt es noch einen anderen Grund dafür, dass du dich verschließt?« JCs Einfühlungsvermögen wurde mir langsam unheimlich. Dennoch war es wohl ein Segen, denn sonst hätte ich jetzt sicher so getan, als wäre alles in bester Ordnung.

Ich machte mich von ihm los und benutzte als Entschuldigung, dass ich meine Küchenschere holen wollte. Es war ja nicht so, dass ich ihn nicht berühren wollte – denn das tat ich. Das wollte ich immer. Es fiel mir nur leichter, gewisse Dinge zu sagen, ohne von seiner körperlichen Nähe abgelenkt zu werden.

»Das weiß ich nicht.« Ich nahm die Schere aus der Schublade, wandte ihm aber weiterhin den Rücken zu. »Es ist meine Abwehrreaktion, wenn Dinge nicht so laufen, wie ich mir das vorgestellt habe.«

»Wie sollen sie denn laufen?«

Ich drehte mich zu ihm um. Er lehnte gegen die Spüle, die Hände rechts und links auf der Arbeitsfläche neben sich aufgestützt. Es war irgendwie unwirklich, ihn in meiner Küche neben dem Kühlschrank stehen zu sehen. Er passte so mühelos in mein Leben. Warum fiel es mir so schwer, das zu akzeptieren?

Aber mir genau dabei zu helfen, das herauszufinden, versuchte er ja gerade.

»Also.« Ich fuhr mir mit der Zunge über die Unterlippe, während ich mir meine Antwort überlegte. »Heute Abend zum Beispiel. Zuvor, meine ich. So sollten wir es machen, finde ich. Wir sollten zusammen etwas unternehmen. Wir sollten uns besser kennenlernen, ehe wir wieder irgendetwas anderes machen.« Ich nahm die Schere, kehrte damit zum Spülbecken zurück und reichte um ihn herum, um den Wasserhahn aufzudrehen.

»Heute Abend war fantastisch«, sagte er, als ich die Rosen ergriff. »Ich habe jede Minute davon genossen. Aber wir können nicht für immer die Unschuldigen spielen.«

»Nun, das war definitiv nicht unschuldig«, sagte ich und nickte in Richtung Diele, wo unsere Sex-Eskapade stattgefunden hatte.

»Das habe ich nicht damit gemeint. Schließlich und endlich müssen wir uns mit der Tatsache auseinandersetzen, dass wir schon einiges miteinander erlebt haben.«

»Was alles nur auf Sex basiert.« Ich entfernte alle Wasserbehälter aus Plastik auf einmal, dann hielt ich die Blumenstängel unter das fließende Wasser.

»Na und? Macht das meine Gefühle dir gegenüber ungültig? Weil ich mehr darüber weiß, wie ich dich zum Kommen bringen kann, als darüber, für welche Partei du dich bei den letzten Wahlen entschieden hast? Manche Leute, jedoch nicht alle, lernen sich kennen und bauen zuerst eine Beziehung außerhalb des Schlafzimmers auf. Aber wenn sie dann sexuelle Beziehungen mit einschließen, geben sie doch nicht plötzlich alles andere auf, das außerhalb davon liegt. Wir machen es bloß andersherum. Wir sind beide sexbezogen. Darum ist es nur vernünftig, dass wir uns auf dieser Ebene zuerst kennenlernen.«

Ich hatte die Stängel zurechtgeschnitten, während er sprach, aber jetzt hielt ich inne und dachte über das nach, was er gesagt hatte. Es entsprach nicht der traditionellen Denkweise, aber das machte es nicht unvernünftig.

JC reichte an mir vorbei, um den Wasserhahn abzudrehen, dann nahm er mir den Blumenstrauß aus der Hand, steckte ihn in die Vase und stellte ihn auf die Theke, ehe er sich mir zuwandte. »Es bedeutet nicht, dass meine Gefühle für dich nicht echt sind. Es bedeutet nicht, dass wir etwas falsch machen. Es bedeutet nur, dass wir es so machen, wie es für uns das Richtige ist.«

»*Wie es für uns das Richtige ist*«, wiederholte ich. Es gefiel mir. Es klang so einfach. Aber war es *zu* einfach?

Und wenn es so war, was war wirklich daran auszusetzen?

Darauf wusste ich keine Antwort. Ich wusste nur, dass es mir immer noch widerstrebte. Ich schüttelte das Wasser von meinen Händen und verschränkte wieder die Arme. »Wir können nicht einfach da weitermachen, wo wir stehen geblieben sind.«

»Warum denn nicht?«

»Darum.« Ich stürmte davon, ohne Ziel und Zweck, nur um mir eine Atempause zu verschaffen.

»Warum. Nicht?«, fragte er wieder und folgte mir.

Jesus, das war ja lächerlich. Mir fiel kein einziger plausibler Grund ein. Es gab keinen. Seine Argumente waren einleuchtend, und theoretisch gefielen sie mir auch. Uns

kennenzulernen, ohne auf Sex zu verzichten? Eine fantastische Idee. Mich nicht mehr darum zu sorgen, ob meine
Affäre mit Chandler ein Problem sein könnte? Aber gern.

Und doch war da noch dieser Drang, mich gegen ihn zu
wehren, der Drang, ihn zu widerlegen. Der Drang, mich ihm
zu verschließen. Und der Grund dafür war mir so peinlich,
dass ich ihn nicht zugeben wollte, aber andererseits hatte ich
das Bedürfnis, ihm alles zu sagen.

Ich fasste all meinen Mut zusammen und wirbelte
herum, um ihn anzusehen. »Weil ich Angst habe. Darum. Ich
habe Angst.« Mein nervöses Lächeln verschwand sofort
wieder und ich rieb mir mit den Händen an den Armen auf
und nieder. »Als du mich verlassen hast, hast du mir das
Herz gebrochen, JC. Es hat meine ganze Welt erschüttert
und ich habe solche Angst, dass ...« Dass er mich wieder
verlassen würde. Dass er zu der Ansicht gelangte, er könnte
mich niemals so lieben, wie er *sie* geliebt hatte.

Ich wischte eine Träne weg, die mir über die Wange
rollte. Jetzt weinte ich auch noch. Mein Gott, ich war ja so
ein Schwächling.

JC trat mit ausgebreiteten Armen auf mich zu, aber ich
wich ihm aus.

Er seufzte, unternahm aber keinen weiteren Versuch.

Ich starrte zu Boden und fing die nächste Träne mit dem
Fingerknöchel ab, ehe sie fiel. »Es tut mir leid, dass ich solch
ein Feigling bin. Es ist nicht fair, dir dein Verschwinden übel
zu nehmen. Du hattest ja keine Wahl.«

»Du solltest es mir aber übel nehmen.«

Ich sah ihn mit aufgerissenen Augen an.

»Ich hatte die Wahl, Gwen. Als ich dich kennenlernte,
wusste ich, dass ich wahrscheinlich untertauchen müsste,

sollte Ralphio je festgenommen werden. Ich wusste, dass ich nicht frei war und dass es ein Fehler war, mit dir etwas anzufangen. Aber ich habe es trotzdem getan.«

Darin lag er also, der Ursprung seines Grolls. Er hatte sich nicht darauf einlassen wollen, dennoch hatte er es getan. Sein Leben wäre ohne mich weitaus einfacher gewesen.

Aber, verdammt noch mal, war ich denn nicht froh, dass es so gekommen war?

Als er diesmal auf mich zutrat, blieb ich, wo ich war.

»Ich konnte mich nicht von dir fernhalten«, sagte er und nahm mich in die Arme. »Ich konnte es nicht verhindern, mich in dich zu verlieben.«

»Versucht hast du es aber.« Ich schmiegte mich an seine Schulter und fühlte mich in seiner Umarmung schon viel mutiger.

Er küsste mich aufs Haar. »Und habe dir damit wehgetan.«

»Wir haben einander wehgetan.«

Er lehnte sich zurück, um mir in die Augen zu sehen. »Aber jetzt brauchen wir das nicht mehr zu tun.« Er umfasste mein Gesicht mit beiden Händen und wischte mit dem Daumen eine letzte Träne weg. »Ich weiß, dass du Angst hast. Ich spüre es. Es liegt in der Luft und ich weiß, dass du es auch spürst. Aber wenn du mir eine Chance gibst, wirst du es nicht bereuen.«

Er zitierte die ersten Zeilen des Liedes, das er mir damals vorgespielt hatte. Ein Lied von Maroon 5 mit dem Titel »My Heart is Open«. Er hatte gesagt, dass es ihn an uns erinnerte. Ich hatte es während des letzten Jahres immer wieder gehört und mir gewünscht, er wäre da, um mir die Worte noch einmal zu sagen.

Und jetzt war er da.

»Mein Herz ist offen, Gwen. Was auch immer sonst geschehen ist, was auch immer uns sonst noch im Wege stehen mag, mein Herz ist offen.«

Ich streckte die Hand aus, um durch sein Haar zu streichen. »Ich will dich nicht noch mal verlieren.«

»Das hast du nie.« Er beugte sich zu mir herunter und küsste mich mit langen, trägen Zungenstrichen. Dann zog er mich enger an sich und hielt mich an sich gedrückt, während er das Gesicht in meinem Haar vergrub. »Ich hätte dich anflehen sollen. Auf den Knien«, sagte er so leise, dass ich erstaunt war, es überhaupt gehört zu haben.

Ich war ebenso erstaunt, dass er es gesagt hatte. Erstaunt darüber, dass er immer noch daran dachte, mich zu heiraten, obwohl er mir doch nur einen Antrag gemacht hatte, damit ich mit ihm untertauchen konnte.

Allerdings dachte *ich* auch noch daran. Warum sollte er es also nicht?

Solange wir beide ehrlich zueinander waren ... »Wenn du das getan hättest«, gestand ich ihm, »hätte ich Ja gesagt.«

Er lehnte sich wieder zurück und legte mir die Hände auf die Oberarme. »Dann sag jetzt Ja zu mir.« Er unterbrach sich und mein Puls begann zu rasen. Er machte mir doch nicht etwa wieder einen Antrag? Aber dann fügte er hinzu: »Sag mir, dass dein Herz offen ist.«

Ich war beinahe enttäuscht, dass es kein echter Antrag war. Doch diese Frage konnte ich beantworten, ohne einen kompletten Panikanfall zu bekommen. »Ja, mein Herz ist offen.«

ZWÖLF

KAPITEL ZWÖLF

ES WAR SCHON BEINAHE acht Uhr, als wir zu Bett gingen. Irgendwann später wachte ich auf und löste mich aus JCs Umarmung, aber ich konnte dennoch seine Gegenwart neben mir spüren, ehe ich wieder die Augen öffnete.

Dann küsste er mich auf die Schläfe. »Guten Morgen, Dornröschen. Oder sollte ich guten Nachmittag sagen?«

Mein Lächeln verwandelte sich in ein Gähnen, als ich mich umwälzte, um mich an ihn zu schmiegen. »Du bist noch da.«

»Hast du gedacht, ich würde mich heimlich davonschleichen?« Er schlang den Arm um mich und zog mich noch enger an sich.

»Mm«, sagte ich, nicht so sehr, um seine Frage zu beantworten, sondern mehr als Reaktion auf das Gefühl seines nackten Brustkorbs an meiner Wange. »Ich dachte, ich hätte dich vielleicht nur geträumt.«

»Nein.« Er strich gemächlich mit den Fingern an meiner Wirbelsäule auf und ab. »So leicht wirst du mich nicht los.«

So lag ich eng an ihn gepresst und genoss seine Körperwärme und seinen Duft, während ich allmählich aufwachte. Wenn ich mich jemals im Leben so entspannt und befreit gefühlt hatte, konnte ich mich nicht daran erinnern.

Ein paar Minuten später, ich war zwar noch nicht ganz wach, aber meine Libido regte sich bereits, fragte ich mich unwillkürlich, ob wir Zeit für eine nächste Runde hätten, ehe ich aufstehen und duschen musste. Ich reckte den Hals, konnte aber den Wecker hinter mir nicht sehen, ohne mich aus seiner Umarmung zu lösen, und das wollte ich auf keinen Fall.

Stattdessen hob ich den Kopf und küsste ihn unterm Kinn. »Wie spät ist es? Bist du schon lange wach?«

»Beinahe vier Uhr.« Als er sprach, vibrierte seine Kehle und seine Bartstoppeln kitzelten mich am Kinn. »Und nein, noch nicht lange.«

»Wow. Das ist aber spät.« Ich reckte mich und spürte dabei meine wunden Muskeln, die mich an all die verschiedenen Stellungen erinnerten, in denen wir uns geliebt hatten, ehe der Schlaf uns überwältigte. *Nein, das war also auf keinen Fall ein Traum gewesen.* »Dein Schlafrhythmus ist sicher jetzt ganz durcheinandergeraten. Willkommen im Leben eines Nachtschwärmers. Für mich ist es ganz normal, jetzt erst aufzuwachen.«

JC rutschte herunter, damit wir uns ansehen konnten. »Dann wird das einfach auch meine normale Zeit zum Aufwachen.« Er strich mir eine Haarsträhne hinter die Ohren. »Offiziell habe ich noch Urlaub, aber selbst wenn er vorbei ist, bestimme ich meine eigene Arbeitszeit.«

Nach allem, was sich in der vergangenen Nacht und an diesem Morgen bereits ereignet hatte, war es erstaunlich, dass eine so einfache Feststellung mich vor Freude schwindelig machte, aber sie tat es trotzdem. Er wollte seinen Lebensrhythmus an meinen anpassen. Ich war ganz überwältigt. Es fühlte sich wie eine Verpflichtung an. Und ausnahmsweise kam mir ein solches Zugeständnis nicht mehr ganz so unheimlich vor. JC und ich waren erst einen Tag wieder zusammen, doch es war ihm bereits gelungen, fast alle meine Vorbehalte zu überwinden. Was war aus meinem Plan geworden, es langsam anzugehen? Seine Methode, sich mitten hineinzustürzen, war viel besser.

»Du glühst ja geradezu«, sagte er grinsend. »Dabei bist du mir noch gar nicht zu Willen gewesen.«

»Das kommt sicher von heute Morgen. Aber ich glaube, es lässt schon nach.« Ich sah ihn mit frommem Augenaufschlag an.

»Musst du heute Abend in den Klub?« Was er damit meinte, war klar – *wie viel Zeit haben wir noch?*

»In den Klub nicht. Aber ich treffe mich donnerstags immer mit Hudson und Laynie zum Abendessen.« Vielleicht lag es daran, dass wir so lange getrennt gewesen waren, aber ich hatte keine Lust, ihn wegen meiner wöchentlichen Verabredung mit den Pierces zurückzulassen. »Soll ich absagen? Oder möchtest du mitkommen? Ich werde um halb acht erwartet.« Was ich damit meinte, war ebenfalls klar – *bis dahin haben wir jede Menge Zeit, um zu machen, was wir wollen.*

Er schien aufrichtig erfreut über die Einladung. »Ich würde sehr gern deine Freunde kennenlernen. Würden sie das aufdringlich finden?«

Ich schüttelte den Kopf. »Alayna hat von mir schon so viel über dich gehört. Ich bin sicher, sie kann es gar nicht abwarten, dich endlich kennenzulernen.«

»Sie weiß also über mich Bescheid. Was genau hast du ihr denn erzählt?«

»Nur Gutes. Das meiste jedenfalls. Sie war dabei, als ich dein Hochzeitsvideo gesehen habe.«

»Oh, verdammt.« Er ließ sich rückwärts fallen und verbarg das Gesicht in den Händen.

Ich musste lachen. »Nicht doch, sie ist ein Fan von dir. Ganz bestimmt.« Sie war ebenfalls ein Fan von Chandler, aber das erwähnte ich lieber nicht. Laynie würde denjenigen mögen, der mich am glücklichsten machte, und ich hatte das sichere Gefühl, dass das JC war.

Er nahm die Hände vom Gesicht und verschränkte sie hinterm Kopf. »Okay. Dann gehen wir hin. Aber zuerst muss ich ins Ritz, um mich umzuziehen.«

»Du wohnst nicht im Vier Jahreszeiten?« Es war ein merkwürdiger Gedanke, dass er irgendwo anders wohnen sollte als in dem Zimmer, in dem sich beinahe unsere ganze Beziehung abgespielt hatte.

»Ohne dich könnte ich es gar nicht dort aushalten.« Er wandte mir den Kopf zu und sah mich selbstbewusst und herausfordernd an, als ob er den Verdacht hegte, dass ich wieder kalte Füße bekommen hätte, während er schlief, und dass seine Liebesgeständnisse mich vielleicht abgeschreckt hätten.

Er war dabei der Angeschmierte, denn ich hatte keine kalten Füße bekommen. Im Gegenteil, ich befand mich in einer besonders mutwilligen Stimmung. Ich stützte den Kopf auf die Hand und folgte dem Drang, meine neu entdeckte

Tapferkeit mit einer Idee zu testen, die mir gerade gekommen war. »Hey. Wo wirst du denn eigentlich wohnen?«

Er drehte sich auf die Seite und nahm dieselbe Haltung an. »In New York. Wenn du mich hier haben willst.«

Ein freudiger Schreck durchzuckte meinen Körper. »Ich will dich haben.«

»Das trifft sich gut, denn ich will dich auch haben.« Sein Tonfall war suggestiv und er lüftete die Bettdecke, um meinen nackten Körper darunter zu betrachten.

So sehr ich auch daran interessiert war, diesem Vorschlag zu folgen, wollte ich doch unbedingt zuerst unsere Unterhaltung beenden. Ich zog ihm die Decke weg und bedeckte mir damit die Brust, damit er nicht abgelenkt wurde. »Ich meine, ich will dich in New York haben.«

»Ausgezeichnet. Dann fange ich an, mir eine Wohnung zu suchen.« Er kam ein wenig näher, denn er nahm offensichtlich an, dass die Sache damit erledigt wäre.

»Oder du könntest ...« Ich zögerte nicht, um zu kneifen, sondern weil ich erwog, ob ich das tun sollte.

»Ich könnte ... was? Dir die Decke aus der Hand reißen und dich bis zum Gehtnichtmehr ficken? Das habe ich auch vor.« Er zog mich so nahe an sich, dass sein ganzer Körper an meinen gedrückt war. Obwohl die Bettdecke noch ein Hindernis zwischen uns bildete, begann meine Haut zu prickeln.

»Das ist wesentlich weniger unbescheiden und anmaßend als das, was ich gerade sagen wollte.« Außerdem war sein Plan viel verlockender. Vielleicht sollten wir jetzt doch nicht weiter darüber reden. »Lass uns tun, was du vorgeschlagen hast.«

Aber jetzt hatte ich JCs Neugier geweckt. »Zuerst will ich hören, was du sagen wolltest.«

»Also gut. Ich habe bloß gedacht, du könntest einfach zu mir ziehen.« Sobald ich das geäußert hatte, verließ mich der Mut. »Zu früh? Ja. Es ist zu früh. Vergiss, was ich gesagt habe, und fang an, mich zu ficken.« Obwohl technisch gesehen waren wir schon achtzehn Monate zusammen. Vielleicht war die Befürchtung, es wäre zu früh, nicht der einzige Grund dafür, nicht zusammenzuziehen, es gab sicher noch etwas anderes, und ich war sicher, dass es ihm einfallen würde, was immer es auch war.

Er runzelte die Stirn und gab mir einen Nasenstüber. »Wir machen es auf unsere Weise. Vergiss das nicht. Wir brauchen keinen Regeln zu folgen. Zu früh gibt es nicht.« Er zog die Bettdecke zwischen uns fort, unsere Haut berührte sich und mich durchfuhr ein Stromstoß. »Und, ja, wir werden zusammenziehen. Dieser Einfall war mir übrigens selbst schon gekommen, ich habe ihn bloß nicht erwähnt, weil ich dich nicht erschrecken wollte.«

Ich war ganz erleichtert. »Wirklich?«

»Wirklich.« Er lehnte sich hinüber und knabberte an meinem Kinn entlang. »Du bist leicht zu erschrecken.« *Knabber.* »Vielleicht ist dir das gar nicht bewusst.« *Knabber, knabber.*

Ich warf ihm die Arme um den Hals. »Ich habe gemeint, ob du wirklich mit mir zusammenziehen willst, du Schlaumeier.«

Sein Mund schwebte jetzt direkt über meinem. »Ich will wirklich mit dir zusammenziehen«, flüsterte er. Er presste die Lippen auf meinen Mund und küsste mich gerade intensiv genug, um zu versprechen, dass bald mehr folgen würde, und

gerade kontrolliert genug, um anzudeuten, dass *bald* nicht
jetzt war. Nach einer Minute oder auch mehreren unterbrach er sich und sagte: »Ich bin angenehm überrascht, dass
du mir damit zuvorgekommen bist. Wenn du willst, zeige ich
dir gleich genau, wie groß meine angenehme Überraschung
ist.«

»Ja, sie stößt mir schon gegen den Bauch.«

Er änderte die Stellung, sodass seine Erektion jetzt auf
die Linie zwischen meinen Schenkeln gerichtet war. »Das ist
schlecht gezielt. Das bessert sich, wenn ich mein Ziel richtig
anvisiert habe.« Wenn ich die Beine spreizte, würde er vollkommen richtig liegen.

Ich ließ sie jedoch geschlossen, weil ich das Vorspiel viel
zu sehr genoss, um zum Hauptteil überzugehen. »Mir
scheint, du hast bereits ins Schwarze getroffen. Dank dir und
deiner zweifelhaften schwarzen Magie erkenne ich mich
selbst nicht wieder.«

»Zweifelhafte schwarze Magie? Willst du etwa behaupten, dass ich dich verhext habe?« Genau das versuchte er
gerade in diesem Augenblick, indem er mich mit der Hand
am Rand meiner Muschi kitzelte.

Ich hielt den Atem an, als er mit dem Finger meine
Klitoris fand. »Irgendetwas machst du mit mir. Du verwan-
delst mich mit deinen magischen Fingern und deinem
Zauberstab. Nach einigen Orgasmen bin ich plötzlich mutig
und impulsiv.«

»Dann funktioniert mein Plan also, dich zu ficken, bis du
mir alles gibst, was ich will. Die Nacht mit dir verbringen?
Abgehakt. Deine Freunde kennenlernen? Abgehakt. Zusam-
menleben? Abgehakt.« Er ließ seine Hand weiter nach unten
gleiten, aber ich drückte die Beine fester zusammen. »Komm

schon. Lass mich rein, damit ich auf mein nächstes Häkchen hinarbeiten kann.«

»Ich will hören, was sonst noch auf der Liste ist.«

Er zog sich zurück und legte mir die Hand auf die Hüfte. »Oh nein. Diese Liste würde dir garantiert Angst machen.«

»Nicht unbedingt. Im Moment fühle ich mich außergewöhnlich mutig.«

»Wirklich?« Er bewegte die Hand zu meiner Poritze. »Wie mutig?«

Ich griff hinter mich und packte ihn am Handgelenk, um ihn an Weiterem zu hindern. »Ah, so mutig auch wieder nicht.« Vielleicht ein andermal ... »Sag mir, was auf deiner Liste steht.«

Er seufzte, und ob es frustriert oder zustimmend war, konnte ich nicht sagen. »Also, anstatt bei dir einzuziehen, möchte ich gemeinsam eine neue Wohnung suchen.«

Ich zog seine Hand zwischen uns und verflocht meine Finger mit seinen, um sie stillzuhalten. »Damit könnte ich einverstanden sein.« Meine Wohnung hatte ich ohnehin nur vorübergehend zur Verfügung. Sie war durch Bens Partner Eric angeschafft worden und die beiden hatten geplant, irgendwann einmal die Wände zwischen ihrer Wohnung und meiner einzureißen, um eine große daraus zu machen.

»Und dann möchte ich auch noch, dass du mich heiratest.«

Mein Herz machte einen Überschlag. »Was? Du meinst doch wohl später mal.« Er wollte mich natürlich aufziehen, aber mein Puls fing trotzdem an zu rasen.

JCs Griff um meine Finger wurde fester. »Nein. Ich meine jetzt.«

Ich erstarrte und in mein Draufgängertum mischte sich Panik. »Das kann doch nicht dein Ernst sein.«

Er erwiderte meinen entsetzten Blick mit einem Ausdruck unerschütterlicher Entschlossenheit. »Wir haben uns doch geeinigt, dass wir so weitermachen wie bisher.«

»Oh nein. Nein, nein, nein.« Ich stieß seine Hand von mir und versuchte, mich aus der verdrehten Bettdecke zu befreien. »Das haben wir schon einmal getan. Als Nächstes wirst du davon reden, dass ich mich mit dir in Las Vegas treffen soll und –«

Er zog mich wieder an sich und schnitt mir das Wort ab. »Es steht auf meiner Wunschliste. Das ist alles. Und ich habe nicht Las Vegas im Sinn. Ich habe an eine konventionelle Verlobung gedacht, die einer Hochzeit vorausgeht, die nicht allzu weit in der Zukunft liegt, aber nicht am selben Tag stattfindet.«

Als er mir das erste Mal einen Antrag gemacht und mir noch nicht die Umstände dieser Wahnsinnsidee eröffnet hatte, hatte ich denselben verrückten Adrenalinstoß gespürt – teils Furcht, teils Euphorie, gemischt mit Zuneigung und Sehnsucht und Hoffnung. Eine schrille Sirene ging in meinem Kopf los und gab mir das Signal, die Notbremse zu ziehen und diese Unterhaltung sofort zu beenden.

Aber was konnte es schon schaden, bloß darüber zu reden?

Ich brachte sie zum Schweigen. »Eine Hochzeit mit Freunden und Familie und Brautjungfern und dem ganzen Klimbim?«

»Ja. Besonders eine Menge Klimbim.«

Klimbim klang verführerisch und ich konnte mir JC im Smoking vorstellen, wie er vor einem Geistlichen stand und auf mich wartete, der ein wenig so aussah wie der im Video, das er mir geschickt hatte.

Diesmal war das Alarmsignal in meinem Kopf noch dringlicher und ich sah ihn mit schrägem Kopf misstrauisch an. »Warum? Musst du etwa wieder untertauchen oder so?«

»Himmel, nein. Warum geht es dir eigentlich nicht in den Kopf, dass ich dich liebe?« Er hielt einen Augenblick inne, dann ließ er sich auf den Rücken fallen und fuhr sich frustriert mit der Hand durchs Haar.

Ich blieb auf meiner Seite, unfähig, mich zu rühren, wie eine in Honig stecken gebliebene Ameise. Dann streckte ich zögernd einen Arm nach ihm aus. »JC ...«

Er ergriff meine Hand und drehte sich zu mir um. »Ich liebe dich, Gwen. Ich liebe dich und ich möchte mit dir zusammen sein. Ja, als ich dir das letzte Mal einen Heiratsantrag gemacht habe, hatte ich andere Gründe, aber ich hätte es nie getan, wenn ich mir nicht wirklich mit dir ein Leben aufbauen wollte. Ich wollte dich heiraten. Ich wollte dir das Jawort geben und das ganze Drum und Dran. Weder der Zeitpunkt noch die Umstände waren ideal. Das weiß ich ja. Aber wenn du gekommen wärst, hätte ich alles in meiner Macht Stehende getan, um dir zu zeigen, wie viel du mir bedeutest. Diese Kapelle hatte ich für *dich* gebucht.«

Mir drehte sich alles im Kopf. Er hatte so viel gesagt und ich war zu nichts anderem fähig, als ihn anzuglotzen, denn ich wusste nicht, wie ich all dies verarbeiten sollte.

»Ich hatte sogar schon einen Ring gekauft«, fügte er hinzu, was meine Verwirrung nur noch steigerte.

Dieser Schock gab mir die Stimme wieder. »Du hast einen Ring gekauft? Wann denn?«

»Auf dem Weg zum Flugplatz.«

»Und wo ist er jetzt? Hast du ihn zurückgegeben?«

Im Vergleich zu den anderen Dingen, die er gesagt hatte, war der Ring wohl eher nebensächlich, aber er schien mir das Konkreteste zu sein. Etwas, das irgendwie ein Beweis für alles andere war.

»Nein, ich habe ihn noch.« Er betrachtete mich intensiv. »Er ist in der Innentasche meiner Jacke und ich hatte schon ein wenig Angst, dass du ihn darin entdecken würdest, als du sie gestern Abend getragen hast.«

Ich setzte mich auf. »Er ist in deiner Jacke? *Du trägst ihn mit dir herum?*« Mein Herz klopfte jetzt so stark, dass ich dachte, es würde mir den Brustkorb sprengen. Es war folgenschwer, dass er ihn überhaupt gekauft hatte. Aber dass er ihn noch hatte und sogar bei sich hatte?

Das war einfach unvorstellbar.

»Gestern Abend schon.« Er senkte den Blick und gestand mir schüchtern: »Vielleicht hatte ich gehofft, dass du ihn finden würdest.«

Ich drückte mir die Bettdecke an die Brust und fragte mich, ob es mehr oder weniger schockierend auf mich gewirkt hätte, ihn selbst zu finden. »Wenn das geschehen wäre, hätte ich angenommen, dass er Corinne gehörte und dass du ihn zur Erinnerung an sie behalten hast oder so.«

»Cori wurde mit ihrem begraben.« Er richtete sich auf und lehnte sich mit dem Rücken ans Kopfende. »Und ihr Ring war grauenhaft. Protzig und viel zu groß. Aber sie hat ihn sich selbst ausgesucht.« Er zuckte die Achseln.

Eine Art hasserfüllte Freude stieg in mir auf. Es war beschämend – Genugtuung zu empfinden, weil er meinen Ring selbst ausgesucht hatte und ihren nicht.

Was glaubte ich eigentlich, daraus schließen zu können?

Es war kein Beweis, wie tiefgründig seine Gefühle ihr oder mir gegenüber waren.

Aber er hatte einen Ring gekauft. Für mich. Und das musste eine Bedeutung haben. »Darf ich ihn sehen?«, fragte ich.

»Deinen Ring?« Er sah mich mit gespielter Entrüstung an. »Auf keinen Fall. Diesen Ring bekommst du erst zu sehen, wenn ich dir einen Antrag mache.«

Das musste ich erst einmal verdauen. Er hatte also vor, mir einen Heiratsantrag zu machen. Eigentlich sollte mich das nicht so schockieren, denn er hatte es ja schon einmal getan, aber es war trotzdem so. Denn diesmal gab es außer seinen eigenen Gefühlen nichts, was ihn dazu veranlasste. Er hatte gesagt, sein Herz wäre offen, und ich hatte gedacht, das meine wäre es auch, aber war es so offen? So offen, dass ich ihm meine größten Hoffnungen und Wünsche verraten konnte, ohne mich davor zu fürchten?

Er lächelte halbherzig. »Siehst du? Ich habe dir Angst gemacht.«

Mir Angst gemacht, ja. Aber er hatte mich auch mit einem Stromstoß aufgerüttelt, als hätte er ein Überbrückungskabel gelegt zwischen dem Teil von ihm, der davon überzeugt war, dass man jeden Tag nutzen müsste, und dem Teil von mir, der meine Wünsche immer nur konventionellen Normen unterordnen wollte, und dann Gas gegeben. Ich hätte nicht gedacht, dass ich zum Heiraten bereit wäre, aber ganz ausschließen konnte ich es auch nicht.

Vielleicht wusste ich kaum, was ich sagte. Vielleicht überwältigte mich nur die Neugier. Oder vielleicht tat ich es auch mit voller Absicht, als ich die Schultern straffte und sagte: »Zeig ihn mir.«

Er zögerte nur den Bruchteil einer Sekunde. Dann sprang er aus dem Bett, ohne sich die Mühe zu machen, etwas überzuziehen, und verschwand aus meinem Schlafzimmer.

Ich zitterte vor Nervosität und Beklommenheit. Ich wickelte mich in die Decke, als könnte sie mich in meiner Verletzlichkeit und Angst beschützen, kniete mich hin und zog die Füße unter mich. Mir schien, als wartete ich eine Ewigkeit.

Dann war er auf einmal wieder da und hatte die Hand vor sich ausgestreckt, um mir den Diamantring zu zeigen, den er zwischen Daumen und Zeigefinger hielt.

Ich richtete mich gerade auf, um besser sehen zu können, als ich JC vor mir auf dem Boden entdeckte, ein Knie unter sich, das andere vor sich angewinkelt.

»Oh Gott«, keuchte ich. *Ohgott, Ohgott, Ohgott!*

»Werde meine Frau, Gwen.«

»Oh. Mein. Gott.« Ich war darüber viel aufgeregter, als ich es hätte sein sollen, denn eigentlich hatte ich ja nur den Ring sehen wollen. JC war ebenfalls erregt, allerdings auf eine völlig andere Weise, und seine Erektion von vorhin beanspruchte meine Beachtung mindestens ebenso wie der Ring. »Um Himmels willen, steh auf«, rief ich kichernd. »Du siehst lächerlich aus.«

Er sprang auf und stürzte sich auf mich, wobei er mich der Länge nach mit seinem Körper rücklings aufs Bett stieß. »Ist es so besser?«

»Ich bin ... nicht sicher.« Denn obwohl sein nackter Körper nicht mehr meine Blicke auf sich zog, war es nicht weniger ablenkend, ihn an meinen gepresst zu spüren. Und der Ring ...

Nun hielt er ihn mir hin und ich konnte ihn aus der Nähe bewundern. Er war nicht so auffallend wie der Diamant, den ich auf den Verlobungsfotos an Corinnes Finger gesehen hatte, sondern zierlicher, rund um den glitzernden, runden Stein in der Mitte rankten sich Bänder von kleineren Diamanten. Er war wunderschön und perfekt und genau das, was ich tragen würde, aber wie zum Teufel war es ihm gelungen, etwas auszusuchen, das so vollkommen meinem Geschmack entsprach, wenn er mich doch nicht einmal kannte?

Vielleicht kannte er mich besser, als ich dachte.

Oh Gott, ich war mir bloß nicht sicher.

»Also, *ich* bin sicher.« Er drehte sich um und nahm mich dabei mit, sodass wir beide uns gegenüber auf der Seite lagen. »Wenn du noch nicht bereit bist, macht das nichts. Ich kann diesen Ring so lange in der Tasche tragen, wie du willst. Aber du sollst wissen, dass *ich* bereit bin. Vielleicht ist es unkonventionell, dir einen Antrag zu machen, nachdem wir so lange getrennt waren. Halte mich ruhig für verrückt. Halte mich ruhig für impulsiv. Aber in Wirklichkeit liegt es daran, dass ich weiß, wie man sich fühlt, wenn man zurückschaut und sich sagen muss: ›Ich wünschte, ich hätte es getan.‹«

Er steckte sich den Ring – *meinen* Ring – auf die Daumenspitze und legte die Handfläche an meine Wange, während sein Blick den meinen suchte und mich drängte, ihm in die Augen zu sehen. »Es gibt so vieles, was ich mir mit dir wünsche, Gwen.« Seine Stimme klang rau und jede Silbe, die er aussprach, leckte mich mit dem angenehmen Kratzen einer Katzenzunge. »Du wolltest diesmal alles anders machen? Ich auch. Diesmal will ich, dass es keinen einzigen

Tag mehr gibt, den du über mich in Ungewissheit verbringst. Ich liebe dich.«

Mir brannten bereits die Augen, als er mit seiner Hand die meine fand. Ich sah wie gebannt zu, wie der Ring über meiner Fingerspitze schwebte, und dann leuchtete der Diamant doppelt so hell, als mir die Tränen alles vor den Augen verschwimmen ließen.

»Heirate mich«, sagte JC und ließ den Ring zuerst über ein Gelenk gleiten, dann über das andere. »Bitte ... heirate mich.«

Ich blinzelte und blinzelte wieder, den Blick auf das Pfand von JCs Liebe gerichtet. In meinem Kopf tobte ein Aufruhr von Millionen widerstreitender Gedanken, die sich zwischen Mahnungen zur Vorsicht bewegten und dem Vorwurf: *Er liebt mich, verdammt noch mal, was gibt es da also noch zu überlegen?* Es bestand kein Grund zur Eile. Aber warum warten? Weil ich ihn nicht kannte? Weil ich ihn zwar liebte, aber vielleicht nicht genug? Weil er mich vielleicht niemals so sehr lieben würde wie die Frau, die er vor mir geliebt hatte?

Wenn ich ihn heiratete, würde ich ihr zumindest eines voraushaben, was sie nie erreicht hatte – seine Frau zu sein.

Diesen Gedanken verjagte ich sofort, aber es gelang mir nur, ihn abzuschwächen, ohne ihn völlig zu vertreiben.

Inmitten all dieses Aufruhrs übertönte ein Gedanke alle anderen so durchdringend, dass mir sein Dröhnen in den Knochen vibrierte. *Ich* wünschte mir ebenfalls, ich hätte manches *mit ihm* getan, was ich versäumt hatte. Und es hatte zwar nicht viel Sinn, mir wegen meiner Entscheidungen im vergangenen Jahr Vorwürfe zu machen, aber wenn ich damals gewusst hätte, was ich jetzt wusste – wie unglücklich und einsam ich ohne JC sein und wie sehr ich ihn auch nach so langer Zeit noch begehren würde –, dann hätte ich Ja gesagt.

»Du kannst es dir in aller Ruhe überlegen«, drängte er mich sanft, »aber wenn du den Ring weiterhin trägst, nehme ich an, dass das ja bedeutet.«

Ich setzte zum Sprechen an, brachte aber nur ein einziges Wort über die Lippen. »Ja.«

»Kannst du das klarstellen?« JCs Stimme klang hoch und hoffnungsvoll. »Ja, das bedeutet es? Oder ja, du heiratest mich?«

»Ja.« Ich hob den Blick von dem Schmuckstück zu seinen ebenso leuchtenden Augen. »Zu beidem.«

»Ich bin. Das ist. Bist du?« Er war völlig entgeistert und entnervt und sah dabei hinreißend aus, und ich war zu nichts anderem fähig, als idiotisch zu grinsen. »Ich weiß nicht, was ich sagen soll«, brachte er schließlich heraus. »Hast du wirklich Ja gesagt?«

»Ich habe wirklich Ja gesagt.«

Dann küsste er mich und drückte dabei die Hand an meine Wange, während meine Hand auf seiner lag. Es war ein kurzer Kuss, salzig von Tränen und voller Leidenschaft, und als er sich von mir löste, lächelte er genauso albern wie ich. »Wir heiraten«, sagte er.

»Ich weiß.« Ich zitterte am ganzen Körper. »Mein Gott. Bin ich wahnsinnig geworden?«

»Allerdings, und ich bin völlig einverstanden damit. Jetzt können wir zusammen wahnsinnig sein.«

Ich hielt die Hand in die Luft und kreischte: »Ich kann nicht glauben, dass du mir einen Ring gekauft hast! Ich kann nicht glauben, dass ich verlobt bin!«

»Und ich kann nicht glauben, dass du Ja gesagt hast! Ich habe das natürlich gehofft, aber ehrlich gesagt hätte ich gedacht, dass es ein wenig mehr Zeit benötigen würde und viel mehr Überredungskünste.«

»Vielleicht musst du mehr Optimismus aufbringen«, neckte ich ihn.

»Ja. Das ist eine Schwäche von mir. Ganz offensichtlich.« Er streichelte mir das Gesicht und sah mich an, als wäre ich so kostbar wie der Diamant an meinem Finger, und strahlte dabei, als würde ich die ganze Welt für ihn bedeuten.

Im nächsten Moment lachte er und ich brauchte ihn nicht zu fragen, was so komisch war, denn ich war genauso überwältigt wie er. Er hörte auf zu lachen und seufzte vor Glück. »Jetzt müssen wir uns auf jeden Fall eine neue Wohnung suchen.«

»Was hast du denn an meiner Wohnung auszusetzen?«

»Sie hat nur ein Schlafzimmer. Wo sollen wir mit dem Baby hin?«

Ich setzte mich auf. »Also, jetzt machst du mir Angst.«

»Schon gut, schon gut.« Er zog mich wieder zu sich hinunter. »Wir können bis zur Hochzeitsnacht warten, ehe wir von Kindern reden.«

»Oh Gott, hör auf damit.« Ich hielt ihm den Mund zu, konnte aber nicht verhindern, dass eine innere Stimme mich anschrie: *Was für ein Dummkopf du bist, Ja zu sagen, ehe ihr darüber geredet habt!*

Das könnte wohl ein Wermutstropfen in meinem Glück sein, aber es war ja nicht zu spät, diesen Punkt zu klären.

Ich nahm die Hand von JCs Mund. »Ähm, das sollten wir wohl besprechen. Falls es einen Unterschied macht.

Möchtest du unbedingt Kinder haben?« Ich hielt den Atem an.

»Es gibt nur eines, das ich unbedingt haben will, Gwen – und das bist du.«

»Heißt das, du wünschst dir *keine* Kinder?«

»Es heißt, dass ich mir zwar Kinder wünsche, aber du bist mir wichtiger.« Seine Augen verengten sich ein wenig. »Willst du denn keine Kinder haben?«

Ich hätte beinahe gelogen. Es war ein so schönes Gefühl, ihn glücklich zu machen, und das wollte ich mir nicht so schnell verderben.

Zum Glück war ich vernünftig genug, um zu wissen, dass ich in dieser Sache aufrichtig sein musste. »Ehrlich gesagt habe ich nie Kinder haben wollen.« Ich erwartete schon, dass er nun einen Rückzieher machen würde, aber als er das nicht tat, fuhr ich fort: »Ich habe mit der Eltern-Kind-Beziehung so schlechte Erfahrungen gemacht, dass ich nicht glaube, das Zeug zu einer Mutter zu haben. Aber dich kann ich mir gut als Vater vorstellen. Du wärst wirklich sexy als Dad.«

Er zog mich an sich und schlang die Arme um mich. »Du wärst eine wunderbare Mutter, Gwen«, sagte er mir ins Ohr. Er lehnte sich zurück, um mich anzusehen. »Aber ich sage dir ganz ehrlich, dass ich keine Kinder brauche, um glücklich zu sein. Aber dich brauche ich dazu. Wenn ich dich habe, bin ich wunschlos glücklich.«

Meine Tränen waren versiegt gewesen, aber jetzt rollte mir noch eine über die Wange. »Aber du bekommst mich ja. Ich gehöre dir.« Ich hatte ihm immer schon gehört. Wie ich jemals denken konnte, dass ich mich dagegen wehren könnte, war mir ein Rätsel.

»Bumm. Ich habe alles, was ich will.«

»Und vielleicht könnten wir ja doch Kinder haben.« Mir schauderte bei dem Gedanken daran. »Ich verspreche dir, dass ich es mir überlege.« Später einmal. Viel, viel später.

»Wir könnten wenigstens üben, welche zu machen.«

Er legte sich bereits auf mich, aber ich antwortete trotzdem: »Damit sollten wir jetzt sofort anfangen.«

Wir sprachen nicht mehr, als er seinen Mund auf meinen senkte und seine Zunge hineingleiten ließ, um jegliche Worte zu ersticken, die mir noch auf der Zunge liegen mochten. Sein Kuss sprach für sich, und was immer ich nicht über ihn wusste, erfuhr ich durch diese wortlose Sprache. Seine Lippen wiederholten, was er mir zuvor mit Worten gesagt hatte. Es gewann an Bedeutung in dieser Übersetzung und jetzt verstand ich wirklich, was er sich *mit mir zu haben wünschte.* Nun konnte ich das ganze Ausmaß seiner Liebe fühlen.

Eine halbe Minute lang war sein Kuss jedoch zu sanft, um alles andere in den Hintergrund zu drängen, und wurde von meinen Gedanken übertönt. Eine halbe Minute, in der sich Zweifel meldeten und die Vernunft stärker als die Gefühlsbindung war. *Was ist, wenn es nicht für immer hält?*, fragte die Stimme der Skepsis. *Würde er nicht glücklicher werden mit einer Frau, die sich Kinder wünscht, einer Frau, die Mutter werden will?*

Er baut so viel von seinem Leben um dich herum auf, warf die Stimme der Vernunft ein. *Was für ein Mann macht denn so was? Welches Loch in seinem Inneren versucht er zu stopfen?*

Doch als dann JCs Schwanz zwischen meinen Beinen war und sich sanft an meinen Eingang drückte, waren die Stimmen verschwunden und jeglicher negative Gedanke mit

einem einzigen Stoß in mich hinein in die Flucht geschlagen.
Wenn ich so offen für ihn war – sowohl auf emotionaler als
auch auf körperlicher Ebene –, gab es keinen Raum mehr für
Unsicherheit oder Verwirrung. Dazu füllte er mich zu vollständig aus. Er erfüllte mich mit seinem Schwanz und seiner
Zuneigung und seinem Versprechen einer Zukunft, die wir
gemeinsam verbringen würden, ob es nun richtig war oder
nicht.

Bald begann ich, wie ein Schiff vor dem Wind auf
meinen Orgasmus zuzutreiben. Mit einem zufriedenen
Seufzer schlang ich die Beine um seine Taille und hoffte,
dem Sturm gewachsen zu sein.

DREIZEHN
KAPITEL DREIZEHN

WIR HATTEN uns immer noch nicht entschieden, ob wir unsere Verlobung bekannt geben sollten, als wir zum Abendessen bei Hudson und Alayna eintrafen. Wir konnten es zwar kaum erwarten, es allen zu sagen, aber wir waren nicht sicher, ob der Zeitpunkt angemessen war. Schließlich überließ JC es mir.

»Es sind deine Freunde«, sagte er, als wir im Aufzug zum Penthouse hinauffuhren. »Du kannst am besten einschätzen, wie sie es aufnehmen würden.«

Man brauchte Laynie gar nicht zu kennen, um sie zu durchschauen, als wir um neunzehn Uhr zweiundvierzig ihre Diele betraten. Ich hatte ihr zwar eine SMS geschickt, um ihr mitzuteilen, dass JC mich begleiten würde, aber sie schien trotzdem erstaunt, ihn zu sehen, und ich war ziemlich sicher, dass ihre Verblüffung ihm auch nicht entging. Sie blickte hastig zwischen mir und JC hin und her und trotz ihres strahlenden Lächelns klang ihre Stimme unnatürlich hoch und hektisch, als befände sie sich in einem Zustand der Panik.

»Hi. Ähm, willkommen. Ich bin ja so froh, dass ihr *beide* kommen konntet.« Sie legte besondere Betonung auf das Wort *beide*. »Ich nehme dir die Handtasche ab, wenn du willst, Gwen.«

»Hast du denn meine Nachricht nicht bekommen?«, erkundigte ich mich und ließ mir den Riemen meiner Handtasche von der Schulter gleiten.

»Hast *du meine* nicht bekommen?«

»Ähm.« Ich durchwühlte meine Handtasche nach meinem Handy. *Ein verpasster Anruf.* Eine Sprachnachricht wartete ebenfalls auf mich. »Ich schätze nicht. Soll ich sie mir anhören?«

Sie schüttelte den Kopf. »Ist schon in Ordnung. Es wird schon alles gut gehen.« Doch ihr Lächeln war immer noch zu strahlend und ich fragte mich, wen sie damit überzeugen wollte. Und warum.

Ehe ich jedoch nachfragen konnte, wandte sie sich an JC. »Wir sind uns noch nicht vorgestellt worden, Justin. Ich habe bereits so viel über dich gehört. Ich bin Laynie.« Sie bot ihm die Hand.

»Eigentlich heiße ich JC.« Er nahm ihre Hand und ließ die andere Handfläche an ihrem Ellbogen ruhen, um der Geste ihre Formalität zu nehmen. Die besondere Mühe, die er sich mit meiner besten Freundin gab, berührte mich seltsam in der Herzgegend und weniger seltsam, aber unaussprechlich, in den unteren Regionen.

»Gut. Gut. Ich freue mich, dass du gekommen bist.« Laynie ergriff meine Handtasche und verstaute sie im Garderobenschrank. Als sie sich wieder zu uns umwandte, klatschte sie in die Hände. »Also. Die anderen sind schon alle hier.«

»Die anderen?« Wir hatten an diesem Abend einen Koch auf Probe da und ich hatte erwartet, dass wir die einzigen Gäste sein würden, außer vielleicht meiner Schwester, falls es Hudson gelungen sein sollte, sie heute Abend von ihrer Arbeit wegzulocken. Mit wachsender Beklommenheit ging ich um die Ecke und blieb wie angewurzelt stehen, als ich ins Wohnzimmer blickte. Oder vielmehr, als ich die kleine Gruppe sah, die dort versammelt war. Es war ja nicht so, dass ich Gesellschaft scheute, und keineswegs die Gesellschaft gerade dieser Leute. Der Anblick eines einzigen Menschen jedoch brachte mein Herz zum Rasen – es war Chandler.

»Oh, verdammt.«

JC erschien neben mir und nahm meine Hand. »Was hast du denn?«, fragte er und folgte meiner Blickrichtung. »Aha, ich verstehe.«

Ich drehte mich zu ihm um und flüsterte: »Ich hatte keine Ahnung. Das schwöre ich dir. Willst du wieder gehen? Wir können einfach wieder gehen, wenn es dir lieber ist.«

Er antwortete prompt: »Himmel, nein.« Er schenkte mir dieses Lächeln, von dem ich überzeugt war, dass er es nur für mich reserviert hatte. »Mir macht es keine Angst, wenn du auch keine hast.«

Angst? Ich war nicht sicher, dass das der richtige Ausdruck für das war, was ich empfand.

»Nein, es macht mir nichts aus.« Ich erwiderte sein Lächeln, sah aber dabei auch nicht weniger gezwungen aus als Laynie. Als Nächstes wandte ich mich an sie. »Was ist das hier denn überhaupt? Ein Anders/Pierce Familientreffen?«

»Es tut mir leid«, sagte sie, »wir waren gestern alle

zusammen auf dem Boot – übrigens haben wir dich vermisst – und Mira hat vorgeschlagen, wir sollten uns häufiger sehen, und aus häufiger ist dann heute Abend geworden.«

Was sie mit *wir* bezeichnete, schloss – abgesehen von Chandler – natürlich Hudson ein, Ben und seinen Partner Eric, Norma und Boyd, Hudsons Schwester Mira und ihren Mann Adam. Es war nur der jüngste Pierce, der die Situation für mich peinlich machte.

»Ist schon in Ordnung«, sagte ich genau wie sie vorhin, einschließlich des mitschwingenden Untertons. »Es wird schon alles gut gehen.« Ich wandte mich wieder JC zu und versuchte, die positive Seite daran zu sehen. »Du kannst bei dieser Gelegenheit meine Schwester kennenlernen.«

»Soll ich deinen Ring wieder in die Brusttasche stecken?«, fragte er so leise, dass Alayna es nicht hören konnte.

»Nein.« Wenn ich allerdings niemandem von unserer Verlobung erzählen wollte – und da Chandler anwesend war, war es sicher besser, es nicht zu tun –, dann musste ich das Beweisstück verstecken. Ich wollte mich jedoch nicht von dem Ring trennen, also steckte ich ihn mir an die rechte Hand, drehte den Stein nach innen und hoffte, dass er so vorerst niemandem auffallen würde. »Ich habe mich noch nicht entschieden, was ich tun will«, erklärte ich, »aber ich kann den Gedanken nicht ertragen, ihn abzunehmen.«

Er nickte verständnisvoll. »Ich kann den Gedanken auch nicht ertragen, dass du ihn ablegst.«

»Wollt ihr euch den ganzen Abend da hinten herumdrücken«, rief Ben uns durchs Zimmer zu, »oder kommt ihr zu uns herüber?«

Nun konnten wir nicht mehr davonlaufen. Ich atmete

tief ein, und, die Hand fest an JCs geklammert, wagte ich mich in die Höhle des Löwen.

Die Vorstellung verlief besser, als ich es mir hätte träumen lassen, denn alle waren freundlich, obwohl sie vielleicht merkten, dass es einen verborgenen Konflikt gab.

Ben stürzte sich als Erster auf uns. »Also, ist das immer noch dieselbe Verabredung von gestern, als ich meiner Schwester bei der Kleiderwahl geholfen habe?«

»Nein. Die zweite.« Mein Erröten strafte mich Lügen. Zum Glück machte niemand eine Bemerkung darüber.

Ben schlug JC auf die Schulter. »Die zweite Verabredung. Ich bin beeindruckt. Du musst ein toller Mann sein. Es gibt nicht viele, die sie länger als zwanzig Minuten ertragen.«

»Haha.« Obendrein streckte ich ihm die Zunge heraus.

»Ich bin nicht sicher, ob ich mich als einen tollen Mann bezeichnen würde. Ich würde sagen, ich hatte Glück. Sehr, sehr viel Glück.«

Hudson war als Nächster an der Reihe. Er hieß JC mit einem festen Händedruck willkommen und bot ihm einen Drink an, der abgelehnt wurde.

Mira verdrehte die Augen, als JC ihr die Hand bot, umarmte ihn stattdessen und mimte mir lautlos über seine Schulter zu: »Heiß!«

Adam, der scheinbar ein paar Jahre älter war als seine Frau, hatte zur gleichen Zeit in Yale studiert wie JC, und die beiden tauschten eine Weile Erinnerungen an ihre Studentenzeit aus.

Norma ergriff die Gelegenheit, um mit mir unter vier Augen zu reden. »Ich hätte ja angerufen, um dich zu warnen, aber Alayna sagte, sie hätte das bereits getan.«

»Das hat sie auch. Aber ich habe die Nachricht übersehen. Ist nicht schlimm.«

Sie nickte in die Richtung meines Verlobten. »Es läuft
also gut?«

»Ja. Sehr gut. Ich bin so froh, dass du ihn endlich kennenlernen kannst. Und du bist mit Boyd hier?« Ich hoffte, das
bedeutete, dass ihre Beziehung nun offiziell anerkannt war.

»Es ist nicht ganz so aufregend, wie du denkst«, sagte sie,
denn sie hatte meine Gedanken erraten. »Hudson hat
verlangt, vor den Angestellten den Schein zu wahren, und
das haben wir gestern auf der Bootsfahrt auch getan. Heute
Abend hatte ich die Nase voll. Hudson hat noch kein Wort
darüber verloren, halten wir also die Daumen.«

»Also sorgen beide Anders-Mädchen heute Abend für
Aufsehen. Na wunderbar.« Als in der Unterhaltung über
Yale eine Pause entstand, ergriff ich die Gelegenheit. »JC, ich
möchte dir meine Schwester Norma vorstellen. Sie hasst es,
wenn ich sage, dass sie praktisch meine Mutter ist, weil sie
dazu viel zu jung ist, aber ich tue es trotzdem, denn erstens
ziehe ich sie gern auf und zweitens ist es wahr.«

»Dann bist du diejenige, auf die ich einen guten
Eindruck machen muss.« JC schüttelte ihr die Hand und
benutzte dabei dieselbe vertrauliche Geste wie bei Laynie.
»Ich habe bei der Familie Anders wohl nicht den besten Ruf,
aber ich versichere dir, dass ich deine Schwester liebe, und
ich verspreche, alles in meiner Macht Stehende zu tun, um
sie von nun an zu würdigen.«

Norma hob eine Augenbraue, wie sie es immer tat, wenn
sie beeindruckt war. »Ich bin außerordentlich froh, das zu
hören, JC. Ich brauche dir ja nicht zu sagen, wie viel mir das

bedeutet. Gwen ist die stärkste Frau, die ich kenne, aber sie ist auch sehr zerbrechlich.«

Das war eine Warnung, die mich gleichzeitig irritierte und bewegte.

»Du kannst ganz beruhigt sein. Dessen bin ich mir durchaus bewusst«, sagte er und sah dabei Norma unverwandt in die Augen.

Sie wechselten einen Blick, der zu bedeuten schien, dass sie zu einem stillschweigenden Einverständnis gekommen waren. Ich hatte es nicht ganz ernst gemeint, als ich sie als meine Mutter bezeichnete, aber, gütiger Himmel, sie vertrat diese Rolle sehr überzeugend.

»Okay, okay. Das reicht.« Ich zog JC von ihr fort und bedauerte es auf der Stelle. Denn als wir uns von Norma abwanden, wartete Chandler bereits auf uns.

»Justin«, sagte Chandler, obwohl ich ihn als JC vorgestellt hatte, »ich will dich schon lange kennenlernen.« Er bot ihm die Hand und kniff die Augen zusammen, als er den Mann musterte, den er sicher als Rivalen betrachtete.

JC ergriff seine Hand. »Chandler, nicht wahr? Ja, ich glaube, Gwen hat dich schon einmal erwähnt.« Er klang herablassend.

Ich unterdrückte ein Stöhnen. Als Nächstes würden sie ihre Schwänze herausholen und anfangen, sie zu messen. Von Chandler hatte ich ja erwartet, dass er sich aufgeblasen verhalten würde, aber von JC? *Wenn wir alleine sind*, nahm ich mir vor, *werde ich ein Wörtchen mit ihm zu reden haben.*

»Oh«, bemerkte Chandler, offenbar erstaunt, dass ich von ihm gesprochen hatte. »Nun. Das höre ich gern.«

Hervorragend. Jetzt würde er daraus wohl schließen, dass

er in meinem Leben eine wichtigere Rolle spielt, als das der Fall war.

Doch ich hatte keine Zeit, mir darüber Sorgen zu machen oder zu befürchten, dass es nach ihrem Pisswettbewerb einiges aufzuwischen gäbe, denn in diesem Augenblick kündigte Hudson an, dass das Essen fertig wäre.

JC nahm mich wieder bei der Hand, als wir den anderen ins Esszimmer folgten. »Siehst du? Das war doch gar nicht so schlimm.«

»Es hätte schlimmer sein können«, stimmte ich zu. Dennoch hatte ich das Gefühl, dass die Kraftprobe gerade erst angefangen hatte.

ZU BEGINN des Essens war alles gut. Die Unterhaltung war leicht und unverfänglich, und der erste Gang, ein gemischter Salat, war genau das, was uns für die Speisekarte des Sky Launch vorschwebte.

Erst als die Teller abgeräumt waren und Wein nachgegossen wurde, richtete Chandler die erste spitze Frage an JC.

»Wie ich sehe, trinkst du nichts, Justin? Bist du Alkoholiker?«

Jeder Muskel in meinem Körper spannte sich, aber JC legte mir unter dem Tisch beruhigend die Hand auf den Schenkel. »Ich glaube nicht, dass ich das bin, Chandler. Wenn ich Maß halte, ist alles in Ordnung. Bloß als ich das letzte Mal zu viel getrunken habe, habe ich mich in Verlegenheit gebracht. Jetzt lege ich einmal eine Pause ein.«

»Und ich erweise mich als solidarisch.« Ich erhob demonstrativ mein Wasserglas und nahm einen Schluck.

»Aha.« Chandlers Gesichtsausdruck wurde misstrauisch. »Das klingt nach einer interessanten Geschichte.«

»Keine, die heute Abend erzählt wird«, sagte ich. Ehe er das Thema weiterverfolgen konnte, wandte ich mich an Mira. »Was macht dein niedliches Baby eigentlich? Du hast doch sicher Fotos.«

Der Hauptgang wurde serviert und das Gespräch konzentrierte sich nun auf Arin, ihre acht Monate alte Tochter. Miras Handy machte die Runde, damit jeder die letzten Fotos und ein Video ihrer ersten Schritte bewundern konnte. Es war mir dabei ein bisschen unbehaglich zumute, da JC ja erst ein paar Stunden zuvor gesagt hatte, dass er selbst gern Kinder hätte, aber es war weniger peinlich, als irgendeine Unterhaltung mit Chandler fortzusetzen.

»Sie ist so unheimlich intelligent«, sagte Mira. »Als ich herausfand, dass ich ein kleines Mädchen bekomme, habe ich automatisch angenommen, dass sie meine Liebe für die Modewelt teilen würde. Aber ihrer Entwicklung nach glaube ich eher, dass sie Medizin studieren wird wie ihr Vater.«

»Vielleicht studiert sie ja in Yale«, schlug JC vor und ich fragte mich, ob er sich ein Kind wünschte, das *vielleicht in Yale* studieren würde.

»Justin, hast du gerade gesagt, dass du auch dort an der Uni warst?« Hudsons Gebrauch von JCs Vornamen war weniger unangenehm, als es bei Chandler der Fall war. Er nannte praktisch jeden bei seinem vollen Vornamen.

»Ja. Ich habe Jura studiert.«

»Jura?«, lachte Chandler leise. »Das ist ja interessant, wenn man bedenkt, wie sehr Gwen Rechtsanwälte hasst.«

Ich wusste, was er vorhatte. Er versuchte zu demonstrieren, dass er mich genauso gut wie JC oder sogar noch besser kannte. Aber das stimmte nicht. Der einzige Rechtsanwalt, gegen den ich je etwas gehabt hatte, war der meines Vaters, was ich scheinbar einmal in Chandlers Gegenwart erwähnt hatte.

Nun, was er konnte, konnte ich schon lange. »JC ist gar kein Rechtsanwalt. Er benutzt bloß eine Menge seiner Rechtskenntnisse bei seinen geschäftlichen Verträgen.« Ich war ganz stolz darauf, meine im Internet gewonnenen Informationen als Beweis anführen zu können, was ich alles über JC wusste.

Leider merkte JC nicht, was ich damit bezweckte. »Eindrucksvoll. Du hast deine Hausaufgaben gemacht.«

Verdammt.

Ich lächelte und hoffte, dass man mir meine Enttäuschung nicht ansehen konnte. »Aber sicher, Liebling.« Ich hatte ihn noch nie *Liebling* genannt. Oh Gott, was wollte ich eigentlich damit beweisen?

Was immer es war, es gelang mir nicht.

Chandler machte sich sofort wichtig. »Ach ja, richtig. Gwen hat mir erzählt, dass du Investor bist. Was für Sachen finanzierst du denn so?«

»Alles Mögliche. Hauptsächlich EDV-Software und mobile Applikationen.«

»Ich habe einmal eine tolle Idee für eine Applikation gehabt. Vielleicht möchtest du in sie investieren.« Als hätte Chandler nicht selbst genug Geld, um ein Projekt zu finanzieren. »Es ist eigentlich ganz einfach. Eine Bowling-App, mit der man mit seinen Freunden im ganzen Land Echtzeit-Spiele machen kann.«

»Klingt ja faszinierend«, log JC.

»Gwen kann dir mehr darüber berichten. Sie war dabei,

als mir die Idee dazu kam. Du erinnerst dich doch noch an diesen Abend, Gwen, oder?«

»Ich glaube nicht.« Allerdings tat ich das. Ich erinnerte mich sehr genau daran. Ich hatte mich mit ihm an einer Bowlingbahn getroffen, wo er mit einigen seiner Freunde war. Als ich angekommen war, setzte er das nächste Spiel aus, damit er mit mir auf die Damentoilette gehen konnte, wo ich ihm einen geblasen hatte, ehe er mich in der Behinderten-kabine fickte. Sonst konnte ich mich an nichts Bemerkens-wertes mehr erinnern.

Was wiederum bedeutete, dass er es nur erwähnte, um etwas zu beweisen.

Mir war übel. Und ich war stinkwütend. Und das Einzige, womit ich ihm das Maul stopfen konnte, hätte ich auf keinen Fall sagen dürfen.

»Aber du musst dich doch erinnern«, drang Chandler in mich. »Wir haben uns vor der –«

Ich sprang von meinem Stuhl auf und schnitt ihm das Wort ab. »Hey, hört mal alle her.« Ich zerrte an JCs Hand, um ihn auch zum Aufstehen zu bewegen. »Wir haben eine Ankündigung zu machen.«

Er flüsterte mir ins Ohr: »Bist du sicher, du willst –«

»Ja«, wisperte ich zurück. Ich war mir jedoch keineswegs sicher. Ich wollte es gar nicht allen sagen, ich tat es nur, um Chandler eins auszuwischen. Das war der falsche Beweg-grund, und das wusste ich ganz genau. Aber jetzt gab es kein Zurück mehr ...

Mit einem Lächeln, das wesentlich zuversichtlicher wirkte, als ich mich fühlte, verkündete ich also die Neuigkeit. »JC und ich haben uns verlobt.«

Im Zimmer herrschte verblüfftes Schweigen. Was

verständlich war. Unsere Verlobung kam wie aus heiterem Himmel. Als das Schweigen sich über vier Sekunden, dann fünf Sekunden ausdehnte, kamen mir immer mehr Zweifel, ob es klug war, mitten während der Mahlzeit damit herauszuplatzen.

Doch dann regneten plötzlich von allen Seiten gleichzeitig verschiedene Arten von Glückwünschen auf uns herab, so wild durcheinander, dass ich nicht unterscheiden konnte, wer was sagte. Ich blickte im Zimmer umher und versuchte, am Gesichtsausdruck meiner Geschwister und dem von Laynie abzulesen, wie sie es aufnahmen. Alle strahlten mich mit großen Augen an und schienen sich aufrichtig zu freuen.

Ich atmete erleichtert aus und hatte gar nicht gemerkt, dass ich den Atem angehalten hatte, und trotz des Motivs für meine Ankündigung empfand ich wieder dasselbe intensive Glücksgefühl wie in dem Augenblick, als ich Ja gesagt hatte. Zum Teufel mit Chandler. Jetzt hatte ich JC und dank ihm fühlte ich mich einfach wundervoll. Die Zustimmung, den Rest meines Lebens mit ihm zu verbringen, war das Größte, was ich in meinem ganzen Leben getan hatte. Und wenn das Beste an meiner Verlobung war, wie glücklich sie mich machte, so war das Zweitbeste, mein Glück mit den Menschen zu teilen, die mich liebten.

Ben stand auf und erstickte mich fast in seiner Umarmung. »Verdammt noch mal, Mädchen. Es ist also doch etwas dran, dass es wirkt, wenn man sich ein bisschen ziert.«

»Ähm, nun, mein Enthaltsamkeitsplan ist irgendwie den Bach runtergegangen.«

»Tatsächlich?«, fragte er sarkastisch. »Und ich hatte schon geglaubt, dass Hosenröcke eine Neuauflage des

Keuschheitsgürtels wären.« Er strahlte, als ich ihm einen spielerischen Klaps auf den Arm versetzte. »Herzlichen Glückwunsch. Du hast dir etwas Gutes verdient.«

Ich scheuchte ihn weg, denn ich befürchtete, mir würde die Wimperntusche verlaufen, wenn er noch etwas sagte. Dann kam die Kellnerin, die Laynie für den Abend eingestellt hatte, mit dem Nachtisch aus der Küche und der Lärm der Glückwünsche ging im Schaben von Besteck auf Tellern und dem Klirren von in Kaffeetassen rührenden Löffeln unter.

Als es etwas ruhiger zuging, riskierte ich einen Blick auf Chandler. Seit meiner Ankündigung hatte er kein Wort gesagt, und selbst jetzt war sein Blick noch gesenkt, sein Kiefer verkrampft und er ließ die Schultern hängen.

Seine Reaktion konnte zwar die Wogen der Euphorie nicht eindämmen, die mich immer wieder überspülten, aber sie zog mich hinab wie der Sog einer Meeresströmung. Ein ganz klein wenig Schuldgefühl und Reue wanden sich um meine Gefühle und drohten, mich mit sich zu reißen, und wenn ich nicht JC gehabt hätte, an dem ich mich festhalten konnte, wäre es ihnen vielleicht gelungen.

Aber ich hatte ja JC und so konnte mir die Gischt der Brandung nichts anhaben.

KAPITEL VIERZEHN

NACH DEM ESSEN gingen wir alle zurück ins Wohnzimmer, um bei Drinks und Kaffee noch ein wenig zu plaudern. Meine nervöse Spannung von vorhin hatte sich vollkommen gelegt, hauptsächlich deswegen, weil Chandler seit meiner Ankündigung kaum etwas gesagt hatte. Dies machte mich allerdings schon wieder nervös und mein schlechtes Gewissen lag mir wie die letzten Reste einer verdorbenen Mahlzeit im Magen.

Zum Glück schienen sich die anderen Partygäste über meine bevorstehende Vermählung zu freuen, was jeden negativen Beigeschmack wettmachte. Als ich meinen Ring wieder an den richtigen Finger steckte, stießen die Frauen entzückte Schreie aus, während Adam und Hudson selbstgefällig die Ringe verglichen, die sie ihren eigenen Frauen geschenkt hatten. Wie Norma das Ganze aufnahm, wusste ich nicht so recht. Sie schien ganz fröhlich zu sein, hatte aber kaum etwas dazu gesagt, und ihre Meinung war mir am wichtigsten.

Eric war der Erste, der nach den Einzelheiten fragte. »Habt ihr schon ein Datum festgesetzt?«

Ich tauschte verstohlene Blicke mit JC. Wir hatten uns leicht auf einen zeitlichen Rahmen für unsere Verlobung geeinigt, aber wir waren uns durchaus bewusst, dass die Meinung der anderen berücksichtigt werden musste.

»Den dreißigsten September«, sagte ich und bereitete mich seelisch auf den Proteststurm vor.

Er kam nicht so, wie ich es erwartet hatte, und von anderer Seite.

»Der dreißigste September?« Mira starrte mich ungläubig an. »Jesus, willst du mich umbringen? Da bleibt uns ja kaum Zeit, ein passendes Kleid zu finden. Hast du dir überhaupt schon Gedanken über den Stil gemacht? Und was ist mit den Brautjungfern? Soll die Hochzeit drinnen oder draußen stattfinden? Weißt du was? Komm morgen in die Boutique. Wir müssen so bald wie möglich anfangen, wenn das klappen soll.«

»Ich, ähm, schätze, Mirabelle übernimmt die Ausstattung der Braut«, lachte ich.

»Deine übernehme ich auch, JC«, versicherte Mira. »Ich habe Verbindungen mit einigen wirklich guten Herrenbekleidungsgeschäften, die innerhalb dieses Zeitrahmens liefern können. Lasst mich nur wissen, wer zur Hochzeit kommt – Trauzeugen, Brautjungfern, Eltern –, und ich organisiere das Ganze.«

»Wie schade, dass Dad nicht da ist, um dich zum Altar zu geleiten«, witzelte Ben, aber für diese Art von Humor hatte ich keinen Sinn.

Ich warf ihm einen ausgesucht bösen Blick zu. »Das

schönste Hochzeitsgeschenk, das er mir machen könnte, wäre, nie wieder aufzutauchen, solange ich lebe.«

»Du willst doch nicht, dass er wieder im Gefängnis landet?« Laynies Frage brachte mir zu Bewusstsein, dass ich nie mit ihr darüber gesprochen hatte. Und auch mit niemand anderem außer mit Norma.

»Nein, eigentlich nicht. Denn dann würde er eines Tages wieder entlassen werden, und dann wäre es dasselbe wie letztes Jahr. Mir ist es lieber, wenn er vermisst bleibt. Dann kann ich wenigstens davon ausgehen, dass es ihm zu beschissen geht, um mir etwas anzutun, und dann brauche ich mir über ihn gar keine Gedanken zu machen.« Vielleicht lag es daran, dass JC den Arm um mich gelegt hatte oder dass ich von Freunden und Familienmitgliedern umgeben war, aber ausnahmsweise graute mir nicht davor, über ihn zu sprechen.

»*Mir* wäre es lieber, wenn er im Gefängnis säße«, meldete sich Norma. »Es kann ja sein, dass er wirklich mit Drogen vollgepumpt unter einer Brücke lebt, aber es ist auch möglich, dass er ein funktionstüchtiger Süchtiger ist, der irgendwo einen Job und eine Wohnung hat. Und wenn das der Fall ist, was passiert, wenn er entlassen wird und sich seinen nächsten Fix nicht leisten kann? Dann wird er wieder bei uns auftauchen. Diese Ungewissheit gefällt mir nicht.«

»Mir auch nicht.« Hudsons Betroffenheit überraschte mich. »Lass uns morgen darüber reden, Norma. Vielleicht kann ich helfen.«

JC rührte sich neben mir. »Ich möchte mich daran beteiligen, wenn es dir recht ist.«

»Wirklich?« Ich legte den Kopf zur Seite und sah ihn ungläubig an, aber er tätschelte mir beruhigend das Knie und ich ließ es dabei bewenden. Wenn JC Norma bei der Suche nach meinem Vater helfen wollte, sollte er das von mir aus ruhig tun. Außerdem wirkte seine Anteilnahme ein wenig erregend auf mich. Sogar sehr erregend.

»Oh, sieh mal, H«, bemerkte Laynie, die auf der Armlehne von Hudsons Sessel hockte, »jemand will mit dir zusammen den Alpha-Beschützer spielen. Viel Spaß dabei. Inzwischen muss ich Gwen eine Minute in der Küche sprechen.«

»Sicher. Ich komme gleich.« Ich wartete, bis sie gegangen war, und sagte dann leise zu JC: »Sie will wahrscheinlich wissen, was ich von dem Koch halte. Macht es dir etwas aus, wenn ich dich allein lasse?«

»Es macht mir immer etwas aus, wenn du mich allein lässt, aber ja, mit dem Grünschnabel komme ich schon zurecht, wenn du das meinst.«

»Sehr komisch.« Ich küsste ihn, vielleicht ein wenig zu leidenschaftlich in Anbetracht der Anwesenden, aber vielleicht auch gerade wegen der Anwesenden. Mir war ganz schwindelig, als ich mich von ihm löste.

Ich schickte mich an aufzustehen, aber JC zog mich an sich und flüsterte mir ins Ohr: »Das war sehr ungezogen, Gwen.«

»Vielleicht kannst du mich nachher dafür bestrafen.« Ich tätschelte ihm das Knie, ehe ich aufstand und in die Küche ging, ohne mich noch einmal umzudrehen, um zu sehen, wie er darauf reagierte.

»Was gibt's denn?«, fragte ich, als ich zur Tür hereinkam, denn ich wusste ganz genau, dass Laynie mich nicht wegen des Kochs sprechen wollte. Damit würde sie bis zu unserer Freitagsschicht warten, wie sie es immer zu tun pflegte, wenn sie einen Bewerber für den Klub zur Probe im Haus gehabt hatte.

»Du heiratest?« Sie sah mich mit großen Augen anklagend an. »Das kann doch nicht dein Ernst sein.«

Nein, es ging entschieden nicht um den Koch.

Ich sah mich in der Küche um und war froh, dass sowohl die Kellnerin als auch der Koch bereits gegangen waren. »Ich dachte, du würdest dich für mich freuen.« Ich war mir nicht einmal sicher, ob Laynie wütender war, weil ich heiratete oder weil ich es ihr nicht vor allen anderen gesagt hatte.

»Ich würde mich ja für dich freuen, wenn ich den Eindruck hätte, dass du bei Verstand bist, aber da bin ich mir nicht so sicher.«

Hinter mir schwang die Küchentür auf und als ich mich umdrehte, erblickte ich Hudson. Er ging lässig zum Spülbecken und drehte den Wasserhahn auf. Seit wann machte Hudson Pierce irgendetwas in der Küche? Hatten sie sich gegen mich verschworen? Na prima. Einfach ... toll.

Ich straffte die Schultern und verteidigte meine Entscheidung, obwohl ich eigentlich keine Veranlassung dazu hatte. »So eine große Überraschung ist das auch wieder nicht. Schließlich hat er mir bereits einen Heiratsantrag gemacht, ehe er fortging.«

»Und du hast Nein gesagt, weil du ihn nicht gut genug kanntest. Was hat sich plötzlich daran geändert?«

Ich verschränkte die Arme vor der Brust. »Ich habe Nein gesagt und es die ganze Zeit bereut. Das hat sich geändert.«

»Gwen!« Jetzt stampfte sie praktisch mit dem Fuß auf. »Vor zwei Tagen warst du nicht einmal sicher, ob du ihn wiedersehen wolltest. Dies geschah aus heiterem Himmel.«

»Als hättest du noch nie etwas Spontanes getan, Alayna«, warf Hudson ein.

Oh, sie hatten sich also doch nicht gegen mich verschworen. »Jawohl. Ganz recht.«

»Ich habe allerdings schon ein paarmal impulsiv gehandelt und darum bin ich auch genau die Richtige, um dir zu sagen, dass dies gewöhnlich nicht zu deinen Gunsten ausgeht.« Sie warf ihrem Mann einen versöhnlichen Blick zu. »Du bildest dabei natürlich eine Ausnahme, H.«

»Selbstverständlich.« Er lächelte kurz.

»Siehst du? Woher willst du denn wissen, dass JC nicht mein Hudson ist? Mit euch ist es gut ausgegangen und mit JC und mir wird es dasselbe sein.« Es war komisch, wie es meinen Standpunkt stärkte, dass ich ihn verteidigen musste. Ich hatte allerdings an unserer Verlobung Zweifel gehegt, aber das würde ich jetzt auf keinen Fall zugeben. »Das kannst du mir ruhig glauben, Laynie.«

»Das *tue* ich ja.« Sie seufzte und der Ausdruck in ihren braunen Augen wurde sanfter. Da sah ich ein, dass sie nur aus Freundschaft zu mir handelte, und darum konnte ich ihre Einwände ein wenig leichter akzeptieren. »Bloß.«

»Bloß was?«

Vor zwei Tagen hast du auch eine Beziehung mit Chandler noch für möglich gehalten.« Sie warf ihrem Mann einen kurzen Blick zu, ehe sie wieder mich ansah.

Darum ging es ihr also? Um Chandler? Sie hatte noch nie seine Partei ergriffen, wenn ich mich über mein Liebesleben beklagte. Vielleicht war ich nicht die Einzige, der aufgefallen war, wie geknickt er seit meiner Ankündigung war.

Und Chandler war ja Hudsons Bruder. Da war eine gewisse Solidarität mit ihm nur zu erwarten.

Aber das musste ich richtigstellen. »Ich habe Chandler nie ernsthaft in Betracht gezogen. Nichts für ungut, Hudson.«

»Das ist vollkommen in Ordnung.«

»Ich meine, er ist ein netter Kerl. Wirklich. Und wenn ich frei wäre, hätte es mit uns vielleicht geklappt. Aber ich bin nicht frei. Das bin ich nie gewesen. Ich hätte mich niemals mit ihm einlassen dürfen, weil ich immer nur auf JC gewartet habe. Und jetzt ist JC wieder da und er liebt mich noch, und ich bin wahnsinnig glücklich mit ihm. Kannst du dich nicht auch ein wenig für mich freuen?«

Sie brauchte ein paar Sekunden, aber schließlich lächelte sie. »Doch. Das kann ich. Ich tue es ja. Das ist alles, was ich mir für dich wünsche, und das weißt du auch.«

Sie umarmte mich und ich ließ es zu, was uns beiden etwas seltsam vorkam, da wir beide nicht dazu neigten. Es fühlte sich auch wirklich gut an. »Ich danke dir für deine Fürsorge«, sagte ich ihr ins Ohr. »Du bist eine gute Freundin.«

»Jederzeit.« Wir ließen uns los und schwiegen eine Weile, denn wir wussten beide nicht, was wir sagen sollten. Sie fand zuerst die Sprache wieder. »Aber Chandler. Mann.« Sie kicherte. »Hast du gesehen, wie er JC von Kopf bis Fuß gemustert hat, als ihm klar wurde, wen er vor sich hatte?«

Laynie kicherte selten, aber wenn sie es tat, wirkte es ansteckend. »Allerdings. Ich musste wegsehen, weil ich mich nicht beherrschen konnte.« Etwas düsterer fügte ich hinzu: »Er hat sich den ganzen Abend wie ein totales Arschloch aufgeführt.«

»Er ist bloß verletzt.« Sie sagte es auf eine Weise, die mir zeigen sollte, dass sie mich für Chandlers Schmerz nicht verantwortlich machte. Es war einfach so gekommen.

»Das weiß ich ja. Und es tut mir leid.«

»Ihm fehlt nichts«, spottete Hudson und kam zu uns herüber. »Der Junge bekommt alles auf einem Silbertablett serviert. Er ist verwöhnt. Ein wenig Liebeskummer tut ihm nur gut.«

Alayna legte ihm den Arm um die Taille. »Und das kommt von einem Mann, der ebenfalls alles auf einem Silbertablett serviert bekommt.«

»Ich habe hart gearbeitet –« Sie schnitt ihm mit einem Kuss das Wort ab, der sich zu etwas entwickelte, bei dem ich nicht anwesend sein wollte.

Ich wandte mich von dieser Liebesbekundung ab. »Ich gehe jetzt.«

Alayna unterbrach den Kuss, um zu fragen: »Du gehst doch nicht *nach Hause*?«

»Nein, ich verlasse bloß die Küche. Lasst euch nicht stören.« Ich überließ sie sich selbst, erleichtert, dass ich meine Freundin auf meiner Seite hatte, aber auch ein wenig irritiert, dass sie das nicht von Anfang an gewesen war, und lief direkt Norma in die Arme.

»Können wir uns einen Augenblick unterhalten?«, fragte sie.

»Oh Gott. Du nicht auch noch.« Widerstrebend ließ ich mich von ihr in die Bibliothek ziehen. »Lass mich mal raten. Du machst dir Sorgen, dass ich mich zu schnell in etwas hineinstürze. Du findest, ich sollte mir die Sache überlegen. Du denkst, ich soll noch warten. Dass kein Grund zur Eile besteht.«

»Was JC betrifft? Das habe ich ganz und gar nicht sagen

wollen. Ich wollte dir gratulieren. Und dir sagen, wie stolz ich auf dich bin.«

Obwohl das Licht der Großstadt durch die durchgehenden Fenster hereinströmte, erreichte es nicht die dunkle Ecke des Raumes, in dem wir uns befanden, und es war schwierig, Normas Gesichtsausdruck zu erkennen. Aber sie klang ganz aufrichtig.

Nachdem ich Laynies Reaktion erlebt hatte, musste ich trotzdem noch einmal nachfragen. »Ganz ehrlich?«

»Ganz ehrlich. Du wirkst ganz verändert, wenn er bei dir ist, und ich glaube, es ist eine Veränderung zum Besseren. Du siehst glücklicher aus. Ganz entschieden viel entspannter.«

»Ich bin auch viel glücklicher, vielen Dank.« Vielleicht lag es an der Dunkelheit oder daran, dass sie meine Schwester war, oder vielleicht musste ich einfach jemanden fragen und sie war der Mensch, dem ich am meisten vertraute. Was es auch war, es gelang mir, die Frage in Worte zu fassen, die mich gequält hatte, seit ich den Ring angenommen hatte. »Du meinst also wirklich nicht, dass ich einen Fehler mache?«

»Warum sollte es denn ein Fehler sein? Hast du Zweifel?«

»Nein, nein, nein.« Ich hätte es dabei belassen können. Aber das tat ich nicht. »Aber vielleicht sollte ich Zweifel haben? Wir kennen uns ja kaum.«

»Würde es denn etwas ändern, wenn du ihn besser kennen würdest?«

Das war eine gute Frage. »Ich schätze nicht. Es sei denn, ich würde etwas Schreckliches über ihn herausfinden.«

»Habe ich dir je erzählt, wie ich Mom einmal sagte, ich

wünschte, sie hätte über Dad Bescheid gewusst, bevor sie ihn heiratete?«

»Nein, ich glaube nicht.« Ich war sieben Jahre alt gewesen, als sie starb. Norma war zwölf gewesen. Ich hatte sie oft darum beneidet, dass sie mehr Zeit mit meiner Mutter gehabt hatte. Dass sie alt genug gewesen war, um mit ihr über Dinge zu reden, die mir in meinem Alter noch gar nicht in den Sinn kamen.

»Es war kurz vor dem Ende.« Norma hielt inne, ihr Blick schweifte aus dem Fenster und ich wusste, dass sie sich genau erinnerte. »Ich habe zu ihr gesagt, ich wünschte, sie hätte gewusst, dass er gewalttätig war, als er ihr einen Heiratsantrag machte, denn dann hätte sie Nein sagen können.« Sie drehte sich zu mir um. »Und weißt du, was sie gesagt hat? Sie hat gesagt, sie hätte es *genau* gewusst.«

»Was?«

»Sie sagte, sie wäre sich von vornherein darüber klar gewesen, dass er gewalttätig war. Doch sie liebte ihn trotzdem.«

»Gütiger Himmel, Mom.« Technisch gesehen war unsere Mutter an Komplikationen gestorben, die durch eine Lungenentzündung entstanden waren, aber wir hatten immer schon gewusst, dass ihre wahre Todesursache die Schläge waren, die mein Vater ihr versetzt hatte.

»Ich weiß. Es ist traurig.«

Ich ließ dies einen Moment so stehen und machte mir klar, dass meine Mutter meinen Vater geliebt hatte und dass sie für ihn durchs Feuer gegangen wäre. Bedeutete das, dass ich eine beschissene Tochter war? Weil ich ihn nicht so sehr liebte, wie sie es getan hatte, obwohl ich sein Fleisch und Blut war?

Dann fiel mir wieder ein, wie wir darauf gekommen waren. »Willst du damit sagen, dass JC möglicherweise zur Gewalt neigt und dass man daran nichts ändern kann, weil ich ihn trotzdem lieben würde?«

»Nein«, sagte sie abwehrend. »Nun, möglicherweise.« Sie legte die Hand auf meinen Arm. »Ich will damit nur sagen, wenn du JC liebst, ist es unwichtig, ob du ihn kennst. Denn ganz gleich, was du auch sonst noch über ihn erfahren wirst, du wirst ihn trotzdem weiter lieben.«

»Aber was ist, wenn er *tatsächlich* gewalttätig ist? Oder ein Kinderschänder? Oder Republikaner?«

»Ich bin Republikanerin.«

»Und darum würde ich dich auch nie heiraten, Norma.«

Sie lachte leise. »Wenn er das ist, wirst du schon damit fertigwerden. Es gibt sicher kaum etwas, das du über ihn erfahren und nicht gemeinsam mit ihm bewältigen könntest.« *Wie zum Beispiel die Tatsache, dass er Kinder haben möchte und ich nicht.* »Und wenn du etwas Schreckliches herausfinden solltest und ihn deswegen verlassen willst, würde es dir ohnehin das Herz brechen, ob ihr nun verheiratet seid oder nicht. Also rate ich dir, mach dir keine Sorgen um etwas, das wahrscheinlich nie geschehen wird. Du solltest dich einfach nur freuen.«

Ich war so erleichtert darüber, Normas Segen zu haben, dass ich es war, die sie umarmte. »Ich hab dich lieb, Schwesterherz. Vielen Dank.«

»Gern geschehen. Und herzlichen Glückwunsch.« Als wir uns losließen, ging sie zur Tür der Bibliothek. »Kommst du mit?«

»Ich komme gleich. Ich muss das alles erst noch verarbeiten.« So viel war auf mich eingestürmt – meine Mutter, meine Verlobung, Chandler. Ein Moment, um allein darüber nachzudenken, war bestimmt keine schlechte Idee.

»Ich sage den anderen Bescheid, dass du ein paar Minuten allein sein willst.« Sie verließ das Zimmer und ich stand allein im Dunkeln und atmete nur. Ich nahm lange, tiefe Atemzüge und versuchte, an gar nichts zu denken. Das war nicht gerade meine starke Seite – mein Verstand war immer schon hyperaktiv gewesen. Aber ich hatte mich gebessert, seit ... nun, seit JC mir beigebracht hatte, mich davon zu befreien, gewöhnlich beim Sex. Manchmal gelang es mir auch ohne einen Orgasmus. Jetzt schien dazu nicht der richtige Augenblick zu sein – mir ging noch zu viel im Kopf herum –, aber nach einer Weile entspannten sich meine Schultern und der emotionsgeladene Knoten in meinem Magen begann, sich zu lösen.

Schließlich konnte ich der Versuchung nicht mehr widerstehen, zu den Fenstern am anderen Ende des Raumes zu gehen. Weiter als bis zum Schreibtisch wagte ich mich jedoch nicht, denn in Hudsons Arbeitsbereich wollte ich nicht eindringen. Um in den Genuss des Blicks zu kommen, der unglaublich schön war, brauchte ich auch gar nicht weiter vorzudringen. Das Fenster nahm die ganze Wand ein und erinnerte mich daran, wie JC mich im Vier Jahreszeiten gegen das Fenster gefickt hatte. Die Bibliothek der Pierces war wohl kein so aufregender Ort zum Sex, dachte ich, da sie einen Blick auf den Central Park bot. Es war nicht anzunehmen, dass jemand hineinschauen konnte, und das war nur halb so aufregend.

Ich beschloss auch, dass wir in unserer Wohnung unbedingt deckenhohe Fenster haben mussten.

Auf dem Boden hinter mir erklangen Schritte. Ich

erkannte sie, ohne mich umdrehen zu müssen, und als JC einen Arm um mich schlang, war ich darauf vorbereitet.

Allerdings war ich nicht darauf vorbereitet, seine andere Hand unter meinem Rock zu spüren, wie er damit meinen Slip beiseiteschob und in mich eindrang.

Sein Mund war dicht an meinem Ohr und ich fühlte seinen heißen Atem, als er zu sprechen begann. »Weißt du, obwohl ich dich liebe, habe ich trotzdem das Bedürfnis, schmutzige Dinge mit dir anzustellen.«

Selbst wenn er mich dabei nicht im tiefsten Inneren gestreichelt hätte, wäre ich sicher nur bei diesen Worten feucht geworden. Ich wollte mehr davon hören.

Aber wir waren bei jemandem zu Besuch und eine Gruppe von Leuten war gleich nebenan. Ich hätte ihn dazu bringen müssen, damit aufzuhören, anstatt zu fantasieren, was für andere schmutzige Dinge er noch mit mir vorhatte, anstatt mich gegen seine Hand zu bäumen, als er mit seinen Fingern die empfindlichen Wände meiner Muschi kitzelte.

Doch meine Begierde war stärker.

»Was denn?«, fragte ich mit belegter und unsicherer Stimme.

Er antwortete, ohne zu zögern. »Anstatt dich mit den Fingern zu ficken, würde ich es mit dem Schwanz tun.«

Hm.

»Und ich würde mich nicht zurückhalten. Obwohl deine Familie und deine Freunde gleich nebenan sind. Ich würde dich richtig hart ficken und es würde dir unwahrscheinlich schwerfallen, leise zu sein. Aber das wäre mir egal. Denn es sind nicht meine Freunde – noch nicht. Und es ist noch nicht meine Familie. Und es wäre mir scheißegal, wenn sie wüssten, was wir tun, aber ich würde wissen, dass es dir nicht egal wäre. Du würdest dir also sehr große Mühe geben, leise zu sein, und ich würde das als eine Herausforderung betrachten und dich nur noch härter ficken.«

Er drang mit einem weiteren Finger in mich ein und bewegte sich schneller, sodass ich mir auf die Lippe beißen musste, um nicht zu stöhnen.

»Und die ganze Zeit, während ich dich ficke, würde ich dich an der Kehle gepackt halten.« Er hob die andere Hand und legte sie mir flach um den Hals. »Etwa so. Und ab und zu würde ich ein wenig zudrücken. Er verstärkte den Druck ein wenig. »Nicht fest, siehst du? Aber gerade fest genug, um dir das Gefühl zu geben, dass du nicht genügend Luft kriegst. Und dann würdest du anfangen, dich zu wehren. Und das wiederum wäre ungeheuer erregend für mich.«

Heilige Scheiße! Mein Herz hämmerte wie wild, meine Handflächen wurden feucht und ich war kurz davor, in seiner Hand zu kommen, dabei hatte er meine Klitoris noch nicht einmal berührt. Was hatte er da gesagt? Es war so heiß. So unglaublich heiß und schmutzig und ein ganz klein wenig beängstigend, und alles, was ich denken konnte, war *mehr, mehr, mehr*.

Ich begehrte ihn auf diese Weise. Begehrte ihn so auf der Stelle. »Willst du das jetzt mit mir tun?«

»Ja.« Seine Antwort war so leise, so ursprünglich, und ich wusste, dass er nur noch meine Zustimmung brauchte.

Ehe ich auch nur eine weitere Sekunde über Gegengründe nachdenken konnte, waren mir die Worte bereits entschlüpft. »Warum tust du es dann nicht?«

Augenblicklich zog er die Hand von mir zurück. »Ohne dich umzudrehen, leg mir die Arme um den Hals. Lass nicht los.«

Ich befolgte seine Anweisung und verschränkte die Finger, damit sie sich nicht lösen würden. Diese Haltung dehnte meinen Oberkörper und drückte meine Brüste nach vorn, sodass die geschwollenen Brustwarzen sich schmerzhaft am Stoff meiner Bluse rieben.

»Während ich fort war, habe ich über all die Dinge nachgedacht, die ich mit dir tun wollte. Ich habe sie mir in allen Einzelheiten ausgemalt.« Er raffte meinen Rock zusammen und steckte ihn mir ins Taillenband. »Ich habe mich auch an all die Male erinnert, die wir zusammen waren. Und wie ich dich gefickt habe. Über deine Lustgeräusche und wie du dich an meinem Schwanz anfühlst.«

Nun konnte ich hören, wie er seinen Gürtel öffnete, dann ganz deutlich das Geräusch seines Reißverschlusses. Ich presste die Schenkel zusammen, denn das Verlangen nach ihm war schmerzhaft intensiv und ich konnte gar nicht erwarten, dass er es stillte.

»Ich habe mich so lebhaft an alles erinnert, Gwen, dass ich mich kaum zu berühren brauchte, um zu kommen.« Er ließ eine Hand auf meiner Hüfte ruhen und ich konnte mir vorstellen, wie er hinter mir seinen Schwanz streichelte und härter wurde. »Aber so lebhaft ich mich auch daran erinnerte, bin ich doch immer wieder überwältigt, wenn ich in dich eindringe. Dabei habe ich ja gewusst, wie schön das ist.« Er hielt inne, um mit einem so kräftigen Stoß in mich einzudringen, dass er mich auf die Zehenspitzen hob. »Aber verdammt noch mal, Gwen, nichts ist so schön.«

Nein, nichts ist so schön.

Er hatte nicht zu viel versprochen, denn er bewegte sich von Anfang an schnell, mit harten und festen Stößen. Seine Hand legte er wieder um meinen Hals und er drückte leicht zu, während er seine nächsten Anweisungen erteilte. »Kein einziges Wort. Keinen Laut. Du brauchst nur zu gehorchen.«

Ich nickte, bereute es aber sofort, da diese Bewegung den Druck auf meine Kehle nur verstärkte. Ich konnte noch ohne Schwierigkeiten atmen, aber sein Griff war fest genug, um mir bewusst zu machen, dass ich gefangen war. Er versetzte mich in einen Angstzustand, der mir durch den ganzen Körper fuhr und mir eine Gänsehaut verursachte.

»Du gehörst mir. Gwen.« Seine Stimme klang rau und wurde von den Stößen seines Schwanzes unterstrichen. »Ganz gleich, was du getan hast oder mit wem du geschlafen hast, du gehörst mir.«

Ich zitterte und mir war gleichzeitig heiß und kalt. Ich gehörte ihm. Er hatte mich für sich beansprucht und jeder Teil von mir glühte und schmerzte, als hätte er mich gebrandmarkt.

Doch in dieser Hitzewallung verbarg sich auch der Stachel eiskalter Realität. Denn ich wusste, was all dies verursacht hatte. Ich wusste, dass es wegen des Mannes im Zimmer nebenan geschah. Wusste, dass es JC nichts ausmachte, wenn die anderen uns hörten, denn er wollte sogar, dass Chandler uns hörte.

Diese Erkenntnis war ernüchternd.

Dies wiederum ließ meinen Orgasmus auf eine Million Grad ansteigen und brachte mich an den Rand der Explosion.

JC rammte sich weiter in mich hinein und fuhr fort, sein Eigentumsrecht auf mich zu bestätigen. »*Ich* bin es, der morgen neben dir aufwacht und an jedem Morgen danach. Es ist *mein* Schwanz, der dir perfekt passt. *Ich* bin es, der genau weiß, was du brauchst und wie ich dich zum Kommen bringe, und ich bin es, der dich jetzt und für den Rest deines Lebens zum Kommen bringt.«

Ich war schon so nahe am Höhepunkt und bekam kaum noch Luft, als JC den Druck auf meine Kehle noch verstärkte. Instinktiv begann ich, mich zu wehren.

Er hielt mich nur noch fester. Fickte mich noch gnadenloser. »Komm für mich, wenn du verstehst, dass du mir gehörst, Gwen.«

Oh Gott, ich war beinahe so weit. Tränen strömten mir über die Wangen und meine Lunge brannte wie Feuer. Beinahe, beinahe!

JC griff mit der anderen Hand nach unten und ertastete meine Klitoris. »Komm schon, Gwen«, sagte er und übte Druck auf das kleine Nervenbündel aus, das den Druck an meiner Kehle widerspiegelte. »Komm für mich.«

Ich tat es. Ich kam. Mein Orgasmus durchfuhr mich mit solcher Intensität, dass ich am ganzen Körper bebte. Ein leiser Aufschrei kam mir über die Lippen und JC ließ meine Kehle los, um mir den Mund zuzuhalten.

»Pst«, beschwor er mich, während er sich fester in mich hineinstieß. »*Pst.*« Ich biss die Zähne zusammen, um mich zu beherrschen, und erwischte dabei ein kleines Stück seiner Haut. »Verdammt«, fluchte er leise, wobei ich nicht sicher war, ob er es tat, weil ich ihn gebissen hatte, oder weil er nun seinerseits den Höhepunkt erreicht hatte. »Fu-uckkkk.« Er zog das Wort in die Länge, während er seine Finger in meine Wange grub und seine Säfte sich mit meinen mischten.

Wir brauchten einige Minuten, bis wir wieder zu Atem kamen. Während wir uns beruhigten, hielt er mich fest, weil ich zu erschöpft war, um mich auf den Beinen zu halten. Er küsste mich immer wieder schweigend auf die Schulter und

ich schwelgte im friedlichen Glücksgefühl der Unterwerfung, wie ich es nur bei ihm empfand.

Doch selbst im Nebel der Seligkeit nach dem
Geschlechtsverkehr war mir klar, was ich gerade gelernt
hatte. Ich hatte immer schon gewusst, dass JC mich durch
Sex befreien konnte, aber jetzt wusste ich, dass er ihn auch
dazu benutzen konnte, mich an sich zu fesseln.

KAPITEL FÜNFZEHN

»PROBIERST du die neue Dusche etwa ohne mich aus?«, fragte JC und stieg ebenfalls in die Duschkabine.

Ich konnte nicht zugeben, dass ich genau das getan hatte. Das Mehrfach-Sprühkopfsystem der Brause hatte es uns beiden angetan, als wir ein Angebot zum Kauf der Eigentumswohnung machten. »Ich stelle bloß die Temperatur richtig ein.«

»Ja, das möchte ich wetten.«

Die letzten elf Wochen waren bei der Wohnungssuche, dem Umzug und gleichzeitig der Planung unserer Hochzeit wie im Flug vergangen. Gestern war unser erster Tag in der neuen Wohnung gewesen und überall standen noch unausgepackte Kartons herum. Ich war von all dem so erschöpft, dass ich ernsthaft in Betracht zog, meinen gewohnten Donnerstagabend bei den Pierces abzusagen. Aber es war nur noch etwas über eine Woche bis zum großen Ereignis, einige Details mussten kurzfristig noch geregelt werden und dies war der günstigste Abend, an dem Laynie mir dabei helfen konnte.

Ich stellte den oberen Strahlregler so ein, dass der Wasserstrahl uns beide traf. »Bist du sicher, dass du nicht mit zum Essen kommen kannst?«

»Ich wünschte, ich könnte mitkommen, aber da ist ein Geschäft, das ich vor unserer Hochzeitsreise im Kasten haben muss.« Obendrein zu allen anderen Dingen, die sich in unserem Leben abspielten, hatte JC in diesem Monat wieder zu arbeiten angefangen. Er investierte neuerdings in ein IT-Unternehmen in Tokyo, was es ihm ermöglichte, seinen Lebensrhythmus dem meinen anzupassen. Während ich jede Nacht im Klub arbeitete, arbeitete er von seinem Computer aus zu Hause. Wenn ich dann zurückkehrte, verbrachten wir zusammen den Morgen, ehe wir schlafen gingen.

Ich nahm die Shampoo-Flasche, dankbar dafür, dass ich nicht vergessen hatte, sie in die Duschkabine zu stellen, ehe ich nass wurde, und reichte sie JC.

Er nahm sie, stellte sie aber wieder ins Regal zurück, ohne sie zu öffnen. Stattdessen kam er auf mich zu und stieß mich gegen die Kabinenwand. »Ehe wir sauber werden«, sagte er, den Körper an meinen gedrückt, »sollten wir uns zuerst ein wenig schmutzig machen.«

Ich war sofort nass, und nicht nur vom Duschwasser. »Ach, wirklich? Was hast du dir denn vorgestellt?«

Als wir unser Hochzeitsdatum festgesetzt hatten, hatte ich gedacht, es wäre weit genug entfernt, um uns die Gelegenheit zu geben, mehr übereinander zu erfahren. Und das hatten wir auch (JC war als freier Unternehmer registriert und hasste Marshmallows), doch auf der fleischlichen Ebene kannten wir einander immer noch am besten. Was ganz und gar kein Nachteil war, ganz im Gegenteil. Ich hätte nie gedacht, dass ich einmal mit jemandem ein so aktives und erfülltes Liebesleben haben würde, trotz all der Erfahrungen, die ich im Vorjahr mit JC gemacht hatte.

Er zeigte auf etwas über meinem Kopf. »Halte dich an dieser Stange fest.«

Ich folgte seinem Blick zu einer Metallstange, die sehr einem Handtuchalter glich und über mir in die Wand eingelassen war. »Ich kann mich nicht erinnern, die hier schon gesehen zu haben.«

Er grinste mich neckisch an. »Das liegt daran, dass sie gerade erst installiert wurde. Jetzt werden wir sie ausprobieren. Halte dich daran fest und lasse sie unter keinen Umständen los.«

So würde das also laufen – er hatte die Art von Sex im Sinn, bei der mein Geliebter herrschsüchtig und pervers wurde. Aber war das nicht beinahe jedes Mal so?

Ich streckte die Hände nach oben und ergriff die Stange, wobei ich mich auf die Zehenspitzen stellen musste, um sie zu erreichen.

JC trat einen Schritt zurück und seine Augen verdunkelten sich, als er mich betrachtete. »Perfekt.«

Perfekt? Wenn er wirklich nicht wollte, dass ich losließ, egal was passierte, dann sollte er besser gleich anfangen. Ich wusste bereits, dass diese besondere Form unserer Lieblingsbeschäftigung ein gutes Training für meine Arme werden würde.

Aber es gefiel mir. Wenn ich auch keine Ahnung hatte, was er plante, gefiel es mir. Ich hatte jetzt schon eine Gänsehaut, und das hatte nichts damit zu tun, dass das Wasser nicht heiß genug war.

JC streckte einen Finger aus und fuhr damit bedächtig von meinem Schlüsselbein aus an meinem Körper herab, über eine Brustwarze, die sich bei seiner Berührung zusammenzog, dann weiter abwärts, um meinen Nabel herum bis zu meinem Geschlecht. Direkt über dem Schlitz hielt er inne und blickte begehrlich hinauf in mein Gesicht. »Mein Gott, du bist schön, Gwen.«

Und du folterst mich, wollte ich sagen, brachte aber nur ein abgerissenes Zischen heraus, als sein Finger zwischen meinen Falten verschwand und er meine Klitoris ertastete.

»Das gefällt dir, nicht wahr?« Er beschrieb einen Kreis, so leicht, dass ich unwillkürlich erschauerte.

»Ja«, keuchte ich.

»Hast du es lieber, wenn ich dich hier mit dem Finger oder mit dem Mund berühre?«

Dachte er wirklich, dass ich mich entscheiden könnte? »Beides.«

Er ließ sich langsam auf die Knie sinken. »Gut. Denn ich mag auch beides.« Er beugte sich nach vorn und ersetzte seinen Finger mit der Zunge. Nachdem er einmal ganz an meiner Öffnung entlanggeleckt hatte, richtete er sich auf und sagte: »Ich frage mich jedoch, ob es noch etwas anderes gibt, womit du gern dort berührt werden würdest.«

Ich bekam wildes Herzklopfen und die Erwartung erregte mich ebenso sehr wie alles, was er bisher mit mir getan hatte. Ohne den Blick von mir zu wenden, griff er nach der Handbrause und stellte die Düse auf Massagestärke ein.

Oh ja. Dies würde mir gefallen.

Ich hatte schon einmal einen Vibrator benutzt, aber zusammen waren wir noch nicht dazu gekommen, und mit dem Brausekopf hatte ich es noch nie versucht, zumindest nicht zum Vergnügen. Ich zitterte vor Erregung.

JC grinste, als er meine Reaktion bemerkte. »Oh, das hättest du also gern, oder?«

Ich nickte. »Ja, bitte.«

Er reizte mich noch etwas länger, richtete die Brause auf meine Brustwarzen und die Innenseite meiner Schenkel, überall sonst außer auf die schmerzende Stelle zwischen meinen Beinen. Als er den Strahl schließlich auf meine Klitoris lenkte, war ich verrückt vor Verlangen.

Der Wasserstrahl war intensiv und ich spürte beinahe sofort, wie die Spannung in meinem Inneren wuchs. Ich wand mich unter dem Druck. Jeder Nerv brannte wie Feuer, jede meiner Körperzellen war im Begriff, in Flammen aufzugehen. Als er zwei Finger in mich hineinstieß und sie beugte, sodass sie meine Innenwände berührten, war es um mich geschehen. Mein Orgasmus überspülte mich in Wellen, die an- und abschwollen, bis er selbst in meine Fingerspitzen und Zehen drang.

Ich kam immer noch, als JC aufstand, die Brause fallen ließ und mich anhob, sodass meine Beine um seine Taille geschlungen waren. Er drang mit einem einzigen Stoß in mich ein, so tief, dass seine Hoden an meinen Hintern klatschten. Er grub die Hände in meine Hüften und hämmerte in mich hinein, wieder und wieder und wieder.

Mir wurden die Glieder schwach und mein Griff um die Stange begann, sich zu lockern.

»Wage es ja nicht loszulassen. Wenn du loslässt, lasse ich

dich nicht mehr kommen.« Das tat er gern – mir sagen, was ich zu tun hatte. Er beherrschte mich gern, wenn er in mir vergraben war.

Ich fluchte. Meine Arme schmerzten und da ich sie so hoch erhoben hatte, floss alles Blut in andere Regionen meines Körpers und meine Finger begannen, taub zu werden. Es war mir ganz gleich, ob ich wieder kam oder nicht, ich war nicht einmal sicher, ob ich es überhaupt aushalten könnte, wenn es geschähe.

Aber es gefiel mir, wenn JC mich beherrschte – genauso gut, wie es ihm gefiel, wenn nicht noch mehr. Ich änderte meinen Griff und betete darum, dass er schnell kommen würde.

Ohne langsamer zu werden, ergriff er mich an den Knien und zog sie sich höher um die Taille. Der neue Winkel änderte den Berührungspunkt – bei jedem Stoß glitt er über meinen G-Punkt und rieb sich bei jedem Anprall mit dem Becken an meiner Klitoris – und schon bald spürte ich, wie sich ein weiterer Orgasmus ankündigte, noch stärker als der vorhergehende.

»Du bist kurz davor zu kommen.« Er kannte mich so gut und konnte all meine Lustlaute und meinen Gesichtsausdruck genau deuten. Er wusste, wie sich meine Muschi zusammenzog, wenn ich kurz vorm Orgasmus stand. »Du bist nahe dran, und wenn du kommst, will ich, dass du dabei laut schreist. Verstanden?«

Ich wimmerte nur zur Antwort. Ich hatte nicht einmal mehr die Kraft, ein einfaches Wort zu äußern. Ich hatte unmöglich die Energie, ihm zu geben, worum er bat.

Aber es war keine Bitte – es war ein Befehl. »Du schreist jetzt, Gwen. Los, wir kommen gleichzeitig.«

»Kann nicht«, rief ich leise. »Ich kann es nicht.« Doch der
Sturm in meinem Inneren begann zu toben und zu brausen,
bis er sich donnernd von meinem Geschlecht durch meinen
Oberkörper wälzte, immer weiter hinauf, bis er meine Kehle
erreichte.

Vor lauter Anstrengung, auf mich zu warten, war JCs
Gesicht zu einer Grimasse verzogen. »Du sollst schrei-en!«
Er kam, jeder Muskel in seinem Körper versteifte sich, als er
noch einmal hart zustieß und dann innehielt, um sich mit
einem langen Stöhnen in mich zu ergießen.

Im selben Augenblick brach mein Orgasmus mit einem
abgerissenen Aufschrei aus mir hervor, der sich zu einem
ausgewachsenen Brüllen steigerte, das von den Kachel-
wänden widerhallte und meine Knochen zum Vibrieren
brachte. Mein ganzer Körper bebte bei der Intensität dieser
Entladung und bei diesem Laut, den ich nicht einmal als
meinen eigenen erkannte. In diesem Moment war ich keine
Frau mehr, sondern ein Beutetier, das kreischte und heulte,
während es sich dem wilden Raubtier ergab, in dessen
Gewalt es sich befand.

Als der Sturm sich legte, fühlte ich mich erfüllt und war
vollkommen ausgepumpt. Ich ließ die Stange los und ließ
mich mit dem ganzen Gewicht auf JC fallen. Erschöpft von
der Anstrengung stolperte er zur Sitzbank und sank mit mir
auf dem Schoss darauf nieder.

»Wow.« Sein Oberkörper bewegte sich noch heftig an
meinen Brüsten, während er versuchte, wieder zu Atem zu
kommen. Nach einer Weile meinte er: »Ich muss sagen,
dass ich mit der Akustik unseres Badezimmers zufrieden
bin.«

Ich versuchte zu lachen, war aber selbst dazu zu

erschöpft. Ich legte ihm den Kopf an die Schulter. »Ich bin glücklich mit dir.«

JC umarmte mich fester. »Bist du das wirklich?«

Wir hatten so viel zu tun gehabt und waren mit den Ereignissen in unserem Leben so beschäftigt gewesen, dass ich dabei keine Zeit gehabt hatte, über meine Gefühle nach- zudenken. Aber selbst bei all dem Stress und dem Chaos erkannte ich nun, dass das Glück und die Freude, die ich über JCs Rückkehr in mein Leben empfunden hatte, noch genauso lebendig und gegenwärtig geblieben waren und sich zu einem dauerhaften Gefühl entwickelt hatten.

»Ja, das bin ich«, antwortete ich und küsste ihm einen Wassertropfen vom Hals. »Das bin ich wirklich.«

EINER DER GRÖSSTEN Vorteile unserer Eigentumswoh- nung – abgesehen von der Dusche – war ihre Lage. Sie war nur ein paar Häuserblocks von dem Gebäude entfernt, in dem Hudson und Alayna wohnten. JC begleitete mich hinüber und hielt meine Hand fest in seiner.

»Ich hätte es auch allein geschafft«, sagte ich, als wir am Eingang des Gebäudes angekommen waren.

»Das weiß ich ja. Aber ich wollte noch ein bisschen länger mit dir zusammen sein, ehe ich mich ans Telefon hängen muss.« Er beugte sich zu mir hinunter, um mich zu küssen. »Schick mir eine SMS, wenn du dich auf den Heimweg machst.«

»Du bist so beschützerisch.«

»Ich bin so verliebt.« Er küsste mich noch einmal und als ich praktisch von Kopf bis Fuß glühte, ließ er mich gehen.

Ich war bereits in der Eingangshalle und hatte schon auf die Ruftaste des Aufzugs gedrückt, als mir einfiel, dass noch etwas von unserem Mittagessen im Kühlschrank war und ich vergessen hatte, JC daran zu erinnern. Ich lief schnell wieder nach draußen, um ihn noch zu erwischen, aber er war schon zu weit weg, sodass ich beschloss, ihm zu texten.

Als ich mich gerade abwenden wollte, blieb JC stehen, um mit jemandem zu reden, der an die Hauswand eines der Gebäude gelehnt stand. Ein paar Sekunden später gingen die beiden zusammen in Richtung unserer Wohnung davon.

Ich brauchte eine Minute, bis mir einfiel, warum der andere Mann mir bekannt vorkam. Ich hatte ihn schon einmal gesehen, nämlich am vierten Juli an der Brücke des Brooklyn Parks. Es war Dom, der mit JCs Sicherheit betraut war, als er untertauchen musste.

Der Vorfall war eigentlich gar nicht so seltsam, doch als ich zu Laynies Wohnung hinauffuhr, konnte ich das altvertraute Gefühl nicht loswerden, dass JC mir etwas verschwieg.

DREI STUNDEN später hatten Laynie und ich das meiste auf meiner Liste für diesen Abend erledigt. Wir brauchten nur noch den Sitzplan für den Empfang fertigzustellen, der im Sky Launch stattfinden sollte.

»Haben wir an alle gedacht?«, fragte ich und betrachtete mir die Skizze von Tischen und Stühlen, die Laynie angefertigt hatte.

»Beinahe. Wir müssen uns bloß noch überlegen, wo Chandler sitzen soll. Ich bin immer noch beeindruckt, dass du ihn eingeladen hast.« Seit dem Abend, an dem ich unsere Verlobung bekannt gegeben hatte, hatte Laynie nur noch ihre volle Unterstützung für meine bevorstehende Hochzeit zum Ausdruck gebracht.

»Nur zum Empfang. Es kam mir nicht richtig vor, ihn nicht einzuladen.« Ich zog das Bein unter mir hervor, auf dem ich eine halbe Stunde lang gesessen hatte, und streckte es vor mir auf dem Boden aus. »Weißt du, wen er mitbringt?«

Laynie warf mir einen besorgten Blick zu. »Würde es dich stören, wenn es eine Frau wäre, für die er ernsthafte Gefühle hegt?«

»Ganz und gar nicht. Ich bin bloß neugierig.« Seit jenem Abend vor zwei Monaten, als wir unsere Verlobung bekannt gegeben hatten, hatte ich so gut wie nichts mehr mit Chandler zu tun gehabt, aber ich dachte gelegentlich an ihn. Vielmehr machte ich mir Sorgen. Ich konnte zwar nichts tun, um sein gebrochenes Herz zu heilen, aber die Vorstellung, er könnte immer noch darunter leiden, gefiel mir auch nicht. »Im Gegenteil, ich hoffe, es ist jemand, an dem ihm etwas liegt.«

Sie seufzte. »Ich glaube kaum. Tut mir leid. Er hat mir gesagt, er wüsste noch nicht, wen er mitbringen würde, aber er dachte, es wäre wohl besser, wenn er mit irgendeiner Bekannten käme.«

»Mir war gar nicht klar, dass er mit dir über solche Dinge spricht.« Hätte ich das gewusst, hätte ich vielleicht eher danach gefragt. Oder auch nicht, denn es war wesentlich leichter, meine Reue zu vergessen, wenn ich nicht darüber sprach.

»Das tut er nicht. Mehr hat er nicht gesagt. Ehrlich gesagt

sehe ich nicht viel von ihm, seit das Semester wieder angefangen hat, aber er arbeitet nebenher immer noch zwei Tage
in der Woche für Hudson und ich habe ihn gesehen, als ich
letzte Woche zum Mittagessen ins Büro kam.«

»Erschien er dir ... du weißt schon ... okay?«

Sie zuckte die Achseln. »Er schien ganz fröhlich zu sein.
Und selbst wenn er es nicht ist, wird er es bald sein. Wie
Hudson schon sagte – er ist jung. Chandler mag zwar wie ein
Mann ausgestattet sein, aber in Wirklichkeit ist er noch ein
Kind.«

»Wenn mir das ein Trost sein soll, das ist es nicht.« Ich
brauchte nicht daran erinnert zu werden, dass ich ein Kind
gebumst hatte.

»Nimmst du es dir wirklich so zu Herzen?«

Ich dachte nach. »Jetzt nicht mehr. Nein.«

»Gut. Das solltest du auch nicht. Alle Leute gehen Beziehungen ein und trennen sich wieder, und ihre Ehemaligen
heiraten dann gewöhnlich eines Tages auch.«

»Wir hatten ja nicht einmal eine richtige Beziehung.«

»Ein Grund mehr, weshalb du kein schlechtes Gewissen
zu haben brauchst.« Laynie zeigte auf einen Punkt auf der
Skizze. »Ich denke, er sollte an dem Tisch da drüben sitzen.
In der Nähe von Mira und Adam, aber weit weg von der
Hochzeitsgesellschaft.« Sie schrieb seinen Namen auf die
Skizze und begann, die Unterlagen einzusammeln, die wir
überall auf dem Boden verstreut hatten.

»Und wir sind fertig. Fantastisch.« Ich stand auf und
streckte mich, ehe ich mich aufs Sofa fallen ließ.

Laynie sah mich an. »Du siehst müde aus.«

»Ich bin vollkommen fertig.« Ich zog die Beine hoch,

damit ich mich hinlegen konnte. »Ich kann es allen Ernstes kaum erwarten, dass die Hochzeit vorüber ist, damit ich endlich Urlaub machen kann.« Obwohl eine Hochzeitsreise mit JC wohl nicht viel Zeit zum Ausruhen bieten würde. »Gewöhnlich bin ich nach der Arbeit immer noch ein paar Stunden aufgeblieben, aber in letzter Zeit gehe ich direkt schlafen, wenn ich nach Hause komme.«

»Du willst doch nicht sagen, dass du schlafen gehst, ohne ... du weißt schon?« Sie wackelte mit den Augenbrauen.

»Nein. Das meine ich natürlich nicht damit.« Meine erhitzten Wangen verrieten mich. »Bloß, danach breche ich zusammen.«

»Vielleicht bist du schwanger.«

»Oh, halt den Mund.« Babys zu produzieren war das Einzige, woran Laynie in letzter Zeit dachte. Sie bekam endlich wieder ihre Periode, aber sie war immer noch nicht schwanger geworden, und obwohl ihr Arzt gesagt hatte, es wäre zu früh, um sich ernsthaft Sorgen zu machen, tat sie es natürlich doch.

Was mich betraf, wusste ich, was mein Problem verursachte – Stress. »Es ist bloß ein bisschen zu viel los. Und alles auf einmal. Der Umzug. Der Wohnungskauf. Der Transport von JCs Sachen vom Lagerhaus in L.A. hierher. Die Hochzeitsplanung. Der neue Koch. Mennezzos Verurteilung.«

»Er hat lebenslänglich bekommen, nicht wahr?«

»Ja.« Es war jetzt zwei Monate her, dass das Urteil verkündet worden war. »Aber er wird dagegen Berufung einlegen. Das ist also ein Stressfaktor. Gott sei Dank ist er im Gefängnis und JC ist vor ihm sicher.«

Laynie kniff die Augen zusammen. »Es ist also nicht

wahrscheinlich, dass er von dort aus irgendwelche Berufs-killer auf JC ansetzt?«

»Du siehst dir zu viele Krimis im Fernsehen an.« Ande-rerseits war das eine gute Frage. »Verdammt. Meinst du wirk-lich, dass das passieren könnte?«

Sie schüttelte resolut den Kopf. »Nachdem so viel in JCs Sicherheit investiert worden ist, bin ich sicher, dass das abge-blockt würde, wenn es eine Möglichkeit wäre.«

»Aber«, ich setzte mich auf und stellte die Füße auf den Boden, »ich habe JC heute Abend mit Dom gesehen. Das ist einer der Männer, die für seinen Schutz verantwortlich waren. Und ich könnte schwören, dass ich ihn vor ein paar Wochen draußen vor dem Gebäude gesehen habe, als ich nach unten ging, um die Post zu holen.« War Doms Anwe-senheit ein Anzeichen dafür, dass JC in Gefahr war?

»Vielleicht wohnt er in der Nähe.«

»Das beim Briefkasten war noch in der alten Wohnung.«

»Vielleicht stalkt er dich. Darin bin ich Expertin, wie du weißt.« Sie zwinkerte mir zu. »Aber im Ernst, JC und er kennen sich schon lange. Möglicherweise sind sie Freunde geworden. Hör auf, dir Sorgen zu machen.«

Wenn Alayna Pierce sagte, ich sollte mir keine Sorgen machen, dann brauchte ich mich garantiert nicht zu sorgen. »Genau, genau. Du hast recht.« Jedenfalls hoffte ich das. »Was habe ich gerade sagen wollen? Ach ja. Ich bin müde.«

»Und möglicherweise schwanger.«

»Mein Gott, bitte hör auf damit. Ich habe doch eine Spirale.« Bloß weil sie davon besessen war, ein Baby zu bekommen, brauchte sie das nicht auf mich auszudehnen. Aber das tat sie. »Spiralen können versagen. Keine

Verhütungsmethode ist hundertprozentig sicher. Abgesehen von Abstinenz.« Sie stand vom Boden auf und legte die eingesammelten Unterlagen auf einen Sessel, damit ich sie mitnehmen konnte, wenn ich nach Hause ging. »Hast du irgendwelche anderen Symptome? Tun dir die Brüste weh?«

»Nein.«

»Wird dir übel?«

Ich verdrehte die Augen. »Nein.«

»Hast du mehr Appetit? Hast du nicht gesagt, dass Mira das Kleid zurückschicken musste, um es ändern zu lassen, weil es dir zu eng war?«

Ich warf den Kopf gegen das Kissen hinter mir. »Alayna, ich bin nicht schwanger. Ich bin nur müde.« Mein Kleid war zu eng geworden, weil ich aus Stress mehr gegessen und keine Bewegung gehabt hatte. Obwohl die körperlichen Anstrengungen, denen JC mich unterwarf, das eigentlich hätten wettmachen müssen. Scheinbar eben nicht.

»Also, wenn du es ganz sicher wissen möchtest, im Schrank in der Gästetoilette befindet sich eine ganze Schachtel Schwangerschaftstests.«

Ich wurde aufmerksam. »In der Gästetoilette? Warum nicht in deinem Badezimmer?«

»Sie sind in allen Badezimmern«, gestand sie schuldbewusst. »Was soll ich sagen? Ich übertreibe es ein bisschen.«

»Meinst du?« Ich fuhr mir mit der Hand über die Augen. »Schwanger.« Der bloße Gedanke daran ... mir schauderte.

Laynie betrachtete mich neugierig, als sie hinüber zum Sofa kam. Sie setzte sich neben mich. »Möchtest du denn keine Babys haben?«

Ich zögerte mit meiner Antwort, denn sicher war es

unhöflich, einer Frau, die unbedingt schwanger werden
wollte, zu sagen, dass mir beim bloßen Gedanken daran kotz-
übel wurde. »Ich weiß nicht«, sagte ich schließlich. »Vielleicht. Aber eher nicht.«

»Wenn du keine willst, ist das in Ordnung. Warum
klingst du so schuldbewusst? Falls du meinetwegen Skrupel
hast, ist das ganz unnötig. Nicht jeder will Kinder haben. Das
kann ich gut verstehen.«

»Ich habe mir deinetwegen ein wenig Sorgen gemacht.«
Und weil ich müde war und weil sie meine Freundin war,
fasste ich in Worte, was mich gequält hatte, seit ich JC mein
Jawort gegeben hatte. »Aber am meisten sorge ich mich
wegen JC.«

»Er wünscht sich also Kinder?«

»Er sagt, dass er das mir überlässt. Aber er hat immer
schon Kinder haben wollen.« JC war auf seinen Kinder-
wunsch nicht mehr zurückgekommen, seit er wusste, dass ich
etwas dagegen hatte, aber wir waren in letzter Zeit viel mit
Adam und Mira zusammen gewesen und ich hatte gesehen,
wie er strahlte, wenn er ihr Töchterchen Arin erblickte. »Es
ist nicht richtig, ihm ein Familienleben vorzuenthalten.« Mir
wurde die Kehle eng. »Er wäre solch ein guter Dad.«

»Und du würdest eine gute Mom sein. Aber das bedeutet
nicht, dass du eine werden musst.«

Ich seufzte schwer. »Aber vielleicht möchte ich ja doch
eins haben. Ich weiß nicht. Ich kann mich nicht entscheiden.« Die Vorstellung eines Mini-JCs war sehr verführerisch.
Ein Kind mit seinem Charme und seinen Augen – damit
könnte ich sicher leben.

Dann wiederum hatte ich mir auch einmal ein Kätzchen

gewünscht, aber nur, bis ich die Katzentoilette säubern musste.

»Du brauchst das ja jetzt nicht zu entscheiden. Entscheide dich später. Und wenn JC doch gesagt hat, er richtet sich nach deinen Wünschen, warum regst du dich eigentlich so auf? Glaubst du ihm nicht?«

»Ich glaube ihm. Bloß ... was ist, wenn er seine Meinung ändert?« Unversehens lief mir eine Träne übers Gesicht. »Er sagt, er kann im Moment ohne sie leben«, heulte ich, »aber was ist, wenn ihm in fünf Jahren klar wird, dass er in den Vierzigern ist und seine biologische Uhr tickt und er plötzlich doch ein Kind will und er bereut, dass er mich geheiratet hat, weil ich ihm keins schenken will?« Ich wischte mir die Tränen von den Wangen. »Was ist, wenn es nicht erst in fünf Jahren passiert, sondern schon nächsten Monat? Was ist, wenn er den schlimmsten Fehler seines Lebens begeht?«

»Wow.« Laynie reichte mir die Schachtel mit Kleenex vom Seitentisch. »Das bedrückt dich wirklich.«

Ich nahm eine Handvoll Taschentücher und betupfte mir damit die Augen. »Ja, das tut es«, sagte ich ein wenig verwundert. Ich hatte gar nicht bemerkt, wie es auf mir lastete, weil ich zu beschäftigt gewesen war, um darüber nachzudenken.

Aber als ich es nun tat, kamen alle Zweifel und Sorgen, die ich unterdrückt hatte, an die Oberfläche. »Ich wette, Corinne wollte Kinder haben.«

»Corinne ist tot. Was sie gewollt hat, ist irrelevant.«

Ich starrte sie mit großen Augen an, entsetzt über ihre Rohheit.

»Nun, das ist sie doch. Ich will ja nichts Böses über die

Toten sagen, aber sie ist nicht mehr da. Du kannst dich nicht mit ihr vergleichen. JC hat dich gewählt.«

»Richtig. Er hat mich gewählt.« Das bedeutete nicht, dass er mir Corinne nicht vorziehen würde, wenn er die Wahl hätte. Aber das war ein Thema, mit dem ich mich lieber nicht beschäftigen wollte.

»Es ist doch ganz einfach.« Sie streckte einen Arm hinter mir auf der Rücklehne des Sofas aus und legte mir die andere aufs Knie. »Vorher muss ich dir noch sagen, dass ich von solchen Dingen im Allgemeinen nicht viel Ahnung habe. Gewöhnlich bin ich es, die die weisen Ratschläge bekommt, aber dies ist ein klarer Fall.«

Ich lächelte ermutigend, beinahe sicher, dass sie mich nicht trösten konnte, was immer sie auch zu sagen hatte, aber sie sollte es ruhig versuchen.

»Ja, es kann sein, dass er in fünf Jahren anders denkt. Aber das kann dir auch passieren. Es gibt hundert verschiedene Dinge, die du dir jetzt wünschst und dann vielleicht nicht mehr. Das ist bei allen Leuten so, sie ändern sich eben. Und wenn man heiratet, muss man von vornherein akzeptieren, dass beide Partner sich ändern. Ich hoffe, dass ihr das gemeinsam tun könnt. Manchmal funktioniert das nicht, und daran muss man dann arbeiten. Wenn es passiert. Nicht jetzt schon. Du kannst dir jedenfalls nicht jetzt schon wegen etwas Vorwürfe machen, was vielleicht irgendwann in der Zukunft mal passiert. Du kannst dich nur darauf konzentrieren, was heute ist, und heute liebt er dich und du liebst ihn. Was zählt schon sonst?«

»Sonst zählt nichts«, sagte ich leise, weil mir vor Rührung die Kehle eng war. Denn sonst zählte wirklich nichts. Denn ich liebte ihn ja. Mehr, als ich es je für möglich gehalten hätte. Und ich wollte ihn deswegen auf keinen Fall aufgeben, jedenfalls nicht im Moment. Und ich war auch nicht bereit, ihm zu geben, was er sich wünschte. Was blieb uns also anderes übrig, als für den heutigen Tag zu leben?

»Genau.«

Doch trotz ihrer einleuchtenden Argumente hegte ich noch Zweifel. »Wärst du ...« Ich zögerte und überlegte, ob meine Frage vielleicht gefühllos wirken würde. Dann entschied ich, dass mir das egal war. »Wärst du immer noch glücklich mit Hudson, wenn ihr keine Kinder haben könntet?«

»Ja. Sogar sehr. Wir haben vor unserer Hochzeit nicht einmal darüber gesprochen. Versteh mich nicht falsch, wenn wir keine Kinder haben können, werde ich am Boden zerstört sein, aber der einzige Mensch, den ich wirklich brauche, ist Hudson.« Sie runzelte die Stirn. »Hm. Das sollte ich ihm irgendwann einmal sagen.«

»Das solltest du tun.« Ich legte die Hand auf ihre. »Und vielen Dank. Du hast mir sehr geholfen.« Ich stand auf, um mir aus ihrer Küche weitere Taschentücher zu holen und mir die Nase zu putzen. Nachdem ich sie in den Abfalleimer geworfen hatte, wandte ich mich zu ihr um und war nun wegen meines Ausbruchs ganz verlegen. »Ich weiß nicht, was mit mir los ist. Ich bin in letzter Zeit so emotional. Lampenfieber vor der Hochzeit, schätze ich.«

»Oder du bist schwanger.«

»Oh Gott, du hörst wohl nie auf.«

Obwohl Laynies aufmunternde Worte mich in Bezug auf zukünftigen Nachwuchs beruhigt hatten, war ich wegen ihrer Neckerei alles andere als beruhigt über meinen gegenwärtigen Zustand. Als ich also ein wenig später ins Badezimmer ging, fand ich im Schrank unter dem Waschbecken einen ihrer Schwangerschaftstests. Ich befolgte die Gebrauchsanweisung und sah auf die Uhr, um die vorgeschriebene Wartezeit von drei Minuten einzuhalten.

Das Ergebnis zeigte sich bereits nach anderthalb Minuten – *schwanger*.

KAPITEL SECHZEHN

ICH ERWÄHNTE Alayna gegenüber den Schwanger-schaftstest nicht. Es erschien mir nicht fair, ihr etwas zu sagen, bevor ich mit JC gesprochen hatte, und wenn ich auch keine Ahnung hatte, wie ich es ihm beibringen sollte, hatte ich es sehr eilig damit. Ich war vor Sorge und Panik halb wahnsinnig, und als ich das letzte Mal in solch einem Zustand war – damals hatte Ben versucht, sich umzubringen –, war es JC gewesen, der mich beruhigt hatte.

Ich brauchte ihn jetzt. Er musste mich so trösten, wie nur er es konnte.

Als ich nach Hause kam, hielt ich vor JCs Bürotür inne. Ich konnte ihn durch die Glastür am Telefon sehen, ein Bein angehoben und den Fuß auf den Tisch gelegt. Er war ja noch selbst mehr wie ein großes Kind und nun würde er selbst eines haben.

Ja, mir war übel. Ich war ziemlich sicher, dass es sich

nicht um Morgenübelkeit handelte, aber es war trotzdem ein Schwangerschaftssymptom.

Ich nahm ein paar tiefe Atemzüge, ehe ich hineinging.

JC blickte zu mir auf und lächelte, konzentrierte sich aber dann wieder auf seinen Computerbildschirm und sprach weiter am Telefon über Liefertermine und Produktionskosten. Als ich ihm getextet hatte, um ihm mitzuteilen, dass ich mich auf den Heimweg machte, hatte er mich gebeten, bei ihm im Büro vorbeizuschauen, damit er wüsste, dass ich sicher angekommen war. Er nahm wohl an, dass ich nur aus diesem Grund da wäre und dann wieder gehen würde, um weiter Kartons auszupacken.

Als ich stattdessen blieb und auf dem Sofa Platz nahm, um auf ihn zu warten, merkte er, dass etwas nicht in Ordnung war.

Sobald ich mich gesetzt hatte, kehrte sein Blick zu mir zurück und blieb auf mich geheftet. Er richtete sich auf und stellte die Füße auf den Boden. »Aha, aha«, sagte er ein paarmal. Dann schließlich: »Hey, Hiroko, kann ich Sie zurückrufen? Ich muss mich hier um etwas kümmern.« Er stand bereits auf, ehe das Gespräch beendet war, und kam zu mir herüber.

Als er bei mir angekommen war, warf er das Telefon aufs Sofa, kniete sich vor mich hin und legte mir die Hände auf die Knie. »Was hast du denn?«

Einige Sekunden lang konnte ich nur den Kopf schütteln, denn mir war die Kehle so eng, dass ich kein Wort herausbrachte. Aber es gab nichts anderes zu sagen, abgesehen von: »Ich bin schwanger.«

»Was?«

Es war offensichtlich, dass er mich gehört hatte, seine

Frage nur eine Schockreaktion war und keine Erklärung verlangte. Aber ich erklärte es ihm trotzdem. »Ich habe bei Alayna einen Schwangerschaftstest gemacht und er war positiv. Schwanger.«

Ich sah ihn, den Funken Erregung, ehe er eine undurchdringliche Maske aufsetzte. Er setzte sich neben mich und zum zweiten Mal an diesem Abend legte mir jemand den Arm um die Schulter und die Hand aufs Knie.

»Wie ist dir zumute?« Sein Ton war nicht annähernd so zaghaft, wie meiner gewesen war, als ich es ihm erzählt hatte.

»Ich bin nicht sicher.« Ich wollte mehr sagen, aber ich hatte diesen Glücksmoment bei ihm gesehen und es kam mir gemein vor, ihm das zu nehmen.

Aber dann merkte ich, dass ich das gar nicht tat. Er zeigte es nicht, damit ich aufrichtig zu ihm sein konnte, also schuldete ich es ihm. »Ich hatte gedacht, ich hätte mehr Zeit, es mir zu überlegen«, sagte ich und mir kamen wieder die Tränen. »Es ist ja nicht so, dass ich etwas gegen Kinder habe, weißt du. Ich mag sie sogar, glaube ich. Ich habe bloß noch nicht viel mit ihnen zu tun gehabt. Ich gieße nicht einmal meine Blumen. Ich kann nicht einmal einen einfachen Philodendron am Leben erhalten, wie zum Teufel kann ich da für etwas sorgen, was so viel wichtiger ist?«

JC zog mich an seine Schulter und küsste mich aufs Haar. »Pflanzen können nicht reden.«

»Babys auch nicht.« Meine Worte klangen an seinem Hemd undeutlich, aber er verstand sie trotzdem.

»Vielleicht am Anfang noch nicht, aber sie lassen dich auf andere Weise wissen, was sie brauchen. Sie schreien.« Er küsste mich wieder aufs Haar und massierte mir den Rücken. »Und du bist ja nicht allein für dieses Kind verantwortlich.

Ich werde die ganze Zeit dabei sein, und wenn das nicht genug ist, werden wir Kindermädchen einstellen und tun, was wir können, damit du das Gefühl hast, dass du damit zurechtkommst.«

Oh Gott, er war wundervoll. Kein einziges Mal deutete er an, dass er einverstanden wäre, wenn ich die Schwangerschaft abbrechen wollte, und irgendwie half mir das. Es schloss eine Möglichkeit aus, vor der mir ohnehin graute.

Er strich mir das Haar aus dem Gesicht. »Was geht in dir vor? Rede mit mir.«

»Das habe ich nicht gewollt.« Ich drehte mich um, sodass mein Gesicht nicht mehr in seinem Hemd vergraben war. »Das weißt du ja. Besonders jetzt nicht, wo wir gerade erst unser gemeinsames Leben anfangen.« Mir fiel ein, was Laynie darüber gesagt hatte, wie die Leute sich ändern. Sie hatte recht gehabt, aber wie kam es überhaupt, dass Leute sich änderten? Wohl in der Regel, wenn sie mit etwas konfrontiert wurden, womit sie keine Erfahrung hatten, stellte ich mir vor. Und war meine Schwangerschaft nicht genauso ein Fall? Eine unangenehme Erfahrung?

Und nun, da ich mich der Situation stellte, hatte ich meine Angstgefühle irgendwie sogar besser unter Kontrolle, da *was wird nun* an die Stelle von *was wäre, wenn* getreten war. Weil ich etwas Konkretes tun konnte. Das war viel produktiver, als mir nur Sorgen zu machen.

JC zog mich näher an sich. »Ich habe nie gewollt, dass es jetzt passieren sollte.«

»Aber so ist das ja immer schon mit uns gewesen. Ich wollte dir nicht begegnen. Ich wollte mich nicht so stark von dir angezogen fühlen. Ich habe mich nicht in dich verlieben wollen. Ich wollte dich nicht selbst dann noch weiter lieben, als du verschwunden warst.«

»Ändert es deine Einstellung dazu, wenn du so darüber nachdenkst?« *Darüber.* Er sagte nicht »schwanger zu sein« oder »ein Baby zu bekommen«, und ich wusste, dass er sich selbst schützte, indem er solch reale Begriffe vermied.

Wie konnte er so selbstlos sein? Für mich? Sich nur aus dem Grund von etwas distanzieren, was er wirklich haben wollte, um für mein Wohlergehen zu sorgen?

Vielleicht hatte er verdient, dass ich meinerseits auch ein Opfer brachte.

Ich drehte mich wieder um, diesmal, um ihn anzusehen. »Sag mir, wie du darüber denkst, JC. Nicht was ich deiner Meinung nach hören möchte, sondern ganz aufrichtig, die brutale Wahrheit. Ich muss es wissen.«

Er wickelte sich eine verirrte Strähne meines Haares um den Finger. »Nun.« Er zögerte noch eine Sekunde länger, ehe er die sorgfältig aufgesetzte Maske fallen ließ und seine Lippen sich zu einem breiten Lächeln verzogen. »Ehrlich gesagt bin ich unverschämt glücklich.«

Weitere Tränen flossen. Wenigstens konnte ich es jetzt auf Hormone schieben, solch eine Heulsuse zu sein. »Wenn du wirklich glücklich bist, JC, dann bin ich es auch. Denn alles, was ich brauche, um glücklich zu sein, bist du und dieses ...« Er hatte Angst, es auszusprechen, aber ich ließ das bei mir nicht zu. »Dieses *Baby von uns* ist zur Hälfte du. Und wie könnte ich das nicht lieben?«

Er war vorsichtig. »Sagst du das, weil du denkst, dass *ich* es hören möchte?«

»Vielleicht. Teilweise. Aber auch, weil es wahr ist.« Ich lachte – es war ein albernes Glucksen, halb Schluchzer, halb Lachen. »Ich werde eine schrecklich schlechte Mutter sein.

Ich muss dich warnen. Ich hasse alles, was stinkt und Schmutz macht. Ich schlafe wie eine Tote. Du wirst mich schon fest anstoßen müssen, um mich zu wecken, wenn das Baby schreit.«

»Oder ich kümmere mich selbst um das Baby.« Er besann sich kurz. »Wir wechseln uns ab.«

Ich rutschte ihm auf den Schoß. »Und du wirst mich auch dann noch lieben, wenn ich fett werde?«

»Umso mehr von dir, was ich lieben kann.«

»Wir dürfen vielleicht nicht mehr so oft Sex haben.« Ich hatte eigentlich keine Ahnung, ob das ein Problem sein würde, und bei dem bloßen Gedanken daran sank mir der Mut ein wenig.

»Oh nein«, versicherte er mir, »wir werden immer noch jede Menge Sex haben.«

Ich versuchte wieder zu lachen, aber es klang etwas zittrig. »Wird es wirklich einigermaßen gehen?«

Er legte mir die Hände ums Gesicht. »Nicht nur einigermaßen. Es wird wunderbar gehen.«

»Ich liebe dich so sehr. So sehr.« Ich hätte es gern noch einmal gesagt, ihm meine Liebe genau auseinandergesetzt, wollte ihm sagen, dass er das Beste war, was ich in meinem Leben nie geplant hatte, und dass ich es für möglich hielt, dass ich eines Tages für unser Kind dasselbe empfinden würde.

Aber ich konnte gar nichts sagen. Denn er küsste mich und an der Art und Weise, wie er mit den Lippen die meinen umschlang, erkannte ich, dass er alles, was ich ihm sagen wollte, bereits wusste. Mit seiner Zunge streichelte er meine – sanft, aber selbstbewusst – und ich war ziemlich sicher, dass ich alles, was er mir sagen wollte, ebenfalls schon wusste.

GLEICH AM NÄCHSTEN Morgen vereinbarte JC für mich einen Termin beim Gynäkologen. Ich hatte vorgeschlagen, bis nach der Hochzeit zu warten, aber er war viel zu aufgeregt. Seine Begeisterung war liebenswert. Geradezu erregend. Wer hätte gedacht, dass werdende Väter so sexy auf mich wirkten?

Er bestand ebenfalls darauf, bei der Untersuchung dabei zu sein, was mir zuerst nicht recht gewesen war, aber worüber ich dann doch froh war, als mir klar wurde, dass es sich nicht nur um oberflächliches Betasten und eine Urinprobe handelte.

»Weißt du, ich glaube, deine Brüste wirken tatsächlich größer«, sagte er und sah von der Informationsbroschüre auf, die der Arzt ihm zu lesen gegeben hatte, während wir auf den Ultraschall warteten.

»Du musst es ja wissen.« Ich brachte das Kissen hinter mir in Form und versuchte, es mir auf dem Behandlungsstuhl bequem zu machen.

Er grinste, obwohl er bereits zu seiner Lektüre zurückgekehrt war. »Und du leidest wirklich morgens nicht unter Übelkeit?«

»Nein.«

»Vielleicht ist es noch zu früh.«

»Oder ich bin vielleicht nicht der Typ dazu. Ich bin optimistisch.« Selbst ohne die Broschüre zu lesen, wusste ich, dass eine Schwangerschaft viele außerordentlich unangenehme Symptome mit sich brachte. Geschwollene Hände und Füße? Krampfadern? Schwangerschaftsstreifen? Pfui Teufel.

»Oh.« Er warf mir einen zögernden Blick zu. »Hier steht, dass die Ultraschalluntersuchung vielleicht transvaginal gemacht wird.«

»Ähm, was heißt denn das?« Ich war nicht sicher, ob ich das wissen wollte.

»Ich bin ziemlich sicher, das heißt, dass dir etwas in die Vagina gesteckt wird.«

Und da wünschte ich mir wieder, er wäre zu Hause geblieben. »Hör auf, Vagina zu sagen. Das klingt total merkwürdig.«

»Dann eben deine Muschi. Ist das besser?« Er grinste mich frech an. Nur JC brachte es fertig, einen bevorstehenden Übergriff in etwas Sexuelles zu verwandeln.

»Nicht, wenn etwas hineingesteckt wird. Mir ist es lieber, wenn das Einzige, was diesen Weg nimmt, mit dir verbunden ist.«

»Mir auch. Aber dir ist doch sicher klar, dass das Baby da herauskommen wird, nicht wahr?«

»Könnte man nicht einfach den Reißverschluss am Beutel in meinem Bauch aufmachen und es auf diese Weise herausnehmen?«

»Vielleicht könnte man fürs nächste Mal einen einbauen.«

»Erst mal müssen wir dies hier hinter uns bringen, okay?« Es war ja nicht nur so, dass ich mir Sorgen um die Schwangerschaft machte – obwohl ich das tat –, aber der Arzt hatte mich davor gewarnt, dass die Fehlgeburtsrate wegen der Spirale höher war. Merkwürdigerweise war der Gedanke daran, das Baby zu verlieren, schlimmer als der Gedanke daran, es zu haben. Als Laynie gesagt hatte, dass Menschen sich ändern können, hatte ich nicht erwartet, dass es über Nacht geschehen würde.

»Das werden wir schon schaffen«, sagte JC gerade, als sein Handy zu klingeln begann. »Entschuldige bitte, ich antworte jetzt nicht.« Er warf einen Blick auf den Bildschirm und runzelte die Stirn, aber er drückte auf eine Taste und steckte sich das Handy wieder in die Tasche.

Ich war zwar neugierig, wer angerufen hatte, war aber zu beschäftigt damit, über das kleine Wesen in meinem Bauch nachzudenken. »Ich möchte zu gern wissen, ob man schon sagen kann, ob es ein Junge oder ein Mädchen wird.«

»Vor der zwanzigsten Woche nicht.« Er hielt die Broschüre hoch. »Jedenfalls dem hier zufolge. Was willst du lieber? Einen Jungen oder ein Mädchen?«

»Im Augenblick versuche ich noch, mit der Vorstellung fertigzuwerden, dass es ein Baby ist. Über das Geschlecht denke ich dann später nach, glaube ich.«

Sein Handy summte wieder, diesmal nur ein Mal, wohl, um ihn auf eine SMS aufmerksam zu machen. Seine Stirnfalte vertiefte sich, als er sie las.

Diesmal war seine Reaktion zu beunruhigend, als dass ich sie ignorieren konnte. »Was ist los?«

Gerade in diesem Augenblick öffnete sich die Tür und die Sprechstundenhilfe kam herein. »Guten Morgen, Mrs. Anders. Mr. Anders.«

»Nichts, was nicht warten kann«, sagte er zu mir und steckte sein Handy wieder weg. »Der Name ist Bruzzo. Und das ist die zukünftige Mrs. Bruzzo.« Er nahm meine Hand und ich fragte mich flüchtig, ob es ihn genauso schwindelig machte, es zu sagen, wie es mich schwindelig machte, es zu hören.

Dann war ich bloß noch froh, dass er meine Hand hielt, denn ich wurde plötzlich sehr nervös. »Wird es wehtun?«

»Nein, aber wenn wir uns für die transvaginale Methode entschließen müssen, wird es vielleicht ein bisschen unangenehm. Da Sie keine Perioden bekommen und wir keine Ahnung haben, wie weit die Schwangerschaft fortgeschritten ist, wollen wir mal sehen, wie weit wir mit einer gewöhnlichen Ultraschalluntersuchung kommen. Bitte ziehen Sie sich den Kittel bis gerade unterhalb der Brüste hoch.« Während sie mir das erklärte, reichte sie mir eine Decke. »Die können Sie benutzen, um sich den Unterleib zuzudecken.«

Als ich dabei war, den Kittel und die Decke zu richten, kam die Ärztin zurück, die wir zuvor gesehen hatten.

»Ich möchte gern dabei sein, um zu sehen, wo die Spirale genau sitzt«, erklärte sie der Sprechstundenhilfe.

»Was kann man mit dem Ultraschall denn feststellen?«, fragte JC. Das hatte sie uns bereits erklärt, aber ich hatte den Verdacht, dass er es noch einmal hören wollte, weil er ebenso nervös war wie ich.

»Wir wollen sehen, wie weit die Schwangerschaft fortgeschritten ist, was wir erschließen können, indem wir den Embryo messen, und wir wollen sichergehen, dass das Baby sich entsprechend seines Alters entwickelt. Wir wollen auch die Lage der Spirale feststellen. Wie gesagt werden wir versuchen, sie möglichst zu entfernen.«

JC drückte meine Hand fester. Die Entfernung der Spirale war, wie sie bereits erklärt hatte, oft der Anlass für eine Fehlgeburt, und die Aussichten für eine erfolgreiche Schwangerschaft waren besser ohne sie.

Bitte, bitte, bitte, betete ich zu einem Gott, von dem ich nicht sicher war, ob er existierte, *mach, dass das Baby in*

Ordnung ist. Mach, dass dieses Baby, das ich nicht einmal haben wollte, in Ordnung ist.

»Sind wir bereit?«, fragte die Sprechstundenhilfe und spritzte, ohne auf die Antwort zu warten, ein kaltes, bläuliches Gel auf meinen Bauch. »Dies ist ein Leitmedium, das dem Überträger hilft, durch die Haut die Schallwellen zu empfangen.«

Sie legte die Ultraschallsonde – den Schallkopf – auf meinen Bauch und sofort füllte sich der Bildschirm mit schwarz-weiß-grauem Flimmern. Oder das war zumindest alles, was ich erkennen konnte. Dann bewegte die Sprechstundenhilfe den Schallkopf umher, bis eine schwarze Blase in Form einer Limabohne zu sehen war. Und darin erschien, wie etwas aus einem Alien-Film, das deutliche Abbild eines Gesichts.

Ich keuchte.

»Da ist Ihr Baby«, rief Dr. Wright aus. »Es zeigt sich sehr kooperativ. Als würde er oder sie für die Kamera posieren.«

Die Sprechstundenhilfe ließ die Sonde an derselben Stelle und selbst für den ungeschulten Betrachter war es offensichtlich, dass wir ein winziges menschliches Wesen sahen. Ich konnte seinen Mund und seine Nase erkennen. Seine Augen. Es hatte sich einen Arm über die Stirn gelegt und darunter war noch ein weißer Kreis – der Oberkörper des Babys, erriet ich. Und das kleine, pulsierende Gebilde darinnen konnte nur sein Herz sein.

JC drückte meine Hand fester. »Oh mein Gott«, flüsterte er voller Andacht.

Oh. Mein. Gott.

Es tatsächlich zu sehen, dieses Wesen, diesen Beweis der Liebe, die JC und ich füreinander empfanden ... ich war ganz überwältigt. Nun konnte ich es nicht mehr als einen Fremd-körper betrachten. Es war ein wirkliches Kind – *mein* Kind. *Unser* Kind.

»Aber ... das ist ja ein Baby!« Ich wusste, dass ich mich lächerlich machte – was sollte es denn sonst sein? Ich hatte bloß erwartet, dass es ... anders aussehen würde. Unwirkli-cher. Nicht so ... ausgeprägt. »Sollte es nicht eher wie ein Gummibärchen oder eine Erbsenschote aussehen?«

Dr. Wright lächelte. »Zuerst schon. Ihre Schwanger-schaft ist weiter fortgeschritten, als wir erwartet hatten.«

»Wie weit denn?« Wie zum Teufel hatte ich damit – mit diesem Baby – in mir leben können, ohne es zu merken?

Und wie hatte ich jemals denken können, dass ich so etwas nicht haben wollte? Denn nun, nachdem ich gesehen hatte, wie es sich bewegte und sich umdrehte, wie sein Herz schlug und sein Mund sich fischähnlich bewegte, hing ich bereits sehr daran.

»Wir müssen warten, bis die Sprechstundenhilfe mit ihren Messdaten fertig ist, aber ich schätze, wir sind zu spät dran, um die Spirale zu entfernen. Nancy«, wandte sie sich an die Sprechstundenhilfe, »könnten Sie mal diesen weißen Streifen über den Beinen schärfer ins Bild bringen?«

Nancy bewegte den Schallkopf umher und drückte ihn fester an meinen Bauch.

»Jawohl. Gleich hier.« Dr. Wright sah mich wieder an. »Dieser Streifen über dem Baby ist Ihre Spirale. Die schlechte Nachricht ist, dass wir sie auf keinen Fall entfernen können. Die gute ist, dass sie zwischen der Frucht-blase und der Plazenta festsitzt. Man kann sehen, dass die Plazenta bereits um sie herum wächst.«

Ich konnte nichts dergleichen erkennen, aber ich verließ mich auf das, was sie mir sagte.

»Gewöhnlich ist unsere größte Sorge bei Spiralen, dass die scharfen Kanten die Fruchtblase durchbohren, aber wegen der Lage der Plazenta ist das Baby sicher in der Gebärmutter verwurzelt. Ich mache mir nicht allzu viele Gedanken darum. Trotzdem wollen wir einmal im Monat einen Ultraschall machen, um sicherzugehen. Wenn alles nach Plan läuft, entfernen wir die Spirale dann bei der Geburt.«

»Das Risiko einer Fehlgeburt ist also ...«, begann JC zögernd.

»Ich würde sagen normal, wie für alle anderen zu Beginn des vierten Monats. Es sei denn, die Spirale würde sich lösen, aber so sieht sie nicht aus.«

Ich hatte nicht gewollt, das irgendetwas passierte, aber mir war nicht klar gewesen, wie erleichtert ich darüber sein würde, dass das unwahrscheinlich war. Mir stiegen die Tränen in die Augen.

JC erwiderte meinen Blick mit feuchten Augen. »Das ist gut. Das ist gut, Gwen.«

»Das ist ausgezeichnet«, pflichtete Dr. Wright ihm bei. »Die Herzfrequenz liegt bei einhunderteinundsechzig, was hervorragend ist. Die Fruchtblase sieht fantastisch aus. Und nach den Messungen zu urteilen sind Sie«, sie wartete, bis die Sprechstundenhilfe mit ihrem Raster auf dem Bildschirm fertig war, »vierzehn Wochen und einen Tag schwanger. Damit ist der zwanzigste März das voraussichtliche Geburtsdatum.«

Ein Frühlingsbaby. War das nicht geradezu perfekt? Außer ...

»Vierzehn Wochen? Wann habe ich demnach empfangen?« Ohne einen Kalender vor mir zu haben, wusste ich nicht genau, welches Datum vor vierzehn Wochen war, aber ich war ziemlich sicher, dass es im Juni liegen musste.

Und mit JC hatte ich erst im Juli geschlafen.

»Da die meisten Frauen das genaue Datum nicht kennen, an dem sie empfangen haben, datiert man die Schwangerschaft vom Tag der letzten Periode der Mutter an. Ich weiß, dass das komisch klingt, aber das bedeutet, dass jede Frau am Tag der Empfängnis bereits als zwei Wochen schwanger betrachtet wird.«

Ich seufzte erleichtert. »Gut. So ist es besser.«

Dr. Wright stellte ihren Kalender um. »Demnach sieht es so aus, als wäre der achtundzwanzigste Juni das geschätzte Empfängnisdatum.«

Juni. Immer noch Juni.

Ich war sprachlos, als das ganze Leben, das ich begonnen hatte, mir im Geiste aufzubauen, um mich herum zusammenzubrechen drohte.

Nein. Nicht Juni. Es konnte nicht im Juni gewesen sein. Dies war auf keinen Fall Chandlers Baby.

JC erinnerte sich auch an das Datum unseres Wiedersehens. »Es ist nicht von mir«, sagte er leise.

Ich schüttelte entschlossen den Kopf. »Es *ist* von dir. Ich *weiß* es.«

»Es tut mir leid«, sagte Dr. Wright, als sie die Lage erkannte. »Das habe ich nicht gewusst.« Sie wandte sich an Nancy. »Sie können gehen. Ich mache das hier zu Ende.«

Ich spürte, dass sie die Sprechstundenhilfe fortgeschickt hatte, damit unsere peinliche Unterhaltung nicht vor einem weiteren Zeugen stattfinden musste. Dafür war ich ihr dankbar.

Doch ich wartete nicht, bis Nancy die Tür geschlossen hatte, ehe ich mich an JC wandte. »Wir haben Kondome benutzt. Du bist der Einzige, mit dem ich mich nicht zusätzlich geschützt habe.«

»Keine Verhütungsmethode ist hundertprozentig sicher«, erinnerte uns Dr. Wright.

Nun, offenbar nicht. Schließlich hatte ich ja eine Spirale und war trotzdem schwanger.

»Ist es nicht wahrscheinlicher, dass ich empfangen habe, als ich nicht zusätzlich ein Kondom benutzt habe?« Ich wartete nicht auf die Antwort, denn sie konnte nur zustimmend sein. »Da stimmt etwas nicht.« Ich versuchte, mich zu erinnern, was sich abgespielt hatte. Wann ich das letzte Mal mit Chandler zusammen gewesen war. »JC, erinnerst du dich noch an den Tag, als ich zur Gerichtsverhandlung gekommen bin? An welchem Datum war das?«

»Hm.« Er dachte einen Moment nach. »Am dreiundzwanzigsten, glaube ich.«

»Ja«, rief ich aus. »Dann kann es gar nicht stimmen. Ich hatte nämlich davor schon mit Chandler Schluss gemacht. Und das war vor dem achtundzwanzigsten.« Ich drehte mich wieder zu Dr. Wright herum. »In dieser Woche hatte ich keinen Sex. Mit niemandem. Diese Messwerte können ungenau sein, oder? Ist es möglich, dass ich tatsächlich erst am vierten Juli schwanger geworden bin? Oder am fünften?«

»Im zweiten Trimester sind Ultraschalluntersuchungen etwas weniger akkurat. Aber im Allgemeinen nicht mehr als eine Woche daneben.« Dr. Wright drehte ihren Kalender zurück. »Demnach wäre der vierte Juli ein mögliches Empfängnisdatum.«

»Siehst du?« Ich sah JC bittend an. »Es ist dein Baby. Es muss von dir sein.«

»Das Datum kann auch in der anderen Richtung variieren«, sagte Dr. Wright. »Das wäre dann der einundzwanzigste Juni.«

»Und das ist ...« Ich unterbrach mich. Ich hatte an dem Tag, bevor ich zur Gerichtsverhandlung gegangen war, mit Chandler Schluss gemacht, aber das war nur zwei Tage früher gewesen. Ich spürte, wie mir das Blut aus den Wangen wich. Mir wurde es immer schwerer ums Herz und ich ertrug es nicht länger, das Abbild des Babys auf dem Bildschirm anzusehen. Ich konnte nur noch direkt vor mir die weiße Wand anstarren. *Erstarre,* dachte ich instinktiv. *Werde taub.*

JC begriff es, ohne dass ich etwas zu sagen brauchte. »Dr. Wright, ist es möglich, während der Schwangerschaft einen Vaterschaftstest zu machen?«

Er war es, der Grund hatte, sich aufzuregen, doch er war es, der einen kühlen Kopf behielt.

»Es gibt ein paar Möglichkeiten, die Vaterschaft zu bestimmen. Die traditionelle Methode ist die Fruchtwasseruntersuchung. Aber davon rate ich ab. Es liegen keine anderen medizinischen Gründe dazu vor und da sie invasiv ist, besteht das geringe Risiko einer Fehlgeburt. Es gibt einen neueren Test, der die fötale DNS im Blut der Mutter analysiert. Dazu braucht man nur von allen Beteiligten eine Blutprobe. Gibt es nur zwei mögliche Väter?« Dr. Wright sah mich fragend an.

Was mich dabei beinahe umbrachte war die Tatsache, dass JC mich auf die gleiche Weise ansah.

»Ja. Nur zwei mögliche Väter«, antwortete ich mit schwacher Stimme. Zu jeder anderen Zeit hätte ich mich durch diese Frage beleidigt gefühlt. Doch jetzt war ich zu unglücklich. Es war durchaus berechtigt, wenn JC annahm, dass es außer Chandler noch andere Männer gegeben haben könnte. Er hatte mich nie danach gefragt und ich hatte nie davon gesprochen. Doch es war ein Schlag für mich, dass er nicht als selbstverständlich voraussetzte, dass ich es ihm schon längst gesagt hätte.

»Ich kann unten im Labor die Blutabnahme veranlassen. Sobald alle Blutproben zur Verfügung stehen, werden die Daten abgeschickt. Die Ergebnisse sollten dann innerhalb von fünf bis sieben Arbeitstagen vorliegen.«

Mit anderen Worten, wir könnten es nächsten Freitag erfahren, zwei Tage vor der Hochzeit. Oder einen Tag danach.

Mir stieg bittere Galle in die Kehle, als ich mich fragte, ob JC die Hochzeit aufschieben wollte.

»Vielen Dank«, sagte er zu ihr. »Es wäre besser für uns, wenn man das irgendwie beschleunigen könnte.« Er hatte es sich auch ausgerechnet. Er wollte die Ergebnisse auch vor der Hochzeit haben. War das nicht verständlich? »Müssen wir dem anderen potenziellen Vater auch Blut abnehmen? Da es keine anderen möglichen Väter gibt, sollte meines doch eigentlich ausreichen, oder nicht?«

Ich hatte nicht einmal in Betracht gezogen, Chandler damit zu behelligen. Allerdings versuchte ich, überhaupt nicht zu denken.

»Es würde das aufschlussreichste Ergebnis erbringen, wenn wir es hätten, ja«, sagte Dr. Wright. »Wenn er nicht zu erreichen ist, kommen wir auch mit einer Blutprobe aus.

Aber ich würde empfehlen, von ihm möglichst auch eine zu bekommen.«

Ich sah JC an, aber er wich meinem Blick aus.

»Ich schicke die Sprechstundenhilfe mit dem Papierkram zu Ihnen. Haben Sie noch irgendwelche Fragen, bevor ich Sie verlasse?« Sie hatte sich damit an mich gewandt, aber ich hatte schon abgeschaltet.

Doch wiederum war JC von uns beiden der Verantwortlichere. »Gibt es irgendwelche Dinge, die sie meiden sollte?«

»Nicht viele. Nur Skifahren, Sauna, Whirlpool und Kontaktsport. Abgesehen davon sollte Gwen imstande sein, ihr normales Leben weiterzuführen.«

»Was ist mit Sex?«

Zu jeder anderen Zeit wäre ich zwar verlegen, aber heimlich dankbar gewesen, dass er nachgefragt hatte. Jetzt fühlte ich gar nichts.

Dr. Wright lächelte wissend. »Dabei gibt es auch keine Beschränkungen.«

»Das ist alles, was ich noch wissen wollte. Gwen?«

Ich schüttelte betäubt den Kopf.

»Ausgezeichnet. Mutter und Kind sehen beide gesund aus. In vier Wochen möchte ich Sie zur nächsten Untersuchung mit Ultraschall wiedersehen. Die Sprechstundenhilfe bringt Ihnen die Unterlagen für den Vaterschaftstest mit, wenn sie zur Blutabnahme kommt.«

Sobald sie gegangen war, stand JC auf und legte beide Hände auf meine. »Das Baby ist gesund, Gwen. Du bist gesund. Alles andere ist unwichtig. Und ich werde es genauso lieben, wie ich dich liebe. Denn zur Hälfte ist es du. Wie könnte ich das nicht lieben?«

Dieselben Worte hatte ich am Vorabend zu ihm gesagt.

Eigentlich hätten sie mich berühren sollen. Ich war bloß zu betäubt, um das empfinden zu können.

»Ihr seid beide gesund«, sagte er wieder. »Und das ist das Wichtigste.«

Ich nickte, aber ich glaubte ihm nicht. Unsere Gesundheit war nicht das Einzige, was mir wichtig war. Ich wollte, dass dieses Baby zu JC und mir gehörte. Ich wollte es lieben und durch seine Pflege stärker werden und es gemeinsam mit dem Mann großziehen, der mir alles bedeutete.

Und wenn Chandler der Vater war ...

Nun, dann war alles anders.

SIEBZEHN
KAPITEL SIEBZEHN

WORTLOS GINGEN wir direkt nach unten ins Labor. Trotz seiner tröstlichen Worte schien JC es genauso eilig zu haben wie ich herauszufinden, wer der Vater war, und ich erriet, dass dies seine Gefühle aufrichtiger widerspiegelte als seine Worte im Behandlungszimmer. Sicher, er liebte mich, und vielleicht rechtfertigte das die Hoffnung, dass er mein Kind ebenfalls lieben würde. Aber wie konnte er sich nicht wünschen, dass es von ihm war?

Es musste von ihm sein. Ich konnte den Gedanken nicht ertragen, dass es anders sein könnte.

Und darum musste ich Chandler davon in Kenntnis setzen.

»Wem textest du denn?« Wir saßen im Wartezimmer des Labors und dies waren die ersten Worte, die JC an mich richtete, seit wir dort angekommen waren.

»Chandler.« Ich war noch dabei, die Nachricht zu formulieren, weil ich nicht wusste, wie ich es ihm beibringen sollte. Da man ein solches Anliegen eigentlich nur in einer persönlichen Unterhaltung besprechen konnte, fragte ich ihn schließlich nur, ob er Zeit hätte, sich mit mir zu treffen.

Ehe ich die SMS abschicken konnte, legte JC die Hand auf meine, um mich daran zu hindern. »Wir brauchen es ihm noch nicht zu sagen.«

Da war es nun – so dachte er wirklich.

»Doch, das müssen wir. Denn wir müssen ihn beweiskräftig ausschließen. Um deinetwillen. Ich weiß, dass er nicht der Vater ist, JC. Ganz tief drinnen weiß ich, dass es dein Baby ist. Und das muss ich zweifelsfrei beweisen.«

Widerstrebend gab er meine Hand frei. »Möchtest du, dass ich dabei bin, wenn du es ihm sagst?«

Ja. Vielleicht war es unfair, ihn in solch eine Lage zu bringen. Chandler gegenüber war es wohl auch nicht fair, aber JC war der Mann, mit dem ich mir ein Leben aufbauen wollte, und sein Glück war mir unvergleichlich wichtiger als Chandlers, ganz gleich, was ich ihm schulden mochte. »Möchtest du dabei sein?«

JC erwiderte meinen Blick und erschreckte mich damit, da er mich so lange nicht mehr richtig angesehen hatte, dass es mir wie Tage vorkam. »Ich will tun, was immer nötig ist, um dich bei dieser Schwangerschaft zu unterstützen, ob ich nun der Vater bin oder nicht.«

Ich hatte nicht das Herz dazu, ihm zu sagen, dass das nur möglich wäre, wenn *er* der Vater war, also gab ich mich mit dem zufrieden, was mir im Augenblick half. »Dann möchte ich, dass du dabei bist.« Ich schickte die SMS ab, ohne auf seine Zustimmung zu warten.

Chandler antwortete auf der Stelle. ***Habe den ganzen***

Tag Vorlesungen. Kann aber eine schwänzen. Worum geht's denn?

Ich beriet mich nicht mit JC, ehe ich antwortete. *Wir müssen etwas besprechen. Kannst du dich mit mir in der Stadt treffen?* Ich hatte ein wenig Gewissensbisse, weil er meinetwegen den Unterricht schwänzen wollte, aber das ignorierte ich. Dies war wichtig. Und es war dringend.

Ich wartete immer noch auf Chandlers Antwort, als der Laborassistent mich aufrief. »Ich habe auch einen Termin. Können wir zusammen hereinkommen?«, fragte JC. Ich war mir nicht sicher, ob er wusste, dass ich ihn brauchte, oder ob er mich brauchte. Jedenfalls war ich dankbar dafür, dass er fragte.

Der Assistent zögerte und sah auf sein Klemmbrett, wohl um nachzusehen, warum wir beide dort waren. »Ja, das ist in Ordnung.«

Wir standen gerade auf, als mein Handy summte.

Ich kann in dreißig Minuten da sein.

Ich teilte ihm schnell die Adresse des benachbarten Cafés mit und folgte dann an JCs Hand dem Assistenten zur Blutabnahme.

FÜNFUNDZWANZIG MINUTEN später waren JC und ich gepikst und verbunden worden und warteten im Starbucks darauf, meinem Ex mitzuteilen, dass er vielleicht Vater würde. Ich hätte meine Rede vorbereiten sollen, aber merkwürdigerweise war das Einzige, worauf ich mich konzentrieren konnte, der koffeinfreie Eiskaffee, den ich trank. Ich sehnte mich nach einem richtigen Eiskaffee und obwohl Dr. Wright gesagt hatte, ich dürfte bis zu zwei Tassen Kaffee am Tag trinken, war ich ziemlich sicher, dass ich die brauchen würde, wenn ich in bloß sechs Stunden aufwachte, um zur Arbeit zu gehen.

Es war seltsam, wie schnell ich mich den physischen Anforderungen einer werdenden Mutter anpasste. Nun brauchte ich mich nur noch auf die emotionale Seite einzustellen ...

»Ruf Liesl an«, drängte JC. »Sag ihr, du hättest zu viel mit den Hochzeitsvorbereitungen zu tun. Sie übernimmt bestimmt deine Schicht.«

Ich nahm mir bereits so häufig wegen der Hochzeit frei. Aber ich war emotional völlig erschöpft und darum tat ich es. JC warf meinen Becher in den Abfalleimer und stellte sich noch einmal an, um mir ein neues Getränk zu holen, ich saß also allein am Tisch, als Chandler eintrat.

Ich blickte hilfesuchend zu JC hinüber, aber er war mit seinem Handy beschäftigt und hatte die Tür nicht im Auge behalten. Chandler schien meinen Blick auch nicht bemerkt zu haben, sondern saß mir gegenüber, ohne sich umzusehen. »Ist alles in Ordnung?«

Ich zwang mich zu einem Lächeln, das ich nicht fühlte. »Nun. Ja. So ziemlich.« Direkt zur Sache zu kommen erschien mir nicht angebracht, obwohl ich das am liebsten getan hätte. »Vielen Dank, dass du deinen Terminplan über den Haufen geschmissen hast, um dich mit uns zu treffen.«

»Uns?«

»JC ist hier«, gestand ich ihm. »Er bestellt gerade.« Und weil ich wirklich dachte, es wäre einfacher, es ihm unter vier

Augen mitzuteilen, sagte ich: »Ich will direkt zur Sache kommen – ich bin schwanger.«

»Du bist schwanger ...« Sein Gesichtsausdruck war zunächst neutral, bis ihm aufging, warum diese Information für ihn relevant war. Seine Augen leuchteten auf. »Und du denkst, dass ich der Vater bin?«

»Nein. Das glaube ich nicht.« Ich fühlte einfach, dass er es nicht war. »Aber scheinbar ist es möglich.« Ich erklärte ihm die Ultraschalldatierung, der zufolge ich während der Woche schwanger geworden war, in der ich sexuell nicht aktiv gewesen war. »Also, wie gesagt, es ist möglich.«

»Die Chancen stehen fünfzig zu fünfzig«, sagte JC und stellte mein Getränk vor mich hin. Er blieb stehen und bot Chandler die Hand zum Gruß.

Chandler zögerte kurz, aber dann ergriff er sie doch.

»Danke, dass du gekommen bist.« JC ließ Chandlers Hand los und setzte sich neben mich. »Das kann dir nicht leichtgefallen sein. Ich hoffe, du weißt, dass ich dir nichts nachtrage.«

»Ich wünschte, das könnte ich von mir auch behaupten«, murmelte Chandler vor sich hin. Ich hörte es, war aber nicht sicher, ob JC es auch gehört hatte.

Er hatte es wohl doch. Denn JC nahm unterm Tisch meine Hand. Ob er es tat, um mich zu trösten oder für sich zu beanspruchen, war mir nicht klar, ich ließ sie ihm also. Das hätte ich vielleicht nicht getan, wenn ich gewusst hätte, dass es nur eine tröstliche Geste war. Ich fühlte mich zu ihm gehörig, aber fand es nicht notwendig, Chandler damit zu provozieren.

»Wie dem auch sei.« Ich klang nervös, denn das war ich auch. »Das kann man mit einer einfachen Blutuntersuchung feststellen. Ich hatte gehofft, dass du dich dazu bereit erklärst, sie machen zu lassen.«

Chandler, der damit beschäftigt gewesen war, JC böse anzustarren, wandte sich mir zu. »Ich bin dabei.«

»Wunderbar!« Ich hätte nicht gedacht, dass ich so erleichtert sein würde. Mir war gar nicht klar gewesen, dass ich befürchtet hatte, er könnte sich weigern. »Das Labor ist gleich nebenan. Du brauchst ihnen nur diese Kennnummer zu geben, dann können sie das Blut direkt zur Untersuchung schicken.«

Mit der freien Hand zog ich den Adresszettel aus der Tasche, auf dem ich die Nummer aufgeschrieben hatte. Ich schob ihn Chandler über den Tisch hin zu.

Er nahm den Zettel, doch dann legte er die Hand auf meine. »Wenn das Baby von mir ist, Gwen, will ich auch dafür verantwortlich sein. Du weißt ja bereits, dass ich die finanziellen Mittel habe, für dich und das Kind zu sorgen, aber du sollst auch wissen, dass ich den Wunsch dazu habe. Ich werde ein guter Vater sein. Und zu dir würde ich auch gut sein. Ich würde dir ein verdammt guter Ehemann sein oder es zumindest mein ganzes Leben lang versuchen. Und nicht nur, weil du schwanger geworden bist.« Er senkte die Stimme und klang noch aufrichtiger. »Ich liebe dich, Gwen.«

Ich erstarrte und meine Lippen teilten sich. Er hatte immer bloß angedeutet, dass er tiefere Gefühle für mich hegte. Seine Bestätigung wirkte auf mich, als hätte er den Verband von einer alten Wunde gerissen und die Fäden wären daran hängen geblieben. Ich hatte ihn verletzt, aber zu wissen, wie sehr, tat *mir* ebenfalls weh.

Betäube den Schmerz. Empfinde nichts mehr.

Den Schmerz konnte ich ignorieren. Die Peinlichkeit der

Lage allerdings nicht. Hören zu müssen, wie Chandler mir vor JC seine Gefühle offenbarte. Zu spüren, wie mein Verlobter heimlich unter dem Tisch meine eine Hand umklammerte, während mein Ex auf dem Tisch die andere hielt. Für jeden von ihnen hatte ich die richtigen Worte, aber wenn ich sie vor beiden aussprach, würde ich wahrscheinlich einem von ihnen wehtun, wenn nicht sogar beiden.

In diesem Augenblick konnte ich auf JC keine Rücksicht nehmen. Er hatte mich fürs Leben – zumindest falls er das immer noch wollte, wenn alles geregelt war. Aber jetzt ging es darum, eine Grundlage für eine möglicherweise lebenslange Verbindung mit Chandler zu schaffen, ob JC noch daran teilhaben wollte oder nicht.

Unterm Tisch schloss ich die Finger fester um JCs. Dann zog ich sanft die andere Hand unter Chandlers hervor. »Ich habe dich gern, Chandler.« Ich spürte, wie sich bei JC neben mir die Nackenhaare aufstellten. »Aber das ist alles. Ich weiß, dass du ein sehr guter Vater sein wirst, sollte dieses Baby von dir sein. Wir werden alles tun, um dafür zu sorgen, dass du den Anteil an seiner Erziehung bekommst, der dir zusteht. Aber mein Leben ist an JCs Seite. Ob er der Vater des Babys ist oder nicht. Und daran wird sich auch nichts ändern, ganz gleich, was der Vaterschaftstest erbringt.«

Chandler sah ganz enttäuscht aus. »Sicher. Ich musste es bloß loswerden, solange sich die Gelegenheit dazu bot.« Er stand auf. »Ich gehe jetzt zur Blutabnahme.« Ehe ich ihm danken konnte, war er bereits verschwunden.

AUF DER HEIMFAHRT SCHWIEGEN WIR.

Ich dachte über meinen Einkaufszettel nach. Und an den Waxing-Termin, den ich vor der Hochzeit vereinbaren musste. Und darüber, ob wir den Wagen, mit dem wir gerade fuhren, verkaufen sollten oder nicht, da Stadtfahrten die reine Hölle waren. Ich dachte an alles Mögliche, nur nicht an das Baby, das in mir wuchs, oder Chandlers Liebeserklärung oder was JC davon halten musste.

In der Wohnung angekommen ging ich gleich ins Schlafzimmer, um mich hinzulegen. Ich hatte schon zuvor ein Schläfchen gehalten, aber jetzt war ich müde. So unbeschreiblich müde.

JC folgte mir. »Ich hole heute Abend noch die pränatalen Vitamine ab«, sagte er und zog die Schuhe aus. »Meinst du, wir sollten den Termin mit dem Maler aufschieben? Vielleicht ist der Farbgeruch nicht gut für das Baby.«

Ich starrte ihn ungläubig an. Er hatte gerade herausgefunden, dass unser Baby – das Baby, das er sich so sehr gewünscht hatte – vielleicht gar nicht von ihm sein könnte, hatte gerade gehört, wie mir ein anderer Mann seine Liebe gestand, und jetzt machte er sich Sorgen wegen Farbgeruchs?

JC interpretierte meinen Ausdruck falsch. »Du weißt doch, der Maler, der das Büro streichen soll? Er könnte stattdessen kommen, wenn wir in Santorin sind.«

Er plante also noch immer unsere Flitterwochen. Das hätte mich aufheitern sollen. Er wollte mich offenbar immer noch heiraten, selbst wenn er nicht der Vater war. Selbst wenn ein anderer Mann mich auch liebte.

Doch als der Eispanzer schmolz, war es nicht Erleichterung, die ich empfand. Es war Wut.

Ich war auf mich selbst wütend. Auf unzuverlässige Verhütung. Auf meinen Körper. Und am meisten war ich wütend auf JC, so ungerechtfertigt das auch sein mochte. Nicht nur, weil er mich so lange allein gelassen hatte, dass ich meine sexuelle Befriedigung anderswo finden musste, sondern auch, weil er sich nichts daraus zu machen schien.

»Was ist denn bloß los mit dir?«, fragte ich, ohne meinen Zorn zu verbergen.

Meine Frage schien ihn zu verwirren, aber meine Stimmung ignorierte er. »Wie meinst du das?«

Ich wiederholte, was ich gesagt hatte, diesmal noch aggressiver als zuvor. »Ich meine, was ist mit dir los? Warum bist du nicht böse?« Ich war jetzt völlig außer mir, während er seelenruhig weitermachte, als hätte unsere Welt sich nicht gerade aus den Angeln gehoben.

Er zuckte die Achseln, zog sich die Jacke aus und hängte sie über den Bettpfosten. »Ich schätze, es gibt nichts, worüber ich mich aufregen sollte.«

Mein Gesichtsausdruck spiegelte ungläubigen Sarkasmus wider. »Deine Verlobte ist vielleicht von einem anderen Mann schwanger, der auch noch vor deiner Nase versucht, sie dir auszuspannen, und du findest, dass es nichts gibt, worüber du dich ärgern solltest?«

»Du warst ja nicht meine Verlobte, als du schwanger wurdest. Falls es nicht von mir ist, meine ich.« Er wandte sich ab, um sein Hemd aufzuknöpfen, aber das war das einzige Zeichen von eventueller Beunruhigung.

Ich ging um ihn herum und zwang ihn dazu, mir seine volle Aufmerksamkeit zu schenken. »Aber während wir getrennt waren, warst du die ganze Zeit mit niemand anderem zusammen. Ich aber doch. Stört dich das denn gar nicht?«

Er hielt mit dem Ausziehen inne und seufzte frustriert.

»Das haben wir bereits besprochen, Gwen. Ich wusste, dass ich zurückkommen würde. Du nicht. Ich kann dir nicht verübeln, was du getan hast, während ich fort war.« Er streifte auf dem Weg zu seinem Schrank an mir vorbei.

»*Verübeln?*« Wenn er mit jemand anderem zusammen gewesen wäre, wäre ich verletzt, verzweifelt und höllisch eifersüchtig gewesen. Es ihm zu *verübeln* wäre nicht annähernd der richtige Ausdruck gewesen, um meine Gefühle zu beschreiben.

Er wirbelte zu mir herum. »Kannst du mir sagen, was du hören willst? Denn offensichtlich finde ich nicht die richtigen Worte.« Sein Ton war jetzt energischer, klang aber eher verzweifelt, und das war mir ganz und gar nicht recht.

»Ich will hören, dass es dich stört.« Ich schrie ihn jetzt praktisch an. »Ich will hören, dass du stinkwütend bist.«

»Auf *dich*?«

»Ja!«, rief ich aus. »Warum hasst du mich nicht? Du solltest mich dafür hassen, dass meine Beziehung mit Chandler vielleicht den Rest unseres Lebens ruiniert hat.«

Er kam mit ausgestreckten Händen besänftigend auf mich zu. »Ein Baby wird uns nicht das Leben ruinieren.«

Ich wehrte ihn ab. Mitleid wollte ich nicht von ihm. Ich versuchte weiter, das, was ich wirklich wollte, von ihm zu bekommen. »Wir werden an ihn gebunden sein. Für immer. Er wird Umgangsrecht verlangen und mitentscheiden wollen, wo das Kind zur Schule geht. Vielleicht will er sogar bei der Entbindung dabei sein.«

»Damit kommen wir schon zurecht.«

Ich trat nach vorne, bereit, ihn mit dem Schlimmsten zu provozieren. »Er war in mir, JC«, sagte ich, ohne mit der Wimper zu zucken. »Ich ließ es zu, dass er seinen Schwanz in mich gesteckt hat – in den Körper, den du als dein Eigentum betrachtest. Dass er mich auf den Mund geküsst und meine Brüste und meine Muschi gestreichelt hat. Und das stört dich nicht?«

»Doch!« Er explodierte. *Endlich.* »Es stört mich! Ist es das, was du willst?« Er wartete nicht auf meine Antwort, denn er wusste, dass es genau das war, was ich beabsichtigt hatte. »Es macht mich wahnsinnig vor Eifersucht. Er hat dich an Stellen berührt, die nach mir kein anderer Mann hätte berühren dürfen. Und ja«, seine Stimme klang jetzt rau und verachtungsvoll, »ich hasse ihn. Ich *verabscheue* ihn. Ich würde ihn am liebsten umbringen. Ihm mit den Zähnen die Hoden abreißen und ihm den Schwanz abschneiden und dann würde ich ihn töten, verdammt noch mal.«

Ich zuckte leicht zusammen, aber nur, weil ich JC noch nie so leidenschaftlich gesehen hatte, nicht weil ich tatsächlich befürchtete, dass er jemanden verletzen würde.

»Aber wenn ich ihm irgendetwas antäte«, fuhr er fort, nicht ganz so laut, doch mit der gleichen Wildheit, »würde ich dich verlieren. Ich würde ins Gefängnis kommen, und was hätte ich damit erreicht? Hm? Stattdessen tue ich das Einzige, was mir übrig bleibt – ich liebe dich. Ganz und gar. Jeden verdammten Quadratzentimeter. Jeden Teil von dir, den er je besessen hat, denn das eine weiß ich genau, was auch immer er glaubt, für dich zu empfinden, ich liebe dich mehr.« Zur Bekräftigung seiner letzten Worte stieß er sich mit dem Zeigefinger gegen die Brust. »Du willst also, dass ich dich *hasse*?« Er schien darüber völlig verblüfft zu sein. »Das kann ich nicht, Gwen. Denn dann hat er gewonnen. Und ich will dich nicht noch einmal verlieren.«

Ich war sprachlos. Und ganz überwältigt.

Mit schwachen Knien sank ich auf die Bank am Fenster. JC ließ sich mir gegenüber aufs Bett fallen, offenbar genauso erschöpft wie ich. Seine Worte waren zu mir durchgedrungen, hatten mich von meinen Vorurteilen befreit, und an ihre Stelle war Einsicht getreten. Meine Zeit mit Chandler ließ ihn keineswegs kalt – wie konnte sie das auch? Er wurde nur auf seine Weise damit fertig, auf eine produktive Weise, indem er seinen Hass in Liebe verwandelte. Das hätte ich wissen müssen. Ich hatte seine Feindseligkeit oft gefühlt, wenn er beim Sex besitzergreifend und dominierend wurde. Aber ich hatte dabei auch immer seine Liebe spüren können. Die beiden Empfindungen waren bloß nicht so voneinander getrennt, wie ich immer gedacht hatte – sie waren miteinander verwoben und die eine bedingte die andere.

Und nun kam ich mir ganz schlecht vor, weil ich ihn so weit getrieben hatte.

Aber ich war auch froh, dass ich nun Bescheid wusste.

Wir saßen uns einige Minuten schweigend gegenüber, ohne uns anzusehen, während jeder von uns die Situation verarbeitete. Es war, als trügen wir beide ein Ei, das wir mit äußerster Vorsicht behandelten, voller Angst, es könnte zerbrechen, nur um herauszufinden, dass es sich von vornherein um ein hartgekochtes Ei gehandelt hatte.

Wir würden nicht daran zerbrechen. Wenn wir unseren Schmerz in gegenseitige Liebe verwandeln konnten, würden wir nur stärker werden. Und das war eine wertvolle Erkenntnis.

»Ich hatte solches Glück, dich zurückzugewinnen«, sagte JC schließlich leise. »Ich habe dich nur für einen Moment an ihn verloren. Es hätte für immer sein können.«

Ich hob abrupt den Kopf, um ihn anzusehen. Er war voll-

kommen aufrichtig, und jetzt wurde mir noch etwas klar.
Dass nämlich jeden Tag, an dem ich mit meinen Zweifeln
und Sorgen kämpfte, JC dasselbe tat. Und seine waren doch
viel schwerwiegender als meine. Ich hatte bloß Angst, er
würde mit einem Geist glücklicher sein. Er hingegen
befürchtete, ich könnte mit einem Mann glücklicher sein, der
noch Teil meines Lebens war.

Und jetzt vielleicht mehr denn je.

Wir hatten noch so viel übereinander zu lernen. Doch
wenigstens hatten wir die Liebe auf unserer Seite. Jedenfalls,
wenn ich sie nicht dauernd von mir stieß.

»Er hat mich niemals ganz besessen«, sagte ich genauso
leise und aufrichtig wie er. »Mein Herz hat ihm nie gehört.«

Er lächelte zwar, aber nicht mit den Augen. »Ich weiß.«

Selbst wenn JC es mir nicht übel nahm, würde ich mir
doch nie verzeihen, dass ich mit jemand anderem geschlafen
hatte, während ich noch in ihn verliebt war. Ich hätte nie
gedacht, dass es bleibende Konsequenzen haben könnte. Ich
hörte niemals auf, mich zu fragen: *Was wäre, wenn …*

Ich fuhr mir mit den Zähnen über die Unterlippe.
»Wenn du es nicht fertigbringst, macht es dir etwas aus,
wenn ich mich selbst hasse?«

»Ja«, erwiderte er streng. »Sogar eine ganze Menge.«

Ich lehnte mich mit dem Rücken ans Fenster und blickte
zur Decke hinauf. Dann sagte ich die Worte, die im Mittelpunkt meines Schmerzes standen und die Ursache meines
Angriffs gewesen waren. »Ich kann es nicht ertragen, wenn es
nicht dein Baby ist, JC.« Mir versagte die Stimme und auf der
Stelle kniete er vor mir.

Er legte beide Hände auf meine. »Doch, das kannst du.
Wir können das. Zusammen können wir alles bewältigen,

und glaub mir, dies ist nicht das Schlimmste, was uns geschehen kann.«

Ich nickte und mir schnürte sich die Kehle zu. Ich schluckte hart und brachte flüsternd hervor: »Es tut mir so leid.«

»Ich weiß.« Er streichelte mir sanft den Arm. Es war eine so unglaublich zärtliche Liebkosung. »Mir tut es auch leid. Es tut mir leid, dass ich dich in eine Lage gebracht habe, in der du dachtest, du müsstest aufhören zu leben, um treu zu bleiben. Es tut mir leid, dass ich nicht eher wieder hier war.«

Es war mir nicht mehr wichtig, was in der Vergangenheit geschehen war. Meine einzige Sorge war unsere Zukunft. »Du wirst bei mir bleiben? Selbst wenn ...«

Er zögerte keine Sekunde. »Ja. Ganz gleich, was passiert. *Du gehörst mir.«* Er beugte sich nach vorn und küsste mich auf den Bauch. »Und du auch.«

Ich schmolz dahin. Oder brach zusammen. Vielleicht war es beides. Ich war so gerührt, dass er dieses Kind auf jeden Fall haben wollte, und so erschüttert bei dem Gedanken, dass es vielleicht nicht von ihm war.

Er ließ den Kopf auf meinem Schoß ruhen und ich zog die Hand unter der seinen hervor, um ihm damit durchs Haar zu streichen. »Wir werden noch ein Baby haben, JC. Das verspreche ich.«

Er drehte den Kopf zur Seite, um mich ansehen zu können. »Wenn wir das täten, würde es genauso wundervoll wie dieses werden. Aber lass uns nichts überstürzen, okay?«

Hatte ich nicht vorher zu ihm genau dasselbe gesagt? Aber meine Worte waren von Angst motiviert gewesen. Seine hingegen von größter Zuneigung.

Ich glitt von der Bank, um mich vor ihm hinzuknien. »Ich

liebe dich«, murmelte ich und umfing mit beiden Händen sein Gesicht. »Ich liebe dich so sehr. So sehr.«

Dann sagte er es auch und unterbrach sich nur hin und wieder, um mich zu küssen. Meine Gefühle für diesen Mann waren so tief – sie verzehrten mich. Sie erfüllten mich so vollkommen, dass ich mir gar nicht mehr vorstellen konnte, wie ich jemals Raum für Befürchtungen gehabt hatte. Sie ergänzten mich auf eine Weise, die er sicher niemals begreifen könnte.

Dennoch wollte ich versuchen, es ihm zu zeigen.

Unsere Küsse wurden leidenschaftlicher und ich öffnete die restlichen Knöpfe an seinem Hemd. Doch ehe er mir die Bluse ausziehen konnte, entzog ich mich ihm und sah ihm in die Augen. »Es gibt noch einen Teil von mir, den er nie besessen hat.«

Er zögerte, aber ich wusste, dass er mich verstanden hatte. »Ich werde nicht ... das brauchst du nicht zu tun.« Er ergriff den Saum meiner Bluse und zog sie mir über den Kopf.

»Ich will es aber«, sagte ich, als ich wieder etwas sehen konnte. »Und ich will es dir geben. Ich will dir jeden Teil von mir geben, und diesen auch.«

Diesmal war er es, der sich zurückzog. »Okay«, sagte er nach einer Weile. »Ich freue mich schon darauf.« Er wickelte sich mein Haar um die Hand und zog mich näher, bis er mit seinem Mund den meinen beinahe berührte. »Das solltest du auch. Ich verspreche, dass es dir gefallen wird.«

Die heiße Leidenschaft in seiner Stimme jagte mir einen köstlichen Schauer über den Rücken.

Aber ich schüttelte den Kopf.

Er ließ die Hand sinken. »Das soll keine Bestrafung werden.«

»Nein, darum geht es mir jetzt nicht.« Obwohl ... ich verwarf den Gedanken. »Ich meine jetzt. Ich möchte, dass du mich jetzt sofort so nimmst.«

Er war nicht sicher. »Gwen ...«

»Bitte.« Ich strich mit den Händen über die muskulösen Flächen seines entblößten Brustkorbs, wobei von seiner Haut unter meinen Fingerspitzen Stromstöße zu meinem Unterleib zuckten. Ich war so erregt, so ungeheuer stark beeindruckt von dem, was zwischen uns geschehen war, dass ich die Bedeutung von all dem unbedingt auf eine körperliche Verbindung übertragen musste. Und zwar eine, die auf eine Weise einmalig und ausdrucksvoll war wie keine einzige vor ihr.

Und wenn das Baby in mir nicht seines war, würde ich wenigstens wissen, dass jeder andere Teil von mir ihm gehörte.

»Bitte«, sagte ich wieder. »Du musst einfach. Du musst mir zeigen, dass du mich besitzt.«

Meine Worte zeigten ihre Wirkung auf ihn. Seine Augen verdunkelten sich und er atmete schwerer. »Ich muss dir zeigen, dass ich dich besitze?« Seine Stimme war rau und jetzt war ich sicher, dass er nicht länger zögern würde, sondern sich entschieden hatte. »Wenn du so etwas überhaupt sagen kannst, hast du allerdings recht.«

Er erhob sich abrupt. »Steh auf«, befahl er und spielte jetzt die Rolle, die wir beide so liebten. »Zieh dich aus und beug dich übers Bett, den Hintern nach oben gestreckt.«

Er wandte sich von mir ab, sicher, dass ich tun würde, was er gesagt hatte. Mir waren die Knie schwach, als ich aufstand, um mich auszuziehen. Ich wollte dies und zitterte vor Erwartungsfreude, aber ich war auch nervös. Sexspielzeug hatten wir benutzt. Er hatte auch schon den Finger benutzt und ich hatte es jedes Mal genossen. Aber sein Schwanz war viel größer als mein Analstöpsel. Und der Gedanke daran, wie viel größer er war, lähmte mich beinahe.

Aber nur beinahe.

Er machte mich auch wahnsinnig vor Begierde.

Als ich nackt war, ging ich zum Bett und brachte mich in Position. Von hier aus konnte ich nicht sehen, was er machte, aber ich nahm an, dass er am Nachttisch gewesen war, um ein Gleitmittel zu holen. Dann hörte ich das Klirren seiner Gürtelschnalle und das Geräusch seines Reißverschlusses, als er ihn herunterzog. Bald gingen von meinen Beinen Hitzestrahlen aus und ich wusste, dass er hinter mir war.

Sanft legte er die Handflächen auf meine Pobacken und strich an meinem Körper entlang bis zu den Schultern und wieder zurück. »Du bist so verdammt schön.« Er sagte es so leise, dass es klang, als spräche er nur mit sich selbst anstatt zu mir. Dann sagte er lauter: »Entspann dich, Gwen.«

Danach machte er dasselbe noch einmal, aber er drückte fester zu, um meine Muskeln dazu zu bringen, sich zu entspannen. Ich zwang mich, tiefe, beruhigende Atemzüge zu nehmen, was in meinem Zustand von Erregung und Angst gar nicht so leicht war. Doch nach einigen Minuten spürte ich, wie sich der Knoten in meinen Schultern löste, während sich gleichzeitig die Spannung im Unterleib verstärkte.

JC musste wohl die Veränderung bei mir bemerkt haben, denn er verlagerte seine Aufmerksamkeit von meinem Rücken auf den Raum zwischen meinen Beinen. Sein Finger glitt mühelos in meine Muschi. »Du bist vollkommen durchnässt«, sagte er ehrfürchtig. »Du hast ja keine Ahnung, wie erregend das auf mich wirkt.«

Dafür hatte ich allerdings doch einen sicheren Beweis. Einen harten, dicken Beweis, der nun in mich eindrang. Er grunzte, als er sich tiefer hineinstieß, ehe er einen gemächlichen Rhythmus fand.

»Ja«, stöhnte ich. Es fühlte sich so gut an. Ich hatte schon immer eine Vorliebe dafür, wenn er mich von hinten nahm und mit seinem langsamen Tempo erregte und reizte, bis ich ihn um mehr bat.

»JC. Ich will. Bitte.« Ich wusste nicht einmal mehr, was ich wollte. Ich war mir jedoch sicher, dass er es mir geben würde.

Und das tat er. Er sagte kein Wort, aber ich hörte das Klicken, als er einen Flaschendeckel öffnete, und einen Augenblick später spürte ich die kalte Spitze eines Sexspielzeugs an meinem Anus.

»Du weißt ja, wie das geht. Drücke dich dagegen, während ich es einführe.«

Ein lichter Moment durchbrach meine lustvolle Trance. »Ich brauche *dich*, JC.« Er war ja schon der Erste, mit dem ich je einen Analstöpsel benutzt hatte, aber ich wollte ihn ganz. Wollte, dass er mich mit seinem Schwanz markierte und zu seinem Eigentum machte.

»Ich weiß, was du brauchst.« Er schien irritiert. »Und im Moment musst du alles mir überlassen. Jetzt. Du musst drücken.« Er wartete nicht auf meine Zustimmung, sondern stieß den Stöpsel in mich hinein, bis er fest saß.

Ich begann sofort, mich auf den Höhepunkt hinzuzubewegen. Der Druck des Stöpsels bewirkte, dass meine Muschi sich fester um ihn schloss, sodass jeder Stoß sich an meinen Innenwänden rieb und alle Nervenenden stimulierte.

»Ich komme gleich«, warnte ich ihn, denn ich war bereits auf halbem Wege. Ich wäre bereits gekommen, wenn ich mich nicht so sehr bemüht hätte zu warten.

»Du brauchst dich nicht zurückzuhalten. Du musst sowieso kommen, ehe ich weitermache.« Als könnte er gar nicht glauben, dass es so einfach wäre, griff er um mich herum und ertastete meine Klitoris.

Das war zu viel für mich. Mein Orgasmus brach los und ergoss sich in einem nassen Hitzestrom über seinen Schwanz.

Im selben Augenblick zog er sowohl seinen Schwanz als auch den Stöpsel aus mir heraus, und selbst in meiner Ekstase spürte ich, dass er sich ganz von mir entfernt hatte.

»Komm her«, befahl er.

Ich stand auf und blinzelte, immer noch benommen. Ich drehte mich um und sah ihn auf dem Sessel sitzen, und seine kühn aufgerichtete Erektion zog mich ebenso stark zu ihm wie seine Stimme.

Er hielt das Gleitmittel in der Hand und verteilte eine großzügige Menge davon auf seinem Schwanz, während ich zu ihm hinüberstolperte. »Setz dich mir auf den Schoß. Du kannst mich so langsam nehmen, wie du willst.«

Er wollte eine zärtliche und intime Atmosphäre schaffen. Versuchte, mir die Angst davor zu nehmen, indem er mir die Kontrolle überließ.

Dabei wurde ich meine Nervosität nie richtig los, wenn er nicht die Zügel hielt.

»JC. So geht das –«

Er packte mich am Arm und zerrte mich roh zu sich. »Du musst damit aufhören, alles zu hinterfragen, was ich tue,

Gwen. Dies setzt dein ganzes Vertrauen zu mir voraus, und wenn du dich nicht dazu überwinden kannst, es mir zu geben, müssen wir dies ein andermal machen.«

»Nein.« Ich war bereits dabei, mich rittlings auf ihn zu setzen, denn ich befürchtete schon, er würde mich daran hindern, wenn ich noch länger zögerte. »Ich vertraue dir.« Ich kniete über ihm.

»Gut.« Er küsste mich voll wilder Leidenschaft. Mit der Zunge drang er dabei tiefer in meinen Mund ein als je zuvor. Als er mich losließ, rang ich nach Luft. »Jetzt setz dich auf mich.«

Ich lehnte mich zurück und spürte seine Schwanzspitze an meinem Anus. Er brauchte mich nicht daran zu erinnern, tief einzuatmen, aber er tat es trotzdem. Langsam drückte ich mich daran hinunter. Er fühlte sich groß an, sehr groß, und als er meinen Analrand erreichte, war ich sicher, dass er zu groß und der Schmerz zu viel für mich war.

Doch als ich nur ein wenig tiefer glitt und die Spitze seines Schwanzes am engsten Teil vorbei war, verwandelte sich der Schmerz plötzlich in etwas anderes – unglaubliche, atemberaubende Lust, wie ich sie noch nie erlebt hatte. Sie war so intensiv, dass vor meinen Augen Punkte wirbelten, dabei hatte ich ihn noch nicht einmal ganz aufgenommen.

»Ahhhh.« Ein Laut kam mir über die Lippen, teils Seufzer, teils Wimmern.

»Ist alles okay?« JCs Stimme klang angespannt und ich wusste, dass es ihn seine ganze Selbstbeherrschung kostete, nicht zuzustoßen.

»Mmhmm.« Ich hielt inne, damit mein Körper sich ihm anpassen konnte, ehe ich mich ganz auf ihm niederließ. Ich wusste nicht einmal, ob ich ganz auf ihm sitzen *konnte*. Zu

Beginn war ich nicht sicher gewesen, ob ich den Schmerz ertragen könnte, wenn ich ihn ganz in mich aufnehmen würde, jetzt wusste ich nicht, ob die Lust dabei zu groß sein würde.

»Kannst du noch?« Er klang gleichzeitig geduldig und erwartungsvoll.

Und ich hatte es ihm ja geben wollen – und zwar vollständig –, also atmete ich einmal tief ein und langsam wieder aus und ließ mich dabei ganz auf ihn hinuntersinken.

»Oh mein Gott.« Ich schloss die Augen und rührte mich nicht, aber ich fühlte ihn in meinem Inneren pulsieren, und das war so verdammt wundervoll. »Oh Gott.«

»Gwen?«

Ich öffnete die Augen und fand, dass er mich mit einem besorgten und gequälten Ausdruck betrachtete. »Es ist alles gut«, versicherte ich ihm. »Es ist wirklich unwahrscheinlich schön.«

Seine Züge entspannten sich und ein Lächeln stahl sich auf seine Lippen. »Du fühlst dich fantastisch an. So eng.« Er senkte den Kopf zu einer meiner Brüste und saugte an der Brustwarze, gerade fest genug, um mich zum Zappeln zu bringen.

»Ah!« Bei der leichten Bewegung schossen mir Schockwellen durch die Glieder, die mich wie ein Feuerwerk zum Leuchten brachten. Die Empfindung wurde schwächer, sobald ich mich nicht mehr bewegte. Doch sie war so schön gewesen, dass ich sie unbedingt so bald wie möglich wieder erleben wollte. Also begann ich, mich zu bewegen.

Ich ritt JC viel langsamer, als er mich normalerweise ritt, und bewegte mich in einem so sanften Rhythmus an ihm auf und nieder, dass ich sicher war, ich würde ihn damit zum

Wahnsinn treiben. Aber mir selbst ging es ja genauso, denn mit jedem Stoß vibrierte mein Körper ein wenig mehr. Ein köstlicher Schwindel ergriff mich und ich hielt mich an seinen Schultern fest, um nicht das Gleichgewicht zu verlieren.

JC ließ die Hände über meinen Körper gleiten – an den Flanken hinunter, wieder nach oben über meine Brüste und dann wieder tiefer, um meine Muschi zu streifen. Er begehrte mich verzweifelt. Die Macht, die ich über ihn hatte, vergrößerte meine Lust nur noch mehr, und schon bald war ich nahe am Orgasmus.

Ehe ich ihn erreichen konnte, flüsterte JC mir ins Ohr: »Hast du dich jetzt daran gewöhnt?« Seine Stimme klang belegt und sein Atem kitzelte mich am Ohrläppchen.

»Mmhm.«

»Gut«, knurrte er. »Denn jetzt gehst du auf alle viere aufs Bett, damit ich dich richtig ficken kann.«

Ich hielt inne und erstarrte, hin- und hergerissen zwischen Besorgnis und Lust. JC fickte gern hart und schnell – war ich dazu bereit? Wenn ich jedoch gedacht hatte, dass ich zuvor erregt war, wirkte jetzt seine sinnliche Drohung wie reine Magie auf mich und erfüllte mich mit solcher Begierde, dass ich weder denken noch atmen konnte.

»Gwen.« Mit einer strengen Silbe erinnerte er mich daran, dass er hier der Herr war. Brachte mir in Erinnerung, dass ich das so *wollte*.

Ich kletterte hastig von ihm herunter und eilte zur Matratze, wo ich die Stellung einnahm, die er verlangt hatte. Ich hörte, wie er sich hinter mir erhob. Dann stand er auch schon neben dem Bett. Er packte mich bei den Hüften und zog mich zum Bettrand.

Gott, oh Gott, oh Gott.

Er würde stehen bleiben, um mich zu ficken. Das hieß, dass er die Kraft seiner Beine zum Zustoßen benutzen konnte. In meinen Adern pumpte Adrenalin.

Ja, das würde gut werden.

Als er mich hatte, wo er mich haben wollte, schlug er mir klatschend mit der Handfläche auf eine Pobacke. Der brennende Schmerz ließ mich zusammenzucken, ich war aber erstaunt, dass der Schlag mich vor Erregung noch feuchter machte. Er war jetzt ganz nahe und ich konnte spüren, wie seine Schenkel sich von hinten gegen meine drückten. Er fuhr mit dem Schwanz an meiner Muschi entlang, bis er beim Anus angekommen war.

»Das da drüben«, sagte er mit rauer Stimme, »war, was du mir gegeben hast. Den Rest nehme ich mir selbst.« Und dann, die Finger um meine Hüftknochen geklammert, stieß er sich bis zum Ansatz hinein. Und er nahm sich, was er wollte.

Obwohl ich aufgewärmt worden war, tat sein hastiges Eindringen weh, aber der Schmerz ging bald in der elektrisierenden Ekstase unter, die mich verschlang, als er sich in eine manische Raserei des Zustoßens hineinsteigerte. Jeder Stoß wurde von einem leisen Aufstöhnen begleitet, seine Finger krallte er in mein Fleisch und die Unregelmäßigkeit seines hektischen Rhythmus bewies mir, dass er jede Kontrolle über sich verloren hatte.

Vielleicht hätte ich mir darüber Sorgen machen sollen. Aber, gütiger Himmel, es war der heißeste Sex, den ich je mit ihm gehabt hatte.

Und er brachte mich verdammt schnell an mein Ziel. Innerhalb von Sekunden hatte ich es erreicht und kam immer wieder, lang und intensiv, während mein Körper sich wand und bebte, als JC sich mich wieder zu eigen machte. Vor meinen Augen sah ich verschwommene Regenbogen, Tränen rannen mir übers Gesicht, aus meinem Mund ergoss sich ein unaufhörlicher Strom unsinniger Silben und nicht einmal ich selbst wusste, ob ich mich in einem Zustand des Schmerzes oder der Ekstase befand.

Beides. Es war beides. Es war kein Schmerz, den er mir körperlich zugefügt hatte, sondern ein durch solch überwältigende Euphorie verursachter, dass er fast zu einer Bürde wurde.

Ich befand mich immer noch in den höchsten Höhen, als seine eigene Entladung kam. Er prallte gegen mich und dann hielt er inne und stieß einen heiseren, lang gezogenen Schrei aus, der mir wie ein Siegesschrei vorkam.

Ich brach zusammen und er fiel neben mir auf die Matratze, wir beide völlig erschöpft. Mein Gehirn war eine formlose Masse und ich wollte nur noch schlafen, ohne vorher zu duschen oder selbst unter die Decke zu schlüpfen.

Doch JC streckte die Hand aus und streichelte mir den Rücken. »Ist alles in Ordnung?«, fragte er, und ich war nicht sicher, ob es zaghaft klang oder nur geschwächt von der Anstrengung.

Ich drehte den Kopf zu ihm um. »Viel besser als nur in Ordnung. Ich gehöre dir.«

Sein Lächeln war fast unmerklich, aber es brachte sein ganzes Gesicht zum Leuchten. Dank einiger verborgener Energiereserven brachte er es fertig, mich in die Arme zu nehmen. »Dann habe ich alles, was ich will«, flüsterte er, und das war das Letzte, dessen ich mir bewusst war, ehe ich in einen tiefen, traumlosen Schlummer fiel.

KAPITEL ACHTZEHN

ALS ICH AN DIESEM ABEND AUFWACHTE, war JC nicht mehr im Bett. Ich warf einen Morgenmantel über und fand ihn, nur mit Jeans bekleidet, im Wohnzimmer vor, wo er auf und ab gehend am Telefon redete. Er hatte mich gleich entdeckt und schien sofort auf der Hut zu sein.

Ein schreckliches Déjà-vu-Gefühl überkam mich und ließ mich erstarren.

»Ja«, sagte er, »ich weiß. Ich weiß. Ich tue alles Nötige, keine Sorge.« Er legte auf und warf das Telefon aufs Sofa, ehe er zu mir herüberkam.

»Worum ging es denn?«, fragte ich, als er die Arme um mich schlang.

Er küsste mich auf die Nase. »Nichts, worüber du dir Sorgen machen musst.«

Mit dem Mund näherte er sich meinem, aber ich wich ihm aus. »Nein, nicht schon wieder. Als du das letzte Mal einen schlimmen Anruf bekommen hast und mir nichts darüber erzählen wolltest, hast du lauter verrücktes Zeug geredet und mir einen Heiratsantrag gemacht.«

Seine Hände schlossen sich fester um meine Taille. »War das wirklich so verrückt? Dann schau doch mal, was du jetzt am Finger trägst.«

Ich befreite mich aus seinen Armen. »Und dein Charme hilft dir jetzt auch nicht weiter, JC. Ich will wissen, was los ist. Auf Geheimnissen können wir uns kein gemeinsames Leben aufbauen. Es genügt nicht, dass ich dir gehöre, du musst mir auch gehören. Und das bedeutet, dass ich verdient habe, es zu hören.«

Er senkte den Kopf und seufzte. »Das weiß ich ja.«

»Also sträub dich nicht länger, sondern sag es mir schon.« Je länger er zögerte, desto mehr ging die Fantasie mit mir durch. Hatte es mit dem Baby zu tun? Oder mit seiner Arbeit? Wahrscheinlicher war es jedoch, dass es etwas mit Dom zu tun hatte und dies der Grund dafür war, dass ich ihn in letzter Zeit gesehen hatte. Jedenfalls wollte ich es wissen, doch JCs Gesichtsausdruck jagte mir schreckliche Angst davor ein, mehr zu erfahren.

Er lächelte, aber es wirkte nicht aufrichtig. »Ich werde es dir ja erzählen.« Er fasste mich sanft bei den Schultern. »Aber zuerst möchte ich, dass du mir nachsprichst: ›Es besteht kein Grund, auszuflippen. Alles wird gut. JC wird es in Ordnung bringen.‹«

Ich wollte mich instinktiv losmachen, aber stattdessen umfasste ich sein Gesicht mit den Händen. »Was es auch sein mag, wir werden schon damit fertig. Gemeinsam. Und ich verspreche nicht, dass ich nicht ausflippen werde, bis ich gehört habe, worum es sich handelt.« Ich ließ die Hände sinken. »Und nun sag es mir!«

Er zögerte kurz. »Das war Jeffrey Hines«, sagte er und nickte in Richtung seines Telefons, »der Staatsanwalt beim Prozess. Er war es auch, der anzurufen versuchte, als wir heute Morgen beim Arzt waren.«

Dem Anruf war eine SMS gefolgt, die ihn offensichtlich beunruhigt hatte. »Und?«

»Er wollte mir mitteilen, dass der Richter das Urteil für ungültig erklärt hat. Morgen früh wird Ralphio Mennezzo aus dem Gefängnis entlassen.«

JC VERBRACHTE die nächste Stunde am Telefon und wiederum eine Stunde später führte Norma uns in einen Besprechungsraum bei Pierce Industries. Es war schon beinahe neun an einem Freitagabend, das Gebäude war also dunkel und praktisch leer.

Norma schloss die Tür auf, öffnete sie und schaltete das Licht ein, sodass wir einen langen, rechteckigen Tisch mit darum gruppierten Stühlen erblickten. »Ist das ausreichend?«

»Das ist perfekt.« JC streifte an mir vorbei und nahm am Kopfende des Tisches auf einem Stuhl Platz, der wohl normalerweise für Hudson reserviert war. Ich war ziemlich sicher, dass JC auf diesem Sitz das Gefühl hatte, die Kontrolle zu haben. Während er den ganzen Abend in der Wohnung konzentriert und hellwach gewesen war, hatte ich ihn noch nie so nervös gesehen.

Und das beunruhigte mich mehr, als ich es für möglich gehalten hätte.

Ich legte meiner Schwester die Hand auf den Arm und

tat so, als wäre es eine Geste der Dankbarkeit, obwohl ich in Wirklichkeit Unterstützung brauchte. »Vielen Dank dafür, dass du das organisiert hast, Norma.« JCs Leute – wer immer sie auch waren – hatten es für das Beste gehalten, sich mit uns an einem Ort zu treffen, mit dem keiner von uns direkt in Verbindung gebracht werden konnte. Pierce Industries war das Beste, was uns kurzfristig eingefallen war.

»Keine Ursache. Das habe ich doch gern gemacht. Weißt du, warum der Prozess für ungültig erklärt worden ist?«

»Sie haben herausgefunden, dass zwischen einem der Geschworenen und einem der ermordeten Zeugen eine Verbindung bestand. Es war Steve Stockbridges Geliebter – Greg Thompson. Die Verteidigung glaubt, dass der Geschworene bestochen wurde, damit er dafür sorgte, dass das Urteil zugunsten der Anklage ausfiel.«

Norma runzelte die Stirn. »Das ist ja schrecklich.«

»Ich weiß. Und jetzt ist Mennezzo auf Kaution frei, bis eine neue Verhandlung stattfinden kann.« Mir schauderte bei dem Gedanken, dass der Mann, der Corinne ermordet hatte – der Mann, der sich JCs Tod wünschte –, wieder auf freiem Fuß war.

»Sorge dich nicht zu früh«, sagte Norma in schwesterlichem Tonfall. »Warte erst einmal ab, was die Behörden dazu sagen.«

Es war ein guter Rat, aber ich war ziemlich sicher, dass ich bereits wusste, was sie dazu sagen würden. Trotzdem nickte ich. »Ich gebe dir morgen eine kurze Zusammenfassung.«

»Oh, ich gehe ja nicht weg. Ich kann nicht zulassen, dass ein Haufen Leute, die keine Angestellten sind, hier Amok laufen.« Norma wusste genauso gut wie ich über die Situation Bescheid, sie konnte also nicht annehmen, dass es sich bei den Teilnehmern an dieser Zusammenkunft um Leute handelte, die *Amok laufen* würden.

»Ich bin nicht einmal sicher, ob du hierbleiben darfst, Schwesterherz. Ich werde danach in deinem Büro Bescheid sagen, damit du abschließen kannst.«

»Wenn sie mein Gebäude benutzen wollen, müssen sie meine Bedingungen akzeptieren.« Es war beinahe niedlich, wie sie es *ihr Gebäude* nannte. »Ich bleibe also hier, wenn es dir nichts ausmacht.«

Sie würde Schwierigkeiten machen, wenn es um harte Entscheidungen ging. Ich wollte sie nicht dabeihaben. »Es spielt gar keine Rolle, ob es mir etwas ausmacht oder nicht, oder?«

»Nein«, grinste sie. »Ich schätze nicht.«

Mit einem resignierten Seufzer ging ich zu JC hinüber und setzte mich neben ihn. Gerade in diesem Moment betraten ein Dutzend Männer den Raum, von denen die Hälfte schwarze Anzüge und Krawatten und der Rest Alltagskleidung trug. Dom war in T-Shirt und Jeans gekommen, aber er war der Einzige, den ich kannte.

JC stand auf, um einen der Männer im Anzug zu begrüßen. »Seid ihr problemlos reingekommen?«, fragte er, während er einem anderen die Hand schüttelte.

»Mit der richtigen Dienstmarke kommt man so gut wie überall rein«, antwortete der Mann.

Während der Rest der Gruppe sich um den Tisch verteilte, stellte JC mich dem Mann vor, mit dem er geredet hatte. »Gwen, dies ist Andrew Tate. Er ist für das Zeugenschutzprogramm zuständig.«

»Nun, für deinen Fall bin ich das jedenfalls.« Andrew

drehte sich um und bot mir die Hand. Sein Griff war fest und gleichzeitig doch sanft. »Ich würde gern sagen, dass es mich freut, Sie kennenzulernen, aber ich hatte gehofft, dass das niemals notwendig sein würde.«

»Und jetzt ist es das?« Mir zitterte die Stimme.

»Jetzt vielleicht schon. Dazu kommen wir noch. Wollen wir uns nicht setzen?«

Ich nahm Platz und lehnte mich zu JC hinüber. »Ich dachte, Dom wäre mit deinem Fall befasst.«

Obwohl ich leise gesprochen hatte, antwortete JC in einer Weise, dass alle es hören konnten. »Dom ist einer meiner Leibwächter. Ich hatte meine Zweifel bezüglich des Schutzprogramms, bin also in Las Vegas davon zurückgetreten und überließ es stattdessen meinem eigenen Team, mich zu verstecken. Es hat eng mit Drews Einheit zusammengearbeitet.«

»Du wolltest dich nicht auf ein Programm verlassen, das vom FBI organisiert ist?« Ich wusste, dass JC gern das Sagen hatte, aber dass er nur deshalb auf die Hilfe von Experten verzichten würde, hätte ich nicht gedacht.

Andrew ergriff das Wort, ehe JC antworten konnte. »Ich arbeite nicht fürs FBI. Es greift im Allgemeinen nur dann ein, wenn es um organisiertes Verbrechen geht. Nur wenige Staaten haben ihr eigenes Zeugenschutzprogramm, aber New York ist zufällig einer davon. Das sind wir. Als uns klar wurde, dass JC in Gefahr war, weil er der einzige lebende Hauptzeuge im Prozess gegen Mennezzo war, haben wir ihm einen Platz in unserem Programm angeboten.«

Meine nächste Frage richtete ich direkt an Drew. »Sind die staatlichen Programme weniger sicher?«

Er warf einen Blick zu den Männern in Anzügen

hinüber. »Wir tun jedenfalls unser Bestes, aber wir haben natürlich nicht dasselbe Potenzial wie das FBI oder die US-Polizeibehörde. Ich glaube jedoch, dass Justins Entscheidung, sich uns nicht anzuvertrauen, mindestens ebenso durch seinen Drang nach Unabhängigkeit motiviert war wie durch die Sorge um seine Sicherheit.

Ich warf JC einen bösen Blick zu.

Er schien sich dadurch nicht aus der Fassung bringen zu lassen. »Dann hätte ich nicht mit meinen Privatdetektiven in Verbindung bleiben können.«

»Die Detektive, die du damit beauftragt hast, mich zu beobachten, meinst du. Du hast dich nur deswegen selbst in Gefahr gebracht, weil du wissen wolltest, wo ich war? Was zum Teufel hast du dir dabei gedacht, *Justin*?« Ich hatte mich während dieser Besprechung so weit wie möglich beherrschen wollen, aber jetzt konnte ich meine Wut nicht mehr verbergen. Ich hätte auch gern gewusst, wo er untergetaucht war. Das hieß nicht, dass er dafür sein Leben riskieren sollte.

»Du warst nicht die Einzige, die ich beobachten ließ. Aber ja.«

»Wem hast du denn sonst noch nachspioniert?«

JC wechselte einen Blick mit Norma und ich hatte das Gefühl, dass sie sich wegen meiner Sturheit gegenseitig bemitleideten. »Können wir das nicht auf später verschieben? Ich verspreche dir, dass ich es dir erklären werde. Aber im Augenblick ist es nicht relevant.«

»Aber selbstverständlich, spar dir deine Geständnisse, bis sie relevant sind.« Das war patzig von mir, aber ausnahmsweise fand ich, dass ich das Recht hatte, meine Meinung zum Ausdruck zu bringen. »Wie auch immer. Das ist jetzt nicht mehr zu ändern. Kann jemand mir verraten, was nun geschieht, wenn Mennezzo wieder frei ist?«

Alle Augen ruhten auf JC. Er gab keine Antwort.

»Das hängt von seiner Entscheidung ab«, erwiderte Drew nach einer Weile. »Wir bieten ihm denselben Schutz an wie zuvor. Unser Team hier ist bereit, JC an einen sicheren Ort zu eskortieren, sobald er sich dazu bereit erklärt.«

Das sind die Männer in Anzügen, sagte ich mir. Die anderen waren höchstwahrscheinlich JCs Angestellte.

»Dich natürlich auch, Gwen«, fügte Drew hinzu. »Wie ich höre, erwartest du ein Baby?«

JC musste es ihm am Telefon gesagt haben, ehe ich hinzukam. »Ja, das ist richtig.«

»Du bist schwanger?« Norma hatte sich bis jetzt während der Besprechung beeindruckend zurückgehalten. Ich hätte mir gleich denken können, wie sie darauf reagieren würde.

Ich ignorierte sie und konzentrierte mich ganz auf Drew. »Ist das ein Problem?«

Er schüttelte den Kopf. »Wir können dich selbstverständlich bei neuen Ärzten anmelden, aber ich kann gut verstehen, wenn du wegen der Schwangerschaft nicht umziehen willst.«

Ich schlug mit der Faust auf den Tisch. »Ich würde nicht umziehen wollen, wenn ich nicht schwanger wäre. Meine Frage war, ist es *notwendig?*«

Drew räusperte sich. »Das ist meine Empfehlung. Unsere Dienste in Anspruch zu nehmen bleibt jedoch immer noch eine persönliche Entscheidung.«

Seine Empfehlung. Der Experte in dieser Angelegenheit empfahl uns, unser bisheriges Leben aufzugeben und zu verschwinden. Meinen Job, meine Freunde, meine Familie ... unsere Hochzeit! Sollten wir all unsere Pläne in den Wind schreiben und uns im Schnellverfahren vor einem Friedens- richter trauen lassen?

Mir war zum Weinen zumute.

JC drehte seinen Stuhl in meine Richtung, um seine Worte nur an mich zu richten. »Wir können uns auf Drews Team verlassen. Er lässt uns seit meiner Rückkehr beob- achten und seine Männer sind alle sehr gut ausgebildet. Wir haben keinen Grund anzunehmen, dass Ralphio immer noch versucht, mich umzubringen, nachdem meine Zeugenaus- sage ja gehört worden ist.«

»Aber diese Zeugenaussage zählt nicht mehr. Das Verfahren ist ungültig. Du bist wieder am Nullpunkt ange- langt. Wenn er dich loswird, ist er für immer frei, richtig?« Ein Blick auf Drew bestätigte meine Worte.

Aber mich beschäftigte noch etwas anderes, was JC gesagt hatte. »Und was soll das heißen, sie überwachen uns seit deiner Rückkehr? Hast du selbst um deine Sicherheit gefürchtet, als Mennezzo noch im Gefängnis war?«

Als mir klar wurde, dass ich aus JC keine Antwort herausbekommen würde, wandte ich mich wieder an Drew. »Waren wir die ganze Zeit in Gefahr?« Denn wenn das zutraf, würde ich meiner Wut freien Lauf lassen.

»Obwohl Ralphio Mennezzo nicht mit anderen Krimi- nellen in Verbindung gebracht wurde, müssen wir anneh- men, dass die anderen Zeugen durch Dritte ermordet worden sind.«

Drews sachliche Feststellung ließ mich daran zweifeln, dass ich seine Worte richtig verstanden hatte. »Bedeutet das, er hätte selbst vom Gefängnis aus jemanden damit beauftragen können, JC unschädlich zu machen?«

»Ja.«

Ich hatte mich geirrt. Ich reagierte nicht mit rasender Wut. Ich reagierte mit Panik. Das Herz hämmerte mir in der Brust, meine Hände wurden feucht, mir wurde der Mund trocken und mein einziger Gedanke war, wie wir so bald wie möglich von hier verschwinden konnten. Wie schnell konnten wir in Sicherheit sein?

Irgendwie gelang es mir, sitzen zu bleiben, obwohl ich eigentlich schon unterwegs sein wollte. »Was müssen wir tun? Können wir noch ein paar Sachen packen oder müssen wir einfach verschwinden?«

»Wenn ihr beschließt unterzutauchen«, sagte Drew, »sollten wir bald aufbrechen. Wir hätten gern so viel Zeit wie möglich, um euch weit weg zu bringen, bevor Ralphio entlassen wird.«

»Selbstverständlich.« Ich war zu verängstigt, um ihm zu widersprechen. Was machte es schon, wenn ich Ben nicht zum Abschied umarmen konnte, wenn ich ihn bloß eines Tages in der Zukunft umarmen konnte?

Materielle Dinge zählten für mich schon nicht mehr. Unsere Pläne aufzugeben würde mir schwerer fallen, aber wenn ich nur JC und das Baby hatte, was brauchte ich schon mehr?

JC war jedoch nicht einverstanden. »Wir gehen nirgendwo hin, Gwen.«

Ich wirbelte mit brennender Entschlossenheit zu ihm herum. »Du gehst nicht ohne mich. Diesmal nicht.« Ich hatte schon einmal den Fehler gemacht, nicht mit ihm zu gehen, und das würde mir nicht noch einmal passieren.

Er schüttelte den Kopf und ich machte mich schon bereit, weiter mit ihm zu streiten, als er sagte: »Keiner von uns beiden geht irgendwo hin. Wir lassen uns nicht vertreiben.«

»Wie kannst du bloß so verdammt stur sein?«

JC lehnte sich nach vorne. »Ich will mich nicht stur stellen, Gwen. Ich glaube bloß nicht, dass Ralphio etwas unternehmen wird. Er steht zu sehr im Mittelpunkt. Zuvor konnte er im Trüben fischen. Er konnte unbemerkt Vertragskiller anheuern, aber jetzt wird niemand mit ihm arbeiten wollen. Seine Kumpel haben ihn abgeschrieben. Mit jemandem, der von der Polizei gesucht wird, wollen sie nichts zu tun haben. Und was nützt es Ralphio schon, wenn er mit dem Mord an Corinne davonkommt und wegen des Mordes an mir im Gefängnis landet? Dazu ist er zu klug.« Er lehnte sich wieder zurück. »Die Detektive, die ihn während meiner Abwesenheit für mich beobachtet haben, haben keine Anzeichen dafür feststellen können, dass er immer noch daran interessiert ist, mich zum Schweigen zu bringen. Wir bleiben hier.«

JCs Rede klang überzeugend, aber ich wollte sie ihm nicht abkaufen.

Und das tat ich auch nicht. »Du bist ja mächtig zuversichtlich, wenn man bedenkt, dass es dich das Leben kosten kann, wenn du dich irrst. Leider bin ich nicht so mutig. Wir lassen uns beschützen.«

»Ich habe Nein gesagt. Ich bleibe hier.« JC stand auf und zeigte damit an, dass das Treffen beendet war. »Danke für das Angebot, Andrew, ich habe es damals geschätzt und schätze es auch dieses Mal, aber ich bin nicht daran interessiert wegzulaufen.«

Ich sprang von meinem Stuhl auf. »Es hat nichts mit Weglaufen zu tun! Es geht ums Überleben!«

Drew vermied es, mich anzusehen. »Bist du sicher, JC?«

»Absolut sicher. Ich werde mich auf das Team verlassen, das ich bereits habe.« Er nickte Dom und den anderen Männern um ihn herum am anderen Ende des Tisches zu. Mehrere waren mit Pistolen bewaffnet, wie ich nun bemerkte. Wenn sogar ich sie sah, wie viele waren dann wohl verborgen?

Eigentlich hätte ich mich wegen der Schusswaffen sicherer fühlen sollen. Stattdessen jagten sie mir nur noch größere Angst ein. Sie ließen die Situation noch wirklicher erscheinen.

»Habe ich bei all dem denn gar nichts zu sagen?« Meine Stimme klang schrill vor Empörung. »Ich bin nämlich nicht einverstanden. Wir bleiben nicht.«

JC legte mir eine Hand auf den Oberarm. »Ich reiße dich nicht aus deinem normalen Alltag heraus, Gwen. Und ich verlasse dich auch nicht. Die Sache ist erledigt.«

Ich wehrte ihn ab und lief zu Drew hinüber. »Sag ihm, dass er unrecht hat. Sag ihm, dass er einen Fehler macht.«

»Ich fürchte, das kann ich nicht. Wir bieten unseren Schutz Zeugen an, die Angst haben auszusagen. Aber wir können niemanden dazu zwingen, ihn anzunehmen.« Er stand auf und wandte sich an JC. »Wenn du offiziell ablehnst —«

JC unterbrach ihn. »Was ich hiermit tue.«

»Dann gehen wir jetzt. Du weißt ja, wie du mich erreichen kannst, wenn du es dir anders überlegst.« Drew nickte JC zu und lächelte mich bedauernd an, ehe er den Saal verließ.

Ich starrte ihm nach, fassungslos und wütend und verängstigt. JC stellte mir die restlichen Männer vor. Ich tat mein Bestes, sie anzulächeln – es war sicher nicht ratsam, die Leute zu verärgern, die mich beschützten –, aber mehr brachte ich nicht zustande.

Als ich ihre Namen hörte, kamen mir zwei davon bekannt vor und ich erinnerte mich, dass Dom sie am vierten Juli erwähnt hatte. So lange hatten wir also schon Leibwächter, die uns beschützten, und ich hatte nicht die leiseste Ahnung davon gehabt. In mancher Hinsicht konnte ich ja verstehen, warum JC mir nie etwas davon erzählt hatte. Damit wollte ich mich nicht beschäftigen, nicht einmal jetzt, wo ich keine Wahl hatte. Er hatte mich also richtig beurteilt, aber das gab ihm nicht das Recht, mich im Ungewissen zu lassen.

Verdammt noch mal, ich war ja so wütend auf ihn! Und verletzt. Und verliebt in diesen verlogenen Halunken. Ich konnte also nichts an unserer Lage ändern, da er sich entschlossen hatte, hier in der Stadt zu bleiben, und ich war an ihn gebunden, wo auch immer er war.

»Wir rücken unsere Überwachung in größere Nähe«, sagte Dom beim Hinausgehen. Ich habe jetzt je zwei Männer durchgehend im dreischichtigen Einsatz, anstatt nur den einen aus der Entfernung. Einen innerhalb, den anderen außerhalb des Gebäudes. Die erste Nahschicht beginnt morgen früh um acht.«

»Danke, Dom.« JC schlug ihn auf die Schulter, ehe das Team sich auf den Weg machte und nur JC, Norma und mich zurückließ.

Ich schlang die Arme um mich und versuchte erfolglos, nicht völlig aus der Fassung zu geraten. Meine Augen tränten und ich weigerte mich, ihn anzusehen, obwohl ich seinen unverwandten Blick spürte.

»Gwen ...«, sagte er leise und ich blickte unwillkürlich auf. »Es tut mir leid.«

»Fick dich. Entschuldige dich nicht, wenn du es nicht ehrlich meinst.«

Er kam mit ausgestreckten Armen einen Schritt auf mich zu. »Aber ich meine es ehrlich.«

Ich wich vor ihm zurück. »Weswegen genau tut es dir denn leid? Wenn es deswegen ist, weil du nicht auf Vernunftgründe hören wolltest, ist es nicht zu spät, Drew zurückzurufen und ihm zu sagen, dass du sein Angebot annimmst.«

JCs Züge erweichten sich und eine Sekunde lang dachte ich schon, er würde meinen Vorschlag in Betracht ziehen. Aber stattdessen sagte er: »Es tut mir leid, dass du mir nicht zustimmst. Es tut mir leid, dass du nicht glaubst, dass ich uns ohne sie schützen kann.«

»Das nützt dir herzlich wenig, wenn du tot bist.« Ich strebte zur Tür und vermied dabei sorgfältig, ihn beim Vorbeigehen zu berühren.

Dann fiel mir etwas anderes ein. Ich fuhr zu ihm herum. »Wem hast du sonst noch nachspioniert, JC?« Wenn ich schon bei seinem Spielchen mitmachen musste, würde er es nach meinen Regeln spielen müssen. Und Regel Nummer eins war Aufrichtigkeit. »Was war dir so wichtig, dass du dein eigenes Überwachungsteam behalten musstest?«

Wie bereits zuvor warf er Norma einen Blick zu, und diesmal hatte ich nicht das Gefühl, dass er nur mitleidheischend war.

»Warum siehst du sie dauernd an?« Ich wandte mich an meine Schwester. »Was weißt du darüber, Norma?«

Ihre Augen weiteten sich, als wäre sie bei einer Untat erwischt worden, aber sie antwortete nur: »Das steht mir nicht zu.«

»Aber du weißt, dass er mir etwas verschweigt?«

Hinter mir hörte ich, wie JC einen frustrierten Seufzer ausstieß. »Ich verschweige dir nur, was du nicht wissen wolltest.«

Ich gestikulierte erbost, denn ich war es müde, mich immer wieder im Kreis zu drehen. »Was zum Teufel soll das heißen? Kannst du mir nicht einmal eine einfache Frage beantworten?«

»Du hast doch selbst gesagt, dass du nichts mit deinem Vater zu tun haben willst.« Er wies auf Norma. »Und da haben wir gemeinsam beschlossen, dir nicht zu erzählen, dass ich ihn gefunden hatte.«

Ich starrte ihn schockiert an. »Du weißt, wo mein Vater ist?« Er nickte ein Mal. »Wie lange weißt du das schon?«

Er versenkte die Hände in den Hosentaschen. »Seit ich die Stadt verlassen habe. Ich habe versucht, es dir zu sagen – beim Feuerwerk –, aber du wolltest nicht über ihn sprechen. Und am nächsten Tag hast du gesagt, dass du gar nichts mehr mit ihm zu tun haben wolltest.«

Am nächsten Tag … Ans Feuerwerk konnte ich mich erinnern, aber ich musste eine Weile nachdenken, bis mir unsere Unterhaltung bei den Pierces wieder einfiel. Was hatte ich gesagt? Dass ich froh war, dass er als vermisst galt. Dass es gut war, nicht über ihn nachdenken zu müssen.

Das bedeutete aber nicht, dass ich über ihn im Ungewissen gelassen werden wollte. Und nicht nur von JC, sondern auch noch von Norma.

Ich wandte mich mit gerunzelter Stirn an sie. »Du hast es gewusst und hast es mir trotzdem nicht mitgeteilt?«

Norma rang die Hände. »Ja. Aber es lag nicht in unserer Absicht, dich zu hintergehen. Hudson hat angeboten, jemanden damit zu beauftragen, ihn zu suchen. Um ihn wieder ins Gefängnis zu bringen. Aber JC hat gesagt, das sei nicht notwendig, da er bereits wüsste, wo er sich aufhielt. Du wolltest ja nicht, dass er wieder eingelocht würde, ich aber doch. JC hat mich dann davon überzeugt, dass er Dad beobachten ließe, damit er keine Gefahr mehr für dich darstellen könnte, und ich war damit einverstanden. Das ist alles.«

Das ist alles? Als hätte sie bloß vergessen, mir zu erzählen, dass sie zufällig auf der Straße einen meiner alten Lehrer getroffen hätte, dabei war sie in Wirklichkeit praktisch eine Komplizin bei dem Verbrechen, meinen flüchtigen Vater zu verstecken.

Langsam fuhr ich mir mit der Hand durchs Haar. »Das ist doch nicht zu fassen. Ausgerechnet die beiden Menschen, denen ich mehr vertraue als irgendjemandem sonst –«

»Du hast mir ja auch verschwiegen, dass du schwanger bist!«

»Herrgott noch mal, soll das ein Witz sein? Ich war heute Morgen erst beim Arzt. Ich habe es noch niemandem erzählt. Du hingegen wusstest über Dad schon seit Monaten Bescheid!«

»Norma kann nichts dafür«, sagte JC neben mir, der sich mir viel weiter genähert hatte, als mir bewusst war. »Ich habe sie dazu gezwungen.«

Norma verdrehte die Augen. »Ich wurde nicht gezwungen. Du hast mich nur dazu überredet, ihn nicht wieder ins

Gefängnis werfen zu lassen, aber ich war sofort einverstanden, dass Gwen davon nichts zu wissen brauchte.«

Ich zeigte mit einem Finger auf sie, der vor Frustration zitterte. »So machst du das immer. Uns bevormunden. Das hast du bei Ben gemacht und jetzt mit mir. Du bist meine Schwester, nicht mein Wachhund. Dazu hattest du kein Recht!«, schrie ich sie an. Aber das war mir egal.

Dann war JC dran. »Und du. Du bist der Schlimmste! Du hast über ein Jahr lang meinen Vater beobachten lassen. In meinem Interesse? Ich habe dich nicht darum gebeten. Wie konntest du dir anmaßen zu wissen, was ich wollte?«

»Ich habe mir gar nichts angemaßt.« JC brüllte genauso laut wie ich. »Ich habe ihn um meiner *selbst* willen bespitzelt. Als ich fortmusste, war er eine Bedrohung für dich. Ich konnte doch nicht einfach verschwinden, wenn ich wusste, dass er bald wieder hinter dir her sein würde. Ich habe schon einmal jemanden verloren, Gwen. Ich werde mich nicht dafür entschuldigen, für deine Sicherheit gesorgt zu haben.«

»Aber du meinst, es ist in Ordnung, dich selbst in Gefahr zu bringen. Hast du eigentlich eine Ahnung, was es für mich bedeuten würde, dich zu verlieren?« Mir war die Kehle so eng, dass meine letzten Worte in einem Schluchzen untergingen. Das war meine größte Angst – die Möglichkeit, dass der Mann, den zu finden mich so viel Zeit gekostet hatte, der Mann, der mich mehr liebte, als ich es je für möglich gehalten hätte, verletzt werden könnte. Dass er getötet werden könnte.

Den bloßen Gedanken daran ertrug ich nicht einmal eine Sekunde lang, ohne das Gefühl zu haben, dass meine ganze Welt zusammenbrach.

Er begann, auf mich zuzukommen, aber ich hob abwehrend die Hand, um ihm Einhalt zu gebieten und gleichzeitig unsere Unterhaltung zu beenden. »Weißt du was? Ich will im Moment nicht weiter darüber reden. Ich brauche erst mal Zeit, um mich zu beruhigen. Norma, kann ich heute bei dir übernachten?«

Sie war im Begriff, mir zu antworten, doch JC unterbrach sie. »Unsere Wohnung ist besser gesichert. Wenn du mich nicht dort haben willst, gehe ich, aber du bleibst bitte da.«

Ach, richtig. Ich musste von nun an bei allem, was ich tat, meine Sicherheit berücksichtigen.

Ich fuhr mir mit der Hand über die Stirn. »Ich kann dich nicht rauswerfen. Es ist deine Wohnung, nicht meine.«

»Es ist *unsere.*«

Ich widersprach ihm nicht. Er hatte sie zwar bezahlt, aber ich hatte sie nie als seine Wohnung betrachtet, obwohl ich es gerade gesagt hatte. »Wie auch immer. Bloß. Bring mich. Nach Hause. Du kannst auf dem Sofa schlafen.«

Seltsamerweise wollte ich trotz allem nicht getrennt von ihm sein, obwohl ich wütend auf ihn war. Ich wollte ihn bloß eine Weile nicht sehen.

Ohne ein weiteres Wort verließ ich das Besprechungszimmer.

»Gwen?«

Ich drehte mich zu meiner Schwester um. »Was denn?«

»Herzlichen Glückwunsch zum Baby.«

Ich hätte beinahe gelacht. Mein Gott, was für ein lächerlicher Tag. Ich hatte mich noch nicht ganz darauf eingestellt, schwanger zu sein, und nun musste ich mich außerdem noch daran gewöhnen, in einem Hochsicherheitsbereich zu leben. Und auf Norma war ich ja ebenfalls wütend. Aber ich liebte

sie, genau wie ich JC liebte, und ich würde beiden sehr bald
schon verzeihen. »Wir – wir unterhalten uns dann morgen.«

JC kam auf mich zu und wollte mir den Arm um die
Taille legen. »Komm mir jetzt besser nicht zu nahe.«

Als er daraufhin den Arm sinken ließ, wirbelte ich herum
und verschwand den Flur entlang.

Hinter mir konnte ich noch hören, was sie zueinander
sagten. »Ich wünschte, ich könnte dir sagen, dass sie sich
beruhigen wird«, sagte Norma, »aber ehrlich gesagt habe ich
sie noch nie so gesehen.«

»Danke für deine Rücksichtnahme. Es tut mir leid, dass
es meinetwegen zwischen euch zum Streit gekommen ist.«

»Das ist nicht das erste Mal. Ich bin daran gewöhnt.«

Dann war ich außer Hörweite, so schrecklich müde, dass
ich kaum noch einen Fuß vor den anderen setzen konnte. Die
Aufzugtüren öffneten sich, sobald ich auf den Knopf drückte,
und in einem Anflug von Trotz stieg ich ein und fuhr direkt
hinunter zur Parkgarage, anstatt auf JC zu warten.

Sobald sich die Türen geschlossen hatten, sank ich gegen
die Rückwand und ließ meinen Tränen freien Lauf.

Ich hatte gehofft, die Fahrt nach unten würde mir genügend Zeit geben, mich wieder zu fassen, aber als ich in der
Parkgarage ankam, war ich noch kopfloser, als ich es beim
Verlassen des Besprechungszimmers gewesen war. Tränenüberströmt stolperte ich auf unseren Wagen zu. Es war ja so
unfair. Alles war unfair. Unser gemeinsames Leben hatte
gerade erst angefangen und bereits jetzt war alles ins
Wanken geraten. Ja, ich konnte damit fertigwerden – und das
würde ich auch. Es war immer noch besser, als JC ganz zu
verlieren. Aber wenn er sich nun irrte? Wenn sein Sicher-

heitsteam versagte? Was wäre, wenn Mennezzo ihn trotzdem erwischen würde?

»Gwen!« Der andere Aufzug musste ebenfalls bereitgestanden haben, denn JC war mir direkt auf den Fersen. Ich ging schneller, als könnte ich meine Tränen vor ihm verbergen, sobald ich unseren Wagen erreicht hatte.

»Warte«, rief er hinter mir her. »Lass uns reden. Ich kann es nicht ertragen, dich so zu sehen.«

Ich sah mich nicht um. »Meinst du, ich könnte es ertragen, dich tot zu sehen?«

»Ich werde nicht sterben.«

Ich konnte mich nicht erinnern, wo wir geparkt hatten, und trotz der späten Stunde war die Parkgarage erstaunlich voll. Ich wanderte ziellos um einen Geländewagen herum und hatte keine Ahnung, in welche Richtung ich gehen sollte, war aber nicht bereit, JC zu fragen.

»Gwen, warte auf mich.«

Ich blieb stehen und fuhr zu ihm herum. »Es könnte aber passieren. Verstehst du das denn nicht? Das bilde ich mir nicht bloß ein.«

»Das habe ich ja gar nicht behauptet. Ich versuche ja nur, dir begreiflich zu machen, dass ich es verhindern werde. Vertrau mir doch.«

»Dir vertrauen?« Ich war zuvor nicht gerade leise gewesen, aber jetzt brüllte ich ihn an. »Du hast gerade zugegeben, dass du mir zwei wichtige Dinge verschwiegen hast. Und da soll ich dir noch vertrauen?«

»Das habe ich nur zu deinem Besten getan.«

»Zum Teufel mit meinem Besten ...« *Das war ja unglaublich.* »Erklär mir nur das Eine. Wie konntest du dich so lange von mir und allem anderen fernhalten, um dein Leben zu schützen, und im nächsten Augenblick ist es dir scheißegal, dass es in Gefahr ist? Wie passt das zusammen?« In meiner Verzweiflung sagte ich das Erste, was mir in den Sinn kam. »Vielleicht war dir dein Leben gar nicht so wichtig, sondern nur deine Zeugenaussage in Corinnes Mordprozess?«

Das war's. Wie ein Faustschlag traf mich die Erkenntnis. Ich war plötzlich sicher, dass ich den Nagel auf den Kopf getroffen hatte. »Daran liegt es, hab ich recht? Es ist dir ganz egal, wenn du stirbst. Du wolltest nur die Chance haben, ihre Geschichte zu erzählen, weil sie die Einzige ist, um die es dir überhaupt je gegangen ist, nicht wahr?« Es war immer nur sie gewesen. Das war die Befürchtung, die ich nie loswerden konnte.

»Ist das dein Ernst?« Seine Augen waren weit aufgerissen. Ungläubig. »Daran liegt es ganz und gar nicht.«

»Woran denn?«

Er schüttelte den Kopf und fluchte leise, die geballte Faust an der Hüfte, als müsste er sie dort verankern, damit er sie nicht gegen etwas schmettern würde.

Ich hatte von meinem Vater gelernt, einen Menschen nicht weiter zu reizen, wenn er diesen Gesichtsausdruck hatte. Aber ich wusste, dass JC mir niemals wehtun würde, und ich brauchte eine Antwort. »Jetzt sag mir zum Teufel ausnahmsweise mal die Wahrheit!«

Und das war zu viel für ihn. »Die Wahrheit ist, dass ich gar nicht nach dir suchen wollte.«

Für den Bruchteil einer Sekunde war ich verwirrt und dachte, ich hätte mich verhört.

Dann begriff ich es plötzlich. Er sprach von der Zeit nach dem Prozess. Er hatte nie vorgehabt, nach mir zu suchen.

In diesem Augenblick wurden mir zwei Dinge sonnenklar. Erstens, dass ich mich geirrt hatte – er würde mir wehtun. Mit seinen Worten hatte er mich mehr verletzt, als er es je vermocht hätte, wenn er mich geschlagen hätte.

Zweitens, dass ich so weit wie möglich von ihm weg sein wollte.

Ich wirbelte davon, ohne feste Vorstellung, in welche Richtung ich laufen wollte, ich musste einfach allein sein.

JC war schneller als ich. Er erreichte mich mit zwei Schritten und packte mich am Oberarm.

»Lass mich los!« Ich entwischte ihm, aber er hatte mich eine Sekunde später schon wieder eingefangen. »Lass mich los, du Arschloch!«

Sein Griff wurde fester und bald hielt er mich auch am anderen Arm gepackt. Da ich die Hände nicht benutzen konnte, begann ich, ihn zu treten, und wehrte mich so wütend, dass er mich mit seinem ganzen Körper gegen eine Limousine drücken musste.

»Stopp! Hör mich an!«

Ich hatte zwar verloren, aber ich ergab mich nicht und bat ihn immer wieder, mich loszulassen, aber dann spürte ich seine Lippen auf meinen, und obwohl ich mich anfänglich wehrte, dauerte es nur ein paar Sekunden, bis ich nachgab und seinen Kuss mit brennender Leidenschaft erwiderte. Ich saugte an seiner Zunge, biss ihn in die Lippe und als er den Griff so weit lockerte, dass ich meine Hände befreien konnte, kratzte ich ihn. Er war immer noch an mich gedrückt und ich spürte seine stahlharte Erektion an meinem Schenkel. Ich änderte den Winkel, um ihn meinem Unterleib näherzubringen, und verlangte verzweifelt danach, dass er mich mit dem Schwanz für den mir zugefügten Schmerz entschädigen würde.

Als er verstand, worauf ich aus war, oder vielmehr endlich zu Sinnen kam und ihm klar wurde, dass er im Begriff war, mich gegen den Wagen eines Fremden mitten in einer hell beleuchteten Parkgarage zu ficken, gab er meine Lippen frei.

Er rang noch nach Atem, als ich ihm eine Ohrfeige gab.

Blitzschnell hatte er mich wieder gegen den Wagen geklemmt, diesmal von hinten gegen die Motorhaube.

Er beugte sich über mich, sodass sein Mund an meinem Ohr war. »Ich wollte dich nicht suchen, Gwen, weil ich wusste, dass ich mich immer noch in Gefahr befand. Ich wusste, dass ich niemals ganz in Sicherheit sein würde, und da wollte ich dich auf keinen Fall mit hineinziehen. Ich wollte dir nicht einmal sagen, dass ich wieder in der Stadt war.«

Ich wand mich und versuchte, den Kopf zu schütteln, aber ich spürte nur kaltes Metall an meiner Wange. »Nicht. Das will ich nicht hören. Sei still.«

»Ich werde nicht still sein«, zischte er. »Du wolltest die Wahrheit hören. Hier ist sie also. Ich wollte dich nicht suchen, aber dann habe ich dich gesehen. Und all meine guten Vorsätze lösten sich in Rauch auf, weil ich mich nicht von dir fernhalten konnte.«

Mit einem frustrierten Stöhnen ließ er mich los. Ich rührte mich nicht, als er sich neben mir gegen die Wagentür lehnte. »Ich war zu schwach. Ich bin immer noch zu schwach. Ich kann ohne dich nicht leben und mir wurde klar, dass derjenige, der ich mit dir bin, der Einzige ist, den es sich lohnen würde zu beschützen. Ohne dich kann dieser Kerl tausend Tode sterben, das ist mir scheißegal.« Er wandte den

Kopf, um mich anzusehen. »Nur mit dir ist mein Leben lebenswert.«

Ich stürzte zu ihm und klammerte mich an seine Jackenaufschläge. »Dann lass uns fortgehen«, sagte ich und küsste ihn am Hals. »Gemeinsam. Gemeinsam wird es etwas anderes sein.«

Er schlang die Arme um mich, viel sanfter als er es vor einem Augenblick noch getan hatte, aber ebenso kraftvoll. »Das möchte ich ja.« Er schmiegte die Wange an mein Haar. »Ganz bestimmt. Als Ralphio noch hinter Gittern war, erschien es mir nicht notwendig. Aber jetzt ...« Er brauchte den Gedanken nicht zu Ende zu führen. Wir wussten beide, was *aber jetzt* folgte.

Er küsste mich an der Schläfe. »Ich möchte dich von hier fortbringen und dich lieben und beschützen, Gwen. Das ist alles, was ich mir wünsche. Aber es geht jetzt nicht mehr bloß um dich und mich.«

Und genau aus diesem Grund musste ich ja bei ihm bleiben! Denn es ging nicht mehr nur um uns, sondern um ein Kind, das wir ebenfalls beschützen mussten, und unter keinen Umständen würde ich ein Kind ohne seinen Vater großziehen wollen.

Dann verstand ich plötzlich, was er damit sagen wollte. Wenn es nur um uns drei ginge, wäre es etwas anderes. Aber da war ja noch jemand.

Mir wurde die Kehle eng. »Wenn ich es Chandler nicht gesagt hätte, hätten wir verschwinden können. Dann hätte er es nie herausgefunden.«

JC lehnte mich zurück, damit er mir in die Augen sehen konnte, wobei er die Hände um mein Gesicht legte. »Wir

mussten es ihm sagen. Du würdest dich dafür hassen, wenn
du ihm das verschwiegen hättest.«

Nicht so sehr wie die Lage, in der wir uns jetzt befanden.
Aber vielleicht war Chandler ja gar nicht so wichtig.
»Und wenn er es schon weiß? Er kann gar nichts machen,
wenn wir fort sind.«

JC strich mit dem Daumen an meinem Kiefer entlang. »Es
ist kein Umsiedlungsprogramm. Es handelt sich nur um Zeugen-
schutz bis zur Gerichtsverhandlung. Wir können nicht so tun,
als wären wir gestorben und würden mit einer anderen Identität
ein neues Leben anfangen. Chandler ist einflussreich genug, um
möglicherweise Druck auf die Behörden auszuüben. Und selbst
wenn wir ohne die Hilfe von Drews Team untertauchen könnten, wäre es denn fair, ihn von seinem Kind fernzuhalten?«

Ich schmiegte mich in seine Hand. »Es ist nicht sein
Kind. Das weiß ich.« Wenn ich es nur oft genug sagte, würde
es wahr werden.

JC erwiderte meinen Blick. »Okay. Es ist nicht sein Kind.
Aber den Beweis haben wir noch nicht.« Er ließ mich
gewähren und ich liebte ihn darum umso mehr.

Ich schlang die Arme um ihn und hielt ihn ganz fest,
denn meine Wut hatte sich in Resignation verwandelt. Wie
konnte ich ihm auch weiter böse sein? Er hatte seine Sicherheit um meinetwillen geopfert. Dasselbe hätte ich an seiner
Stelle auch getan. Vielleicht bedeutete das, dass wir schwach
waren. Vielleicht bedeutete es aber auch, dass unsere Liebe
uns stärker machte.

Wir waren also in einer beschissenen Lage. Aber wenigstens konnten wir zusammen damit fertigwerden.

»Meinst du wirklich, dass wir sicher sind?«, fragte ich ihn

schließlich, die Wange an seine Schulter geschmiegt und den Blick von ihm abgewendet.

Er atmete einmal ein und aus, ehe er antwortete. »Sowohl Steve als auch Tom hatten Familien, die niemals zur Zielscheibe wurden. Ralphio ist nicht brutal. Er will nur seine Freiheit behalten. Das ist alles. Dir wird er nichts tun, aber Dom und sein Team verdoppeln trotzdem ihre Sicherheitsmaßnahmen. Sie überwachen dich jetzt gründlicher, nur für den Fall.«

»Und was ist mit dir?«

»Ich weiß nicht. Ich sollte dich verlassen. Ich sollte allein untertauchen.«

Ich zog mich zurück, um ihn anzusehen. »Sag nicht –«

Er hielt mir den Mund zu. »Aber das werde ich nicht. Ich kann es einfach nicht. Ich sollte es tun, aber ich kann es nicht. Die Wohnung ist abgesichert. Ich habe immer Leibwächter bei mir, wenn ich das Haus verlasse. Ralphio steht unter Beobachtung – sowohl polizeilich als auch von Dom. Und wenn es irgendeinen Hinweis darauf gibt, dass wir in Gefahr sind, reagieren wir sofort darauf.«

Er lehnte seine Stirn an meine und streichelte mir das Haar.

»Es dauert nur noch eine Woche, bis wir wissen, dass du der Vater bist. Wir könnten auf Hochzeitsreise gehen und einfach nicht zurückkommen.«

Ich starrte auf seine Lippen, als sich darauf der Anflug eines Lächelns zeigte. »Wenn es so aussieht, als wäre es notwendig, machen wir das«, versprach er.

Die nächste Frage konnte ich nur aussprechen, weil er mich so fest in den Armen hielt und ich seine Augen nicht sehen konnte. »Und wenn du nicht der Vater bist?«

Er zögerte einen Moment. Dann einen zweiten.

Schließlich sagte er: »Du weißt doch schon, dass ich es bin.«

Das war keine richtige Antwort, aber ich drängte ihn nicht weiter. Ich befürchtete zu sehr, dann würde er etwas sagen, was ich nicht hören wollte.

KAPITEL NEUNZEHN

ICH VERBRACHTE das Wochenende wie in Trance. Es gab eine Menge zu organisieren, was die Überwachung betraf. Im Klub war ein Leibwächter leicht zu tarnen. In Bezug auf die Wohnung war das schon problematischer. Weder JC noch ich wollten jemanden in der Wohnung haben, der in unsere Privatsphäre eindrang, aber ich war bereit, mich notfalls daran zu gewöhnen. Doch JC bestand darauf, dass unser Leibwächter vor der Tür blieb.

»Wir haben bereits ein hochtechnisiertes Sicherheitssystem. Hier kommt niemand rein«, beharrte er. »Ein Mann draußen ist mehr als genug.«

Damit konnte ich mich einverstanden erklären, wenn ich auch einen Mann direkt vor der Tür vorgezogen hätte, doch das war in unserem luxuriösen Wohngebäude nicht zu machen. Wir einigten uns auf einen Mann in der Eingangshalle. Dom organisierte es so, dass ein Mitglied seines Teams bei jeder Schicht als zusätzlicher Portier posierte. Das klappte ganz gut, aber ich hielt es nicht für eine gute Dauerlösung.

Und jedes Mal wenn ich JC fragte, wie lange wir damit wohl davonkommen würden, winkte er ab. »Ich habe alles unter Kontrolle«, beruhigte er mich.

Ein Teil von mir glaubte ihm. Ein Teil von mir glaubte, er hätte vielleicht sogar einen Trick im Ärmel, den er mir nicht verraten wollte. Wieder ein anderer Teil von mir glaubte, dass er bloß die Augen vor der Wahrheit verschloss. Das ängstigte mich zu sehr, um lange darüber nachzudenken, also verdrängte ich es und teilte lieber seine Illusion.

Ich arbeitete sowohl Samstag- als auch Sonntagnacht, was mir guttat. Im gewohnten Trott konnte ich mich auf etwas konzentrieren, was weder beängstigend noch ungewöhnlich war. Mein Leibwächter hielt sich so unauffällig im Hintergrund, dass es mir leichtfiel zu vergessen, dass er überhaupt da war. Wenn Laynie auch gearbeitet hätte, hätte ich ihr seine Anwesenheit erklären müssen, aber sie hatte am Wochenende frei. Auf diese Weise gewann ich Zeit, mich an die neue Regelung zu gewöhnen.

So dankbar ich auch für die Ablenkung war, stellten die im Sky Launch verbrachten Stunden allerdings leider auch eine Belastung dar. Es gab so viel für meinen Urlaub zu regeln, der am Mittwoch anfangen sollte, und darum hatte ich während meiner Schichten alle Hände voll zu tun. Wenn ich schließlich nach Hause kam, war ich vollkommen erschöpft und besaß nicht mehr die geistige Spannkraft, mich mit irgendetwas zu beschäftigen, was ich nicht unmittelbar vor mir hatte. Zum Glück war für die Hochzeit schon so gut wie alles geplant, darüber brauchte ich also im Moment nicht nachzudenken. Doch es gab andere Dinge, die ich verdrängte. Zwei Tage vergingen, ehe ich mir wirklich die Gefahr zu Bewusstsein brachte, in der JC sich befand, in der ich mich befand.

Zu allem anderen kam, dass in mir ja auch noch ein Baby wuchs. Das hatte ich immer noch nicht richtig verarbeitet. Als ich mich am Montagmorgen mit bereits halb geschlossenen Augen auszog, um ins Bett zu gehen, fiel mein Blick dabei in den Badezimmerspiegel. Nur noch mit meinem Slip bekleidet hielt ich inne, um mich zu betrachten. Mein Bauch war gerundet, was erklärte, warum mir in letzter Zeit all meine Taillenbänder zu eng geworden waren. Zudem erschienen mir meine Brüste sehr voll und die Brustwarzen dunkler als zuvor. Die Veränderungen waren unauffällig, aber sichtbar. Und doch fühlte ich mich nicht anders als sonst. Wenn ich in der Arztpraxis beim Ultraschall nicht ein Gesicht und eine Wirbelsäule und die beweglichen Glieder auf dem Bildschirm gesehen hätte, hätte ich es nie für möglich gehalten, dass der Schwangerschaftstest gültig war.

Im Spiegel sah ich JC hinter mich treten, ehe ich seine Hände an meiner Taille spürte. »Du glühst ja geradezu«, sagte er ehrfürchtig.

Ich betrachtete blinzelnd mein Spiegelbild. Ja, vielleicht erschien meine Haut ein wenig rosiger als sonst.

Er schlang die Arme um mich und drückte seinen Körper fest an meinen. Seit der Besprechung bei Pierce Industries vor zwei Tagen hatte zwischen uns eine leichte Spannung geherrscht. Wir hatten sie zwar nicht gerade ignoriert, aber wir hatten uns darum herumbewegt. Wir hatten über unsere

Sicherheit gesprochen, ohne uns wieder auf die Alternativen einzulassen. Wir hatten gefickt, wir hatten uns geliebt, aber wir hatten uns nicht einfach nur in den Armen gehalten. Bis jetzt.

Er drückte die Wange an meinen Kopf und seufzte, und ich spürte das Gewicht seines heißen Atems an meiner Schläfe. »Ich liebe dich. Das weißt du doch, nicht wahr?«

Ich nickte und legte die Arme auf seine, um sie fester um mich zu ziehen. »Alles, was du tust, beweist mir das.« Wenn er mich nicht so lieben würde, wie er es tat, wäre er nicht zu mir zurückgekommen. Und er hätte nicht darauf bestanden, bei mir zu bleiben, solange Mennezzo auf Kaution frei war.

»Zu sehr«, murmelte JC. »Oder nicht genug. Manchmal bin ich nicht sicher, was von beidem der Fall ist.«

Er streckte die Hand nach unten und ließ sie in meinen Slip gleiten, aber nicht so tief, wie ich erwartet hatte. Stattdessen streichelte er die gespannte Haut meines Bauches. »Ich hoffe, sie wird deine Augen haben.«

»Sie?« Es war das erste Mal, dass wir seit dem Ultraschall über das Baby sprachen. »Hoffst du, dass es ein Mädchen wird?«

»Ein Mädchen kann ich mir bloß am leichtesten vorstellen. Eine Miniversion von dir.«

Mir wurde die Kehle eng. Denn in meiner Fantasie sah ich einen kleinen JC. Auch wenn das vielleicht fraglich war.

»Ich hoffe, sie hat deinen Sinn für Humor geerbt«, äußerte ich, als ich wieder sprechen konnte, und wandte mich ihm zu. Selbst wenn er nicht der leibliche Vater war, würde ich dafür sorgen, dass er einen großen Anteil an unserem Kind haben würde.

AN DIESEM NACHMITTAG wachte ich mit feuchten Händen und Herzklopfen auf. JC an meiner Seite schlief noch. Ich setzte mich vorsichtig auf, um ihn nicht zu wecken, und versuchte, mich zu beruhigen und daran zu erinnern, was ich geträumt hatte. Vor einem Moment noch ganz lebhaft, verblasste es jetzt schon wieder, aber teilweise war es mir noch im Gedächtnis. Ich saß mit einem Baby im Arm in einem Schaukelstuhl und sang eine Art Wiegenlied. Während ich gurrte und auf das Kleine herablächelte, war JC hinter mir erschienen. »Sie glüht ja«, hatte er gesagt.

»Sie sieht genau wie du aus.« Ich blickte zu ihm auf und entdeckte, dass es gar nicht JC war, sondern Chandler.

Er küsste mich auf die Schläfe. »Sie ist mir wirklich wie aus dem Gesicht geschnitten, nicht wahr? Durch und durch eine Pierce.«

Ich geriet über diesen Vatertausch einen Augenblick in Panik, aber wie so oft im Traum gewöhnte ich mich schnell daran. Ich blickte auf das Baby hinunter. »Wir produzieren schöne Kinder.«

»Schöne und undankbare Kinder.« Als ich dieses Mal aufblickte, stand mein Vater da, mit grausamer und drohender Miene. Das Baby und der Schaukelstuhl verschwanden und ich duckte mich unter der erhobenen Hand meines Vaters. »Erzähl mir nicht, dass du kein Geld hast. Deine schicken Kleider und deine Luxuswohnung strafen dich Lügen. Du solltest mir geben, was ich verlange. Undankbares Luder.« Er hob den Arm, um mich zu schlagen, aber da wachte ich auf.

Eine sanfte Berührung am Schenkel riss mich aus der

Erinnerung an den Traum. »Was hast du denn?«, fragte JC schlaftrunken.

»Ich habe schlecht geträumt.« Mir schauderte bei der Vorstellung meines Vaters.

JC setzte sich neben mir auf und massierte mir den Rücken. »Kann ich dir irgendwie helfen?«

Ich war schon im Begriff, den Kopf zu schütteln, als ich innehielt. Zum ersten Mal seit Tagen wurde mir klar, dass es einen Aspekt meines außer Kontrolle geratenen Lebens gab, auf den ich Einfluss nehmen konnte – jedenfalls, wenn JC mir dabei half.

»Ja«, sagte ich und schmiegte mich in seine Arme, »du kannst mich zu meinem Vater bringen.«

ZWEI TAGE später standen wir auf der Stufe zu einer Wohnung in Staten Island. Niemand machte auf, als wir zum ersten Mal klingelten, und beim zweiten Mal auch nicht. JC klopfte an die Holztür, dann spähte er durch die hohlen Hände in das kleine Fenster oben an der Tür in die Wohnung.

Ich war auf der ganzen Fahrt dorthin nervös gewesen, denn ich hatte ebenso viel Angst vor der Aussicht, meinen Vater wiederzusehen, wie ich davor hatte, die Unterkunft zu erblicken, in der er den größten Teil des vergangenen Jahres verbracht hatte. Etwas klischeehaft hatte ich erwartet, dass JC mich zu einem verlassenen Gebäude in der Bronx oder einer notdürftigen Behausung unter einer Brücke bringen würde. Hierherzukommen hatte ich nicht erwartet.

»Bist du sicher, dass dies die richtige Adresse ist?« Ich trat einen Schritt zurück, um mir noch einmal die Wohnungen anzusehen, die diese Straße säumten. Sie sahen wie ganz normale Häuser aus, wo Leute mittleren Einkommens im Allgemeinen lebten, und glichen gar nicht der Drogenhöhle für Heroinsüchtige, die JC mir beschrieben hatte. Der Garten war ordentlich instand gehalten und die davor geparkten Wagen sahen verkehrstüchtig aus. Nur einen Block weiter gab es einen Golfplatz und einen Country Club.

»Ganz sicher«, sagte JC und klopfte wieder.

Plötzlich ertönte ein Knall und ich zuckte erschrocken zusammen.

»Das war bloß eine Fehlzündung bei irgendeinem Wagen«, beruhigte er mich. »Aber wir können ja immer noch zurückgehen und die kugelsicheren Westen holen, wenn du willst.«

Ich schüttelte den Kopf. »Er wird nicht auf mich schießen. Ich habe mich nur erschrocken. Das ist alles.«

Am Ende der Häuserreihe öffnete sich eine Tür und eine Mutter mit zwei kleinen Kindern im Schlepptau kam heraus. Sie beäugte uns misstrauisch, als sie an uns vorbeikam, und hielt die kleinen Händchen fester.

»Da wohnen die bösen Leute«, hörte ich den kleinen Jungen sagen, ehe er zum Schweigen gebracht und vorbeigezerrt wurde.

Vielleicht waren wir doch an der richtigen Adresse.

Zigarettenstummel verunzierten den Eingangsbereich, aber sonst sah diese Wohneinheit ganz normal aus. Ich blickte über den Aufgang zu den Büschen hinüber und entdeckte den ersten Hinweis, dass mein Vater vielleicht doch hier hausen könnte – ein Paar gebrauchte Nadeln ragten zwischen den grünen Blättern hervor.

Ich erschauerte. Die ganze Zeit hatte ich mir vorgestellt, dass mein Vater irgendwo ganz zurückgezogen seiner Sucht frönte. Dabei lebte er ganz offen mitten in der Vorstadt.

Als immer noch niemand öffnete, drückte JC die Klinke herunter. Die Tür war nicht abgeschlossen. Er warf mir einen Seitenblick zu.

Ich zuckte die Achseln. »Wenn die Tür doch offen ist, schätze ich, wir gehen rein.« Es war ja nicht, als könnte jemand uns widerrechtliches Betreten des Grundstücks vorwerfen. Wir waren mit Polizeiunterstützung gekommen, eine Einheit hatte das Gebäude eingekreist und wartete nur auf mein Zeichen, zu Hilfe zu kommen und meinen Vater festzunehmen.

Gleichzeitig sahen wir zu Drew zurück, der am Rand der Einfahrt stand. Kriminelle zu jagen, die gegen die Bewährungsauflagen verstoßen hatten, fiel nicht in seinen Bereich, aber als JC ihn um Hilfe gebeten hatte, hatte er mit Officer Taylor gesprochen, der seit dem Auftritt meines Vaters im Eighty-Eighth Floor, als er von mir fünfundzwanzigtausend Dollar verlangt hatte, mit dem Fall betraut war. Gemeinsam hatten die Männer sowohl ein Polizeiteam als auch den Handel, den ich meinem Arschloch von Vater vorschlagen wollte, arrangiert.

Nun nickte Drew uns zu.

Auf dieses Zeichen des Einverständnisses hin stieß JC die Tür auf. »Hallo?«, rief er, als er vorsichtig eintrat.

Ein fürchterlicher Gestank wehte aus der Wohnung und heftete sich an mich. Es roch nach einer Mischung aus Fäkalien und Erbrochenem und Urin. Ich hielt mir die Nase zu und fragte mich, ob es nicht doch besser gewesen wäre, uns von einem der Polizisten in Zivilkleidung begleiten zu lassen. Ich hatte jedoch allein mit meinem Vater reden wollen, und das wollte ich auch jetzt noch. Wenn wir sie zu Hilfe rufen mussten, brauchten nur entweder JC oder ich das Schlüsselwort zu sagen und das Mikrofon würde die Nachricht übermitteln. In einem Anfall von Mut ergriff ich also JCs Jackensaum und folgte ihm hinein.

In der Wohnung war es dunkel, obwohl es bis zum Abend noch einige Stunden waren. Schwere Verdunkelungsvorhänge vor den Fenstern ließen keinen Sonnenstrahl ein. Ich blinzelte und wartete, bis meine Augen sich daran gewöhnen würden, während JC vergeblich versuchte, einen Lichtschalter an der Wand zu betätigen. Die Tür hatte sich hinter mir geschlossen, doch ich stieß sie wieder auf, um etwas Tageslicht einzulassen, und begann sofort, bei dem Anblick zu würgen. Das Zimmer sah aus, als wäre es direkt aus der Realityshow »Die Horter« entsprungen. Überall lagen Abfall und schmutziges Geschirr herum, auf dem Maden herumkrabbelten. Die Wände und die Decke waren mit Flecken bedeckt, die wie Blut aussahen. Um einen Eimer in der Ecke herum summten Fliegen, und ich brauchte gar nicht nachzusehen, um sicher zu sein, dass er mit Scheiße gefüllt war. Am anderen Ende des Zimmers lagen ein Mann und eine Frau bewusstlos auf dem Boden, umringt von Nadeln und Löffeln.

Ich bereute es schon halb, dass ich JC an diesen schrecklichen Ort gebracht hatte. Ich wünschte, er hätte nie erfahren, dass ich mit jemandem verwandt war, der in solch einem

Schweinestall hauste. Jemand, der so ekelhaft war. Es war peinlich.

Und doch war er es, der sich zu mir umwandte und mir die Sicht versperrte. »Wir müssen das nicht tun, Gwen. Du brauchst es nur zu sagen, dann kommen die Männer draußen herein und nehmen deinen Dad fest. Du brauchst ihm kein Angebot zu machen.«

Er hatte recht – ich brauchte meinem Vater gar nichts anzubieten. Für das Wenige, was er mir im Leben gegeben hatte, schuldete ich ihm gar nichts, und darum fand ich es auch schwierig zu erklären, warum ich meine Idee in die Tat umsetzen wollte, sogar mir selbst gegenüber. Vielleicht hatte ich das Gefühl, dass ich etwas beweisen musste. Oder aus Menschlichkeit. Oder vielleicht hatte meine Schwangerschaft mich in jemanden verwandelt, der mütterlicher war. In jemanden, der für sein Fleisch und Blut nur das Beste wollte, auch wenn es nicht auf Gegenseitigkeit beruhte.

Aus welchen Gründen auch immer war ich fest entschlossen. Und ganz gleich, wie sehr unsere Freunde an höherer Stelle ihre Beziehungen spielen ließen, sie konnten das Gesetz nicht vollkommen ignorieren.

»Wenn ich ihn zu Gesicht bekomme«, hatte Inspektor Taylor mich gewarnt, »muss ich ihn festnehmen.«

Das bedeutete, dass der Vorschlag zu der Vereinbarung, die ich mit Dad treffen wollte, ganz allein von mir kommen musste.

»Es geht schon«, versicherte ich JC ohne große Überzeugung. »Ich schaffe es. Lass uns ihn suchen und es hinter uns bringen.«

Widerstrebend stimmte er zu, aber ich musste an der Tür

warten, während er den Raum durchquerte, um den schlafenden Mann anzustoßen. »Wir sind auf der Suche nach William Anders«, sagte er, als der Kerl einigermaßen zu Sinnen kam. JCs Detektive überwachten meinen Vater rund um die Uhr, dass er im Moment hier war, wussten wir also. Trotzdem wollten wir nicht unbedingt ziellos durch diesen Schweinestall waten. »Ist er oben oder unten?«

Der Mann setzte sich auf, wobei er auf und ab wippte, offensichtlich immer noch unter dem Einfluss irgendeiner Droge. Er brauchte eine Minute, aber schließlich antwortete er: »Will ist im Untergeschoss.«

Im Untergeschoss war nicht gerade die Antwort, die ich mir erhofft hatte. Wenn es im Erdgeschoss dunkel war, konnte ich mir vorstellen, wie dunkel es erst dort unten sein musste.

JC hatte sich scheinbar dasselbe gedacht. Er zog sein Handy aus der Tasche und schaltete die Taschenlampe ein, ehe er mich mit einer Geste aufforderte, an die Tür zum Untergeschoss zu kommen. Ich ging vorsichtig zu ihm hinüber, und dann – meine Hand fest in seiner – gingen wir zusammen die Treppe hinunter.

Dort unten sah es noch schlimmer aus als im Erdgeschoss. Glücklicherweise – oder unglücklicherweise, das war Ansichtssache – funktionierte die Beleuchtung und das Licht war bereits an, als wir unterwegs nach unten waren, was es uns erleichterte, den gebrauchten Nadeln und blutgetränkten Fetzen auf den Stufen auszuweichen, aber es lag erheblich mehr Abfall herum und bot einen schauerlichen Anblick. Wie konnte man nur so existieren? Nur für den nächsten Fix leben, ohne Rücksicht auf Hygiene, Nahrung oder Lebensbedingungen? Es war mir völlig unverständlich und brachte den letzten Rest kindlicher Zuneigung ins Wanken, den ich in meinem tiefsten Inneren noch empfinden mochte.

Der Gestank war hier unten auch noch schlimmer, so durchdringend und intensiv, dass ich ihn schmecken konnte. Ich zog mir das T-Shirt über Mund und Nase und versuchte, die Luft anzuhalten, als JC und ich am Fuß der Treppe innehielten, um uns umzusehen. Welche Schrecken erwarteten uns in diesen Räumen noch auf der Suche nach dem Mann, der mir die Kindheit zur Hölle gemacht hatte?

Zum Glück brauchten wir nicht lange zu suchen. Vor uns auf dem Sofa lagen zwei erwachsene Männer mit einem halbwüchsigen Mädchen und direkt vor ihnen auf dem Boden war mein Vater.

Entweder schien er zu schlafen oder bewusstlos zu sein, oder vielleicht auch nur so zugedröhnt, dass er sich nicht bewegen konnte. Letzteres traf wohl am ehesten zu, denn sein linker Arm lag seitlich abgewinkelt, sein Bizeps war mit einer Gummiröhre abgebunden und aus einer Kanülenspitze direkt unter seiner Armbeuge tropfte Blut. Es war schrecklich, ihn so zu sehen, aber ich konnte den Blick nicht abwenden. Während der letzten fünfzehn Monate war er um zehn Jahre gealtert. Sein Haar wirkte schütter, seine Kleider ungepflegt, sein Gesicht war hager und seine Haut gerötet. Sein Arm war von blauen Flecken und Kratzern übersäht und an seinem Unterarm eiterte ein Geschwür.

Dieser Mann war mir mein ganzes Leben lang wie ein Riese vorgekommen. Ein Ungeheuer an Kraft und Wut, dem gegenüber ich mich immer jämmerlich schwach gefühlt hatte. So kläglich und erbärmlich erkannte ich ihn kaum wieder. Ich wollte Mitleid mit ihm haben, und das musste ich wohl, sonst wäre ich ja nicht hier, aber ich war nicht so erschüttert, wie ich es erwartet hatte. Vielleicht waren all seine Charakterfehler von seinem sklavischen Suchtverhalten verursacht worden – zuerst war es Alkohol gewesen und jetzt war es Heroin. Vielleicht konnte er nichts dafür, dass er sich zu dem Ungeheuer entwickelt hatte, das er für meine Geschwister und meine Mutter gewesen war. Aber das war keine Entschuldigung für sein Verhalten. Er hatte die Verantwortung, die er uns gegenüber trug, nicht erfüllt.

Nun verstand ich auch, warum ich dies für ihn tun musste. Es war nicht aus Liebe oder Pflichtgefühl. Es war überhaupt nicht um seinetwillen. Ich tat es für mich selbst. Denn ich konnte es nur dann schaffen, wenn er keine Macht mehr über mich hatte. Dies war der Beweis dafür, dass ich mich auf eine Weise von ihm befreit hatte, auf die er niemals frei sein würde, selbst wenn er sich für die Entzugsanstalt entscheiden sollte.

Ich nahm einen tiefen Atemzug, bereit, ihn zu konfrontieren.

Einer der Männer auf dem Sofa bemerkte uns und blickte vage in unsere Richtung. »Wenn ihr vorhabt, was zu kaufen, wir haben nichts. Es sei denn, Jake ist wieder da.«

JC packte mich fester am Arm. »Nein, wir wollen nichts kaufen.«

»Nun denn.« Der Süchtige blinzelte ein paarmal. »Wenn ihr etwas klauen wollt, gibt es immer noch nichts zu holen.«

Mein Vater rührte sich und rollte den Kopf zur Seite, um zu uns hinaufzuspähen. Er schielte uns an und ich war nicht sicher, ob er uns richtig sehen konnte, aber er schien meinen Blick zu erwidern. »Gwen«, sagte er ohne jede Betonung.

Es war das einzige Wort, das er von sich gab, und ich

fasste es als Aufforderung auf, mich ihm zu nähern. JC ließ
die Hand auf meinem Rücken ruhen, bis ich mich zu Füßen
meines Vaters hinhockte. »Hi, Daddy.«

»Was machst du denn hier.« Wiederum schien seine
Stimme flach, sodass seine Frage mehr wie eine Feststellung
klang.

»Ich wollte dich besuchen. Als wir uns das letzte Mal
gesehen haben, hast du gesagt, dass du wiederkommen
würdest. Ich hatte genug vom Warten.«

Seine Augen schlossen sich, dann zuckte er auf, als
kämpfte er mit der Bewusstlosigkeit. Seine Züge waren so
ausdruckslos, dass ich daraus nicht entnehmen konnte, ob er
überhaupt wusste, wovon ich redete. Doch dann sagte er:
»Das Geld. Hast du es mitgebracht?«

Es war jetzt mehr Leben in ihm, als wäre der Gedanke an
Geld das Einzige, was seiner Aufmerksamkeit wert war. Ich
fragte mich, wie viel Rauschgift er für fünfundzwanzig
Tausender bekommen könnte. Ob er versuchte, es im Kopf
zu überschlagen. Wie lange er wohl brauchen würde, bis er
alles ausgegeben hatte. Würde er auch nur die Hälfte davon
nehmen können, ehe er an einer Überdosis starb?

Immer noch hockend umfasste ich meine Knie. »Ich habe
kein Bargeld mitgebracht, Daddy. Aber ich bin hier, um es dir
auf andere Weise zugutekommen zu lassen.« Seine Augen-
lider öffneten sich etwas weiter, was ich als Zeichen auffasste,
dass er mir zuhörte. »Ich möchte, dass du in eine Entziehungsanstalt gehst. Ich habe eine gute gefunden. Die Entzie-
hungskur kostet etwas mehr als fünfundzwanzigtausend und
JC und ich sind bereit, das zu bezahlen, wenn du dich dazu
entschließt.«

Es war nicht ersichtlich, ob mein Vater sich an JC erinnerte, obwohl er mich nicht fragte, wer er war. Es hätte mich nicht überrascht, wenn er in seinem gegenwärtigen Zustand überhaupt keinen klaren Gedanken fassen konnte, aber dazu war er offensichtlich fähig, denn er fragte: »Ihr gebt mir das Geld nur, wenn ich dorthin gehe?«

»Ja. Nur unter dieser Bedingung.«

»Dann tue ich das eben. Gib mir die Adresse und das Geld, und ich sorge für den Rest.«

Es war beinahe komisch, dass er dachte, ich würde darauf hereinfallen. »Ich habe nicht vor, dir das Geld zu geben, Daddy. Wir bringen dich in die Anstalt und bezahlen die Rechnung für dich.«

»Auf keinen Fall. Das mache ich nicht.« Er ließ den Kopf ans Sofa sinken und ich war auf ungerechtfertigte Weise erleichtert, dass er sich nicht weiter mit mir stritt. Aber was sollte er schon machen? Mir einen Faustschlag versetzen? Er war ja kaum dazu imstande, den Kopf zu heben oder klar zu sehen. Selbst wenn er versuchte, mich zu schlagen, würde er mich auf keinen Fall treffen.

Doch alte Gewohnheiten sind schwer loszuwerden und die Furcht vor ihm war eine davon, die ich noch nicht ganz überwunden hatte.

Ich war jedoch noch nicht mit ihm fertig, und wenn ich es auch nie wirklich erwartet hätte, dass er mein Angebot annehmen würde, ohne dass ich ihm die Alternative vor Augen führte, hatte ich gehofft, dass das ein Irrtum war. »Wenn du dich nicht in Behandlung begibst, musst du wieder ins Gefängnis.«

Seine laschen Züge spannten sich. »Ins Gefängnis? Ich gehe nicht zurück ins Gefängnis. Zum Teufel damit.« Seine

Worte waren leidenschaftlich, aber ihnen fehlte der Nachdruck.

»Du hast die Wahl, Daddy. Die Polizei wartet nur darauf, dich sofort wieder festzunehmen, aber es ist mir gelungen, mit ihnen zu verhandeln. Wenn du in diese Entziehungsanstalt gehst und eine Kur machst, verschiebt die Polizei deine Festnahme, bis du damit fertig bist.« Es handelte sich um eine geschlossene Anstalt, deren Patienten im Allgemeinen zu einer Gefängnisstrafe verurteilt waren. Wenn mein Vater sich dazu bereit erklärte, würde er sein Recht verwirken, sie vor Beendigung der Behandlung verlassen zu können.

Mein Vater lehnte sich nach vorne und sein Kopf wackelte dabei. »Du sagst, ich kann in diese Anstalt gehen, anstatt wieder ins Gefängnis zu kommen?«

Ich sah zu JC empor und er lächelte mir ermutigend zu. »Nein. Ich sage, dass du auf jeden Fall wieder ins Gefängnis musst. Aber wenn du nicht mehr süchtig bist, hast du eine bessere Chance auf vorzeitige Entlassung. In jeder Hinsicht eine bessere Chance.« Ich war nicht dumm. Mein Angebot war nicht besonders verlockend. Was nützte es ihm schon, frei von Drogen zu sein, wenn er doch nur an den Ort zurückkehren musste, an dem er überhaupt erst süchtig geworden war?

Es war wohl sinnlos. Aber es war das Beste, was ich ihm bieten konnte. Wenn er auch nur den geringsten Wunsch hatte, sich zu erholen, war das seine Chance. Eine geringe Chance, aber seine einzige.

Er schien das anders zu sehen. »Ich gehe nicht ins verdammte Gefängnis zurück, Gwen.« In seiner Stimme schwang ein drohendes Knurren und ich fragte mich, ob er langsam wieder nüchtern wurde. »Also hau ab, zum Teufel, und spar dir deine Angebote und Bedingungen. Und ich werde dir noch einen Besuch abstatten, und wenn ich komme, wirst du mir das Geld gefälligst bedingungslos geben.«

Ich richtete mich auf und griff nach JCs Arm. Die Drohungen meines Vaters waren leer, aber ich spürte trotzdem ihren Stachel. Ich brauchte die Unterstützung meines Verlobten.

Als ich auf den Mann herabstarrte, der für die Hälfte meiner Gene verantwortlich war, wusste ich, dass alles, was ich jetzt noch sagte, auf taube Ohren stoßen würde. Dennoch war dies die einzige Gelegenheit für mich, ohne Angst vor Schlägen mit ihm zu reden, und was ich ihm mitteilen wollte, sagte ich um meinetwillen, nicht um seinetwillen. »Du stattest mir keinen Besuch mehr ab, Daddy. Und Geld werde ich dir auch nicht geben. Du kommst wieder ins Gefängnis, weil das der Ort ist, wo du hingehörst, nicht weil ich Angst davor habe, dass du mich verfolgst. Du kannst mir nichts mehr anhaben. Weder auf physischer noch auf emotionaler Ebene. Norma und Ben kannst du auch nicht mehr schaden. Unser Leben ist nun wieder heil. Ohne dich. Wir bauen uns Karrieren auf, heiraten und bekommen Babys, und bauen auf der Familie auf, die du mit Mom gegründet hast. Doch obwohl wir deinen Namen tragen und deine Gene geerbt haben, gehören wir nicht mehr zu dir.«

Meine nächsten Worte waren an JC gerichtet, weil sie ebenso auf ihn zutrafen wie auf den Mann am Boden. »Das habe ich vor Kurzem trotz meiner Erziehung gelernt. Blutsverwandtschaft begründet keine Beziehung. Das geschieht nur durch Liebe und Opferbereitschaft. Nur damit kann man wirklich eine Familie sein.« Darum wusste ich jetzt auch, dass JC ein wunderbarer Vater sein würde, ganz gleich, wer laut dem Vaterschaftstest der Vater war.

Ich wandte mich erneut William Anders zu, der bereits wieder bewusstlos wurde. »Ich gehöre nicht zu dir. Und du gehörst nicht mehr zu mir. Die Polizei wird gleich hier sein. Lass uns gehen, JC.«

Falls die Erwähnung der Polizei jemanden alarmierte, zeigte derjenige es nicht. Niemand versuchte, uns aufzuhalten, als wir uns vorsichtig durch das Höllenloch auf den Weg nach draußen machten, zurück zur frischen Luft und zum Abendhimmel.

Sobald wir den Eingangsbereich hinter uns gelassen hatten und die Polizei auf dem Weg ins Gebäude war, ließ ich mich JC in die Arme sinken. »Das hat mir gutgetan«, sagte ich, obwohl ich immer noch zitterte. »Vielen Dank für deine Hilfe dabei.«

Er zog sich zurück, um mich anzusehen. »Ich habe nichts weiter getan, als einfach nur hier zu sein.«

»Das war genug.« Ich zuckte zusammen, als ein weiterer Wagen eine Fehlzündung hatte, dann lachte ich. »Ich bin ja so schreckhaft.«

Doch JC lachte nicht. Er lächelte nicht einmal. Stattdessen drückte er sich mit schmerzverzerrtem Gesicht die Hand gegen die linke Seite seines Brustkorbs.

Als ich seinen Gesichtsausdruck sah, brach ich sofort in Panik aus. »Was hast du denn, JC? Was ist geschehen?«

»Gwen«, war alles, was er herausbekam, ehe er zusammenbrach.

Ich hockte mich voller Angst und Sorge neben ihn auf den Boden. Dann sah ich es – Blut quoll zwischen seinen

Fingern hervor und er wurde totenblass. Ich hatte immer noch nicht verstanden, was sich ereignet hatte, bis Drew zu uns herüberlief und über sein Sprechgerät einen Krankenwagen rief, und da begriff ich, dass gerade ein Schuss auf JC abgegeben worden war.

ZWANZIG

KAPITEL ZWANZIG

DIE ERSTE STUNDE im Wartezimmer des Krankenhauses verbrachte ich mit Weinen. Die nächste damit, auf und ab zu gehen. Drew und Dom sahen regelmäßig nach mir, aber als ihnen klar wurde, dass ich nicht zu trösten war, warteten sie lieber woanders. Das war mir auch lieber. Ich wollte keine Fremden um mich. Ich brauchte meine Schwester.

Norma traf zu Beginn der zweiten Stunde ein und fand mich dabei vor, wie ich gerade eine Schwester anschrie, die mir nicht sagen konnte, wie es ihm ging. Sie übernahm die Verantwortung für den Umgang mit dem Krankenhauspersonal, was für alle Beteiligten besser war, und dann übernahm sie die Verantwortung für den Umgang mit mir.

»Sie sagen uns Bescheid, sobald er aus dem OP kommt«, sagte sie, als sie von der Schwesternstation zurückkehrte. »Jetzt können wir nur warten. Wie ging es ihm denn im Krankenwagen?«

»Er war bei Bewusstsein und atmete ohne Schwierigkeiten, der Sanitäter war also der Ansicht, dass die Kugel weder Herz noch Lunge getroffen hat, aber die Fahrt ins Krankenhaus war nur kurz und sie waren die ganze Zeit über ihn gebeugt, ich weiß also nicht, wie es ihm wirklich ging.« Ich war ganz atemlos, weil ich den ganzen langen Satz gesagt hatte, ohne Luft zu holen.

Norma ergriff diese Gelegenheit, um mich zu umarmen. »Das hört sich ja alles sehr positiv an. Er wird sich sicher schnell wieder erholen.«

»Aber was ist, wenn er das nicht tut?« Es war das erste Mal, dass ich diesen Gedanken laut aussprach, und dazu war ich auch nur fähig, weil ich gerade den Kopf an ihrer Schulter hatte. »Ich habe im Internet nachgesehen und viele Verletzungen erscheinen anfangs harmlos, bis es zu inneren Blutungen kommt.« Ich entzog mich ihrer Umarmung und begann wieder, ruhelos im Wartezimmer herumzulaufen. »Und warum zum Teufel sagen sie uns nicht, was vor sich geht?«

»Im Internet wirst du keine Antworten auf deine Fragen finden, Gwen. Warte auf die Ärzte. Sie brauchen so lange, weil sie seine Wunde sorgfältig untersuchen. Wir müssen jetzt einfach Geduld haben.«

Ich schlang die Arme um mich und nickte, obwohl sie etwas Unmögliches von mir verlangte. Als ob ich jetzt geduldig sein könnte. Trotz ihres lächerlichen Vorschlags war ich dankbar, dass sie da war. Sie war wirklich ein Geschenk des Himmels. Ohne sie hätte ich wohl mittlerweile ein Mitglied des Krankenhauspersonals geköpft.

Nach drei Stunden hatten wir immer noch keine Nachricht. Ich war erschöpft und stand unter Schock. Ich war so außer mir, dass mein Magen rebellierte und ich mich beinahe übergeben musste.

Norma besorgte mir mit erbetteltem Geld aus einem Automaten einen Proteinriegel und zwang mich, ihn zu essen. »Du darfst keine Mahlzeiten ausfallen lassen, wenn du schwanger bist. Darum ist dir übel.«

»Mir ist übel, weil ich vor Sorge ganz krank bin.«

»Das kommt noch dazu. Aber ich wette, dass es hilft.«

Es half auch. Und zwar sehr.

Kurz darauf tauchte Drew aus seinem Versteck auf.

Ich sprang auf und mir zitterten die Knie. »Hast du irgendetwas erfahren?«

Er wich meiner Frage aus. »Hi, Norma. Wie gut, dass du hier bei Gwen sein kannst. Macht es dir etwas aus, wenn ich sie dir mal kurz entführe?« Er wandte sich an mich. »Wir müssen ein paar Einzelheiten mit dir besprechen. Wenn du bitte mitkommst –«

»Ich gehe nirgendwo hin, bis ich weiß, wie es ihm geht.« Als ich merkte, dass ich etwas lautstarker war, als ich es in der Öffentlichkeit eigentlich sein sollte, senkte ich die Stimme. »Ich bin gern dazu bereit, den Hergang zu berichten, Drew, aber nicht, ehe ich über sein Befinden Bescheid weiß.«

Er lächelte mitfühlend. »Das kann ich gut verstehen. Aber diese Unterhaltung muss jetzt stattfinden.«

Norma legte mir eine Hand auf die Schulter. »Ich texte dir, wenn ich etwas höre. Vielleicht würde eine Ablenkung dir –«

Ich schüttelte sie ab. »Was für eine Unterhaltung? Weißt du etwas? Hat der Arzt schon mit dir gesprochen?« Ich wurde wieder lauter.

Drews Gesichtsausdruck blieb undurchdringlich. »Lass uns woanders darüber reden.«

»Zum Teufel, ich will gar nicht darüber reden, wenn du mir nicht sagst, dass es JC gut geht.«

Er lehnte sich näher zu mir und sagte mit gedämpfter Stimme: »Gwen, ich bin doch auf seiner Seite. Ich bin auf deiner Seite. Aber im Moment machst du es mir schwer, euch überhaupt zu helfen.« Er hielt inne, damit ich darüber nachdenken konnte. »Bitte komm mit, ich bin sicher, dass einige deiner Fragen beantwortet werden können.«

Ein Moment verging, ehe ich widerstrebend nachgab. »Okay. Können wir der Schwester sagen, wo sie mich finden kann, falls sie eine Nachricht hat?« Nicht dass ich Norma misstraute. Ich wollte mich nur in jeder Hinsicht absichern.

»Das wird nicht notwendig sein.«

War es nicht notwendig, weil es nicht lange dauern würde? Oder weil er bereits über JC Bescheid wusste?

Es bestand eine fünfzigprozentige Chance, dass seine Antwort mich umbringen würde, also fragte ich ihn lieber nicht.

Wie betäubt folgte ich Drew aus dem Wartezimmer zu den Aufzügen. Ich hatte angenommen, er würde mich zu dem Wartezimmer bringen, in dem sich der Rest von JCs Team aufhielt, als er mich also stattdessen in den Aufzug führte und auf die Taste zur Intensivstation drückte, wuchs meine Beunruhigung nur noch mehr.

Wenn er tot wäre, hätte mir der Arzt das mitgeteilt, dachte ich. *Wenn er tot wäre, würde ich das nicht von Drew erfahren.*

Aber da ich meine Kenntnisse über die angemessenen Verfahrensweisen nur aus dem Fernsehen hatte, beruhigte mich das auch nicht.

Als wir auf unserem Stockwerk angekommen waren, summte der Türöffner der Intensivstation ohne weitere Nachfragen. Hier musste JC sich befinden. Und Drew musste bereits hier gewesen sein. Meine Beunruhigung verwandelte sich in Grauen.

Drew ging mit mir zum Ende des Korridors und blieb vor einem Krankenzimmer stehen. Er nickte dem uniformierten Polizeibeamten zu, der dort Wache zu stehen schien, und dann öffnete er die Tür und gab mir ein Zeichen einzutreten. Zögernd ging ich hinein und war erstaunt, dort bereits sowohl Dom als auch zwei Mitglieder seines Teams vorzufinden. Sie drängten sich um das Krankenbett und versperrten mir die Sicht auf den Patienten, der darin lag, aber ich konnte den Herzmonitor hören, der laut und regelmäßig piepte.

Ich streifte an den Männern vorbei und schluchzte nur erstickt auf, als ich JC erblickte, denn sprechen konnte ich nicht. Ich hatte solche Angst davor gehabt, was mich erwartete, wenn ich zu ihm durfte, Angst, ich würde ihn mit blicklosen Augen und bleichen Wangen vorfinden, neben ihm das rhythmische Pumpgeräusch eines Sauerstoffapparats. Stattdessen saß er aufrecht im Bett und hörte sich interessiert an, was Dom ihm über die Sicherheitsstufe der Station berichtete. Sein Oberkörper war frei und er trug nicht einmal ein Krankenhausnachthemd. Ein Schlauch verband JC mit dem Monitor, ein zweiter mit einer Infusion, aber außer dem Verband an der oberen linken Brusthälfte und der Schlinge um seine Schulter schien er völlig unverletzt zu sein.

Er war gerade im Begriff, Dom zu antworten, als er mich erblickte. Sofort wurde sein Ausdruck weicher und er streckte den rechten Arm aus als wortlose Aufforderung an mich, zu ihm zu kommen.

Ich stürzte mich ihm tränenüberströmt in den Arm. »Ich dachte, du wärst ...« Diesen Satz konnte ich nicht beenden. »Ich dachte, ich würde dich nie wiedersehen.«

»Mir ist nichts passiert. Die Kugel ist glatt durchgegangen. Hat etwas Muskelgewebe zerrissen, das ist alles.« Er küsste mich auf die Stirn und strich mir übers Haar. »Ich bin ja so froh, dass sie dich nicht getroffen hat.«

Ich weinte noch heftiger und die emotionale Belastung der letzten zweieinhalb Stunden entlud sich in einem gewaltigen Gefühlsausbruch. »Es tut mir so leid. Es tut mir so schrecklich leid.« Ich hatte Mühe, etwas Zusammenhängendes herauszubringen, und darum sagte ich immer wieder dasselbe.

»*Pst*«, beruhigte mich JC. »Was um Himmels willen soll dir denn leidtun?«

Es war meine Schuld gewesen, dass er in der Drogenhöhle war. Meine Schuld, dass er sich in die Gesellschaft von Leuten begeben hatte, die auf unschuldige Dritte vor der Wohnung eines Drogenhändlers einen Schuss abgeben würden. Wenn ich meinen Vater doch bloß der Polizei überlassen hätte, wäre JC niemals zur Zielscheibe geworden.

Doch all dies konnte ich nicht sagen, also weinte ich nur, und er ließ mich gewähren.

Nach einer Weile fiel mir ein, dass wir Zuschauer hatten, und ich begann, mich zu schämen. Meine Entschuldigung konnte warten. Meine Tränen ließen nach und ich nahm dankbar das Taschentuch an, das Dom mir anbot.

»Ich verstehe gar nicht, warum niemand mir gesagt hat, dass es dir gut geht«, bemerkte ich, als ich wieder sprechen konnte.

Drew war derjenige, der meine Frage beantwortete. »Es

tut mir leid, dass ich es dir draußen nicht sagen konnte. Zu viele Lauscher. Bis wir einen Aktionsplan haben, lassen wir die Leute lieber denken, dass JCs Zustand schlimmer ist, als es tatsächlich der Fall ist.«

Ich wischte mir mit einer Hand eine verirrte Träne weg, die andere hatte ich um JCs geschlungen. »Es waren fast drei Stunden! Hättest du mir nicht mal einen Hinweis geben können?«

Diesmal war es JC, der antwortete. »Ich wollte, dass sie dich eher benachrichtigen, aber sie mussten die Einweisung in die Intensivstation organisieren und dafür sorgen, dass das Personal mit der Situation zurechtkam, ehe wir dich hereinbringen konnten. Es tut mir leid, dass du dir Sorgen gemacht hast.«

Meine Verärgerung darüber ging schnell in meiner großen Erleichterung und Verwirrung unter. »Und dir fehlt wirklich nichts?«

Er drückte meine Hand fester. »Mir fehlt wirklich nichts.«

»Wieso sind wir denn dann auf der Intensivstation? Ist das nicht die Station für Patienten in kritischem Zustand?«

»Ja, das stimmt«, antwortete Drew. »Aber es ist auch die sicherste Station im ganzen Krankenhaus. Und Mennezzo soll nicht merken, dass JC praktisch unverletzt ist. Sonst versucht er es vielleicht noch einmal. Auf diese Weise gewinnen wir ein wenig Zeit.«

»Mennezzo? Der steckt nicht dahinter.« Ich sah ein, dass der Hauptverdacht auf Mennezzo fiel, aber es konnte genauso gut sein, dass jemand nur auf uns geschossen hatte, weil wir uns gerade dort aufhielten. »Das muss jemand anderes gewesen sein. Wir standen vor einer Drogenhöhle.

Höchstwahrscheinlich hatte es damit zu tun. Wir waren zur falschen Zeit am falschen Ort.«

Ich schlug die Augen nieder. »Ich bin daran schuld, dass auf dich geschossen wurde. Ich darf gar nicht daran denken, was meinetwegen hätte passieren können ...« Ich konnte den Gedanken nicht fortsetzen, denn ich wusste, dass ich wieder in Tränen ausbrechen würde, wenn ich das täte.

»Du meinst, es war deine Schuld?« JC klang gleichzeitig mitleidig und ungläubig.

»Ja, denn du warst ja nur meinetwegen dort. Ich hätte niemals das Risiko eingehen dürfen, dich oder mich in eine solche Umgebung zu bringen. Und schon gar nicht um dieses Scheißkerls willen, der sich mein Vater nennt.«

Drew und Dom tauschten Blicke. »Der Mordversuch hatte nichts mit deinem Vater zu tun, Gwen«, sagte Drew.

»Man kann nicht einfach davon ausgehen, dass es Mennezzo war. Damit würde man voreilige Schlüsse ziehen. Ausgerechnet an einem Ort, wo es vor Polizisten nur so wimmelt, würde ein gedungener Mörder wohl kaum versuchen, JC zu erschießen. Das wäre ja lächerlich.«

Dom nickte. »Es klingt unwahrscheinlich, nicht wahr? Ich hätte genau dasselbe gedacht.«

Mir wurde übel. »Habt ihr einen Beweis für diese Theorie?« Ich fand den Gedanken schrecklich, dass ich JC in Gefahr gebracht hatte, aber es war mir lieber, wenn die Attacke ein Zufall war, selbst wenn ich die Schuld daran auf mich nehmen müsste. Andernfalls würde es bedeuten, dass Mennezzo noch gefährlicher war, als ich gedacht hatte. Wenn seine Männer den Mut hatten zuzuschlagen, obwohl überall Polizisten anwesend waren, wozu wären sie sonst noch fähig?

Drew zog sich den Hemdkragen glatt. »Wir haben allerdings Beweise. Der Attentäter wurde festgenommen, nachdem der Krankenwagen abgefahren war. Kurz nach Beginn des Verhörs verlangte er, seinen Rechtsanwalt anzurufen, aber vorher gestand er, dass er im Auftrag gehandelt hatte. Offenbar hatte er gehofft, im allgemeinen Chaos ungesehen zu entkommen. Zum Glück war das ein Irrtum.«

Ich hätte darüber erleichtert sein sollen, dass sie den Schützen gefangen hatten – und das war ich auch –, aber die grausige Gewissheit, dass der Auftraggeber noch frei war, wog schwerer. Wie ein Adrenalinstoß überwältigte mich die Panik. »Wenn er doch gestanden hat, in Mennezzos Auftrag gehandelt zu haben, kann man nicht dessen Freilassung auf Kaution rückgängig machen? Ihn wieder festnehmen? Dieser Grund muss doch ausreichen, um ihn wieder hinter Gitter zu bringen. Ihr müsst ihn einsperren, damit er so etwas Beschissenes nicht noch einmal versuchen kann.«

Drew schüttelte den Kopf. »Ich wünschte, das könnten wir. Aber der Name, den er angab, war nicht Mennezzos. Wir sind sicher, dass eine Verbindung besteht, aber bis wir sie gefunden haben, können wir seine Festnahme nicht rechtfertigen.«

»Dann sollten wir untertauchen. Das schlagt ihr sicher auch vor, oder?« Ich hatte nichts dagegen. Es ging schließlich um seine Sicherheit. Jetzt musste sich JC doch dazu bereit erklären.

Ich wandte mich flehentlich an ihn. »Du wirst ihr Angebot annehmen, nicht wahr? Jetzt kannst du keine Einwände mehr haben. Du hättest sterben können.«

»Ja. Ich nehme ihr Angebot an«, beruhigte mich JC.

»Allerdings ...« Er hielt inne und richtete den Blick auf Drew.

»*Allerdings* was?« Als mir JC keine Antwort gab, richtete ich meine Frage an Drew. »Was soll *allerdings* heißen?«

»Wir haben unser Angebot, JC zu beschützen, erneuert, und er hat es angenommen«, sagte er. »Ob du ihn begleitest oder nicht, steht noch zur Diskussion.«

Drews Gesichtsausdruck nach zu urteilen war er es nicht gewesen, der vorgeschlagen hatte, dass ich zurückbleiben sollte. Mir stieg wieder ein Kloß in die Kehle und ich entzog JC meine Hand. »Du willst mich nicht mitnehmen?«

JC wandte sich an die Männer im Zimmer. »Würde es euch etwas ausmachen, uns eine Minute allein zu lassen?«

Dom nickte. »Kein Problem. Ich muss ohnehin die Schichten meiner Männer umstrukturieren. Die Hälfte von ihnen ist den ganzen Tag hier gewesen und wir müssen einen Dienstplan erstellen, damit sie sich abwechseln.«

»Wir stellen dir Männer rund um die Uhr zur Verfügung, wenn dir das hilft, Dom«, sagte Drew. Er gab einem der anderen Männer im Zimmer ein Zeichen. »Ich glaube, für heute haben wir alles geregelt, Jerry. Ich begleite dich nach draußen. Ich muss ohnehin noch dem diensthabenden Arzt eine Nachricht hinterlassen.«

Sie waren noch nicht ganz draußen, als ich sofort wieder meine Unterhaltung mit JC aufnahm. »Warum willst du mich nicht bei dir haben?«

Er streckte die Hand nach mir aus, aber als ich die Arme verschränkt hielt, ließ er sie aufs Bett sinken. »Natürlich möchte ich dich bei mir haben, Gwen. Das möchte ich immer. Darüber haben wir doch schon geredet. Aber es geht nicht nur um dich und mich.«

»Wer ist denn sonst noch da? Unser Baby? Sie ist einer der Gründe dafür, dass ich mit dir gehen sollte. Sie braucht ihren Vater.« Das kreischte ich beinahe, aber es war mir egal. Ich hatte gedacht, ich hätte ihn verloren. Ich konnte es nicht ertragen, ihn jetzt freiwillig gehen zu lassen.

JCs Gesichtsausdruck war sanft. »Natürlich braucht sie ihren Vater.« Er hielt inne. »Aber vielleicht bin ich das nicht.«

Ich schluckte ein Schluchzen herunter. »Nein, nein. Das akzeptiere ich nicht. Selbst wenn du nicht der leibliche Vater sein solltest, bist du es, mit dem ich dieses Kind großziehen will. *Du allein.*« Wir hatten uns bereits mehrmals darüber gestritten, aber keiner von uns hatte die Oberhand behalten. Jetzt würde ich mich nicht geschlagen geben. »Du hast gesagt, dass du sie großziehen würdest. Du hast gesagt, dass du sie als dein Kind annehmen wolltest, so oder so.«

»Ich *will* sie ja auch haben. Oder ihn. Aber falls Chandler der Vater ist, hat er ein Recht auf Mitsprache. Ich kann ihm nicht mit gutem Gewissen sein Kind wegnehmen und ich weiß, dass du es auch nicht kannst. Du würdest dich dafür hassen und am Ende würdest du auch mich hassen.«

Ich schüttelte nachdrücklich den Kopf. »Das kannst du nicht wissen.«

»Ich möchte es lieber nicht riskieren. Jedenfalls nicht, wenn es nicht mein Kind ist.«

Ich hätte mich gern weiter mit ihm gestritten, aber er hatte ja nicht ganz unrecht. Ich mochte zwar sicher sein, dass ich ihn nie hassen würde, aber ich kannte Chandler gut genug, um zu wissen, dass er es sich nicht gefallen lassen würde, wenn ich ihm sein Kind wegnahm. Und mit dem Namen Pierce und der damit verbundenen Macht zu seinen

Gunsten würde er bestimmt jeden unter Druck setzen, der ihm dabei helfen könnte, uns zu finden, das war klar. Es würde uns alle in Gefahr bringen, Chandler sein Kind vorzuenthalten.

Ich hatte das Bedürfnis, irgendetwas zu treten. Der Matratze oder der Wand einen Faustschlag zu versetzen. Wie lange würde ich noch für meine Beziehung zu Chandler büßen müssen? Würde sie mir und JC immer im Weg stehen? Würde mich die tiefe Reue bis ans Ende meiner Tage verfolgen?

Diese Fragen konnte ich zwar nicht beantworten, aber eines wusste ich ganz sicher – JC wollte ich nicht wieder verlieren.

Meine einzige Hoffnung war der Vaterschaftstest. »Würdest du mich mitkommen lassen, wenn du wüsstest, dass es dein Kind ist?«

JC strich sich über die Stirn. »Wenn wir feststellen würden, dass das Baby von mir ist, wäre das etwas ganz anderes.«

Ich versuchte, seine Vorbehalte nachzuvollziehen. Er wollte sich nicht von seinen Gefühlen leiten lassen. Das war gewöhnlich mein Standpunkt in allen Lebenslagen, während er mich sonst immer dazu bringen wollte, mich zu entspannen und meinen Instinkten zu vertrauen.

Diesmal war ich diejenige, die sich auf ihr Gefühl verlassen musste. Ich vertraute meinen Instinkten – das Baby war von JC. So musste es einfach sein. »Mein Glaube daran ist stark genug für uns beide, du wirst schon sehen. Dann können wir uns darauf konzentrieren, unsere Familie zu schützen. *Unsere* Familie. *Unser* Kind. Du kannst mir ruhig vertrauen.«

Ehe JC antworten konnte, öffnete sich hinter uns die Tür, und als ich mich umwandte, sah ich, dass Drew wieder da war. »Wann müssen wir die nötigen Schritte zu seinem Schutzprogramm einleiten?«

»Also. Der Arzt möchte JC zur Beobachtung über Nacht hierbehalten, wir planen also, gleich morgen früh hier zu sein. Je eher wir aufbrechen, desto besser.« An der Art und Weise, wie er sich beim Sprechen das Kinn rieb, erkannte ich, wie besorgt er darüber war, auch nur die Nacht abzuwarten.

»Könnt ihr nicht bloß noch bis morgen Abend warten? Wenn ihr ihn auf der Intensivstation lasst und jemand die Tür bewacht, was können acht Stunden mehr schon ausmachen? Bitte wartet solange«, flehte ich ihn praktisch an. Wenn es notwendig war, würde ich richtig betteln.

Drew seufzte schwer, dann blickte er meinen Verlobten fragend an. »JC?«

»Gwen.« Seine Züge hatten einen schmerzlichen Ausdruck und seine Stimme klang sanft und liebevoll. »Es gibt so viele unbekannte Faktoren. Ich will dich nicht in Gefahr bringen. Ich will nicht, dass du zufällig von einer Kugel getroffen wirst, und ich will nicht, dass du nicht bei deiner Familie bist, wenn das Baby kommt.«

»Halt den Mund. *Du* bist meine Familie.« Ich setzte mich auf die Bettkante und sah ihn an. »Ich brauche dich. Ich muss bei dir sein.«

Er zögerte immer noch, aber ich konnte sehen, dass er so gern nachgeben wollte, wie ich mir wünschte, dass er es tun würde. Ich wusste, dass seine Beweggründe nobel waren. Er wollte mich in Sicherheit wissen, weil er mich liebte. Er wollte mich bei sich haben, weil er mich liebte.

Schließlich sagte er: »Wenn die Ergebnisse zeigen, dass Chandler der Vater dieses Babys ist, musst du hierbleiben.«

Solch ein Versprechen wollte ich ihm nicht geben. »Er ist es aber nicht.«

JC streckte die Hand aus und streichelte mir die Wange. »Ich weiß.« Zu Drew sagte er: »Wir warten bis morgen Abend.«

Mein ganzer Körper seufzte vor Erleichterung, die beinahe so groß war wie die, die ich empfunden hatte, als ich gesehen hatte, dass er den Schuss überlebt hatte und kaum verletzt war.

Drew schlug die Hände zusammen. »Also morgen Abend dann. Einverstanden. Wir werden folgendermaßen vorgehen, Gwen.« Er wartete, bis ich mich zu ihm umgedreht hatte. »Du musst nach der Besuchszeit kommen. Du darfst zu jeder Zeit hier sein, aber dann wird es im Krankenhaus ruhiger sein. Bring nur die wesentlichen Dinge mit. Keinen Koffer oder Reisetasche. Du kannst eine Kleinigkeit packen, damit es aussieht, als würdest du bloß für JC ein paar Sachen von zu Hause mitbringen. Komm allein und erzähle niemandem, wie es JC wirklich geht oder welche Pläne wir haben. Ein Team wird dich erwarten, um dich zuerst zu einem sicheren Haus und dann zu deinem neuen Standort zu geleiten.«

Ein Anflug von Traurigkeit stieg in mir auf, als ich an all die Menschen dachte, die ich zurücklassen musste und von denen ich mich nicht verabschieden konnte. Aber ich verbannte ihn entschlossen und tröstete mich damit, dass ich ja bei dem Menschen sein würde, den ich am meisten liebte. JC bedeutete mir alles. »Ich werde hier sein. Soll ich dir noch irgendetwas mitbringen?«

»Nein danke, ich habe alles.« JC legte die Hand auf mein Knie und streichelte es zärtlich. »Wenn wir beschließen sollten, dass ich allein gehe, Drew, wie soll Gwen sich dann verhalten?«

»Ich komme mit.« Das kam nicht infrage.

»Es ist nur zur Sicherheit. Das ist alles«, beruhigte er mich.

Er wollte auf alles vorbereitet sein. Das konnte ich verstehen. Aber plötzlich entdeckte ich einen Makel an seiner Logik. »Es ist ein dummer Ersatzplan. Was hindert Mennezzo daran, mich aufs Korn zu nehmen, wenn du fort bist?«

»Das liegt nicht in seiner Absicht«, erklärte Drew. »Es geht ihm nicht um Rache; es geht ihm darum, nicht wieder ins Gefängnis zu kommen. Er hat nichts davon, dir etwas zu tun.«

»Ich stelle auf alle Fälle einen Leibwächter ein, der dich im Auge behält«, fügte JC hinzu. »Dom hat sich bereit erklärt, für deine Sicherheit zu sorgen, obwohl ich diesmal nicht mit ihm in Verbindung bleiben kann, da ich Drew unterstehe.«

»*Wir* werden Drew unterstehen.« Ich runzelte böse die Stirn. »Und ich kann es nicht fassen, dass du bereits alternative Vorkehrungen getroffen hast. Wir sind doch schließlich Partner, oder nicht?«

»Es ist bloß ein Ausweichplan«, sagte JC wieder. »Ich musste doch alle Möglichkeiten in Betracht ziehen.«

»Nun, diese Möglichkeit kannst du vergessen.«

»Falls du aus irgendeinem Grund nicht mit ihm gehst, Gwen«, sagte Drew, der meinen Einwand ignorierte, »möchten wir, dass du JCs Verschwinden so lange wie

möglich geheim hältst. Das gibt uns Zeit bis zur Trauungszeremonie. Es mag zwar nicht angenehm sein, aber das wäre
die perfekte Gelegenheit für alle Leute herauszufinden, dass
er verschwunden ist. Außerdem wird sich JC auf diese Weise
öffentlich von dir distanzieren, und damit wirst du auch
Mennezzo los.«

»Du meinst, er taucht zu unserer Hochzeit einfach nicht
auf? Und ich muss verkünden, dass er mich sitzen gelassen
hat?« Alles an dieser Idee machte mich stinkwütend.

»Du könntest es Norma überlassen.« JC fuhr fort, mein
Bein zu streicheln. »Dann würdest du dich dieser peinlichen
Situation nicht stellen müssen. Danach könntest du allein
auf Hochzeitsreise gehen und eine Weile dem ganzen Stress
entkommen.«

»Ich will aber nicht ohne dich auf Hochzeitsreise gehen!
Und ich will nicht zu meiner Hochzeitszeremonie gehen,
wenn ich weiß, dass du nicht da sein wirst. Ich gehe mit dir,
JC. Das ist mein letztes Wort.« Ich kam mir wie ein Kind vor,
das einen Trotzanfall hat und ungerechtfertigte Forderungen
stellt.

Ich hasste es, so hilflos zu sein. Ich stand kurz vor
meinem nächsten Nervenzusammenbruch.

JC musste das gespürt haben. »Lass uns einen Schritt
nach dem anderen nehmen, okay? Morgen bekommen wir
die Ergebnisse. Dann entscheiden wir den Rest.«

Ich biss mir auf die Unterlippe und nickte. Alles würde
gut werden. Nur noch ein Tag, dann würden wir herausfinden, dass JC der Vater war, und dann würde er mich
mitnehmen müssen. Dann wäre alles gut.

»Ich liebe dich«, sagte ich leise, falls er es vergessen haben
sollte.

»Oh Gott, ich liebe dich auch.«

Das wusste ich. Und es zu hören nahm mir die Angst. Er würde mich unter gar keinen Umständen verlassen, wenn er mich so sehr liebte. Er war furchtlos und stark, aber ich war seine Schwäche. Das liebte ich besonders an ihm, und darauf musste ich mich im Moment auch verlassen.

Die Tür ging wieder auf. Diesmal kam eine Schwester herein. »Wie geht's denn, Mr. Bruzzo? Haben die Schmerztabletten schon gewirkt?« Während sie das sagte, ging sie auf die andere Seite des Bettes und sah sich seinen Verband an.

»Sie wirken so gut, wie ich es erwartet hatte«, antwortete er. Er wies auf seine Infusion. »Ist es wirklich nötig, dass ich all das an mir hängen habe?«

Die Schwester sah sich seine Unterlagen an. »Ihre nächste Dosis Antibiotika steht erst in vier Stunden an, davon kann ich Sie also vorübergehend befreien, aber jeder Patient hier muss an den Monitor angeschlossen bleiben. Damit müssen Sie sich abfinden.«

Er schenkte ihr sein charmantestes Lächeln. »Was passiert, wenn ich den Stöpsel rausziehe, sobald Sie weg sind?«

»Dann ertönt ein Alarmsignal und ich bin direkt wieder da.«

Ich lachte. Es geschah nicht oft, dass eine Frau JCs Listen widerstehen konnte. Ich konnte es jedenfalls nicht.

Er gab sich nicht geschlagen. »Wie wär's mit nur einer Stunde? Danach tue ich alles, was Sie sagen, ohne mich zu beklagen. Das verspreche ich.«

»Mir ist es lieber, wenn die Patienten nicht sprechen können, das kann ich beschwören«, murmelte sie vor sich hin. Dann seufzte sie und zog den Stecker des Monitors aus der

Steckdose an der Wand. »Sieh mal an. Dieser Apparat scheint nicht richtig zu funktionieren. Ich werde ihn abstellen müssen. Ich werde wohl eine halbe Stunde brauchen, bis ich einen Ersatz gefunden habe.«

Wow. Ich war beeindruckt.

JC schien noch nicht zufrieden zu sein. »Um diese späte Stunde sind sie sicher schwieriger aufzutreiben. Das dauert wohl eher eine Stunde.«

Sie machte ein böses Gesicht. »Fünfundvierzig Minuten.«

»Sechzig.«

Ich bedeckte mir mit der Hand den Mund, um ein Kichern zu ersticken.

Drew mischte sich in den Kampf ein. »Ich muss wahrscheinlich einen Teil Ihrer Zeit in Anspruch nehmen, um mit Ihnen zu besprechen, was auf den Unterlagen stehen soll, Lydia. Gewähren Sie ihnen die Stunde.«

Sie sah immer noch finster aus, aber sie sagte: »Weil Sie es sind, Drew.«

»Drew«, rief JC hinter ihm her, »könntest du das große Licht ausmachen? Und sorge bitte dafür, dass wir nicht gestört werden, ja?«

»Ich sage dem Wächter Bescheid.« Er schaltete das Licht aus, sodass das Zimmer nur noch von der Nachttischlampe erleuchtet wurde, und schloss dann hinter ihnen die Tür.

Ich zog mein Handy heraus, um Norma zu benachrichtigen, dass JC wieder in Ordnung kommen und ich sie am Morgen anrufen würde. Dann sah ich den Mann an, mit dem ich plante, den Rest meines Lebens zu verbringen. Den Mann, den verloren zu haben ich sicher gewesen war. »Ich hoffe doch sehr, dass du nicht alle rausgeschickt hast, um mir mehr über Ausweichpläne zu erzählen.«

»Ich habe alle rausgeschickt, damit ich dir mehr von mir geben kann.« Er klang sehr verheißungsvoll.

Ich kicherte und strich mit dem Finger an seinem Schlüsselbein entlang. »Wie viel mehr von dir denn?«

»Alles von mir.« Er senkte die Stimme. »Besonders die harten Teile.«

Ganz gleich, in welchem emotionalen Zustand ich mich befand, er konnte mich immer in Erregung versetzen. »Werden wir trotzdem heiraten?«

»Was mich betrifft, sind wir bereits verheiratet.«

»Aber wir können es auch öffentlich machen? Es ist mir gleich, ob es in Las Vegas geschieht oder auf dem Standesamt. Ich möchte nur deine Frau sein.«

Er zog meine Hand an die Lippen und küsste sie. »Was immer du möchtest. Komm zu mir ins Bett.«

»Da *bin* ich ja schon.« Ich lehnte mich vorsichtig über ihn, damit ich seinen Verband nicht berührte. Seit ich ins Zimmer gekommen war, hatte er sich beim Sitzen nach vorne gelehnt, um zu vermeiden, dass sein Rücken das Bett berührte. »Wie lange musst du die Schlinge noch tragen?«

»Nur ein paar Tage, damit die Naht nicht aufreißt.« Er reckte sich nach oben, um mich aufs Kinn zu küssen.

Ich zuckte zusammen, als ich in einem Flashback wieder seinen Gesichtsausdruck vor mir sah, als er angeschossen wurde, und wie er vor meinen Augen zusammenbrach. Davon würde ich noch jahrelang Albträume haben. »Tut es noch weh?«

»Ganz schrecklich. Du musst mich unbedingt ablenken. Zieh deinen Slip aus und komm aufs Bett.«

Ich kniff die Augen zusammen, nicht sicher, ob er nur Spaß machte oder ob er das wirklich wollte. »Direkt vor der Tür sind doch Leute.«

»Es erregt dich doch besonders, wenn Leute in der Nähe sind.« Sein freches Grinsen wich einem ernsthaften Ausdruck. »Komm her.« Das sagte er im Befehlston. Genau dem, den er anschlug, wenn er mich beim Sex herumkommandierte. Und dem ich nie widerstehen konnte.

Ohne länger zu zögern, stand ich auf, um meinen Slip loszuwerden. Mir war nicht besonders nach Sex zumute – jedenfalls noch nicht –, aber ich sah ein, dass er das brauchte. Er brauchte *mich*. Ich brauchte ihn ebenfalls. Wir brauchten unseren vertrauten Umgang. Brauchten die gegenseitige Intimität und Unterstützung. Wir hatten das Bedürfnis, uns in diesem Augenblick einander so verbunden wie möglich zu fühlen, da wir beinahe alles verloren hatten.

Nachdem ich meinen Slip beiseitegeworfen hatte, zog ich die Decke von ihm herunter und entblößte die langen, schlanken Muskeln seines Oberkörpers und die Tätowierung, die die Hälfte seines Brustkorbs schmückte. Die japanischen Buchstaben, in denen geschrieben stand: »Das jetzige Zeitalter ist nur ein kurzer Moment im größeren Rahmen der Existenz« hatten ihn dazu inspiriert, für das Jetzt zu leben. Für mich bedeutete es eher, dass alles vergänglich war. Das Böse, das Schreckliche, die Situation, die einem heute unüberwindlich erschien – all das war verhältnismäßig unbedeutend.

Was *gab* es also, das ewigen Bestand hatte?

Die Liebe, entschied ich. Nur die Liebe.

Ich strich mit den Fingern an den Buchstaben herab und ergriff das Taillenband seiner Unterhose. Ich zog sie ihm herunter und befreite seinen Schwanz. Er war bereits halb erigiert und wurde unter meinem Blick größer. Ihm nur dabei zuzusehen, wie er für mich härter wurde, ließ mich vor Erregung feucht werden.

Mit halb geschlossenen Augen stieg ich aufs Bett. Er setzte sich aufrechter hin, was mit einem Arm schwierig war. »Bist du sicher, dass du das kannst?«, fragte ich.

»Du musst eben das meiste selbst machen. Hör auf, Zeit zu verschwenden, und setz dich endlich auf mich.«

Ich setzte mich ihm rittlings auf den Schoß, raffte meinen Rock an der Taille zusammen und hielt mich über ihm in der Schwebe. Mit der gesunden Hand rieb er den Schwanz an meinen Falten auf und ab, bis ich feucht und er vollkommen hart war. »Du bist so verdammt schön«, murmelte er, als er sich zum Eindringen bereit machte.

Ich biss mir in die Lippe und ließ mich auf ihn niedersinken. Ganz langsam. Mehr, um ihn auszukosten, als ihn zu erregen. Ich wollte dabei jeden einzelnen Zentimeter seines Schafts in meinem Inneren spüren. Es war ein so volles, erfülltes Gefühl. So wunderbar vollkommen.

Ich verlagerte das Gewicht auf die Knie und begann, mich an ihm entlang auf und ab zu bewegen. Mein Rhythmus war gleichmäßig, doch entspannt, und selbstsüchtig. Er zog es im Allgemeinen vor, uns auf den Höhepunkt zuzutreiben, und obwohl ich zu genießen pflegte, was immer er mir gab, war dies, was ich ihm diesmal gewähren musste – Zuwendung, in der er schwelgen konnte. Geduldige Anbetung. Zärtlichkeit. Liebe.

Er grub die Finger in meinen Hintern, um sich näher an mich zu ziehen. »Du bist in dieser Stellung so verdammt eng«, stöhnte er.

Ich schlang ihm die Arme um den Hals. »Ich fühle dich überall. Am ganzen Körper.«

»Ich möchte überall in dir sein.«

»Das bist du.«

Mehr sagten wir nicht, sondern ließen unsere Körper und unsere Berührungen für uns sprechen. Seine Küsse waren süßer und gleichzeitig intensiver denn je, und als ich zum Orgasmus kam, entfaltete er sich in mir und breitete sich aus, bis er mit seiner beglückenden Seligkeit jedes Molekül meines Wesens erreichte.

Danach kuschelte ich mich neben ihn unter die Decke, meine Stirn an seine gedrückt. Ich legte ihm den Arm über den Brustkorb und ließ die Finger ziellos an seinem Hals entlang tanzen, während wir an die Decke starrten. Ich fühlte mich jetzt gelassener. Meine Angst hatte sich gelegt.

»Es tut mir leid, Gwen«, sagte er und brach damit das Schweigen.

»Was denn?«

»Ich hätte auf dich hören sollen. Wir waren nicht in Sicherheit. Ich habe dich und das Baby in Gefahr gebracht. Wenn diese Kugel stattdessen dich getroffen hätte –«

»Hör auf. Sie hat mich nicht getroffen. Uns fehlt nichts und ab morgen werden wir sogar noch besser bewacht.«

»Ja. Wir werden in Sicherheit sein. Alle drei.« Er hob seine freie Hand und strich mir damit am Arm auf und ab. »Hör mal. Neulich hast du mich gefragt, ob es mir wichtiger als alles andere auf der Welt war, meine Zeugenaussage für Corinne zu machen. Denkst du das wirklich?«

Ich war über seine Frage erstaunt und wollte ihm schon antworten, dass ich es nur im Zorn gesagt und mich dann eines Besseren besonnen hätte. Aber jetzt musste ich ehrlich sein. »Um die Wahrheit zu sagen, ich weiß es nicht. Es war dir gegenüber unfair. Es ist gut und richtig, eine Zeugenaussage zu machen, und ein Teil von mir ist überzeugt, dass du das für jeden tun würdest. Doch ein anderer Teil von mir kann sich des Gefühls nicht erwehren, dass du sie mir vorgezogen hast. Als du mich zum ersten Mal verlassen hast, war es doch ihretwegen.«

Ich konnte sein Gesicht zwar nicht sehen, aber sein Stirnrunzeln fühlte ich trotzdem. »Ich habe es um meinetwillen getan. Es war, was *ich* tun musste.«

»Ich weiß. Das ist eine gute Eigenschaft. Aber ich weiß auch, dass du sie geliebt hast und selbst nach ihrem Tod noch bereit warst, dein Leben für sie zu opfern.« Über diese Worte hatte ich schon so lange nachgedacht, aber es war so seltsam, sie endlich auszusprechen. Noch seltsamer war, wie unwichtig sie mir jetzt erschienen. Merkwürdig, wie eine traumatische Situation die Denkweise eines Menschen verändern konnte.

»Mir war nicht bewusst, dass es dir so vorkam.«

»So empfand ich es aber. Jetzt nicht mehr. Jetzt verstehe ich dich besser und ich bewundere deinen Einsatz für Gerechtigkeit. Nicht jeder würde all das auf sich nehmen, nicht einmal für einen so sehr geliebten Menschen.«

»Ich weiß nicht, inwiefern das Streben nach Gerechtigkeit ein echter Liebesbeweis sein sollte.«

»Nicht das Streben nach Gerechtigkeit«, stellte ich klar, »sondern die dafür gebrachten Opfer.«

»Ja. Die Opfer.« Einen Augenblick lang schwieg er. »Weißt du, an dieses Gefühl erinnere ich mich kaum noch. Ich weiß, dass ich sie geliebt habe, und ich weiß noch, dass ich fast völlig hilflos war, als sie starb. Aber das Gefühl an sich? Das ist jetzt verblasst. Besonders im Vergleich zu dem, was ich für dich empfinde.«

Ich nahm einen zittrigen Atemzug und ließ ihn wieder entweichen. »Ich habe stets solche Angst gehabt, dass du sie immer mehr als mich lieben würdest. Und jetzt komme ich mir ganz dumm vor.«

»Aber das ist nicht dumm. Es ist ganz normal, glaube ich. Natürlich hat es eine Zeit gegeben, als das noch so war. Ehe ich dich richtig kannte. Als wir uns gerade erst kennengelernt hatten. Aber mit jedem Tag wird das, was ich für sie empfunden habe, etwas schwächer. Und mit jedem Tag mit dir werden meine Gefühle für dich stärker. Heute liebe ich dich mehr als an dem Tag, als ich dich gebeten habe, meine Frau zu werden. Und an jenem Tag habe ich dich mehr geliebt als damals, als ich dir den ersten Heiratsantrag gemacht habe. Und da war meine Liebe größer als zu dem Zeitpunkt, als mir meine Liebe zu dir zum ersten Mal bewusst wurde.«

Er wälzte sich auf seine gesunde Seite, damit er mich ansehen konnte. »Solange wir leben, wird meine Liebe immer weiterwachsen.«

Ich wandte mich ihm zu und legte die Hand um seine Wange. »Ich hätte es nicht überlebt, wenn dir heute etwas geschehen wäre.«

»Doch, das hättest du.« Er rieb seine Nase an meiner. »Es wäre dir vielleicht so vorgekommen, als müsstest du sterben, aber du hättest es überlebt.«

»Aber ich hätte nicht mehr leben *wollen*.«

»Ich möchte nur für dich leben.«

Ohne es auszusprechen, war ich irgendwie sicher, dass wir beide wussten, was dies wirklich war – unsere Hochzeit.

Dies waren unsere Ehegelübde. Dies waren unsere gegensei-
tigen Versprechen von Liebe und Treue. Ob der Vaterschaftstest beweisen würde, dass JC der Vater war oder nicht,
die Trauungszeremonie, die wir geplant hatten, würde so
nicht stattfinden. Also machten wir es stattdessen auf diese
Weise. Und es war genauso gut.

Vielleicht war es sogar noch besser.

KAPITEL EINUNDZWANZIG

KURZ NACH MITTERNACHT schickte Drew mich nach Hause.

Sobald ich die Wohnung betrat, begann ich mit den Reisevorbereitungen. Ich brauchte Stunden, um meine Übernachtungstasche zu packen. Welche Dinge waren nicht lebensnotwendig? Welche waren unerlässlich? Die Dinge, an denen ich am meisten hing – mein Laptop und mein Ladegerät fürs Handy –, waren jetzt irrelevant. Meine Unterlagen für das Sky Launch würde ich nicht brauchen. Und mein Handy müsste ich sicher wegwerfen.

Schließlich packte ich meine Vitamine und ein paar Familienfotos, außerdem für uns beide Kleider zum Wechseln. Die Tasche war klein genug, um nach etwas auszusehen, was man einem Patienten normalerweise ins Krankenhaus mitbringen würde, und wenn Drew meinte, sie wäre zu auffällig, würde ich sie, ohne zu zögern, zurücklassen.

Etwa um fünf ging ich zu Bett, konnte aber nicht schlafen. Ich war gereizt und nervös und mein Gehirn zu überdreht, um mich zur Ruhe kommen zu lassen. Nachdem ich mich stundenlang von einer Seite auf die andere gewälzt hatte, zog ich aufs Sofa um und fand im Fernsehen eine Folge von *Law and Order* nach der anderen, mit denen ich mich ablenken konnte, während ich auf die Laborergebnisse wartete. JC und ich hatten beide angegeben, dass wir am liebsten per E-Mail benachrichtigt werden wollten, aber falls ich bis fünf nichts gehört hatte, würde ich beim Labor anrufen. Es hatte seinen Sitz an der Westküste, das würde ihnen also jede Menge Zeit geben, unsere Ergebnisse auszugraben, sollte es nötig sein.

Am Mittag rief Norma mich an.

»Es geht ihm schon viel besser«, sagte ich, was mir leichtfiel, weil es der Wahrheit entsprach. »Er wird wahrscheinlich heute oder morgen entlassen.«

»Dann kann die Hochzeit also wie geplant stattfinden. Was für eine Erleichterung!«

Jetzt bekam ich doch einen Kloß im Hals. Ich war im Allgemeinen gar nicht für den zeremoniellen Pomp zu haben, der mit Hochzeiten einherging. Es lag sicher an den Schwangerschaftshormonen.

Froh darüber, dass sie am Telefon nicht sehen konnte, wie mir die Tränen in die Augen stiegen, zwang ich mich zu antworten: »Allerdings. Eine riesige Erleichterung.«

»Gwen? Ist alles in Ordnung?«

Die verdammte Norma konnte mich immer so leicht durchschauen.

»Ich bin müde«, antwortete ich ehrlich. »Und ich bin von

den Höhen und Tiefen der letzten Woche etwas angegriffen. Aber sonst fehlt mir nichts.«

»Das ist ganz natürlich. Ich weiß nicht, ob dir das hilft oder nicht, aber Dads Rechtsanwalt hat mich angerufen. Er ist wieder hinter Gittern, wie du ja weißt. Sie haben ihn und drei andere Leute, die auch in dem Haus wohnten, wegen Drogenbesitzes und Drogenhandels festgenommen. Zwei davon stehen unter Anklage wegen Vergewaltigung und Körperverletzung einer Minderjährigen. Ob Dad daran beteiligt war, wird noch untersucht. Wenn sich herausstellt, dass er irgendeinen körperlichen Kontakt mit ihr hatte, wird er eine lange Gefängnisstrafe bekommen. Jedenfalls brauchen wir uns seinetwegen eine ganze Weile keine Sorgen zu machen.«

»Gut. Darüber bin ich froh.« Ehrlich gesagt berührte mich das eigentlich nicht, jedenfalls nicht mehr so, wie es das einmal getan hatte. Mein Vater hatte keine Macht mehr über mich, ob er hinter Gittern saß oder nicht.

»Ich auch. Also, du hast ein wichtiges Wochenende vor dir. Ruh dich aus und sag mir Bescheid, wenn du irgendetwas brauchst.«

Sie wollte gerade auflegen, aber ich hinderte sie daran. »Ich liebe dich, Schwesterherz.« Ich hielt inne und schluckte, ehe ich fortfahren konnte. »Nicht nur, weil du immer für mich sorgst, sondern auch, weil du ein wundervoller Mensch bist.«

Wir sprachen nicht oft über unsere Gefühle füreinander und ich hatte schon Angst, mein Geständnis könnte als Alarmsignal aufgefasst werden. Zum Glück hatte ich eine halbe Katastrophe als Motivation, wenn ich es erklären musste.

Ich musste es nicht. »Ich liebe dich auch, Gwen. Nicht nur, weil du dich von mir herumkommandieren lässt, sondern weil du auch nicht so ohne bist. Ruh dich aus. Und iss etwas. Wir sehen uns dann Sonntagmorgen.«

Den Rest des Nachmittags verbrachte ich damit, meinen Posteingang zu aktualisieren und auf und ab zu gehen und Obst und Crackers zu knabbern. Es war halb fünf, als mir die Lider schwer wurden. Ich lehnte mich auf dem Sofa zurück und schloss die Augen, bloß für eine Minute.

Als ich sie wieder öffnete, war es zehn nach acht.

Ich sprang fluchend auf. Ich musste mich innerhalb der nächsten Viertelstunde auf den Weg machen, damit ich noch vor Ende der Besuchszeit um neun im Krankenhaus eintraf. Ich machte so schnell wie möglich und suchte nach meinen Schuhen, während ich meine E-Mails durchsuchte. Nichts vom Labor. »Mist, Mist, Mist!«

Als ich beim Labor anrief, erreichte ich nur den Anrufbeantworter. Es war schon nach fünf in Kalifornien und fürs Wochenende war dort bereits geschlossen.

Panische Angst überfiel mich und ich hätte am liebsten geweint. Ich versuchte, auf JCs Handy anzurufen, aber es klingelte nur ein Mal, ehe der Anrufbeantworter einsetzte. Was ja auch logisch war. Seine Handybatterie war wohl leer. Ich suchte nach der Telefonnummer des Krankenhauses, entschloss mich aber anders. Wenn sein Handy nicht mehr funktionierte, hatte er auch keinen Zugang zum Internet. Und wenn ich mit ihm redete, würde er vielleicht versuchen, mich davon abzubringen mitzukommen. Am besten würde ich einfach dort auftauchen. Wenn ich persönlich da war, konnte er mich nicht wegschicken.

Ohne noch einen Augenblick zu verschwenden, ergriff

ich die Übernachtungstasche und verließ unsere Wohnung vielleicht zum letzten Mal. Es gelang mir, nicht in Tränen aufgelöst hinunterzufahren, aber nur gerade eben.

Im Erdgeschoss traf ich Russ an, meinen diensthabenden Leibwächter für heute Nacht. Er rief uns ein Taxi und bald darauf waren wir unterwegs ins Krankenhaus.

Zehn Minuten vor Ende der Besuchszeit trafen wir bei der Intensivstation ein. Drew hatte zwar gesagt, dass sie mich auch danach noch einlassen würden, aber ich wollte sichergehen, rechtzeitig anzukommen, damit sie keine Entschuldigung hatten, ohne mich aufzubrechen. Am Sicherheitsschalter wies ich mich aus und wartete auf den Summton, mit dem der diensthabende Angestellte mir die Tür aufdrücken würde.

Aber er kam nicht. »Aus unseren Unterlagen geht hervor, dass wir keinen Patienten mit dem Namen Justin Bruzzo hier haben«, sagte er.

»Nein. Das ist doch nicht möglich.« Ich versuchte, mich nicht aufzuregen. Er war wohl gerade erst entlassen worden oder vielleicht hatte Drew dafür gesorgt, dass sein Name auf der Patientenliste im Computer nicht ersichtlich war. »Ich bin sicher, dass er hier ist. Lassen Sie mich herein, ich weiß genau, wo ich hinmuss.«

»Es tut mir leid, Ma'am. Unserer Liste zufolge ist er nicht hier, und darum kann ich Sie auch nicht hereinlassen.«

»Ihre Unterlagen sind falsch!« Obwohl ich mich nicht aufregen wollte, flippte ich jetzt total aus. Ich würde mich nicht von JC fernhalten lassen, weil irgend so ein wackerer Wachmann darauf bestand, den Regeln zu folgen. »Können Sie Ihren Vorgesetzten rufen? Oder eine der Schwestern aus der Intensivstation?«

»Niemand wird Sie hier hereinlassen, Miss Anders. Ganz gleich, wen ich rufe.«

Russ, der ein wenig hinter mir gestanden hatte, kam an meine Seite. »Gibt es ein Problem, bei dem ich behilflich sein kann?«

»Ja!« Ich drehte mich zu ihm um. »Haben Sie eine Kontaktnummer für Drew?«

Er schüttelte den Kopf. »Tut mir leid. Dom ist der Einzige, der direkt mit Drew in Verbindung steht.«

»Dann eben Dom. Können Sie ihn an den Apparat bekommen?«

Weniger als eine Minute später sprach ich an Ross' Handy mit Dom. »Sie sagen, er wurde entlassen. Sie sagen, er ist schon weg. Das kann nicht stimmen. Ich bin pünktlich hier gewesen.«

Er zögerte und obwohl es nur eine Sekunde war, ahnte ich sofort, dass er mir etwas zu sagen hatte, das ihm schwerfiel. Da wusste ich es. Ich wusste, dass JC ohne mich gegangen war.

»Nein«, sagte ich, ehe Dom auch nur ein Wort herausgebracht hatte. »Was immer du jetzt sagen willst, lass es bleiben, wenn du mir nicht mitteilen kannst, wo er ist und wie ich zu ihm komme.«

»Das kann ich nicht, Gwen. Selbst wenn ich es wollte. Ich weiß nicht, wo er ist.«

»Nein. Nicht. Sag das nicht.« Ich hatte Mühe zu atmen. »Ruf Drew an. Es kann nicht zu spät sein, zu ihm zu kommen. Sie können ja noch nicht lange weg sein. Ich kann sie noch einholen.«

»Drew wird dir nichts sagen. Und er ist schon lange weg. Er wurde bereits heute Morgen entlassen.«

Heute Morgen. Er hatte nie die Absicht gehabt, auf die Ergebnisse des Vaterschaftstests zu warten. Ganz gleich, ob Chandler der Vater war oder nicht – JC hatte vorgehabt, mich in jedem Fall zurückzulassen.

Ich sank auf die Knie und ließ das Handy fallen. Tiefes, lautloses Schluchzen schüttelte meinen Körper und dort, außerhalb der Intensivstation, betrauerte ich den Verlust von JC so schmerzlich, als wäre er gestorben.

SCHLIESSLICH GELANG ES ROSS, mich zu überreden, nach Hause zu fahren, ehe das Krankenhauspersonal beschließen würde, mich zu sedieren. Der allerletzte Ort, wo ich sein wollte, war zu Hause – ich hatte die Wohnung in der Annahme verlassen, niemals dorthin zurückzukehren, oder wenigstens nicht allzu bald. Wie konnte ich es dort ohne JC aushalten?

Aber sonst konnte ich nirgendwo hin. Ich sollte niemanden ahnen lassen, dass JC die Stadt verlassen hatte, und ich war zu verzweifelt, um meine Gefühle zu verschleiern. Darum konnte ich weder zu Norma noch zu Ben oder zu Laynie gehen. Als Ross also dem Taxifahrer die Adresse unserer Wohnung gab, widersprach ich ihm nicht.

Als wir dort ankamen, fühlte ich mich relativ betäubt. Ich hatte Kopfschmerzen und mir tat vom heftigen Weinen der Magen weh, aber dies waren die einzigen Empfindungen, die ich mir wahrzunehmen erlaubte. Alle anderen Gefühle – Trauer, Zorn, Empörung über den Verrat, seelische Qual – lagen nur unter der Oberfläche meiner erstarrten Fassade.

Damit würde ich mich noch auseinandersetzen müssen. Jetzt wollte ich nur noch schlafen.

Ich war so benommen, dass ich gar nicht merkte, wer am Eingang zum Gebäude an die Wand gelehnt stand, bis er mich beim Namen rief.

Beim Klang der vertrauten Stimme wandte ich mich ihm zu, brachte aber weder eine Begrüßung noch ein Lächeln zustande.

Chandler eilte auf mich zu, die jugendlichen Züge von Sorge überschattet. »Was hast du denn? Bist du verletzt?«

Eine weitere Gefühlswelle drohte mich zu überwältigen, aber es gelang mir, mich zu beherrschen. Ich log: »Es ist JC.« Ich war zwar noch nie eine gute Lügnerin gewesen, doch in all den Jahren des Missbrauchs vonseiten meines Vaters hatte ich wenigstens gelernt, die Wahrheit zu verdrehen. »Er wurde gestern angeschossen. Ich komme gerade aus dem Krankenhaus.«

»Oh Gott.« Seine Anteilnahme schien echt zu sein, trotz der Abneigung, die er JC gegenüber sicher empfand. »Wird er ... wird er es überleben?«

»Ja.« Wo auch immer er war, das wusste ich wenigstens. Es war aber nur ein schwacher Trost. In mancher Hinsicht wäre es einfacher für mich gewesen, wenn er gestorben wäre. Dann wüsste ich, dass er keine andere Wahl gehabt hatte, als mich zu verlassen. Wie die Dinge standen, hatte er es freiwillig getan.

Wie konnte er mir das antun? Wie konnte er mich schwanger allein lassen? Mir stiegen die Tränen in die Augen.

Chandler breitete spontan die Arme aus, um sie um mich zu schlingen, schien es sich aber anders zu überlegen. »Ich weiß nicht, was ich machen soll. Hast du was dagegen, wenn ich dich umarme?«

Ich schüttelte den Kopf. Ich brauchte menschliche Wärme. Brauchte eine Schulter, an der ich mich ausweinen konnte. Chandler hatte mich gern und ich hatte gar keine Skrupel, mich an ihn zu lehnen, denn er war für mich da und JC war es nicht.

Chandler schlang die Arme um mich und ich vergrub das Gesicht in seinem Hemd. »Es tut mir so leid, Gwenny«, sagte er und wiegte mich sanft hin und her. »Ich hätte nicht kommen sollen. Das kannst du im Moment gar nicht gebrauchen.«

Ich drehte das Gesicht zur Seite, damit er mich verstehen konnte. »Ganz im Gegenteil. Das ist genau, was ich jetzt brauche.«

»Damit meine ich nicht diese Umarmung. Ich meine, ich sollte nicht sagen, was dir zu sagen ich gekommen bin.« Er hielt inne und ich wartete ohne großes Interesse, bis er fortfuhr, ohne ihn zu drängen. »Aber ich bin nun einmal hier und ich habe Angst, dass dies meine letzte Chance vor der Hochzeit ist, es zu sagen, also sage ich es trotzdem. Neulich habe ich dir versprochen, dass ich für dich und das Baby sorgen würde, wenn es von mir ist. Und das habe ich auch so gemeint. Aber ich hätte dir sagen sollen, dass ich mir das in jedem Fall wünsche. Ob das Baby nun von mir ist oder nicht. Ich möchte der Mann in deinem Leben sein und es macht mir nichts aus, dass dein Baby zur Hälfte seine Gene hat. Ich kann euch beide trotzdem lieben.«

Ich seufzte an seiner Schulter. Könnte Chandler meine Zukunft sein? Ich hegte für ihn nicht dieselben Gefühle wie für JC, aber er liebte mich, vielleicht sogar so sehr wie JC.

Außerdem war er jetzt hier. Und er war willens, bei mir zu bleiben. Das war ein riesiger Pluspunkt.

Und vielleicht konnte ich ja lernen, ihn so zu lieben. Eines Tages.

Bloß ... heute nicht.

Ich nahm all meine Kraft zusammen und befreite mich aus seinen Armen. »Ich danke dir dafür, dass du mir das gesagt hast. Es bedeutet mir viel, dass du um mich kämpfen willst. Aber mein Herz gehört JC.« Wo immer er auch war. »Wenn es dein Baby ist, sorge ich dafür, dass du in seinem Leben eine Rolle spielst. Aber mehr kann ich dir nicht bieten.« Im Moment jedenfalls nicht. Zu einem späteren Zeitpunkt würde ich vielleicht anders denken. Ich bezweifelte es jedoch.

Er runzelte die Stirn und ich betete darum, dass er jetzt nicht emotional reagieren würde. Das hätte ich im Moment nicht verkraftet. Es war schwer genug, mit meinen eigenen Gefühlen fertigzuwerden.

Doch was er darauf antwortete, kam völlig unerwartet. »Das Baby ist nicht von mir. Hast du denn die E-Mail nicht bekommen?«

»Wie bitte? Nein, ich habe keine E-Mail erhalten.« Während ich sprach, zog ich mein Handy hervor und sah im Posteingang nach, ob ich auch nichts übersehen hatte.

»Sie war in meinem Spamordner. Vielleicht ist sie ja auch in deinem?«

Auf seinen Vorschlag hin öffnete ich meinen Spamordner. Und da war sie – eine E-Mail vom Labor. Ich klickte auf die Nachricht und öffnete das angehängte Dokument, ohne den Vorspann zu lesen. Als das PDF auf dem Bildschirm erschien, überflog ich es in aller Eile.

. . .

PROBE EINS, Bruzzo: **Auf Grundlage der unter-
suchten Blutproben der Mutter und des mutmaß-
lichen Vaters und der aus einer fötalen
Zellpopulation gewonnenen DNA kann der
mutmaßliche Vater als leiblicher Vater nicht
ausgeschlossen werden.**

PROBE ZWEI, Pierce: **Auf Grundlage der unter-
suchten Blutproben der Mutter und des mutmaß-
lichen Vaters und der aus einer fötalen
Zellpopulation gewonnenen DNA muss der
mutmaßliche Vater als leiblicher Vater ausgeschlossen werden.**

»ES IST VERWIRREND«, sagte Chandler, der über meine
Schulter mitlas. »Aber ich wurde offensichtlich ausgeschlossen.«

Meine Gefühle waren gemischt. JC war der Vater. Das
hatte ich ja gewusst und jetzt fühlte ich mich gerechtfertigt
und erleichtert. Mein Baby gehörte dem einzigen Mann, mit
dem ich Kinder haben wollte, und das war so eine gute
Nachricht.

Doch dieser Mann war nicht mehr hier. Und dieses
Ergebnis bedeutete, dass ich mein Baby allein großziehen
musste.

Wut war eine der Empfindungen, die ich weitgehend
unterdrückt hatte. Jetzt nicht mehr. Jetzt brodelte sie stärker

auf und überflutete den Damm, den ich im Laufe der letzten
Stunde errichtet hatte. Drohte, ihn vollkommen zu sprengen.

»Ich muss jetzt gehen«, sagte ich zu Chandler, zu überwältigt, um mich noch länger zu beherrschen. Nicht dass mir
das bisher gelungen wäre.

Ich war schon fast auf dem Weg zur Eingangstür des
Gebäudes, als mir klar wurde, dass ich noch etwas zu ihm
sagen sollte. »Ich habe gehört, was du gesagt hast, Chandler.
Und ich kann dir versichern, dass es mir viel bedeutet. In
einem anderen Leben *könntest* du auch der perfekte Mann
für mich sein. Aber in diesem bin ich nicht die Richtige für
dich. Aber du wirst jemanden finden. Vielleicht noch nicht
bald, aber du wirst die Frau finden, die dich so liebt, wie du
es verdienst. Da bin ich mir ganz sicher.«

Er lächelte mir widerstrebend zu. »Da bin ich mir nicht
so sicher. Aber ich verstehe dich ja. Du hast deine Wahl
getroffen. Ich hoffe, JC ist sich bewusst, was für ein Glückspilz er ist.« Er beugte sich hinunter, um mich auf die Stirn zu
küssen. »Leb wohl, Gwen.« Dann wandte er sich um und
ging davon.

Ich verschwendete keine weitere Zeit, um ihm nachzusehen, ich musste unbedingt in die Wohnung, wo ich mich
gehen lassen und mit Sachen um mich werfen konnte.
Während ich im Aufzug nach oben fuhr, hatte ich bereits die
Fäuste geballt. Chandlers Worte gingen mir immer wieder
durch den Kopf. *Ich hoffe, JC ist sich bewusst, was für ein
Glückspilz er ist.*

Allerdings, ein richtiger Glückspilz. Denn wenn er jetzt
da wäre, würde ich ihn umbringen.

WÄHREND DER FOLGENDEN Stunden schwankte ich zwischen rasendem Zorn und Produktivität. Ich zerbrach mehrere Teller, indem ich sie an die Wand schleuderte, so verdammt wütend war ich auf JC. Wie konnte er es wagen, diese Entscheidung für uns beide zu treffen? Wie konnte er sich unterstehen zu bestimmen, was für mich das Beste war? Wie konnte er uns einfach so im Stich lassen? Er war das größte Arschloch, das mir je begegnet war, und ich kannte eine ganze Menge Arschlöcher.

Dann wiederum war ich auf mich selbst wütend. Denn ich wusste, dass ich ihm im Handumdrehen verzeihen würde. Er brauchte es nur zu sagen und ich würde zu ihm kommen, wohin er mich auch rief.

Und dann war ich wieder böse auf ihn. Wie konnte er es wagen, mich dazu zu bringen, ihn so sehr zu lieben, dass ich das Gefühl hatte, ohne ihn nicht leben zu können? Es war so verdammt unfair.

Zwischen meinen unkontrollierten Wutausbrüchen tat ich alles, was mir einfiel, um ihn zu erreichen. Ich schickte ihm E-Mails. Ich hinterließ ihm Nachrichten auf seinem batterielosen Handy – die abwechselnd aus einer Flut von Schimpfwörtern und Liebesgeständnissen bestanden. Dann nervte ich Dom so lange, bis er mir Drews E-Mail-Adresse und Telefonnummer gab. Trotz der späten Stunde überflutete ich beide mit meinen Nachrichten. Im festen Glauben daran, JC könnte unmöglich wissen, dass er der Vater des Babys war, stellte ich sicher, diese Information bei jeder Kontaktaufnahme einzuschließen. Wenn auch nur eine dieser Nachrichten ihn erreichte und er sah, dass er wirklich Vater wurde, müsste er doch einfach zurückkommen. Wenn nicht um meinetwillen, dann wenigstens für unser Kind.

Aus diesem Grund war er sicher verschwunden, ehe die Testergebnisse eingetroffen waren – weil er wusste, dass er es nicht über sich bringen würde, wenn er herausfände, dass ich die ganze Zeit recht gehabt hatte, was die Vaterschaft des Babys betraf. Er hatte gewusst, dass ich auf jeden Fall darauf bestehen würde mitzukommen, und da hatte er sich für den Weg des geringsten Widerstandes entschieden und war einfach verschwunden.

Bei diesem Gedanken erwachte mein Zorn von Neuem. Weiteres Porzellan wurde zerbrochen. Bei einem Wutanfall schleuderte ich seinen Laptop durchs Zimmer und der Bildschirm bekam einen Riss. Es war nicht so befriedigend, wie ich gehofft hatte, doch es stillte einen primitiven Rachedurst.

Als ich mich endlich ins Bett schleppte, ging bereits die Sonne auf. Ich war physisch und psychisch vollkommen erschöpft – ein Nachteil davon, dass ich mich nicht abgeschottet hatte, wie ich es sonst zu tun pflegte. Ich hatte schon beinahe den Entschluss gefasst, im Gästezimmer zu schlafen, denn ich hatte Angst davor, wie einsam ich mich ohne ihn in unserem riesigen Doppelbett fühlen würde. In einem Anflug von Sturheit verwarf ich diese Idee. Schließlich war es auch mein Bett und ich würde mich durch seine beschissene Entscheidung nicht daraus vertreiben lassen.

Das Bett war noch ungemacht und darum bemerkte ich auch den Zettel nicht, der gefaltet auf seinem Kopfkissen lag, ehe ich mich bereits hingelegt hatte. »Gottverdammt«, murmelte ich vor mich hin. Ich war schon wieder total verbiestert, dabei hatte ich ihn noch gar nicht gelesen. Ich war sicher, dass es eine Entschuldigung sein würde. Ein verfehlter Versuch, seine Handlungsweise zu rechtfertigen. Und wie war er überhaupt hierhergekommen? Während ich

auf dem Sofa eingeschlafen war? Hatte ihn einer seiner Leibwächter hingelegt, als ich im Krankenhaus war?

Wie auch immer. Es war doch nur irgendein Blödsinn.
Und davon hatte ich jetzt genug.

Ich ließ ihn auf dem Kissen liegen und drehte ihm den
Rücken zu. Ich schloss die Augen und versuchte zu schlafen.

Kaum fünf Minuten waren vergangen, als ich mich mit
einem frustrierten Stöhnen umdrehte und den Zettel nahm.

Es war eine kurze Nachricht – kürzer, als ich erwartet
hatte, und viel kürzer, als ich es verdient hatte. Bloß eine
Zeile, in Blockschrift geschrieben: *Solange wir leben, liebe ich
dich.*

Ich knüllte den Zettel zu einem Ball zusammen und warf
ihn durchs Zimmer. Dann schlang ich die Arme um sein
Kissen und weinte mich in den Schlaf.

KAPITEL ZWEIUNDZWANZIG

ICH WACHTE AUF, als mein Handy klingelte.

Ich musste mich beeilen, um den Anruf rechtzeitig anzunehmen, und konnte nicht mehr nachsehen, wer es war. Ich meldete mich und hielt den Atem an in der Hoffnung, dass es JC wäre. Oder vielleicht auch Drew.

»Gwen!« Es war Laynie. Sie klang entschieden zu lebhaft für – ich warf einen Blick auf den Wecker – halb sechs am Abend. Mist. Ich hatte den ganzen Tag geschlafen. Was wohl wesentlich besser war, als wach zu sein und mich mit meinen Gefühlen herumzuschlagen. »Ich habe es gerade erst erfahren. Warum hast du mich nicht angerufen?«

Ich rieb mir den Schlaf aus den Augen. »Was genau hast du erfahren?« So viel war geschehen, seit ich sie das letzte Mal gesehen hatte. Mir fielen unzählige Dinge ein, auf die sie sich beziehen könnte, aber über kein einziges davon war ich in der Stimmung zu reden.

»Dass auf JC geschossen wurde. Wie geht es ihm? Norma hat gesagt, ihm fehlt nichts, aber ich möchte es von dir hören.«

Ach, das. »Ja, ihm geht es wieder gut.« Jedenfalls war es so, als ich ihn das letzte Mal gesehen hatte. »Es war ein glatter Durchschuss. Er ist schon wieder aus dem Krankenhaus entlassen worden.« Ich streckte mich, zog mir die Decke bis ans Kinn und fragte mich, ob ich wohl noch ein bisschen schlafen könnte.

»Gott sei Dank. Ich bin ja so erleichtert. Du kommst doch wie geplant?«

Ich zögerte und versuchte, mir eine Entschuldigung auszudenken, um mich vor unserer Verabredung zu drücken. Ich sollte nämlich die Nacht vor der Trauung bei ihr verbringen, damit ich mich dort fertig machen konnte, während JC sich in unserer Wohnung ankleidete. Mein Hochzeitskleid samt Zubehör wartete bereits im Kleiderschrank ihres Gästezimmers auf mich. Es ging um diese ganze Sache, bei der der Bräutigam die Braut vor der Zeremonie nicht sehen darf. Das war jetzt ohnehin witzlos, aber ich musste die Scharade weiterspielen – um JCs willen, auch wenn ich mit dem Herzen nicht dabei war.

Ich warf die Decke beiseite. »Ja. Ich mache mich bald auf den Weg.« Sobald ich meine geschwollenen Augen losgeworden war.

»Fantastisch. Du musst mir alles haarklein erzählen. Es wird wie so eine altmodische Pyjamaparty werden. Wir werden unheimlich viel Spaß haben und die ganze Nacht aufbleiben. Morgen heiratest du!« Sie war voller Begeisterung. Wie gern hätte ich sie mit ihr geteilt.

Eine ganze Minute, nachdem ich aufgehängt hatte, versuchte ich, mir vorzustellen, wie mir zumute gewesen wäre, wenn ich tatsächlich morgen heiraten würde. Wäre ich aufgeregt gewesen? Nervös? Hätte ich kalte Füße gekriegt?

Ich wäre vor Freude ganz außer mir gewesen, das stand fest.

Mein Magen rumorte und obwohl ich ins Badezimmer stürzte, hätte ich es beinahe nicht geschafft, ehe ich mich übergeben musste. Wie ich letzte Woche im Internet gelesen hatte, war Übelkeit am Morgen im zweiten Schwangerschaftsdrittel eher selten bei Frauen, die im ersten nicht darunter gelitten hatten. Aber heute schien es mir durchaus passend, nach dem Aufwachen zu kotzen.

Vielleicht hatte sich unser Baby auch nur auf die wirkliche Situation am Tag vor meiner Hochzeit eingestellt. »Du und ich, Kleines«, sagte ich und rieb mir den immer runder werdenden Bauch, »jetzt sind es nur wir beide.«

ALAYNA UND HUDSON verlangten einen vollständigen Bericht über die vergangenen Tage. Sie hatten bereits gewusst, dass Mennezzo aus dem Gefängnis entlassen worden war, aber sie hatten nichts über den Besuch bei meinem Vater gehört oder die Ereignisse, die dem gefolgt waren.

Ich hielt mich an die Einzelheiten, die ich ihnen unbedenklich mitteilen konnte, und während ich gedacht hatte, ich könnte nicht über JC sprechen, ohne wieder die Fassung zu verlieren, fand ich es in der Tat tröstlich, die Geschichte

zu erzählen. Es lenkte mich von meinem momentanen
Schmerz ab, aber ich konnte emotional reagieren, ohne dass
jemand sich wunderte.

Oder das dachte ich jedenfalls.

Ich war gerade aus dem Badezimmer des Gästezimmers
gekommen, wo ich meinen Schlafanzug angezogen hatte, als
ich Laynie vorfand, die auf dem Bett saß und auf mich
wartete.

»Jetzt, wo wir beide allein sind, kannst du es mir
sagen.«

Ich spielte mit dem Brautschmuck herum, den ich auf die
Kommode gelegt hatte. »Jetzt kann ich dir was sagen?«

»Warum du so bedrückt bist. Du wirkst nicht wie
jemand, der morgen heiratet. Und erzähl mir nicht, dass du
bloß müde bist und dich wegen Mennezzo sorgst. Ich weiß,
dass es etwas anderes ist. Also raus damit.« Sie war in den
meisten Situationen einfühlsam, aber ehrlich gesagt war ich
erstaunt, dass bisher noch niemand etwas gesagt hatte. Seit
ich angekommen war, war ich wie ein Zombie herumgelau-
fen. Abgesehen von meiner Beschreibung des Anschlags und
der damit verbundenen Umstände hatte ich kaum ein Wort
von mir gegeben, das mehr als eine Silbe hatte.

Ich hatte nicht die Energie, auch nur zu versuchen, sie
glatt anzulügen. Also machte ich es wie bei Chandler und
erzählte ihr einen Teil der Wahrheit. »Da ist tatsächlich noch
etwas anderes.« Ich drehte mich zu ihr um. »Ich bin
schwanger.«

»Oh.« Sie blinzelte ein paarmal. »Wow. Wirklich?«

»Ja. Ich habe den Schwangerschaftstest letzte Woche
gemacht, als du es vorgeschlagen hast. Ich bin im vierten
Monat.« Ich zwang mich zu lächeln.

Sie sprang vom Bett auf. »Gütiger Himmel! Du bist ja schon im zweiten Drittel!«

JC und ich hatten beschlossen, es den anderen erst nach der Trauung mitzuteilen. Wir wollten uns nur auf uns beide konzentrieren. Aber mehr als irgendjemandem sonst hatte ich es Laynie sagen wollen, und das hätte ich auch sofort getan, wenn ich mir keine Sorgen darüber gemacht hätte, wie sie es aufnehmen würde.

Ich biss mir auf die Lippe. »Bist du mir schrecklich böse?«

»Böse? Warum zum Teufel sollte ich dir böse sein?«

»Weil du dir solche Mühe gibst, schwanger zu werden, und dann bekomme ich ein Baby, obwohl ich mir gar keins gewünscht habe.«

Sie nahm meine Hände und drückte sie. »Natürlich bin ich furchtbar neidisch, aber böse? Auf keinen Fall. Ich freue mich für dich.« Dann ließ sie meine Hände los, verschränkte die Arme vor der Brust und kniff die Augen zusammen. »Ich bin schon ein wenig sauer, dass du mir das nicht eher verraten hast. Hattest du Angst davor, wie ich reagieren würde, oder bist du nicht froh darüber, schwanger zu sein?«

»Ersteres. Ich wollte kein Baby haben, aber jetzt, wo ich eines bekomme, habe ich mich angepasst.« Ich stützte die Hände hinter mich auf die Kommode und dachte über ihre Frage nach. Freute ich mich wirklich nicht darauf, ein Baby zu haben?

Selbst ohne JC war die Antwort: Doch, ich war froh darüber. »Es ist ungeheuer spannend. Beängstigend, aber spannend.« Diesmal war mein Lächeln aufrichtig.

Sie strahlte übers ganze Gesicht. »Es ist ja *so* aufregend! Ich bin ... ich bin ganz überwältigt!« Sie hüpfte im Zimmer herum, ganz begeistert über meine Neuigkeit. »Wie konntest du nur denken, ich würde dir böse sein? Ich freue mich so für dich! Es wird mein Übungsbaby sein. Ich werde jede Chance nutzen, es dir zu stehlen. Ich hoffe, du stellst dich darauf ein, dass ich praktisch bei euch wohnen werde. Allen Ernstes, du brauchst nicht einmal ein Kindermädchen einzustellen. Ich bin ja da. Kann ich Tante Laynie sein, obwohl wir nicht verwandt sind?«

Ich lachte. »Du kannst alles sein, was du willst. Aber dieses Angebot wirst du noch bereuen, weil ich es nämlich annehmen werde. Ich werde jegliche Hilfe dringend nötig haben.«

»Es wird mir nicht leidtun. Und mich wirst du gar nicht brauchen. JC wird dich so verwöhnen. Aber das weißt du ja. Er ist sicher überglücklich.«

»Ja. Überglücklich.« Das war auch keine Lüge – er war ganz begeistert gewesen. Aber es tat doch weh, das jetzt zu erwähnen. Deshalb lenkte ich unsere Unterhaltung in eine andere Richtung. »Also. Darum bin ich so müde. Und so gefühlsbetont. Und ich sorge mich mehr denn je, weil Mennezzo auf freiem Fuß ist.«

»Richtig. Natürlich. Das ist verständlich.« Sie stand vor mir und strich mir mit den Händen an den bloßen Armen auf und ab, um mich zu beruhigen. »JC wird für deine Sicherheit sorgen. Hudson kann ihm dabei helfen, sie zu verstärken, wenn du nicht davon überzeugt bist, dass sie ausreicht. Und denk bloß – morgen seid ihr schon verheiratet. Und danach geht ihr auf Hochzeitsreise. Ihr könnt all dem Stress entkommen und euch ein wenig entspannen. Und in sechsundzwanzig Wochen bekommt ihr dann ein Baby. Was könnte schöner sein?«

»Absolut gar nichts«, antwortete ich, und wenn sie sich auch über die meisten Dinge im Irrtum befand – ich würde morgen nicht heiraten und ich würde auch nicht auf Hochzeitsreise gehen –, aber was das Baby betraf, hatte sie recht. Es war weder geplant noch erwünscht gewesen und ohne JC würde es sehr schwer werden, aber besonders mit ihrer Hilfe würde ich es schaffen.

Und so schwierig es auch sein mochte, es würde auch wundervoll werden, da war ich mir sicher.

DIE TRAUUNG WAR für Sonntagabend um achtzehn Uhr angesetzt. Gegen eins ging es im Haus der Pierces zu wie in einem Bienenstock. Außer der Friseurin, der professionellen Nageldesignerin und der Visagistin waren Mirabelle, Norma und Laynie da, die mir nicht von der Seite wichen, mich zum Essen ermunterten und jede einzelne Phase meiner bräutlichen Vorbereitungen bewunderten. Es war geradezu absurd, wie viel Sorgfalt und Mühe auf eine Nicht-Hochzeit verwendet wurden.

Außer mir wusste das natürlich niemand.

»Französische Maniküre für die Fingernägel«, sagte Mira, »und Blassrosa für die Zehennägel.«

»Das intensivere Rosa sieht man besser«, wandte Laynie ein.

Mira erwiderte spöttisch: »Von ihren Füßen wird doch keiner Fotos machen.«

»Auf der Hochzeitsreise vielleicht doch. Das blasse Rosa wird dann ganz verwaschen aussehen.« Laynie hielt mir beide Fläschchen hin. »Das intensive Rosa ist viel besser, Gwen, findest du nicht?«

»Mm.«

»Na also!«, triumphierte Laynie und schien meinen Mangel an Begeisterung gar nicht zu merken.

So ging es den ganzen Nachmittag weiter. Niemand machte eine Bemerkung über meine düstere Laune. Niemand fragte mich, was mit mir los war. Alle waren so von Eifer und Begeisterung erfüllt, dass ihre Vorfreude meine Apathie aufwog.

Die meiste Zeit gelang es mir dabei, meine Gefühle unter Kontrolle zu behalten, indem ich mich auf das Verwöhnprogramm konzentrierte. Ich tat einfach so, als spielten wir Verkleiden. Es geschah ja nicht alle Tage, dass ich herausgeputzt wurde, und ich genoss es, dass jemand mir die Hände massierte und mir die Haare wusch.

Als es Zeit zum Gehen war, stand ich vor dem großen Spiegel, angetan mit einem schlichten, leicht ausgestellten Kleid aus Spitze und Tüll, das Haar fiel mir in weichen Locken ums Gesicht und mein leichtes Make-up war perfekt.

»Du siehst fantastisch aus«, rief Mira, die neben mir stand.

»Einfach wundervoll«, sagte Laynie.

»Du glühst geradezu«, fügte Norma hinzu und ich musste daran denken, wie JC genau dieselben Worte benutzt hatte. In mir stieg von Neuem die Verzweiflung auf, sodass ich nur ein Nicken zustande brachte und mich in die Wange beißen musste, um nicht in Tränen auszubrechen.

Mach dich taub, beschwor ich mich. *Taub, taub, taub.*

In der Limousine auf dem Weg zum Brooklyn Bridge Park versuchte ich, wieder die stoische Maske aufzusetzen, die ich den ganzen Nachmittag erfolgreich getragen hatte, aber mit jeder Minute, die uns unserem Bestimmungsort näher brachte, brach mir das Herz ein wenig mehr. Wir hatten beschlossen, uns bei Janes Karussell das Eheversprechen zu geben, wo wir uns am vierten Juli zum ersten Mal geküsst hatten, nachdem wir uns wiedergefunden hatten. Es war uns romantisch und passend vorgekommen. Jetzt fand ich es nur traurig.

Als wir davor zum Stehen kamen, ergriff mich eine Panik, die genauso stark wie mein Kummer war. Wann würde das Ganze platzen? Wie lange sollte ich den Dingen noch ihren Lauf lassen? Mira sprang als Erste aus dem Wagen, denn sie wollte uns Bescheid sagen, sobald der Veranstalter das Zeichen zum feierlichen Einzug gab. Würden wir ewig hier sitzen und auf einen Bräutigam warten, der niemals erscheinen würde?

Laynies Handy klingelte, kurz nachdem Mira verschwunden war, und ich bereitete mich mit angehaltenem Atem darauf vor zu hören, dass JC noch nicht eingetroffen war.

Stattdessen sagte sie nach dem Auflegen: »Sie erwarten uns. Oh Gott! Das ist ja so aufregend!« Sie zerrte mich aus dem Wagen und begann, mich auf die Menge zuzuziehen, die vor dem Karussell wartete.

»Du bist an der Spitze«, sagte ich. »Du solltest zuerst gehen.«

»Ganz recht.« Sie ließ meine Hand los. »Er soll dich ja noch nicht sehen.« Sie ging voraus und ließ mich mit Norma zurück, die dazu erwählt worden war, direkt vor mir einzuziehen.

Als wir etwa zwanzig Schritte von der Stelle entfernt

waren, wo wir uns aufstellen sollten, blieb ich stehen. »Ich kann es nicht.«

Norma, die gemerkt hatte, dass ich nicht mitkam, drehte sich zu mir um. »Was kannst du nicht tun? Hast du kalte Füße?«

»Nein, das ist es nicht.« Verdammt, ich hatte ja gewusst, dass es peinlich sein würde. *Wie* peinlich, merkte ich erst jetzt, als wir hier waren. Es gefiel mir gar nicht. Ich hatte genug davon.

Ihn leise verfluchend sagte ich: »Es ist wegen JC. Ich muss dir etwas sagen.«

»Was denn? Du machst mir Angst. Habt ihr beiden Krach gehabt? Warst du deshalb heute so schlecht gelaunt?«

Hm. Meine Maske war wohl doch nicht so effektiv gewesen, wie ich gedacht hatte. Allerdings hatte Norma mich schon immer leicht durchschauen können. »Wir haben keinen Krach gehabt.« Nun ja, wir hatten uns gestritten. »Er hat sich entschlossen, das Angebot für das Zeugenschutzprogramm anzunehmen.«

Sie ließ verzagt die Schultern sinken. »Der Anschlag hatte also mit dem Prozess zu tun? Das hatte ich mir schon gedacht. Du darfst mir wohl nichts sagen, oder?«

»Nein, das darf ich nicht. Aber zum Teil wusstest du ja bereits Bescheid.«

Sie nahm einen tiefen Atemzug. »Es überrascht mich nicht. Ehrlich gesagt hatte ich fast befürchtet, dass ihr schon weg wärt. Habt ihr vor, direkt nach der Trauung zu verschwinden? Auf Hochzeitsreise zu gehen und nicht zurückzukommen?« Sie sprach mit fester Stimme, aber ich kannte sie gut genug, um die Traurigkeit darin zu spüren.

Und wie konnte sie auch nicht traurig sein? Sie dachte

schließlich, ihre Schwester würde aus ihrem Leben verschwinden.

Aber wenigstens bedeutete meine Unglücksbotschaft, dass ich sie nicht verlassen musste. »Nein. Die Hochzeit findet nicht statt. Er ist schon weg.«

Sie runzelte die Stirn. »Wie meinst du das?«

»Er wird nicht hier sein.« Eine Träne rann mir über die Wange. »Er ist ohne mich gegangen, Norma. Ich soll so tun, als wäre ich überrascht, wenn er heute nicht kommt, aber ich ... ich kann es nicht. Ich bringe es einfach nicht fertig.«

»Was zum Teufel redest du denn da? Natürlich ist er da.« Sie zog ein Taschentuch aus ihrem Büstenhalter – typisch Norma – und betupfte damit mein Gesicht.

»Nein. Er ist fort.«

Sie verstaute das Taschentuch wieder in seinem Versteck. »Du redest dummes Zeug, Gwen. Er ist schon hier. Er wartet darauf, dich zu heiraten.«

»Ach, hör doch auf damit.« Jetzt wurde ich ärgerlich. »Wenn ich dir doch sage –«

Sie schnitt mir das Wort ab und zeigte auf das Karussell. »Möchtest du dich selbst überzeugen?«

Ich bekam Herzklopfen und ein Hoffnungsfunke begann, in meiner Brust zu glimmen. Da wir nur eine kurze Zeremonie geplant hatten, hatten wir es nicht für nötig befunden, Stühle zur Verfügung zu stellen, ich musste also aus der Reihe treten, damit ich um die Hochzeitsgäste herum blicken konnte.

Und da sah ich ihn. Er stand vor dem Karussell, neben meinem Bruder, und sah in seinem Smoking höllisch sexy aus, wie er dort auf seine Braut wartete. Oh Gott, er war ja so ein Arschloch. So ein wundervolles, unglaubliches Arschloch.

Und wie ich ihn liebte, diesen Wichser.

»Nun denn«, sagte ich und nahm wieder meinen Platz am Ende der Reihe ein, »ich schätze, ich heirate also doch.«

Ich blinzelte die Tränen fort und lächelte an diesem Tag zum ersten Mal.

DREIUNDZWANZIG

KAPITEL DREIUNDZWANZIG

EINE YO-YO MA Fassung des »Appalachian Waltz« erklang aus den Lautsprechern des Karussells und wie auf ein Stichwort bekam ich Schmetterlinge im Bauch. Es schien mir eine ganze Ewigkeit zu dauern, als zuerst Laynie und dann Norma zum Altar schritten.

Dann wurde die akustische Version von Yeah Yeah Yeahs »Wedding Song« gespielt, und nun war die Reihe an mir. Ich betrat den Gang. Sofort fanden sich meine und JCs Blicke. Es kostete mich all meine Selbstbeherrschung, nicht zu ihm zu laufen, und ich konzentrierte mich darauf, meine Schritte dem langsamen Rhythmus der Musik anzupassen. Ich hatte das Lied selbst ausgewählt, ohne mir bewusst zu sein, wie zutreffend der Text war, bis ich ihn jetzt hörte. JC war die Luft, die ich atmete, und wenn ich auch gelernt hatte, dass ich ohne ihn weiterleben konnte, fiel mir auf, wie gut der Sänger meinen Gefühlen Ausdruck gab.

Schließlich kam ich bei ihm an und fiel ihm in die Arme,

ohne mich um die Zuschauer hinter uns zu kümmern oder darum, was im Augenblick von uns erwartet wurde. Vielleicht war er es auch, der mich in die Arme nahm. Mir war nur bewusst, dass er mich festhielt und mit dem gesunden Arm an sich drückte, als wollte er mich nie wieder loslassen.

»Ich konnte einfach nicht ohne dich gehen«, flüsterte er leise. »Ich habe es versucht. Das schwöre ich. Ich wollte der Mann sein, der dich aufgeben konnte, damit du in Sicherheit bist, aber ich war nicht stark genug.«

Mit derselben Heftigkeit klammerte ich mich mit tränennassem Gesicht an seine Jackenaufschläge. »Ich liebe dich, du Scheißkerl. Verlasse mich nie wieder, sonst bringe ich dich um, das schwöre ich dir.«

Er zog sich zurück, um die Hände um mein Gesicht zu legen. »Nie wieder. Ich könnte dich nie wieder verlassen.« Dann bedeckte er mich mit Küssen – meine Nase, meine Wangen, mein Kinn. Zuletzt küsste er mich auf die Lippen, wo er mehrere Sekunden lang verweilte.

Unsere Standesbeamtin räusperte sich. »Die Braut dürfen Sie erst am Ende küssen.«

Die Zuschauer lachten und wir ließen einander widerstrebend los. Aber JC fand meine Hand und hielt sie zwischen uns fest, obwohl es die verletzte Seite war, als ob er jemanden dazu herausfordern wollte, ihm zu sagen, dass er sie preisgeben sollte.

»Tut mir leid«, sagte er grinsend. »Gwen, bist du bereit?«

Mir wurde klar, er erinnerte mich daran, dass ich die Wahl hatte. Bloß weil er aufgetaucht war und all unsere Freunde und Familienmitglieder zusahen, bedeutete das nicht, dass ich dazu verpflichtet war. Wenigstens verstand er glücklicherweise, dass ich ihn nach allem, was er mir angetan

hatte, vielleicht nicht mehr würde heiraten wollen. Im Ideal-
fall sollte ich die Gelegenheit haben, meinem Zorn Luft zu
machen, ehe ich ihm das Jawort gab. Aber das war jetzt nicht
möglich und von den Alternativen, die mir dennoch blieben,
wählte ich die aus, ihn zu heiraten. Ihn zu lieben, mit ihm
zusammen zu sein, ihn zu heiraten. Auf jeden Fall.

»Ja«, sagte ich und sah ihm in die Augen. »Das bin ich.«

Der Rest der Zeremonie verging wie im Flug. Wir
tauschten Ringe und Ehegelübde und viele, viele Blicke. Ich
lächelte so viel, dass mir die Wangen schmerzten. Und
weinte genug, um eine neue Anhängerin von wasserdichter
Wimperntusche zu werden.

Und dann kam auch schon das Ende, an dem Mr. und
Mrs. Justin Caleb Bruzzo zum ersten Mal offiziell vorgestellt
wurden und der Bräutigam – dieser sexy Halunke, der mein
Herz besaß – seine tränenüberflutete Frau küssen durfte.

Er beugte den Kopf, verhielt kurz, um an meinen Lippen
zu flüstern: »Hallo, Mrs. Bruzzo«, und dann drückte er seine
Lippen an meine, zuerst sanft, dann schnell rauer und besitz-
ergreifender. Eine seiner Hände verwob er in meinem Haar,
mit der anderen streichelte er mir die Wange, und für ein
paar Sekunden vergaß ich, wo wir uns befanden und wie
viele Blicke auf uns ruhten, während ich in dieselben himmli-
schen Regionen entführt wurde wie damals, als er mich hier
in diesem Park zum ersten Mal geküsst hatte. Es war
märchenhaft. Aber es war noch besser, es war *wirklich*.
Dieses traumhafte Ende einer Geschichte war tatsächlich
mein Leben.

Sie war wundervoller als jedes Märchen, das ich je
gelesen hatte.

Danach gab es Fotos und eine Karussellfahrt, die hauptsächlich als Anlass für weitere Bilder diente und nicht um ihrer selbst willen genossen oder gewürdigt werden konnte. Was schon in Ordnung war. Wir hatten diese Örtlichkeit schließlich nicht zu diesem Zweck für unsere Hochzeit ausgesucht.

Bald darauf scheuchte uns unsere Hochzeitsplanerin aus dem Park. »Auf zum Empfang im Sky Launch«, befahl sie uns. »Wenn ihr euch nicht dorthin aufmacht, tut es sonst auch niemand.«

Da ich keinen Augenblick mit JC allein gehabt hatte, war ich nicht sicher, ob wir überhaupt geplant hatten, zu unserem Empfang zu gehen. Obwohl es nicht gerade der günstigste Zeitpunkt war, stellte ich sicher, dass ich meine Geschwister und Laynie umarmte, und ich hoffte, diese Umarmung würde vorhalten, falls es lange dauern würde, bis ich einen von ihnen wiedersah.

Von Norma Abschied zu nehmen fiel mir am schwersten. Sie war die Einzige, die wusste, dass ich bald nicht mehr da sein würde.

»Ich hoffe, du empfindest es nicht als anmaßend, wenn ich dir sage, dass ich stolz auf dich bin«, erklärte sie und drückte mich fester an sich. »Und ich liebe dich. Und du fehlst mir jetzt schon.«

»Du fehlst mir mehr.« Ich musste innehalten und schlucken, da mir ein Kloß in die Kehle gestiegen war. »Und ich liebe dich auch, Schwesterherz. Mehr, als ich es dir je sagen kann.«

JC erschien, um mich fortzuziehen. »Gwen, der Wagen wartet.«

»Okay.« Ich ergriff meinen Blumenstrauß und machte mich auf den Weg zur Limousine, ohne mich umzusehen, denn ich hatte Angst, dass ich sonst nicht weitergehen könnte.

Beim Wagen begrüßte mich ein wohlbekanntes Gesicht.

»Hi, Drew.«

»Herzlichen Glückwunsch zur Hochzeit«, sagte er und öffnete die Wagentür für mich.

»Vielen Dank. Falls ich irgendeine Frage hätte, was als Nächstes passiert, wäre sie dadurch beantwortet, dass du unsere Limo fährst.«

Er lachte. »Oh, ich bin nicht der Fahrer. Ich bestimme bloß, wohin wir fahren.«

»Ich schätze, das Sky Launch ist keine geplante Station auf dem Weg aus der Stadt?«

»Ich fürchte nein.«

Ich seufzte. »Ich will mich nicht beklagen. Ich bin froh, dass ich diesmal dabei bin.«

»Ich auch. Das kannst du mir glauben.«

Ich setzte mich auf die hintere Sitzbank des Wagens und rutschte bis zur Tür auf der anderen Seite durch, um Platz für JC zu lassen.

»Fertig?«, fragte Drew meinen Mann, kurz bevor er einstieg.

»Endlich habe ich alles, was ich brauche.« Er warf mir einen Blick zu und da merkte ich erst, dass er sich auf mich bezog. »Danke, dass du mich zurückgebracht hast, um sie zu holen. Ich hoffe, es hat nicht zu viel Ärger gemacht.«

»Den Ärger machst ganz allein *du*, JC. Sie nicht. Steig ein.«

Sobald sich die Wagentür hinter ihm geschlossen hatte, war ich bereit. Ich nahm all meine Kraft zusammen und schubste JC mit beiden Händen auf die andere Wagenseite. »Du Arschloch!«

»Was?«

Er hatte vielleicht Nerven, so zu tun, als hätte er keine Ahnung, warum ich so wütend war. Ich nahm meinen Blumenstrauß vom Nebensitz und schlug ihn damit. Dreimal. »Du hast mich verlassen! Du hast mich einfach verlassen, verdammt noch mal!« Ich schlug ihn noch einmal.

Er hob die Hände, um meinen Angriff abzuwehren. »Aber ich bin doch zurückgekommen.«

Ich nahm nur nebenbei wahr, dass der Wagen anfuhr, so sehr war ich auf meine Attacke konzentriert. »Das ändert nichts an der Tatsache, dass du mich zuerst einmal verlassen hast! Ich war ein Wrack. Ich war völlig verzweifelt, Justin. Wie hast du mir das antun können?« Ich dachte, ich hätte ihn genug geschlagen, aber es tat mir so wohl, dass ich begann, mit den Fäusten auf ihn einzuschlagen, und ich ließ den Blumenstrauß neben mir liegen.

Diesmal packte mich JC an den Handgelenken und hielt mich fest. »Ich weiß, ich weiß. Ich bin ein schrecklicher Mensch.« Er rutschte mit funkelnden Augen näher an mich heran. »Ein schrecklicher Mensch, der schrecklich verliebt ist.«

Ich entwand mich seinem Griff und verschränkte die Arme vor der Brust. »Versuch gar nicht erst, dich mit Charme aus der Affäre zu ziehen. Ich bin stocksauer. Du hast Glück gehabt, dass ich erst wusste, dass du da warst, als alle schon bereitstanden, sonst hätte es womöglich gar keine Hochzeit gegeben.«

»Sag das nicht. Das kann ich nicht ertragen.«

»*Du* kannst es nicht ertragen? Und was ist mit mir? Hast

du überhaupt an mich gedacht?« Meine Stimme klang schrill und ich hätte mich nicht gewundert, wenn der Fahrer und Drew mich hören konnten, obwohl die Trennscheibe zwischen uns geschlossen war.

»Ich habe nur an dich gedacht.« Er lehnte sich zu mir, um mich auf die Schulter zu küssen. »Und ich habe es falsch gemacht. Das gebe ich ja zu. Ich habe es völlig falsch gemacht. Das kannst du mir den Rest unseres gemeinsamen Lebens vorhalten, Mrs. Bruzzo.«

»JC!« Sein verführerisches Lächeln ärgerte mich nur noch mehr. »So leicht bin ich nicht zu besänftigen. Ich hoffe, es gibt ein Sofa, wo wir heute übernachten, denn ich bin keineswegs sicher, ob ich dich in mein Bett lasse.«

»Ich schlafe jede Nacht auf dem Boden, wenn du mir nur sagst, dass du mich noch liebst.« Er strich sanft mit den Fingern an meinem Arm auf und ab und ich spürte, wie ich an meinem ganzen verräterischen Körper eine Gänsehaut bekam.

Ich wandte den Kopf ab. »Ich werde dir nicht sagen, was du hören willst.«

»Komm schon. Sag es mir.« Er rutschte näher zu mir, bis er neben mir saß. »Liebst du mich noch?« Er knabberte an meinem Hals und leckte mich an der Ohrmuschel.

Ich erschauerte und mein Inneres verwandelte sich zu Brei. Verdammt, er war zu verlockend.

Frustriert wandte ich ihm den Kopf zu und zwang ihn damit, seine verführerischen Aktivitäten einzustellen. »Natürlich liebe ich dich noch, du arroganter Mistkerl. Es hätte mich nicht so verletzt, wenn ich dich nicht so verdammt lieben würde.«

Er erstrahlte und sah dabei so zauberhaft aus, dass ich

nicht protestierte, als er mich in die Arme nahm und die Stirn gegen meine drückte. »Ich bin ein totaler Trottel. Und ich habe dich nicht verdient. Aber du machst mich glücklicher, als ich es je gewesen bin, selbst wenn du mit mir schimpfst.«

Ich spielte mit seiner Fliege und versuchte zu ignorieren, wie berauschend er duftete. »Dann muss ich an meiner Technik arbeiten, denn ich will, dass du unglücklich bist.«

»Du bist so süß, wenn du wütend bist.« Er strich mir mit dem Daumen über die Lippen.

Ich saß bereits gegen die Tür gedrückt, aber lehnte mich so weit wie möglich von ihm weg. »Lass das.«

Er ergriff meine Hand, zog sie sich an die Lippen und küsste sie. »So süß.« Er küsste sie wieder. »Und so sexy.« Noch ein Kuss. »Und habe ich dir schon gesagt, wie wunderschön du ausgesehen hast, als du zum Traualtar geschritten bist?«

»Hör auf.« Ich entriss ihm meine Hand, aber meine Stimme klang schon etwas sanfter.

»Mir liefen kalte Schauer den Rücken hinunter. Das schwöre ich dir. Denn du warst gekommen, die wundervollste Frau der Welt, bereit, mir zu erlauben, dich für den Rest deines Lebens zu lieben.«

Ich sah ihm in die Augen, Augen, aus denen unendliche Liebe strahlte. »Bereit, dich für den Rest meines Lebens meinen Zorn spüren zu lassen, ist wohl zutreffender.« Meine Wut war schon fast verraucht.

Aber ganz besänftigt war ich nicht. Es gab noch zu viel, was ich ihm zu sagen hatte. Ich verschränkte wieder die Arme und machte mich für die nächste Runde bereit. »Ich kann es immer noch nicht fassen. Hast du wirklich auch nur eine Sekunde gedacht, es wäre besser für mich, mein Kind allein zu erziehen, als irgendwo an einem sicheren Ort mit dir?«

Sein Lächeln verblasste und er wirkte ernüchtert. »Das war beschissen von mir. Meine einzige Entschuldigung ist, dass ich wirklich dachte, du wärst ohne mich besser dran. Sicherer. Diese Kugel kam dir zu nahe und ich musste dauernd denken: *Was wäre, wenn* ... Es kam mir gar nicht in den Sinn, dass ich dich als alleinerziehende Mutter zurückließ. Nicht dass du es nicht geschafft hättest.«

Er senkte den Blick. »Und du hättest dabei ja auch Hilfe gehabt. Chandler hätte dir eine ganze Armee von Angestellten zur Verfügung gestellt, wenn du ihn darum gebeten hättest.« Letzteres war wohl als Scherz gemeint, aber in seiner Stimme schwang auch Bitterkeit.

Ich nutzte es zu meinem Vorteil aus. »Weißt du, übrigens hat Chandler sein Angebot erneuert. Er hat mich am Freitagabend vor unserer Wohnung abgepasst, um mir eine Liebeserklärung zu machen.«

Er biss die Zähne zusammen. »Du willst mich wohl eifersüchtig machen. Es wirkt auch.«

Das geschah ihm recht. »Und obwohl er wusste, dass es nicht sein Kind ist, wollte er mich trotzdem heiraten. Du hattest Glück, dass ich seine blinde Betörung nicht ausgenutzt habe.«

Er lehnte sich mit gerunzelter Stirn zurück. »*Obwohl er wusste, dass es nicht sein Kind ist?* Was soll das heißen?«

Oh. Verdammt. Er wusste es immer noch nicht. Wie konnte das sein? »Hast du denn keine meiner Nachrichten bekommen?«

»Ich habe mein Handy weggeworfen. Was hast du mir denn mitgeteilt?«

»Es waren mehrere Nachrichten. Und es stand eine ganze Menge drin.« Ziemlich viele Schimpfwörter sogar. »Einschließlich der Testergebnisse, die eingetroffen waren. Ich dachte, du wärst deswegen zurückgekommen.«

»Ich bin *deinetwegen* zurückgekommen. Was war denn das Ergebnis?« Sein Blick war voller Besorgnis auf mich geheftet.

»Dass Chandler nicht der Vater ist.« Ich konnte immer noch nicht fassen, dass JC es noch nicht erfahren hatte. »Heißt das, dass Drew dir nichts davon gesagt hat?«

»Kein Wort.«

»Verdammt. Wie öffnet man die Trennscheibe?« Ich begann, nach dem Schalter für die Trennwand zu suchen, hielt aber inne, als ich JCs strahlendes Lächeln bemerkte.

Da vergaß ich alles darüber, was Drew gesagt oder nicht gesagt hatte oder was JC gewusst oder nicht gewusst hatte, denn ich war es gewesen, die es ihm sagen durfte, und das war etwas ganz Besonderes. Und nach seinem Gesichtsausdruck zu urteilen war er überglücklich.

»Ist es wirklich von mir?«, fragte er zögernd.

Ich schlang die Arme um seinen Nacken. »Ja, du Narr. Das habe ich dir doch schon die ganze Zeit gesagt.« Aber ich musste darüber lächeln, wie glücklich er war, und ich war genauso glücklich wie er.

»Ich wollte es nicht glauben. Ich wollte mir keine falschen Hoffnungen machen.« Er legte mir den Arm um den Hals und zog mich an sich. »Als ich sagte, ich würde sie so oder so lieben, habe ich es auch so gemeint. Aber ich bin ja so verdammt froh, dass dieses Baby von mir ist.«

»Ich auch. So unheimlich froh.«

Er küsste mich, tauchte mit der Zunge zwischen meine Lippen und sah mir tief in die Augen. »Ich liebe dich, Gwen«, murmelte er und küsste mich immer wieder. »Ich liebe dich so sehr.«

Ich verlor mich in seiner Umarmung, mein Mund verschmolz mit seinem und ich schmiegte mich an ihn, während er schützend die Hand auf meinen Bauch legte.

»Ich störe euch ja nur ungern ...« Wir trennten uns abrupt, als Drews Stimme über den Lautsprecher erklang. »Aber es hat sich eine Änderung ergeben, was unsere Reisepläne betrifft.«

JC reckte sich über mich und drückte auf eine Taste an der Wagentür. Sofort öffnete sich das Fenster zwischen dem vorderen und dem hinteren Teil des Wagens. So machte man das also.

»Was hat sich geändert?«, wollte JC nervös wissen und ich fragte mich, ob wir jetzt immer so leben müssten – in Alarmbereitschaft und aufs Schlimmste gefasst.

Drew drehte sich zu uns um. »Ich wurde gerade per Anruf informiert, dass Greg Thompson, Steve Stockbridges Geliebter, heute Nachmittag in einem Restaurant Ralphio Mennezzo mit einer Schusswaffe angegriffen hat. Er hat ihn dreimal am Kopf getroffen, ehe er sich selbst erschossen hat. Beide wurden am Tatort für tot erklärt.«

Wir brauchten ein paar Sekunden, bis wir verarbeitet hatten, was Drew uns gerade mitgeteilt hatte.

»Gwen!«, rief JC aus.

Ich blinzelte. »Steve Stockbridges Geliebter hat ihn aus Rache umgebracht?«

Drew nickte.

»Und wir brauchen nicht unterzutauchen? Wir sind in Sicherheit?«

»Solange ihr keine anderen Feinde habt, von denen ich nichts weiß, ja.« Drew grinste. »Ihr seid aus dem Schneider.«

Ich kreischte vor Freude und umarmte JC so stürmisch, dass er zusammenzuckte, weil ich völlig vergessen hatte, dass er verletzt war. »Es tut mir leid. Ich bin bloß so glücklich.«

»Ich habe es kaum gespürt. Ist es ein großes Unrecht, sich über den Tod zweier Menschen so sehr zu freuen?«

Ich zuckte die Achseln. »Das weiß ich nicht, aber ich bin durchaus bereit, mich zu Unrecht mit dir zu freuen.«

»Wenn wir es gemeinsam tun, muss es in Ordnung sein.« Sein Blick verweilte noch etwas auf mir, dann wandte er sich wieder an Drew. »Könnten wir vielleicht umdrehen und zurück zum Columbus Circle fahren? Wir werden nämlich bei einer Feier erwartet.«

»Wir sind schon unterwegs.«

———

ALS WIR ENDLICH BEIM Sky Launch eintrafen, machten unsere Freunde anzügliche Bemerkungen, denn sie dachten, wir hätten mit den Flitterwochen schon mal angefangen. Wir verrieten aber niemandem den wahren Grund für unsere Verspätung oder dass Mennezzo ermordet worden war. JC und ich waren zwar überglücklich, dass wir ihn los waren, aber der Rest der Welt würde dies bald genug erfahren, und wir hatten ja ohnehin genug zu feiern.

Den Rest des Abends verbrachte ich glücklicher, als ich es wohl je im Leben gewesen war. Ben und Laynie hielten Reden und Norma gab mir heimlich ein Glas alkoholfreien Sekt, damit ich am Zuprosten teilnehmen konnte. Nach einem köstlichen Mahl, das der neue Koch zubereitet hatte, schnitten wir die Hochzeitstorte an. JC verhielt sich gesittet, als er mir mein Stück zum Abbeißen gab. Ich jedoch weniger. Ich beschmierte sein Gesicht mit Buttercreme und bereute es nicht einmal.

Wir trennten uns eine Weile, um uns einzeln mit unseren Gästen unterhalten zu können. »Chandler hat mir aufgetragen, euch beide herzlich von ihm zu grüßen«, teilte Laynie mir mit, als wir allein waren. »Ich hoffe, es macht dir nichts aus, dass ich ihn erwähne, aber ich soll dir unbedingt von ihm ausrichten, dass er es für besser hielt, nicht zu kommen.«

»Das kann ich vollkommen verstehen. Es war wohl eine kluge Entscheidung.«

»Herzlichen Glückwunsch«, sagte Hudson, der sich zu uns gesellte. Er legte den Arm um seine Frau. »Wie ich höre, gibt es mehr als einen Grund zum Feiern.«

Es gab eine ganze Menge, aber ich wusste, dass er sich auf meine Schwangerschaft bezog.

»Aber H«, schimpfte Laynie mit ihm, »das sollte doch ein Geheimnis sein.«

»In einer Ehe gibt es keine Geheimnisse«, erklärte er. »Zumindest nicht in einer guten.«

»Und unsere ist verdammt gut«, sagte Laynie und hob das Kinn, um ihn zu küssen.

Ich heuchelte Entsetzen und hielt mir die Augen zu. »Ach, nehmt euch doch ein Zimmer.« Ich lehnte mich näher zu ihnen und senkte die Stimme. »Wie ich höre, sind die ›Bubble‹-Zimmer fantastisch zum Knutschen geeignet.«

»Oh ja, das stimmt«, pflichtete Hudson mir bei. »Und die Garderobe ebenfalls. Und die Tanzfläche.«

Laynie kicherte immer noch, als ich sie verließ, um etwas Zeit mit meinen Geschwistern zu verbringen.

»Weißt du was?«, sagte Ben, als ich ihm den Arm um die Schultern legte. »Eric und ich haben auch eine Ankündigung zu machen.«

»Sag schon.« Ich setzte mich neben ihn in seine Nische.

»Wir haben beschlossen, wenn ihr diese ganze Sache mit der Hochzeit abziehen könnt, können wir es auch. Wir haben uns offiziell verlobt.«

»Wirklich«, kreischte ich. »Ich bin ja so glücklich! Wir sollten es bekannt geben!«

»Nein, nein«, lehnte Eric ab. »Dieser Abend gehört euch. Da wollen wir uns nicht einmischen.«

»Wir veranstalten eine Party, wenn ihr von der Hochzeitsreise zurückkommt, und geben es dann bekannt«, fügte Ben hinzu. »Ihr kommt doch?«

»Ich würde es um nichts auf der Welt versäumen.« Im Stillen dankte ich dem Himmel, dass ich tatsächlich dabei sein konnte. Um ein Haar hätte ich es verpasst. Was hätte ich sonst noch alles verpasst, während JC und ich uns vor Mennezzo verstecken mussten? So viele Dinge, die ich nicht einmal in Betracht gezogen hatte.

Vielleicht war an der noblen Geste meines Mannes ja doch etwas dran. Nicht dass ich das ihm gegenüber je zugeben hätte. Auf jeden Fall hätte er die Entscheidung mir überlassen müssen. Und so viel ich hier auch versäumt hätte, hätte ich mich trotzdem entschlossen, JC zu folgen. Was für eine Erleichterung es doch war, dass wir schließlich doch nicht untertauchen mussten.

Ich trat unter dem Tisch gegen Normas Schuh. »Jetzt bist du an der Reihe, Schwesterherz.« Ich warf einen verstohlenen Blick zu Boyd, der neben ihr saß. »Wann habt ihr beide denn vor, euch zu verloben?«

Norma lachte nervös und wurde puterrot, doch ihr Geliebter blieb gelassen. »Nicht bevor die Situation im Büro geklärt ist«, antwortete Boyd.

»Ich weiß ja, dass ihr gern zusammenarbeitet«, sagte ich, »aber du könntest doch sicher in eine andere Abteilung versetzt werden. Ist es nicht das Opfer wert, wenn ihr dann eure Gefühle füreinander nicht mehr zu verstecken braucht?«

Boyd und Norma wechselten einen Blick. »Nein«, sagten sie wie aus einem Munde.

Ich drang nicht weiter in sie. Ihre Beziehung war unkonventionell und selbst wenn ich die sexuelle Dynamik zwischen ihnen hätte verstehen können, war ich sicher, dass ich das nicht wollte.

Außerdem war es jetzt Zeit für den ersten Tanz.

»My Heart is Open« erklang aus den Lautsprechern, als JC mich auf die Tanzfläche führte. Obwohl alle Blicke auf uns geheftet waren, war es schön, schließlich mit meinem Mann allein zu sein.

»Wie schön, dass ich dich endlich in den Armen halten darf«, sagte er.

Das wiederum war ich nicht bereit, ihm zuzugestehen. »Genieße den Augenblick. Er wird nicht andauern.«

Er legte die Wange an meine. »Ich weiß, dass ich versprochen habe, heute Nacht auf dem Boden zu schlafen – und dazu stehe ich auch –, aber wenn du mich ab und zu daran erinnerst, was ich für ein Idiot bin, vielleicht könntest du mir zwischendurch erlauben, dich zu lieben?«

Der heisere Klang seiner Stimme wirkte ebenso stark auf meine unteren Regionen wie seine Worte. »Ich werde es mir überlegen.«

»Das ist ein Ja. Du weißt, dass du mir nicht widerstehen kannst. Gib es ruhig zu.«

»Das ist offenbar einer meiner Fehler.«

»Auf keinen Fall. Du bist makellos. Absolut perfekt.«

Ich lehnte mich zurück, damit ich ihm in die Augen sehen konnte. »Du bist liebenswert und sexy und ja, auch unwiderstehlich, aber dir ist doch klar, dass es mir ernst ist? Ich werde eine Weile brauchen, um über das hinwegzukommen, was du getan hast.«

»Ich weiß.« Sein Gesichtsausdruck wurde ernst. »Bereust du, dass du mich geheiratet hast?«

»Nein. Aber es sind ja erst vier Stunden vergangen. Also.«

»Da hast du recht.«

Ich legte den Kopf auf die Seite. »Ich hätte dich gefunden, weißt du. Ich hätte dich irgendwie am Kragen erwischt. Was hättest du dann gemacht?«

Er dachte nach. »Ich schätze, dasselbe, was ich jetzt tue. Was ich immer tue.«

»Was denn?«

»Dich lieben.«

Unversehens stockte mir der Atem. »Vielleicht brauchst du heute Abend doch nicht auf dem Boden zu schlafen.«

»Ich habe ja gewusst, dass ich unwiderstehlich bin.«

Wir blieben noch lange auf der Tanzfläche, nachdem der DJ zum nächsten Lied übergegangen war, hielten uns fest

umschlungen, tauschten in Küssen und Worten Zärtlichkei-
ten, stellten alles Negative beiseite und feierten die Liebe, die
wir gefunden hatten.

Als er mich später dabei erwischte, wie ich den Ring
betrachtete, der an meiner linken Hand zu dem Verlobungs-
ring hinzugekommen war, sagte er: »Jetzt sind wir gebunden.
Es gibt kein Entrinnen. Dieser Ring bedeutet, dass du für
immer an mich gekettet bist.«

»Weißt du, was merkwürdig ist?«, fragte ich und ließ
meine Hand in seine schlüpfen.

»Was denn?«

»Ich habe gerade gedacht, dass ich mich noch nie so frei
gefühlt habe.«

EPILOG

ICH HABE SIE HINTENÜBER GEBOGEN, die Füße über dem Kopf. Ihr Vibrator summt an ihrer Klitoris. Neuerdings bevorzugt sie diese Stellung und mir ist das sehr recht. Auf diese Weise kann ich ihr zusehen, wenn sie kommt, beobachten, wie sie die Kontrolle verliert.

Sie steht jetzt kurz davor, gleich wird sie kommen. Sie hat aufgehört zu keuchen und ihr Körper hat sich versteift. Bald wird ihr Orgasmus sie erbeben lassen. Sie sieht so schön aus – einen Augenblick davor, wenn sie weiß, dass es sie gleich überwältigen wird und sie nichts dagegen tun kann, außer sich darauf einzustellen.

Ich möchte sie gern küssen, aber noch lieber will ich sie aufschreien hören.

Aber sie tut es nicht. Ihr Gesicht verzieht sich zu einer Grimasse und ihr Hals spannt sich an, als sie in ekstatischer Qual den Kopf zurückwirft, aber sie gibt keinen Laut von sich.

Ich bin gleichzeitig beeindruckt und irritiert.

Ich senke den Blick, um zuzusehen, wie mein Schwanz in sie hinein- und wieder herausgleitet, jetzt glitschig von ihrem Saft.

»Das gefällt dir«, flüstert sie, worauf mein Blick zu ihrem Gesicht zurückkehrt und ich bin ganz verblüfft, dass sie spricht. Dieser Orgasmus hat sie beinahe in Stücke gerissen. Sie sollte nicht denken können, und sprechen schon gar nicht.

Doch irgendwie kann sie es doch.

»Du findest es heiß, wenn ich über deinen ganzen Schwanz komme?«

Das tue ich allerdings. »Es ist sogar noch heißer, wenn du es aussprichst.« Unglaublich heiß, und das ist alles, was ich brauche, um zu meinem Orgasmus zu gelangen. Stöhnend stoße ich mich unbeherrscht gegen ihr Becken, während ich mich in sie ergieße.

Als ich mich vollkommen verströmt habe, falle ich neben sie aufs Bett und brauche einen Moment, bis sich mein Atem wieder beruhigt hat. »Sieh nicht so selbstzufrieden aus.«

»Ich habe gewonnen. Ich habe das Recht dazu, mit mir zufrieden zu sein.« Wir flüstern immer noch, als hätten wir Angst, das Schweigen um uns herum zu stören.

»Nun, also, du hast geschummelt.«

»Wie denn?« So gern sie sich mir beim Sex fügt, streitet sie sich sonst schrecklich gern mit mir. Selbst wenn ich gute Argumente habe.

Was jetzt nicht der Fall ist.

»Das weiß ich nicht, aber ich bin sicher, dass du es getan hast.« Ich wälze mich auf die Seite und stütze den Kopf in

die Hand. »Ich habe dich vernichtet. Wie ist dir das überhaupt gelungen?«

Sie muss unwillkürlich lachen. »Mit viel Übung.« Sie
merkt, dass es zu spät ist, und hält sich den Mund zu.

»*Oh, Mist*«, rufe ich beinahe lautlos aus.

Wir warten ab, bewegungslos, schweigend und mit angehaltenem Atem. Ein paar Sekunden später, ich will schon die
Entwarnung geben, hören wir ein leises, vertrautes
Wimmern, das sich, wie wir beide wissen, sehr schnell zu
einem ausgewachsenen Brüllen steigern wird.

Sie sieht mich auffordernd an.

»Ist das dein Ernst?« Ich gebe mir jetzt keine Mühe mehr,
leise zu sprechen. »Du hast ihn doch aufgeweckt.«

Sie reckt stur das Kinn nach oben. »Aber ich habe die
Wette gewonnen. Du hast gesagt, wenn ich leise sein könnte,
würdest du das nächste Mal nach ihm sehen.«

»Du bist aber nicht leise gewesen. Du hast gelacht.«

»Das zählt nicht. Wir waren schon fertig. Du hast nur
gesagt, ich muss leise *kommen*.« Sie ist so verdammt betö-
rend, wenn sie streitlustig wird. Wenn diese Redeschlacht
auch nur eine Sekunde länger dauert, bin ich zur zweiten
Runde bereit. Und ich bezweifle, dass Jake uns damit davonkommen lassen würde.

»Na schön. Ich gehe zu ihm«, schmolle ich und stehe auf.
Während ich meine Boxershorts überziehe, werfe ich einen
verspielt bösen Blick in ihre Richtung. »Siehst du? Ich habe
ja gewusst, dass du irgendwie geschummelt hast.«

Ihr siegreicher Ausdruck erregt in mir den Wunsch, sie
vom Bett zu zerren und mich von hinten in sie hinein zu
hämmern, um ihr zu zeigen, wer hier der Herr ist. Ich

verlasse eiligst das Zimmer, ehe ich der Versuchung nicht mehr widerstehen kann.

Das Nachtlicht im Kinderzimmer ist an, aber ich schalte beim Hereinkommen die Bodenlampe ebenfalls ein. Jake hebt das Köpfchen und als er mich erblickt, hört er auf zu weinen und lächelt mich an.

»Jacob Benjamin Bruzzo, warum schläfst du denn nicht?« Wir haben ihn weitgehend von den Nachtfläschchen entwöhnt und ich weiß, dass ich ihn, wenn wir ihn an einen anständigen Schlafrhythmus gewöhnen wollen, auf den Rücken drehen – das hat er am liebsten –, ihm seinen Schnuller geben und wieder gehen sollte.

Aber ich bin ein hilfloses Opfer seiner großen blauen Augen und dieses zahnlosen Lächelns. Ich nehme ihn auf den Arm und wiege mich von einem Fuß auf den anderen. Das mache ich jetzt schon ganz automatisch. Immer wenn ich ihn auf dem Arm habe, fange ich an, mich hin- und herzubewegen.

»Wie lange, meinst du, wird es dauern, bis Mommy auch hier ist?«, frage ich. »Wir wissen ja beide, dass es nur eine Frage der Zeit ist.«

Jake steckt das Däumchen in den Mund und kuschelt sich an meine Schulter. *Dieses Kind,* denke ich immer wieder, *ist mein Sonnenschein.* Vor ihm gab es so viel Dunkelheit in meinem Leben und während Gwen mich der Nichtigkeit entrissen und mir Stabilität gegeben hat, war es Jake, der mir das Licht gebracht hat.

Es ist kaum zu glauben, dass er bereits seit sechs Monaten ein Teil meiner Welt ist. Seine Geburt war relativ leicht, obwohl Gwen mich gern darauf hinweist, dass ich gut reden habe, bis ich ein acht Pfund schweres Baby aus meinem Körper herauspresse, also sage ich es nur, wenn sie nicht dabei ist. Doch sie kann nicht leugnen, dass die Wehen nur kurz waren und sie nur zweimal pressen musste, ehe er herausglitt, mit dem Kopf zuerst in die Arme des wartenden Arztes.

Er ist auch ein pflegeleichtes Baby. Immer zufrieden. Ein wahrer Traum von einem Kind. Wir wollen gern noch ein Kind haben, beziehungsweise lassen der Natur ihren Lauf, was bedeutet, dass wir keine Verhütungsmittel benutzen und regelmäßig Sex haben. Diese Methode liegt mir sehr.

Ich höre hinter mir das Tappen ihrer nackten Füße auf dem Boden, noch ehe ich sie erblicke. Sie ist so vorhersehbar, wenn es um Jake geht. Sie hat mir einmal gestanden, dass sie Angst hatte, die Vaterrolle würde mich zu einem Weichling machen, aber in Wirklichkeit ist sie es, die weicher geworden ist. Ihr knallharter Ausdruck verschwindet fast völlig, wenn sie um ihn ist, und das innere Leuchten, das sie während der Schwangerschaft hatte, ist wieder da.

Ich wende mich zu ihr um. »Was nützt es denn, dass ich mich um ihn kümmere, wenn du auch aufstehst?«

Sie lächelt mich schuldbewusst an und zieht den Gürtel ihres Morgenrocks fester um sich. »Ich habe bloß gedacht, du brauchst vielleicht Hilfe.«

»Ich hab's dir ja gesagt, dass sie hier auftaucht«, flüstere ich Jake zu, der schon fast wieder eingeschlafen ist.

»Du sollst ihn doch nicht aufnehmen«, rügt sie mich. Aber sie weiß genauso gut wie ich, dass sie dasselbe getan hätte. »Gib ihn mir mal.«

»Er schläft doch schon. Wir sollten ihn wieder hinlegen und da weitermachen, wo wir aufgehört haben.« Ich wackele suggestiv mit den Augenbrauen.

»Nein danke«, neckt sie mich und nimmt mir das Baby aus dem Arm. »Jetzt muss ich erst mal mit Jake schmusen.«

Ich sehe ihr zu, als sie ihn zum Schaukelstuhl trägt und dabei so glücklich aussieht, wie es auch der beste Orgasmus nicht erreichen kann. Sie summt ein Wiegenlied, zart und leise, und schaukelt ihn sachte auf und ab.

Sie ist wundervoll. Es ist ihr gar nicht bewusst, wie wundervoll, und das macht die Hälfte ihres Charmes aus. In dem Jahr, seitdem wir verheiratet sind, vergeht nicht ein Tag, an dem ich nicht daran denken muss, wie ich beinahe alles verdorben hätte. Wie ich beinahe all dies aufgegeben hätte, weil ich überzeugt war, dass es das Richtige war. Ich habe in meinem Leben schon viele Dummheiten gemacht, aber das war bei Weitem das Idiotischste. Und ich konnte nicht einmal Alkohol oder eine Kurzschlussreaktion dafür verantwortlich machen, denn ich hatte es mir genau überlegt. Ich hatte es *geplant*. Wenn ich mir bloß vorstelle, wie mein Leben ohne sie wäre ...

Mein Gott, ich war ja so ein verdammter Idiot. Ein Glück, dass sie mich zurückgenommen hat. Und falls ich das je vergessen sollte, erinnert sie mich daran. Regelmäßig.

Wenn ich versucht habe, die Motive zu analysieren, die mich damals bewegten, gibt es eines, auf das ich immer wieder zurückkomme – nämlich Angst. Ich hatte Angst, sie zu verlieren. Schlicht und ergreifend. Und wenn ich behaupten möchte, dass ich selbstlos gehandelt habe, als ich sie um ihrer Sicherheit willen aufgeben wollte, ist das nur die halbe Wahrheit. Die andere Hälfte ist, dass ich gar nicht wusste, was sicherer war – sie zurückzulassen oder sie mitzunehmen –, aber ich war ganz sicher, dass ich es nicht hätte mit ansehen können, wenn ihr etwas geschehen wäre. Ich hätte nicht hilflos danebenstehen können, wenn sie von einer Kugel getroffen worden wäre. Hätte es nicht ertragen, mich über ihren Körper zu beugen, wenn er in einer Blutlache vor mir gelegen hätte.

Das ist mein schlimmster Albtraum. Ich habe ihn nicht oft, aber manchmal schrecke ich mit Herzklopfen und in kalten Schweiß gebadet aus dem Schlaf. Der Traum ist immer derselbe – es ist der Mord an Corinne in allen Einzelheiten, aber wenn ich mich über die Leiche beuge, sehe ich nicht Coris Gesicht, sondern Gwens. Der bloße Gedanke daran lässt mich noch tödlichere Qualen leiden, als Coris Tod es je getan hat.

Dabei habe ich den Mord an Corinne keineswegs leichtgenommen. Er hat mich zerstört. Er hat meinem Leben jeden Sinn geraubt und hat mich wie eine leere Hülle zurückgelassen. Es war das Schlimmste, was ich je erlebt habe, aber, so sehr es mir auch wehtun mag, es in Worte zu fassen, vielleicht war es auch das *Beste*, was mir je geschehen ist. Denn wenn Cori nicht gestorben wäre, hätte ich Gwen nie gefunden. Das war der schreckliche Preis, den ich für mein Happy End bezahlen musste, aber ich rechtfertige mich damit, dass ich mir das nie so ausgesucht hätte. Ich habe Cori *wirklich* geliebt. Sie hat mein Leben heller und strahlender gemacht.

Doch Gwen ... Gwen *ist* mein Leben.

Sie blickt jetzt mit schweren Augenlidern zu mir auf. »Wie gut, dass ich morgen nicht arbeiten muss.« Sie hat ihre Arbeitszeit im Klub reduziert. Das Sky Launch serviert in seinem Restaurant jetzt auch Mittagessen und Gwen ist dafür montags bis freitags von zehn bis fünfzehn Uhr die verantwortliche Managerin. Manchmal habe ich den Eindruck, dass sie die Nachtarbeit vermisst, und es würde

mich nicht wundern, wenn sie eines Tages dazu zurückkehrte, wenn die Kinder größer sind.

Ich würde sie voll unterstützen, wenn sie das jetzt schon
wollte. Wir würden noch ein Kindermädchen einstellen oder
ich würde mich anbieten, als Hausmann zu Hause zu bleiben. Was immer sie zu ihrem Glück braucht, ich bin dazu da,
es ihr zu verschaffen.

Da sie es nun angesprochen hat, ergreife ich die Gelegenheit, sie zu fragen. »Würdest du lieber wieder eine Vollzeit-
stelle haben?«

»Nein«, knurrt sie. »Warum um alles in der Welt würde
ich das tun wollen?«

Ich zucke die Achseln. »Ich möchte bloß dafür sorgen,
dass du alles hast, was du dir im Leben wünschst.«

»Nun, ich habe diesen kleinen Kerl.« Sie küsst Jake aufs
haarlose Köpfchen. »Und ich habe dich, nicht wahr?«

Was für eine Frage. »Ich gehöre dir«, sage ich.

Sie lächelt und antwortet mit einem meiner alten Lieb-
lingssprüche. »Dann habe ich einfach alles.«

BÜCHER VON LAURELIN PAIGE

DAS FOUND-DUO:

Free Me – Sobald du mich befreit hast (Buch 1)

Find Me – Sobald du mich gefunden hast (Buch 2)

Die Fixed-Reihe:

Fixed 1 – Verrückt nach dir: Band 1

Fixed 2 – Dunkle Geheimnisse: Band 2

Fixed 3 – Tiefe Sehnsucht: Band 3

Die Dirty Love-Reihe:

Dirty Love – Ich will dir gehören! (Buch 1)

Dirty Love – Ich brauche dich! (Buch 2)

Die Dirty Games-Reihe:

Dirty Sexy Player – Du wirst mir gehören! (Buch 1) **(erhältlich ab Ende Mai 2020)**

DANKSAGUNGEN

An Tom, der mich gefunden hat, als ich ihn am meisten brauchte, und meine Töchter, die ihrem Vater mehr nachschlagen als mir (Gott sei Dank).

An meine Mutter dafür, dass sie mein erster Fan war.

An Sierra Simone, meine erste Leserin und Editorin – jedes Buch ist für dich geschrieben.

An Rebecca Friedman, meine Agentin und Lieblingspartnerin beim Ideensammeln. Dich zu finden war mein Kismet.

An Shanyn Day dafür, dass sie mein Leben managt.

An Kayti McGee dafür, dass sie mir Rückmeldung gibt und meine Zweitfrau ist und dass sie mich stets aufheitert, wenn ich traurig bin.

An die anderen Mädchen, die ich nötiger brauche als Scotch – Melanie Harlow, Sierra Simone und Kayti McGee. Alle zusammen: »Cancún. Cancún. Cancún.«

An Eileen Rothschild dafür, dass sie an mich glaubt. Dieses Vertrauen erstreckt sich auf all meine Wörter.

An Kimberly Brower, meine Audioagentin, dafür, dass sie mich gerettet hat und ein Fan von mir ist. Ich bin auch ein Fan von dir.

An Flavia Viotti und Meire Dias dafür, dass sie die WUNDERVOLLSTEN Menschen sind, die mir je begegnet sind. Oh Gott, wie ich euch liebe!

An Lauren Blakely, CD Reiss und K. Bromberg – in der Tat die fantastischen Vier. Danke dafür, dass ihr mir ALLES beigebracht habt und wie ich es mir zu eigen machen kann.

An Cait Petersen, meine Formatiererin, und Jenna Tyler fürs Korrekturlesen. Ihr beide seid Gold wert. ;)

An Roxie Madar und Melanie Cesa und Trish Mint, weil ihr die mint-esten Betas seid. Muah!

BIOGRAFIE

Laurelin Paige hat weltweit Millionen von Büchern verkauft und wurde so zu einer New York Times, Wall Street Journal und USA Today Bestsellerautorin. Sie schwärmt für schöne Liebesromane und ist stets ganz aus dem Häuschen, wenn es ums Küssen geht, sehr zum Leidwesen ihrer drei Töchter. Ihr Mann scheint sich allerdings nicht darüber zu beschweren. Wenn sie nicht gerade ein Buch liest oder eine sexy Geschichte schreibt, singt sie wahrscheinlich, schaut Killing Eve oder Letterkenny, oder sie träumt von Michael Fassbender. Sie ist außerdem ein stolzes Mitglied von Mensa International, obwohl sie diese Tatsache eigentlich zu nichts weiter nutzt, als sie in ihrer Biografie zu erwähnen. Vertreten wird sie durch Rebecca Friedman.

Besuchen Sie Laurelin im Netz!
laurelinpaige.com
www.facebook.com/LaurelinPaige
www.instagram.com/thereallaurelinpaige
E-Mail: laurelinpaigeauthor@gmail.com

9 781942 835820